www.tredition.de

AF177524

Michael Sindija

Ungebrochen

Eine fiktive Geschichte

www.tredition.de

© 2016 *Michael Sindija*

Covergestaltung: Arthur Ersosi, Krefeld
Fotografie: Lucas Coersten, Krefeld
Lektorat: Gudrun Schrank, Neuss

Verlag: tredition GmbH, Hamburg

ISBN
Paperback: 978-3-7345-5397-4
e-Book: 978-3-7345-5398-1

Printed in Germany

Zwei Waldeswege trennten sich und ich,
Ich ging und wählte den stilleren für mich
Und das hat all mein Leben umgedreht.

Robert Frost (1874 – 1963)

Kritisiere nie, was du nicht verstehst,
du hast nie in den Schuhen dieses Mannes gestanden.

Elvis Presley (1935 – 1977)

Sterben ist das letzte, was man im Leben tun sollte.

O. W. Fischer in *Menschen im Hotel* (1959)

Und ich schaue in den Spiegel
Alles verändert sich
Doch der Mensch der mich anlacht
Den erkenne ich

Howard Carpendale

Für Carina:

Nachdem du im November 2014 gegangen warst, habe ich manchmal gesagt: „Komm wieder nach Hause."

Ich habe lange nicht verstanden, dass ein Zuhause keine gemeinsame Wohnung ist, keine Stadt und kein Land.

Es ist da, wo man sich wohlfühlt, wo das Herz schneller schlägt, und das ist nicht mehr bei mir.

Ich habe dich losgelassen, so, wie du wolltest!

Für Sie:

Ich schwafele nicht und komme gern schnell auf den Punkt.

Ich habe keine Lust, auf vier Seiten zu beschreiben, wie irgendwo da draußen gerade die Sonne aufgeht. Aus diesem Grund hat dieses Buch auch keine 700 Seiten.

Ich bin selten rechts gefahren, sondern meistens auf der Überholspur. Heute weiß ich, dass die rechte Spur mich auch nach Hause führt, nur langsamer!

Ich bin oft gefragt worden, ob ich an ein Leben nach dem Tod glaube. Sagen wir so: Ich hoffe es. Bei dem, was ich in diesem Leben schon in den Sand gesetzt habe, wäre das nicht so schlecht.

Was das Herz in dem Moment wohl fühlt, wenn es aufhört zu schlagen, frage ich mich dagegen recht häufig.

Inhalt

Das Leben
oder
Wer liest schon Vorworte

Uns Menschen ist die gesamte Spannbreite des Erlebens mit in die Wiege gelegt. Demnach sind wir, wenn wir auf die Welt kommen, alle gleich. Unterschiede liegen nur im Ausleben des innerlich Erlebten. So ist es für den einen undenkbar, manche Gedanken oder Impulse in die Tat umzusetzen, und sie bleiben im Reich der Fantasie. Bei dem anderen werden genau diese Impulse Realität. Wir glauben alle, frei in unserem Verhalten zu sein, doch unsere Biografie beeinflusst maßgeblich das, was wir erleben und wie wir anschließend mit Verhalten reagieren.

Als Kinder empfinden wir eine Situation als angenehm oder unangenehm. Wenn die Lage, in der wir sind, als unangenehm eingestuft wird, versuchen wir durch unser anschließendes Verhalten, diesen Zustand in einen positiven zu verwandeln oder - wenn das nicht geht – die Situation einfach „weniger schlimm" zu machen – also erträglicher.

Die Erlebnisse unserer Kindheit prägen durch implizites (aus der Situation bedingtes) Lernen sehr stark unsere weitere Wahrnehmung und unsere daraus resultierenden Strategien fürs Leben. Diese versuchen wir dann durch die Logik des Erwachsenen retrospektiv zu untermauern. So festigen sich unsere Denk- und Verhaltensmuster mit der Zeit zu Charaktereigenschaften. Nur weil wir versuchen, unser Verhalten retrospektiv mit Logik zu rechtfertigen, heißt dies nicht, dass das Verhalten auch tatsächlich logisch wäre. Aber wir benötigen ein vermeintlich stimmiges Selbstbild, sodass wir uns in der Welt an etwas orientieren können. Es entsteht eine Art Dogma, welches viele Jahre als eine Rechtfertigung und Richtschnur für unser Verhalten dient. Jedes Dogma ist aus der inneren Not geboren, der Angst vor scheinbar vielen Dingen: vielleicht aus der Angst, nicht geliebt zu werden, weil man als Kind oder Heranwachsender gewünschtes Verhalten zeigen soll, auch wenn man sich dafür verbiegen muss - vielleicht aus Angst, bei etwas zu versagen und sich selbst dafür abzulehnen oder abgelehnt zu werden - oder auch aus Angst, Gewalt zu erleiden. Wir werden ständige Wachsamkeit walten lassen, damit wir diese Gefühle nicht erleben, und genau dazu sind unsere gewonnenen Strategien da!

Unsere Wahrnehmung beinhaltet ein ständiges Urteilen über uns selbst und über andere. Was führt uns also dazu, zu sagen, dass ein Mensch gut ist? Und wann lehnen wir den Anderen ab? Ist der gut, der – von außen betrachtet – keine körperliche Gewalt anwendet, also der, der zwar negative Gedanken und Gefühle anderen gegenüber hat, sie aber nicht in Taten auslebt? Ist es der, der ohne Dogma ist? Wer soll das sein? Wie kann ich über andere urteilen, wenn ich selbst so unendlich viele Aspekte dieses Seins auch in mir habe, aber nicht in den Schuhen des Anderen gestanden habe? Diese Frage entbindet jeden Einzelnen selbstverständlich nicht von der Verantwortung für sein Handeln und den daraus resultierenden Konsequenzen! Es entsteht keine moralische Beliebigkeit!

Die Psychologie sagt, dass wir *Coping-Strategien* entwickeln, d.h.: Wir alle wollen in unserem Dasein „zurechtkommen", es bewältigen. Und wenn wir es auf das elementarste Bedürfnis des Menschen zurückführen: Wir wollen lieben und geliebt werden.

So erfüllt es mich mit besonderer Freude und Dankbarkeit, wenn ich miterleben darf, wie ein Mensch es schafft, seiner eigenen *Medusa* ins Angesicht zu blicken, nicht zu versteinern und die bisherige Bahn seines Lebens zu verlassen, um einen neuen Weg für sich zu wählen. Vielleicht kann dieses Buch anderen Menschen Hoffnung schenken, Ähnliches schaffen zu können. Glauben Sie an sich!

Achte auf deine Gedanken, denn sie werden Worte.
Achte auf deine Worte, denn sie werden Handlungen.
Achte auf deine Handlungen, denn sie werden Gewohnheiten.
Achte auf deine Gewohnheiten, denn sie werden Charakter.
Achte auf deinen Charakter, denn er wird dein Schicksal.

(Talmud)

… und eine Muschel für jeden!

Andreas Venus

Düsseldorf, den 17.07.2016

Warum dieses Buch?
oder
Schreiben ist wie reden, nur leiser

Es kann sein, dass viele, die dieses Buch lesen, hinterher sagen: „Was für ein Mistkerl!" Wenn Sie dann nochmal darüber nachdenken und sagen: „Aber wenigstens ein ehrlicher Mistkerl.", dann wäre das für mich okay.

Ich habe mich in meinem Leben, weiß Gott, nicht nur mit Ruhm bekleckert - im Gegenteil. Wenn irgendwo ein großer Eimer mit Scheiße stand, bin ich meistens mit beiden Beinen darin gelandet. Aber ich glaube, dass es vielen Menschen, um nicht sogar zu sagen: vielen Männern, so geht wie mir. An manchen Stellen vielleicht nicht ganz so extrem.

Geschrieben habe ich immer gern, aber immer nur so ein bisschen für mich, und irgendwann habe ich meinem Psychologen eine Situation aus meinem Leben beschrieben. Er sah mich an und meinte: „Schreiben Sie weiter, für sich und andere." Damals habe ich gedacht: „Sicher, darauf hat die Welt gewartet – ein Buch von einem absoluten No-Name, der sein Leben nicht im Griff hat."

Ich hatte die Worte meines Psychologen immer im Hinterkopf und schleppte sie eine ganze Zeit mit mir rum. An Karfreitag 2015 setzte ich mich im Büro an den Tisch, mit einem weißen Blatt Papier und einem Kugelschreiber, und schrieb einfach los.

Die Welt hat ganz sicher nicht auf mein Geschreibsel gewartet, aber vielleicht gibt es Menschen da draußen, die sich in mir wiederfinden – weil sie Ähnliches erlebt haben und dieses Gefühl der Ohnmacht selbst nur zu gut kennen. Der Schritt vom Opfer zum Täter ist so ein unendlich verschwindend kleiner.

So, und wenn dann ein paar nach dem Lesen sagen: „Wenn der doofe Koch das geschafft hat, sein Leben wieder in den Griff zu kriegen, dann schaffe ich das auch!", dann hätte sich das Schreiben für mich gelohnt.

Im Übrigen habe ich festgestellt, dass es mir leichter fällt, die Dinge niederzuschreiben, als darüber zu sprechen. Wenn es erstmal auf einem Blatt Papier steht, ist es aus meinem Kopf heraus und wenigstens ein bisschen verarbeitet.

In der Schule war ich immer gut im Aufsatzschreiben, und zu Hause las ich am liebsten Biographien. Die erste war „Der Weg aus dem Nichts" von Bubi Scholz, dem Berliner Box-Idol der Fünfziger- und Sechzigerjahre, der mit dem Leben im Schatten, als die Karriere vorbei war, nicht klarkam. Der tragische Höhepunkt kam dann Mitte der Achtzigerjahre, als er volltrunken seine Frau durch die geschlossene Badezimmertür erschoss. Gefängnis, die letzten Jahre in einem Pflegeheim – als gebrochener Mann gestorben. Erstickt an einem Frühstücksbrötchen. Ich habe sein Buch dreimal hintereinander gelesen und war fasziniert von den Geschichten, die dieser Mann erzählte. Jahre später stand ich an einem regnerischen Oktobermorgen an seinem Grab und erwies ihm meinen Respekt.

Vielleicht haben wir beide sogar etwas gemeinsam – außer der Tatsache, dass Bubi Scholz ebenfalls gelernter Koch ist: Auch ich bin mit dem Leben, das nicht in einer Küche mit Kochtöpfen und Nudelhölzern stattfindet, nie so richtig zurechtgekommen.

Beim Kochen fühlte ich mich stets sicher, weil ich es beherrschte, die Abläufe und die Strukturen kannte. Sobald der Ofen aus und die Kochjacke abgelegt war, kam meine Unsicherheit. Denn draußen wartete das normale, das eigentliche Leben auf mich. Auf das hatte mich nie jemand vorbereitet; wie das ging, wusste ich nicht. Daher reagierte ich zumeist aggressiv oder arrogant, wenn ich wieder mal komplett überfordert war.

Was tun, wenn man außer Kontrolle ist und nur noch Schweigen oder Gewalt die einzigen Antworten sind, die man geben kann?

Ich habe im Laufe der Jahre so viel Scheiße gebaut und so viel unter den Teppich gekehrt, dass ich eines schönen Tages mit einem ganzen Teppichladen dastand.

Das hier ist kein Ratgeber geworden – so nach dem Motto: „So lernen Sie, mit sich und Ihrer Dr.- Jekyll-Seite zu leben". Darum ging es mir nicht.

Ganz am Ende des Tages kann es sein, dass Sie ganz allein mit sich selbst sind, weil Sie so vielen Menschen, die es mal gut mit Ihnen gemeint haben, vor den Kopf gestoßen haben. Dann ist es wichtig, die richtigen Entscheidungen zu treffen.

Hier erzähle ich einfach nur von einem, der Wünsche, Ideale, Hoffnungen hatte – wie die meisten von uns. Nur dass ich (denn mich meinte ich gerade) schon mal öfter das Kopfsteinpflaster statt der Königsallee erwischt habe.

Es geht mir hier auch in keinster Weise darum, mich reinzuwaschen oder anderen Menschen die Schuld für mein eigenes Fehlverhalten in die Schuhe zu schieben. Diese Schuhe trage ich selbst!

Alles, was hier steht, habe ich selbst erlebt und den Preis dafür bezahlt. Manchmal war es mir egal und manches kann ich nie wiedergutmachen.

Ich lege keine Rechenschaft über mein Leben ab, ich erzähle nur davon. So, wie ich jetzt bin, so, wie ich früher war. Einsam, verzweifelt, misstrauisch. Ehrlich, humorvoll, aufrichtig.

Ungebrochen!

***

Einleitung
oder
Die Reise

Ich hatte in meiner Kindheit mehr als die anderen Kinder, die ich kannte, obwohl meine Eltern einfache Arbeiter waren. Ich hatte einen Videorecorder, ein Rennrad, Hörspielcassetten und Schallplatten ohne Ende.

Dafür hatten die anderen Kinder etwas, das ich nur aus dem Fernsehen kannte: die Liebe ihrer Eltern. Das Gefühl, sonntagsmorgens mit den Eltern im Bett zu kuscheln und dann gemeinsam zu frühstücken, kenne ich nicht.

Wir hatten irgendwie Schwierigkeiten, einen Zugang zueinander zu finden, also suchte ich mir andere Vorbilder: Mike Tyson und Roy Black.

Mike Tyson, weil er sein Leben in beide Fäuste genommen und sich aus den New Yorker Slums bis zur Boxweltmeisterschaft im Schwergewicht nach Las Vegas geboxt hatte. Weil er den unbedingten Willen gehabt hatte, etwas aus seinem Leben zu machen.

Roy Black, weil er die heile Welt besang, die ich immer gern gehabt hätte und an der er zerbrach. Einsam gestorben in einer Fischerhütte irgendwo in Bayern, mit vier Promille im Blut. Ich werde nie den Moment vergessen, als ich von seinem Tod erfuhr.

Es gab einen Moment, viele Jahre später, der so ähnlich und doch ganz anders war: der 16. November 2014, ein Sonntag. Der Tag, an dem die Reise begann, die Reise in mein eigenes Leben. Eine Reise, bei der man keinen Ausweis braucht, man muss zu keinem Bahnhof oder Flughafen. Es ist eine Reise zu sich selbst, die man nur ehrlich und aufrichtig machen kann.

Ich werde über mein Leben schreiben, offen und schonungslos. Über eine verlorene Kindheit mit häuslicher Gewalt und Alkohol.

Über einen Jungen, der stotterte, mit Pickeln und voller Selbstzweifel – unfähig, Freunde zu finden. Über die Zeit der Ausbildung mit dem Gefühl, nichts wert zu sein.

Die Zeit in den Neunzigern, als ich meinte, es wäre eine unheimlich tolle Idee, eine CD zu produzieren und dann auch noch selbst mit dem Singen zu beginnen. Wie es dazu kam und was ich mit all den zerbrochenen Träumen gemacht habe.

Ich werde von dem Weg von Hartz 4 zur Selbstständigkeit erzählen und von meiner Radiosendung, der *Zwiebelecke*.

Von der Unfähigkeit zu vertrauen, sich Menschen zu öffnen und stattdessen Geborgenheit bei Katzen zu suchen. Wie es ist, sich unter Menschen allein zu fühlen, und von der Nacht im Februar 2015, als ich mit einer geladenen Pistole auf der Couch saß und nicht mehr wollte.

Ich schreibe über den Tag, an dem ich bei einer Wahrsagerin saß und wie ein kleiner Junge weinte, weil ich endlich den Weg zu Gott gefunden hatte.

Ich schreibe über das, was ich immer sagen wollte und für das ich nie die richtigen Worte fand. Über einen, der anders ist als die anderen – lauter, extremer, lustiger und trauriger.

Aber es ist auch eine Liebesgeschichte, denn ich werde über Carina schreiben, den einzigen Menschen, den aufrichtig zu lieben ich so gern fähig gewesen wäre. Eine Liebesgeschichte ohne Happy End, denn mein Leben war nie Hollywood. Eher Quinningen-Bootshain.

***

Hagler gegen Leonard
oder
Ich, der Boxer ohne Ring

6. April 1987. Ich war dreizehn und fußballverrückt wie die meisten in diesem Alter. Ich verschlang die Sportteile der *Bild* und des *Express*.

Dabei stieß ich auf einen Bericht über den Boxkampf des Jahres, der in der folgenden Nacht im Spielerparadies Las Vegas stattfinden und von der ARD live übertragen würde: die Weltmeisterschaft im Mittelgewicht zwischen dem unsympathisch wirkenden K.O.-Schläger Marvin Hagler und seinem Herausforderer Sugar Ray Leonard, der das genaue Gegenteil zu sein schien: nett, höflich, ein Boxer, der sich offensichtlich auszudrücken verstand und auf martialische Kraftausdrücke komplett verzichtete.

Mich faszinierte dieser Artikel so sehr, dass ich mir für drei Uhr morgens den Wecker stellte. Mein erster Boxkampf, den ich live sah. Ich war richtig aufgeregt, als ich da in meinem Schlafanzug in den Osterferien vor dem Fernseher saß.

Man kann ja über die Amerikaner sagen, was man will, und zu ihnen stehen, wie man will, aber wenn sie etwas können, dann eine perfekte Show inszenieren. *By the way* - ich mag sie!

Wie die Boxer in den Ring kamen, so stellte ich mir vor, musste das vor zweitausend Jahren im alten Rom bei den Gladiatoren auch gewesen sein. Dann das Singen der Nationalhymne, die Vorstellung der beiden Kontrahenten durch den Ringsprecher, der sogar einen Smoking trug. Großes Kino schon vor dem eigentlichen Kampf, der später als einer der besten in die Geschichte eingehen sollte. (Übrigens gewann Leonard 2:1 nach Punkten, nur damit Sie das jetzt nicht googlen müssen.)

Zwei großartige Sportler, die beide in dieser Nacht bereit waren, ihr Leben aufs Spiel zu setzen, um diesen Kampf zu gewinnen. Das faszinierte mich als Jugendlichen mit dem Selbstvertrauen einer halben Zitrone unglaublich.

Durch mein Stottern saß ich gerade im Deutschunterricht die meiste Zeit mit schweißnassen Händen, wenn wieder laut vorgelesen werden sollte. Der Lehrer ging immer der Reihe nach – noch drei vor mir, zwei, einer – boom! – ich war dran. Meistens

17

schlug mein Herz bis zum Hals und ich würgte mir dann minuten-
lang einen ab.

Ich würde schon sagen, dass die beiden Boxer so waren, wie
ich gern auch sein wollte. Sie waren stark und hatten den Mut,
vor 15.000 Menschen am Ring und Millionen vor dem Fernseher
ihre Kräfte in einer eins-zu-eins-Situation zu messen. Sie waren
auf ein Ziel fokussiert, während ich noch gar nicht wusste, was
ich mit meinem Leben anstellen sollte. Was hatte man in dieser
Hochhaussiedlung auch schon für Möglichkeiten? Ich hatte nur
mich und meine Träume, ich träumte mich aus meinem Kinder-
zimmer fort - in einen Boxring nach Las Vegas, wo ich, wie die
beiden im Fernseher, um einen der höchsten Einzeltitel, die es im
Sport gibt, kämpfen wollte.

Ich wollte - so wie Boris Becker - irgendwo auf der Welt unter
dem Jubel der Massen auf einen kleinen gelben Filzball einschla-
gen. Keine Ahnung, wie viele Nächte ich mir um die Ohren schlug
und mit ihm mitfieberte, wenn er wieder in Australien oder New
York spielte.

Dann träumte ich mich in ein Haus mit einem riesigen Holztisch,
von dem aus ich auf das Wasser eines Sees oder Flusses gucken
konnte und ein Buch schrieb.

Das mit Tennis oder Boxen hat ja nicht wirklich geklappt, weil
ich leider nie den Ehrgeiz entwickelte, es wenigstens im Sport zu
versuchen. Aber wenn Sie jetzt offensichtlich gerade das lesen,
was ich geschrieben habe, lief ja wenigstens das nicht so ganz
schlecht.

Im Januar 1988 sah ich den ersten Boxkampf von Mike Tyson,
der ebenfalls live in der ARD und selbstverständlich wieder mitten
in der Nacht übertragen wurde und wo er Ex-Weltmeister Larry
Holmes vier Runden lang erbarmungslos durch den Ring prü-
gelte. Das beeindruckte mich komplett - nicht wegen der Gewalt,
sondern wegen dieser unglaublichen Willensstärke, die ich vorher noch bei niemandem ausgemacht hatte.

Jetzt, als erwachsener Mann, bin ich immernoch boxsportbe-
geistert und stelle mir nach wie vor nachts den Wecker. Aber
wenn ich an die Helden meiner Kindheit denke, tut es mir weh zu
lesen, was aus manchen Athleten wurde. Manche von ihnen mit

Mitte dreißig nach mehreren gescheiterten Comeback-Versuchen komplett am Ende. Was mag das für ein Gefühl sein, wenn der Steuerberater sagt: „Junge, ich weiß, du bringst es nicht mehr, aber du musst, weil da ja blöderweise vier Ex-Frauen und sieben Kinder finanziert werden müssen, und bei drei Banken ist da auch noch ein bisschen was offen." Was muss das für ein Gefühl sein, wenn man muss, aber einfach nicht mehr kann?

Jetzt werden Sie bestimmt denken: „Warum schreibt er in diesem Buch so ausführlich übers Boxen, er hat doch nie geboxt?" – Doch, hat er! Ab einem bestimmten Punkt in meinem Leben habe ich jeden Tag geboxt, nur nicht mit Boxhandschuhen, sondern mit meinen Worten! Ich habe um die Liebe und die Anerkennung meiner Eltern geboxt und sie nicht ausreichend bekommen.

Stattdessen konnte ich meine Mutter nicht vor den Schlägen meines Vaters schützen und verlor als Kind diesen Kampf.

Jahre später verlor ich auch den Kampf gegen mich selbst, denn man sollte eigentlich meinen, dass, wenn man als Kind Opfer von häuslicher Gewalt wird – wenn auch nur indirekt –, man als Erwachsener einen anderen Weg für sich wählt. Ich tat das nicht.

Ich trat Türen kaputt, warf mit Wäscheständern um mich, riss Autoantennen ab (von meinem Auto); zerstörte einfach mutwillig Gegenstände. Dann übersprang ich die Hemmschwelle, die jeder Mann haben sollte. Ich schlug und trat Frauen, mit denen ich zusammen war.

Meine Mutter hatte durch meinen Vater blaue Augen und gebrochene Arme; soweit kam es bei mir nie. Ich möchte mein Verhalten jetzt, um Gottes Willen, nicht schönreden, aber ich sah das als letzten Weg, wenn ich keine Worte mehr fand.

Das Gefühl hinterher ist so unglaublich beschämend, aber wenn man einmal diese imaginäre Linie übersprungen hat, dann macht man es wieder.

Ich war unfähig, Streitsituationen mit Worten zu klären, weil ich das nie gelernt hatte, aber selbst das darf so ein Verhalten niemals rechtfertigen. Das soll es auch nicht.

Ich habe mit Schimpfwörtern in übelster Weise um mich geworfen und dachte, ich wäre im Recht. Das ist das eigentlich

Schlimme – sein Fehlverhalten jahrelang als richtig zu empfinden. Wenn ich heute über meine beiden Ehen nachdenke, würde ich sagen, dass Petra meine Ausraster fünfmal im Jahr in Kauf nahm, weil sie ansonsten ein recht sorgenfreies Leben führte. Sie ging nur arbeiten, wenn sie wollte, machte den ganzen Tag, wozu sie Lust hatte, während ich arbeitete, und nahm es mit der Treue wohl auch nicht so genau. Das klingt jetzt hart, aber ich denke so.

Bei Carina war das total anders: Sie litt unter mir und hoffte immer, dass ich mich irgendwann und irgendwie in den Griff bekäme. Es in unserer Beziehung nicht geschafft zu haben ist sicher die größte Niederlage meines Lebens. Durch meine Psychotherapie habe ich gelernt, mir diesen Teil meines Lebens zu verzeihen.

Ich hoffe, dass sie das irgendwann auch kann.

***

Keine ganz normale Kindheit
oder
Werd' schnell erwachsen, Kleiner

Die früheste Kindheitserinnerung wird bei den meisten Menschen etwas sehr Schönes, Harmonisches sein: ein Weihnachtsfest mit einem festlich geschmückten Baum, ein Geburtstag mit Schaukelpferd und spielenden oder lachenden Kindern – so in der Art. Bei mir war das anders.

Meine früheste Kindheitserinnerung geht in den Sommer 1979 zurück. Ich war fünf. Es war der Abend, bevor wir zu einem Familienurlaub nach Rumänien flogen, der einzige Urlaub in meiner Kindheit, der nicht in die DDR oder nach Kroatien - damals noch Jugoslawien - ging. Am späten Abend, ich hatte schon geschlafen, wurde ich durch die Schreie meiner Mutter aus dem Schlafzimmer wach und lief in das Zimmer. Meine Mutter lag auf dem Bett, mein Vater über sie gebeugt, auf sie einschlagend.

Im ganzen Raum roch es nach Alkohol, ein Geruch, den ich jetzt beim Schreiben sofort wieder in die Nase bekomme. Mit einer so realen Präsenz, dass ich fast schon glauben könnte, ich würde über etwas berichten, das sich letzte Nacht ereignet hat und nicht vor 35 Jahren.

Mein Vater war betrunken und hatte jede Art von Kontrolle über sich verloren. Ich versuchte, dazwischenzugehen, ihn irgendwie von meiner Mutter wegzubekommen, was für einen Fünfjährigen in so einer Situation nicht leicht ist. Mit meinen kleinen Fingern kratzte ich so lange über seinen Rücken, bis er von ihr abließ. Ein paar Minuten später saß er weinend auf dem Boden im Flur.

Wenn er betrunken war, konnte er extrem aggressiv werden. Dann spielte er in voller Lautstärke kroatische Musik und suchte regelrecht nach einem Auslöser für einen handfesten Streit. Wir hatten einen Wohnzimmertisch mit einer Porzellanplatte, die voller Risse und Einkerbungen war, weil er immer mit der Faust darauf einschlug. Er kam auch vor, dass er weinend auf der Toilette saß; das jedoch eher selten.

Einen Tag später flogen wir dann nach Rumänien wie eine ganz normale Familie, so, als hätte es den Vorabend nie gegeben.

Beispiele dieser Art könnte ich Dutzende aufzählen; das zog sich wie ein roter Faden durch meine komplette Kindheit. Ein gebrochener Arm, ein blaues Auge. Meine Mutter erzählte den Nachbarn dann, sie sei gefallen oder hätte am offenen Fenster einen Zug bekommen.

Mich hat mein Vater nie geschlagen, nicht ein einziges Mal. Da gab es wohl eine Art Hemmschwelle, die er bei meiner Mutter nicht hatte.

Er war immer dann gewalttätig, wenn er trank. Ich kann mich an keine einzige dieser Situationen erinnern, die ohne Alkoholeinfluss stattgefunden hätte.

Den Grund für sein Trinken habe ich als Kind nie verstanden. Ich kann nur sagen, dass ich bis heute eine Abneigung gegen Alkohol habe. Ich trinke weder Bier noch Wein noch Schnaps.

Es vergingen selten drei oder vier Monate am Stück, in denen er nicht trank, wo nicht irgendein Theater war. Auch da gab es wieder einen roten Faden, der sich durch Familienfeiern, Familienurlaube und Weihnachtsfeste zog.

Er hatte absolut keine Hemmungen, uns vor Onkels und Tanten zu blamieren. Ich hatte als Zehnjähriger schon manchmal das Gefühl, dass ich mich für ihn schämte, was wiederum dazu führte, dass ich jeglichen Respekt ihm gegenüber verlor und mich in meine eigene kleine Kinderwelt zurückzog. Ich glaube, dass wir aus diesem Grund als Familie auch keinen Freundeskreis hatten.

Menschen wie meinen Vater bezeichnet man wohl umgangssprachlich als Quartalssäufer. Sein Quartal startete meistens sonntags, und er trank alles, was ihm in die Finger kam: billigen Schaumwein, Schnaps und Altbier. Wenn er ein gewisses Pensum geschafft hatte, zog er sich einen Anzug an und streifte um die Häuser durch die naheliegenden Kneipen. Ich lag dann abends im Bett und wartete regelrecht darauf, dass es losging. Das ging mir so auf die Psyche, dass ich schon in der vierten Klasse richtig schlimm stotterte. Selbst heute als erwachsener Mann überkommt mich das manchmal.

Meistens meldete er sich dann montags bei seinem Arbeitgeber krank und machte munter weiter. Wenn er nicht trank, versuchte er das, was er betrunken in mir kaputt gemacht hatte, mit materiellen Dingen auszugleichen. Ich hatte als Kind so ziemlich alles, was man haben kann: Fernseher, Stereoanlage, Videorecorder, Schallplatten, Hörspielkassetten und ich weiß nicht, was noch alles. Die Rolle meiner Mutter ist mir nie so richtig klargeworden: Warum sie ihn nicht verließ, oder ob die beiden sich jemals geliebt haben – ich hab' echt keine Ahnung.

Sie hat gemacht und getan, was sie konnte, aber ich kann mich an Situationen erinnern, wo sie ihn bis aufs Blut provozierte, mit Worten oder mit Taten - sei es, dass sie seine Wäsche nicht mehr wusch oder dass nicht mehr für ihn kochte.

Eine Form von ehelicher Harmonie - und ich schreibe jetzt bewusst nicht mal „Liebe" – daran kann ich mich wirklich nicht erinnern. Das war ein wirklich schwieriger, belastender Teil meiner Kindheit. Man bekommt, denke ich, als Kind oder später als Heranwachsender mehr mit, als die Eltern denken.

Als Erwachsener habe ich unzählige Nächte davon geträumt, wie ich mich mit meinem Vater prügele. Dazu kam es in der Realität nie. Aber ich wachte jedes Mal komplett durchgeschwitzt auf. Beim Schreiben merke ich gerade, wie präsent das alles ist. Vor meinem geistigen Auge bin ich wieder der hilflose Fünfjährige, der vollkommen überfordert zusieht, wie der eigene Vater die Mutter verprügelt. Die eigentliche Scheiße dabei ist, dass ich als erwachsener Mann vor ähnlichen Problemen stand.

Mir fällt auch gerade auf, dass ich nie sah, dass sich meine Eltern küssten oder sonstwie zärtlich oder liebevoll miteinander umgingen. Mit mir machten sie das allerdings auch nicht, und ich glaube, dass das der Grund ist, warum ich später auch immer ein Problem mit körperlicher oder emotionaler Nähe hatte.

Jahre später, als ich sah, wie Carinas Eltern auch nach über fünfundzwanzig Jahren Ehe mitenander umgingen, hat mich das komplett überfordert. Ich kannte das einfach nicht.

Ich hatte diese Kälte, die mir meine Eltern vorlebten, für mich und meine Beziehungen übernommen, so ehrlich muss ich schon sein. Petra war es wohl egal, aber Carina litt sehr darunter. Man bekommt eine Katastrophe vorgelebt und macht die eigenen Beziehungen zu genauso einer. Ob ich wollte oder nicht, ich konnte nicht aus meiner Haut heraus – aber ich muss auch so ehrlich sein und mich fragen, ob ich das wirklich jemals aufrichtig und ehrlich versuchte.

Normalerweise sind Eltern für ihre Kinder ein Vorbild. Bei mir war das nie so. Obwohl sie sicher auch immer versuchten, mir alles, was sie konnten, zu geben, gab es immer eine Art von Distanz, eine unsichtbare Mauer zwischen uns. Etwas Unausgesprochenes - bis heute.

Durch den Stress zu Hause brachte ich so gut wie nie Klassenkameraden mit. Ich hatte keine wirklichen Freunde, war mit meinen Büchern oder den Hörspielkassetten allein in meinem Zimmer. In meiner eigenen Welt.

Obwohl ich in einem Fußballverein war, hatte ich auch da, vom Training und den Spielen abgesehen, keinen Kontakt zu den anderen Kindern.

Jetzt, wenn Sie das lesen, denken Sie bestimmt: „Was für eine traurige Kindheit!" Aber ich hatte das nie so empfunden, vielleicht deswegen, weil ich es nicht anders kannte. Ich hatte mich mit den Umständen zu Hause arrangiert. Mir wurde allerdings früh klar, dass ich schnell erwachsen werden wollte, um zu Hause ausziehen zu können.

***

Meine Schulzeit
oder
Allein unter Kindern

Ich habe diesen Tag noch heute in Erinnerung: ein Kinderge-burtstag in der Grundschulzeit. Durch eine viel zu kleine verwin-kelte Wohnung tobten schreiend zehn oder elf Kinder, spielten Topfschlagen, Sackhüpfen und Blinde Kuh; hatten Spaß, waren ausgelassen, lachten.

Ich stand allein in der Küche und sah aus dem Fenster, darauf wartend, dass meine Mutter mich aus dieser Situation befreite. – Ich glaube, so empfand ich das damals wirklich. Ich konnte mit den Kindern, den Spielen und dieser ganzen kindlichen Ausge-lassenheit nichts anfangen. Kennen Sie das: Wenn man irgend-wo dabei ist, aber doch genau weiß, dass man entbehrlich ist? Dass es den anderen egal ist, ob man gerade da ist oder woan-ders?

Warum habe ich diesen Tag wohl bis heute nicht vergessen? Warum ist der nach all den Jahren so präsent wie eine Fußballü-bertragung aus der letzten Woche?

Die Antwort fällt mir relativ leicht: Ich konnte mit gleichaltrigen Kindern nie wirklich was anfangen. In meinem Zimmer fühlte ich mich wohler, allein mit mir, meinen Büchern, den Schallplatten und den Hörspielen. Ich hatte alle *Drei ???*, alle *TKKG*, alle *Fünf Freunde*. Dazu verschlang ich die Bücher von Enid Blyton.

Meine Grundschulzeit ist in meinem Hinterkopf noch relativ prä-sent: Den Namen der Klassenlehrerin und die der meisten Kinder weiß ich noch. Allerdings erinnere ich mich nicht an Freundschaf-ten, die ich gehabt hätte. Wenn ich mal krank war, brachte ein Junge die aktuellen Hausaufgaben vorbei, und mit dem verstand ich mich ganz gut, aber Freunde?

Wir hatten eine Projektwoche, in der wir allerlei mit Büchsen machten. Das fand ich klasse – die Blechdinger zu waschen, zu bemalen und damit zu spielen.

In der vierten Klasse fuhren wir quasi als Abschluss in eine Jun-gendherberge im übernächsten Ort und übernachteten dort so-gar. Das empfand ich als echtes Abenteuer. Am Abend kamen die Eltern zu einem gemeinsamen Grillen, und dann wurde Fußball gespielt, die Väter gegen die Kinder. Die Väter gewannen drei zu eins, und ich schoss das einzige Tor für die Kinder.

In der Schule mussten wir über den Ausflug – heute würde man Klassenfahrt sagen, wobei mir gerade einfällt, dass wir gar nicht fuhren, sondern wanderten - einen Aufsatz schreiben, was ich richtig super fand.

So um die Zeit fing, würde ich sagen, mein Interesse fürs Schreiben an. Gegen Ende der vierten Klasse stellte sich heraus, dass die weiterführende Schule für mich nur die Hauptschule sein würde. Ich war nicht schlecht, aber durch das ständige Theater zu Hause konnte ich mich schlecht konzentrieren, und das mit dem Stottern stand auch in den Startlöchern. Mathe machte mir zu schaffen, was sich durch die komplette Schulzeit zog. Meine Mutter half mir nach dem Mittagessen oft bei den Hausaufgaben, und für den Kunstunterricht malte sie regelmäßig meine Bilder.

Die Hauptschule, auf die ich von der fünften bis zur zehnten Klasse ging, lag im Nachbarort, und ich musste jeden Morgen mit dem Bus in die Schule fahren. Ich fühlte mich dabei irgendwie so erwachsen. Nun hatte ich Englisch und ging dabei auch in den Erweiterungskurs, der ab der Siebten angeboten wurde. Die Sprache fiel mir leicht, ich mag sie bis heute. Dadurch, dass ich viele Sportübertragungen im Originalton sehe, vergesse ich es auch nicht so leicht; im Gegenteil - ich spreche heute besser Englisch als zu Schulzeiten.

In Deutsch und Erdkunde war ich gut – Sport und Hauswirtschaft sowieso. Aber Freundschaften schloss ich auch hier nicht wirklich. Es gab ein, zwei Jungs, mit denen ich vor der Schule auf dem Pausenhof stand oder in den Pausen mein Brot aß. Es war belanglos, oberflächlich, uninteressant. Warum? - Scheiße, ich hab' auch keine Ahnung.

Wir waren im selben Fußballverein, manchmal kam einer von den Jungs mit zu mir nach Hause, aber das war echt selten der Fall. Ich fühlte mich auch hier wieder isoliert, entbehrlich und irgendwie scheiße – so, wie auf diesem Kindergeburtstag. Aber ich war auch nie offen für Freundschaften, weil ich verklemmt war, glaube ich.

Wobei es Mobbing an meiner Schule gar nicht gab. Das war wohl ein Segen der Achtziger: dass wir auf dem Schulhof *Modern Talking* und *Falco* über Lautsprecher hörten und da für diese ganze Mobbingscheiße keine Zeit war.

Mir fallen die Jungendherbergsfahrten in die Eifel oder nach Oberstaufen ein, die ich alle hasste. Was gab es Schlimmeres, als mit anderen Kindern ein Zimmer zu teilen oder den ganzen Tag zu verbringen? - Nichts! Kinder, die ihre Klamotten nicht aufräumten, alles rumliegen ließen, sich nicht wuschen und teilweise schon schnarchten wie die Bierkutscher. Das war nicht meine Welt.

Egal, in welchem Jahr wir in welcher Jugendherberge waren: Am Abend gab es immer schwarzen Tee, und offen gesagt, mag ich den bis heute nicht.

Wenn Sie jetzt auf irgendwelche Streiche wie in den unzähligen Filmen aus den Siebzigern warten, muss ich Sie enttäuschen: Da lief überhaupt nichts. Dafür vergingen die Jahre zu monoton. Anschließend ging jeder seiner Wege, und ich hatte jahrelang zu niemandem aus der Schulzeit Kontakt.

Das besserte sich durch Facebook ein bisschen, aber auch da hat es niemand auf die Reihe gebracht, mal ein Klassentreffen zu organisieren - ich auch nicht. Jeder lebt in seinem eigenen Kosmos - und gedacht habe ich eigentlich: „Schneckenhaus".

Was mich ziemlich schockierte, war die Tatsache, dass wir in Geschichte kein einziges Wort über das Dritte Reich verloren. Absolut nicht nachvollziehbar, dass man das dunkelste Kapitel unser aller Geschichte einfach mal so eben unter den Tisch fallenließ.

„Was war eigentlich mit Mädchen?", denken Sie bestimmt - oder nicht? In der zehnten Klasse lernte ich in ein Mädchen aus einer Neunten kennen, umgangssprachlich muss es jetzt korrekt heißen, dass wir ein paar Monate miteinander gingen. Aber außer ein bisschen Küssen ereigneten sich keine größeren Aufgeregtheiten.

Ich glaube, Sie stellen gerade - wie ich - fest, dass dieses Kapitel ein bisschen zäh ist; obwohl ich ganz gern hinging zu der Schule, war das alles nicht so meins. *So, that's it, anyway*!

27

Lassen wir das einfach. Sollten Sie eine Frage zu meiner Schulzeit haben, schreiben sie mir einfach eine E-Mail, ich antworte. Versprochen!

***

Kroatien
oder
Und jährlich grüßt das Murmeltier

Die meisten Kinder freuen sich bestimmt schon vom Ende der Winterferien und dem ersten Schultag im neuen Jahr an auf die großen Ferien im Sommer. Wenn sie den ganzen Tag mit ihren Freunden bis spätabends draußen spielen, Rad fahren oder sogar ins Zeltlager dürfen. Oder mit ihren Eltern einen Familienurlaub machen.

Ich habe die Sommerferien gehasst ohne Ende, das können Sie sich nicht vorstellen. Das war die schlimmste Zeit des Jahres für mich. Bis auf zwei Ausnahmen, als wir die Sommerferien bei der Familie meiner Mutter in der damaligen DDR verbrachten, ging es jedes Jahr aufs Neue nach Jugoslawien bzw. - um politisch korrekt zu sein - nach Kroatien.

Zur Erklärung: Mein Vater wurde kurz nach dem zweiten Weltkrieg im damaligen Jugoslawien geboren und wuchs mit fünf Geschwistern in einfachen, um nicht zu sagen: armen Verhältnissen auf. Mit 21 verließ er mit zwei Freunden das Land, um nach einem einjährigen Zwischenstopp in Deutschland, genauer gesagt, in Düsseldorf zu leben. Da lernte er dann 1969 oder 1970 meine Mutter kennen, die beiden heirateten 1972 und zogen hier nach Quinningen.

OK, *here we go again* ...

Vielleicht fehlt mir einfach so ein, bei manchen Menschen angeborener, Familiensinn. Der fehlt mir eigentlich sogar mit Sicherheit. Aber ich habe die Sommerurlaube immer als ziemliche Qual empfunden. Sicher ist sogar mir verständlich, dass mein Vater Sehnsucht nach seiner Mutter (sein Vater war vor meiner Geburt gestorben) und seinen Geschwistern hatte. Dass er den Ort seiner Kindheit besuchen wollte, so wie ich das manchmal auch mache, wenn ich morgens um vier durch die die Straßen meines früheren Stadtteils fahre.

Auf jeden Fall habe ich ihn nie etwas über seine Gefühle, die Familie betreffend, sagen hören. Ich habe nie verstanden, warum wir nicht mal zu Ostern oder in den Herbstferien hin sind. Immer in den Sommerferien, immer vier Wochen. Mit dem Auto von hier in die Nähe von Zadar, der zweitgrößten Hafenstadt von Kroatien.

1300 Kilometer – hin meistens ohne größere Pause und zurück mit einer Übernachtung in Österreich.

Damals gab es in Kroatien so gut wie keine Autobahnen. Da konnte es schon mal vorkommen, dass ein Traktor mit Schweinen auf dem Hänger eine halbe Stunde vor einem fuhr und nichts weiterging. Die Straßen waren voll von Schlaglöchern, was die allgemeine Stimmung auf der Fahrt auch nicht unbedingt verbesserte. Das Auto war in der Regel bis unters Dach voll mit Klamotten und Kram, den man in Kroatien nicht kaufen konnte. Mir fällt gerade ein, dass mein Vater einmal sogar die Stoßdämpfer nach einem Sommerurlaub auswechseln lassen musste.

Das Wetter ist im Hochsommer für ein Stadtkind klasse, vorausgesetzt natürlich immer, das Stadtkind mag den Sommer. Ich habe den Sommer gehasst! Morgens um zehn 40 Grad, abends um zehn immernoch 30 Grad. Den ganzen Tag so gut wie kein Wind und der Boden so unsagbar heiß, dass es unmöglich war, barfuß zu laufen.

Jetzt denken Sie bestimmt: „Stell dich nicht so an, das Meer war doch direkt vor der Haustür. Ein Sprung in das kühle, belebende Wasser, und gut ist." Theoretisch eine gute Idee, praktisch eine schlechte – denn es gab zwei Faktoren, die dagegensprachen: Zum einen mochte ich das Salzwasser der Adria nicht und zum anderen hatte ich als Zwölf- oder Dreizehnjähriger den *Weißen Hai* auf Video gesehen. Wenn ich bis dahin im Meer schwimmen gegangen war - und ich schwimme ganz okay -, dann bin ich ab diesem Tag (also dem, als ich das Video sah) kein einziges Mal mehr im offenen Wasser gewesen, bis heute. Jetzt denken Sie bestimmt: „Krasse Scheiße!" Stimmt, wenn ich ehrlich bin, habe ich das auch gerade gedacht.

Wenn ich allerdings schwimmen gegangen wäre, hätten sich zumindest die Mücken wohl ein anderes Opfer gesucht. Haben sie aber nicht!

1982 entschlossen sich meine Eltern, das Haus meiner Oma für uns umzubauen. Von da an bauten sie in allen darauffolgenden Ferien. Da sie nur vier Wochen im Jahr Zeit hatten, taten sie eigentlich nichts Anderes, als am Haus zu arbeiten. Was ich auch irgendwo verstehen kann, weil man ja gern auch mal irgendwann fertig werden will. Die Konsequenz daraus war allerdings, dass wir nie etwas gemeinsam als Familie unternahmen, kein einziges Mal. Wir waren nahezu meine komplette Kindheit in Kroatien, aber ich kenne nur das Dorf meines Vaters und das, was auf der Hin- oder Rückfahrt an uns vorbeigezogen ist.

Kroatien ist ein wunderschönes Land: mit der Altstadt von Split, den Plitvicer Seen, wo in den Sechzigern die Karl-May-Filme mit Lex Barker und Pierre Brice gedreht worden waren, das Amphitheater von Pula und so vielem mehr, was ich alles nur aus deutschen Fernsehsendungen kannte.

Wenn ich ein Kind hätte - und nach meinem Wissen habe ich keines -, würde ich ihm mein Land, meine Wurzeln wenigstens versuchen zu erklären, zu zeigen, näherzubringen. An den Punkt sind mein Vater und ich nie gekommen.

Zurück zum Haus, das man sich so vorstellen kann wie ein Quadrat, das auf vier Pfeilern steht. Jetzt brauchen Sie eine Menge Phantasie, um sich so ein Haus vorzustellen, ich weiß, aber es sieht wirklich so aus. Mit grauem, grobem Zement verputzt, stand es lange so da, ohne Farbe, mit einem Flachdach und, ich glaube, drei Fenstern; einem bestimmt fünf Meter langen Balkon auf der Südseite, der einen direkten Blick auf das Nachbargrundstück bietet. Der Nachbar hielt dort allerdings nur Tiere – Hühner, Enten und blöderweise auch Schweine, was schon nicht ganz so toll war.

Es gibt ja so Kindheitsgerüche, die einen ein Leben lang begleiten, und wenn ich an Kroatien denke, fällt mir zu allererst der Geruch von nassem Beton ein.

Ich weiß nicht ob ich das Haus oder die Ferien nicht mochte, weil ich meinen Vater nicht so mochte, und ich will nicht spekulieren. Aber ich habe, wie gesagt, Kroatien nie wirklich kennengelernt. Die Geschichte, die Kultur hat mir mein Vater nie erklärt, das habe ich von Wikipedia. Also habe ich auch keinen sonderlichen Bezug zu Land und Leuten und war zuletzt 2001 da.

Die Familie meines Vaters empfand ich nie als harmonisch im Umgang miteinander, ganz im Gegenteil: Da war auch ständig Stress. Ich dachte als Kind oft, dass die alle falsch und nur auf ihren Vorteil bedacht seien. Da wir zu Hause nur deutsch sprachen, brauchte ich immer ein paar Tage, um so ein bisschen reinzukommen ins Kroatische, aber ich hab' mir auch nicht so viel

Mühe gegeben. Bin nicht auf die Familie meines Vaters, die ich nie als meine Familie empfunden habe, zugegangen.

Ich kann mich an kein einziges persönliches Gespräch mit irgendwem erinnern. Sie interessierten sich nicht für mich und ich mich nicht für sie - und ich sage das, ohne dass es mir dabei schlecht geht. Es war einfach so.

Das einzige, das ich in Kroatien wirklich liebte, war das Boule-Spiel. Der Nachbar schräg gegenüber brannte Schnaps, hatte Fremdenzimmer und stellte Wein selbst her. Und – er hatte eine Boule-Bahn, auf der jeden Abend gespielt wurde. Jeder Spieler bekam zwei oder drei Kugeln mit dem Ziel, seine Kugeln so nah es ging an die kleine Kugel zu bringen. (Klingt wie Curling ohne Eis, oder?) Ich sah dabei stundenlang zu und durfte ab und an selbst mitspielen. Aber ich war auch da schon eher eine Art Außenseiter, obwohl ich viel Zeit mit den beiden Töchtern meines Onkels verbrachte.

Am 16. August - dem Todestag von Elvis - war der Geburtstag des Schutzpatrons, was immer mit einem Dorffest verbunden war. Jedes Haus grillte ein Schwein, eine Ziege oder ein Schaf. Musik und der Geruch von Gegrilltem erfüllte die Luft. Blöd war immer, dass ich zu den Tieren meistens schon einen persönlichen Bezug aufgebaut hatte (anders als zu den Menschen) und daher keinen Bissen runterbekam.

Ähnlich wie zu Hause verging selten ein Sommerurlaub ohne die diversen kleinen und größeren Kontroversen meiner Eltern. Ein Gefühl von Liebe, Verbundenheit oder sonst was in dieser Art entwickelte sich zwischen uns also im Urlaub auch nicht. Irgendwie war alles genauso wie zu Hause, nur, dass es hier heißer war.

Die Kinder oder Lehrer aus der Schule beneideten mich meistens um die Urlaube, wenn am ersten Schultag nach den großen Ferien jeder vor der Klasse erzählte, wo er gewesen war. Oberflächlich betrachtet, hatten sie da sicher Recht. – Und sonst? Sie haben es gerade gelesen.

***

Gebelzig
oder
Glückliche Ferien - meistens!

Jetzt werden Sie bestimmt denken: „Wo liegt das eigentlich, dieses Gebelzig?" - In Sachsen! Eine gute halbe Stunde hinter Dresden und eine weitere Dreiviertelstunde vor Bad Muskau. Haben Sie bestimmt schon mal gehört. - Nee, nicht Dresden, sondern Bad Muskau! Das ist die Stadt, in der der berühmte Fürst Pückler gelebt hat, der ein Faible für Eisbomben und pompöse Landschaftsgärten besaß. Gleichzeitig ist Bad Muskau auch der Grenzübergang zu Polen.

Doch zurück zu Gebelzig, einem Dorf, so ländlich, dass es eigentlich ländlicher nicht geht. Das Wort „Postkartenidylle" fällt mir gerade ein und es passt, glaube ich, auch ganz gut. Vielleicht 600 Einwohner, ein Bäcker, ein Fleischer, ein Konsum (wir würden heute Supermarkt dazu sagen). Sonst nur Wald, Natur, soweit das Auge reicht. Ein Paradies für ein Kind wie mich, das in einem Hochhausblock in einem Hochhausviertel aufgewachsen ist. Das einzige Grün, das ich kannte, war das eines grünen, verboten angebrachten Graffiti.

Gebelzig war unser Urlaubsgegenstück zu Kroatien, obendrein noch die Heimat meiner Mutter, die 1945 im Alter von sechs Jahren mit ihren Eltern und den beiden Schwestern aus ihrer schlesischen Heimat hatte fliehen müssen. Gelandet sind sie in Gebelzig, wobei sie nicht geflogen sind, sondern gelaufen.

Nach Gebelzig fuhren wir meistens in den Osterferien, schon mal auch zu Weihnachten. Ich liebte es - kein Vergleich zu Kroatien. Hier fühlte ich mich mit den Menschen verbunden, zu Hause. Die Menschen, das waren zu Beginn noch Opa und Oma, später dann Onkel und Tante mit einem Sohn.

Zu dem Sohn der beiden hatte ich die stärkste Bindung. Wir unternahmen so viel, wenn wir da waren. Zu zweit, was ich lieber mochte als mit den Erwachsenen zusammen. Wir fuhren nach Dresden, das immernoch eine der faszinierendsten Städte für mich ist, die ich kenne; ins Umland, zu einem Stausee; wir sammelten Pilze und Beeren im Wald. Ich war siebzehn Jahre jünger als er und stellte mir immer vor, dass so der große Bruder hätte sein sollen, den ich nie hatte.

Er ging mit mir zum ersten Live-Konzert meines Lebens. Ein angehender Superstar, damals noch weit vom späteren Pop-Titanen entfernt, gab sich Anfang der Neunziger in einem der umliegenden Dörfer die Ehre. Wobei der Ausdruck *live* wahrscheinlich nicht so unbedingt an diese Stelle passt, aber gut.

Mit meinem Cousin habe ich meine erste Zigarette geraucht, eine *Cabinett* oder eine *F6*, das weiß ich nicht mehr so genau. Er brachte mir mit seinem Trabbi das Autolenken bei, was unheimlich lustig war. Wir fuhren auch zur Burg Stulpen, in der die Gräfin Cosel mehrere Jahrzehnte im sogenannten Coselturm gefangen gehalten worden war, und zum Saurierpark nach Klein Welka. Das war auch überheftig: Da hatte ein Saurierliebhaber in seinem Garten Dinos in Lebensgröße nachgebaut. Später kaufte er noch das parkähnliche Nachbargrundstück und mittlerweile gibt es da, glaube ich, über hundert Figuren in Originalgröße, die meisten zumindest.

Wenn wir mit meinen Eltern unterwegs waren, war die Stimmung meistens ein bisschen angespannt, denn auch hier verging selten ein Familienurlaub ohne Streit. Allerdings waren die Auseinandersetzungen hier weniger heftig als in Kroatien. Könnte etwas mit dem Heimvorteil meines Vaters in Kroatien zu tun haben.

In Kroatien habe ich den ersten Whisky meines Lebens getrunken, einen *Johnnie Walker*. Fand ich damals ganz cool, mittlerweile finde ich *Capri-Sonne* cooler.

Mein Cousin bekam in den frühen Neunzigern ein richtig heftiges Alkoholproblem, mit Entzug zu Hause und allem, was so dazugehört - ohne das jetzt näher thematisieren zu wollen. Hier geht's ja auch schließlich um mein Leben.

Er hatte, glaube ich, so die Problemchen, die ich auch habe, so viel kann ich wohl schreiben. Ein Einzelgänger mit einem schwierigen Verhältnis zu den Eltern. Sein Vater, also mein Onkel, war in der Partei und sogar mal eine Zeitlang Bürgermeister von Gebelzig, während mein Cousin mit Politik nichts am Hut hatte. Er fing ein Studium an, das er relativ schnell abbrach, um danach Stahlarbeiter im Drei-Schichten-System zu werden.

Vielleicht mochten wir beide uns, weil wir uns ein bisschen ähnlich waren. Manchmal genügte nur so ein Blick zwischen uns, und der andere wusste Bescheid. Obwohl wir außerhalb unserer Besuche keinen wirklichen Kontakt hatten - ganz selten, dass wir uns schrieben. Ich glaube, dass ich meinem Onkel manchmal wie ein verzogenes westdeutsches Einzelkind vorkam. Ich fand mich eher ein bisschen rebellisch, wenn ich mich wieder wegen der Streitereien für meine Eltern schämte. In Gebelzig machte ich stundenlange Spaziergänge mit mir selbst. Da hatte ich ein Gefühl von Freiheit, das hatte ich so in der Art nirgendwo anders mehr.

Als Kind sah ich die DDR wie ein Tourist: ein wunderschönes Land mit offenen, herzlichen Menschen, die aus den Möglichkeiten, die sie bekamen, das Beste machten. Sicher fiel mir beim Einkaufen auch auf, dass die Verpackung immer grau war, dass es von einem Produkt keine zehn Anbieter gab, und wenn etwas ausverkauft war, dann war es erstmal nicht mehr zu bekommen. Ich kann mich erinnern, dass meine Eltern mal zwei Stunden durch alle Dörfer auf der Suche nach Mayonnaise fuhren - erfolglos. Später als Koch, als ich mal an diese Situation dachte, fragte ich mich, warum sie die nicht einfach selbst gemacht hatten. Mayo machen ist kein Hexenwerk und recht simpel, wenn Sie sich fünf Minuten Zeit nehmen. Länger werden Sie nicht brauchen.

Meine Tante war eine unglaublich gute Köchin. Ich erinnere mich an den Geruch ihrer Sonntagsbraten, die sie in einem Holz- oder Kohleofen zubereitete, bis heute, genau wie an den Geruch von frisch gemähter Wiese. – Unglaublich: Allein das Schreiben genügt, um diese Düfte nach all den Jahren wieder in die Nase zu bekommen.

Als ich älter wurde, besser gesagt, erwachsener, fuhr ich mit dem Zug nach Gebelzig. Das fand ich klasse. – Auf so einer Fahrt entdeckte ich in den Neunzigern Udo Jürgens und seine Musik für mich.

Nach dem Tod seiner Eltern riss der Kontakt zu meinem Cousin ab - er trank wieder. Mir tut dieses „keinen Kontakt mehr haben" unendlich leid, aber das, was ich in meiner Kindheit sehen und erleben durfte, wird mich immer begleiten.

Manchmal ist die Erinnerung das einzige, was bleibt, das einzige, das einem wirklich niemand nehmen kann.

Ausbildung
oder
Wer nichts wird, wird Wirt – äh … Koch

Im November 1989 gab es zwei einschneidende Erlebnisse für das deutsche Volk: Die Öffnung der deutsch-deutschen Grenze mit dem Fall der Berliner Mauer und mein Berufspraktikum in der zehnten Klasse. (Ja, ist ja gut, ich dachte, ich hau gleich am Anfang einen raus.) Aber in diesem November 1989 machte ich ein Praktikum in dem Beruf, in dem ich auch heute noch nach all den Jahren arbeite: als Koch.

Ich war also in der zehnten Klasse und musste mir so langsam mal Gedanken machen, wie es im kommenden Sommer weitergehen sollte. Da kam mir das Schulpraktikum gerade recht. Jeder Schüler durfte sich seinen Praktikumsplatz selbst aussuchen und drei Wochen ins richtige Berufsleben eintauchen. Ich hatte nicht wirklich einen Plan, was ich machen sollte, einen Traumberuf à la Feuerwehrmann, Polizist oder Kopfgeldjäger gab es für mich nicht. In meiner Klasse wollten alle Jungs Installateur werden und ich frage mich auch heute noch: „Warum?"

Ich landete in einem Restaurant in einem benachbarten Stadtteil, das es heute nicht mehr gibt (nicht, weil ich schon so alt bin, sondern weil da jetzt Eigentumswohnungen sind.). Aber jetzt im Ernst: Ich habe gerade keine Erklärung dafür, warum ich mit fünfzehn der Meinung war, ich wollte Koch werden. Ich hab' zu Hause nie wirklich was gekocht. Lafer, Schuhbeck und Witzigmann kannte ich gar nicht, und Köche im Fernsehen waren mir nicht eingefallen. Ich glaube, ich fand die Vorstellung schön, dass ein Koch aus verschiedenen Lebensmitteln etwas zusammenstellt und zubereitet, das dann nicht nur zusammenpasst, sondern auch noch gut schmeckt - im günstigsten Fall! Er schwebt in seiner schneeweißen Kochjacke durch die Küche (Nein, ich bin nicht am Kiffen.) und ist auch so eine Art Künstler. Dass der Beruf des Kochs nicht nur einer der stressigsten und arbeitsintensivsten, sondern auch einer mit katastrophalen Arbeitszeiten ist, hatte mir niemand gesagt.

So stand ich dann an einem Montagmorgen um zehn in einer karierten Bäckerhose und in einem weißen T-Shirt vor meinem Küchenchef. Er sah genauso aus, wie sich Lieschen Müller einen

Koch vorstellen würde. Für alle, die nicht Lieschen Müller sind: Er sah aus wie Bud Spencer.

Er riss den ganzen Tag irgendwelche Witze und mochte mich wohl ganz gern. Denn er kümmerte sich, so gut es der betriebliche Ablauf zuließ, um mich und erklärte mir, wie eine Profiküche funktioniert. Außer uns beiden sprangen da noch ein Auszubildender und diverse Hilfskräfte für Spül und Kalte Küche rum. Das Restaurant war so ein gut bürgerliches, wie es in jeder Stadt circa fünfzig gibt. Mit Kegelbahn, Saal und Stammtischen. Vormittags war relativ wenig los, sodass die Vorbereitungen für den Abend gemacht werden konnten. Es gab eine Warme und eine Kalte Küche. Ich machte zu Beginn noch unter Anleitung die Kalte. Salate, Garnituren, Dressings, Desserts (da aber nur die simplen Geschichten wie Pfannkuchen oder Eisbecher). In der Warmen Küche wurden alle Suppen, Soßen, Beilagen und die Fleisch- und Fischstücke (Das nannte man damals wirklich so.) zubereitet. Mir machte das großen Spaß. Ich war von diesem auf-den-Punkt-arbeiten und einen Teller zeitgleich mit der Warmen Küche fertig zu haben fasziniert.

Die Wochen vergingen wie im Flug, obwohl ich Teildienst hatte. Das war recht anstrengend und ging immer von 10 bis 14 und von 18 bis 22 Uhr.

An meinem letzten Abend kam die Chefin in die Küche und fragte mich, ob ich nicht Lust hätte, in ihrem Restaurant eine Kochlehre zu machen. Sie meinte, dass ich Talent für den Beruf hätte und sie sich darüber freuen würde. Ich freute mich ebenfalls und erzählte das zu Hause ganz stolz, und so unterschrieb ich noch im alten Jahr gemeinsam mit meinen Eltern den Ausbildungsvertrag. Das hatte leider zur Folge, dass ich es im letzten halben Jahr meiner Schullaufbahn deutlich schleifen ließ. Das Abschlusszeugnis der zehnten Klasse war eines meiner schlechtesten.

Meine Kochlehre fing ich am 3. August 1990 an. Meine Eltern kauften mir zu Beginn der Ausbildung ein Fahrrad, damit ich abends nicht auf den Bus angewiesen war.

Leider hatte in meinem Ausbildungsbetrieb der Küchenchef gewechselt. Der neue machte einen ziemlich verbrauchten, um nicht zu sagen: ausgebrannten Eindruck, obwohl er gerade vierzig war. Der Ton mir gegenüber war deutlich rauer als vor einem halben Jahr, als ich Praktikant gewesen war. Ich war der Stift, so nannte man Auszubildende im ersten Jahr. Ich schälte den ganzen Tag Kartoffeln und Zwiebeln. Wenn ich das hatte, durfte ich die Kühlhäuser putzen. Nicht nur das Gemüse- und das Fleischkühlhaus, nein den Bierkeller vom Service auch noch. Als Praktikant hatte ich das nicht einmal machen müssen, nichts von alledem.

Mir war schon klar, dass das erste Jahr ziemlich heftig werden würde, aber ich hatte in den ersten vier Wochen nicht einmal das Gefühl, dass ich eine Ausbildung machte. Ich war einfach nur eine sehr günstige Küchenhilfe! Mein erster Monatslohn betrug 530 DM, von denen der Betrieb 198 DM für Personalessen (das ich nie bekam) und Trinken einbehielt. Meine Eltern sprachen dann mal mit der Chefin, nachdem ich zu Hause erzählt hatte, was ich den ganzen Tag so machen musste. Die meinte aber, das sei absolut im Rahmen, schließlich sei eine Ausbildung kein Kindergeburtstag. Die IHK, an die sich meine Mutter dann gewendet hatte, sah das allerdings ganz anders. Die war der Meinung, ich solle sofort den Ausbildungsbetrieb wechseln. So kündigten meine Eltern meinen Ausbildungsvertrag am 20. September, ohne dass ich einen neuen Betrieb hatte. Mein Vater meinte: „Dann bleibst du eben ein Jahr zu Hause, wenn wir jetzt nichts finden. Das ist besser als sich ausnutzen zu lassen." Das habe ich meinen Eltern hoch angerechnet.

Zum Glück konnte ich meine Ausbildung am 1. November fortsetzen - in einem Club in der Innenstadt, in dem Anwälte, Ärzte, der *Lions Club* und die CDU verkehrten. So ein bisschen was für die „Oberen Zehntausend". Der Betreiber saß im Prüfungsausschuss für Metzger und der Küchenchef in dem für Köche (aber nur so rum macht es Sinn!). Die beiden hatten klare Vorstellungen von ihrem Lehrling: Fleiß, Pünktlichkeit und regelmäßige Besuche der Berufsschule waren selbstverständlich. Für mich auch, denn ich wollte ja endlich was lernen.

Die Ausbildung war eine harte, aber auch schöne Zeit. Montags hatte ich immer Berufsschule und von Dienstag bis Samstag arbeitete ich von 15.30 bis 22.00 Uhr. Sonntags war grundsätzlich Ruhetag. Nach dem Ende meiner Ausbildung hat der Betreiber mir mal gesagt, dass ich in dreißig Jahren, in denen er Auszubildende hatte, der einzige war, der jeden Tag eine halbe Stunde vor Dienstbeginn umgezogen in der Küche stand. Das ist bis heute so eine Macke. Ich bin überpünktlich und hasse es, irgendwo auf den letzten Drücker reinzuplatzen.

Der Küchenchef war Mitte fünfzig und ein echtes Kölsches Original, wie man im Rheinland sagt. Er liebte Karneval und den FC. Meistens hatte er einen feuerroten Kopf, weil er gern und laut Anweisungen gab. Dreißig Jahre davor hatte er als junger Koch in Ägypten gearbeitet, was damals eine große Sache gewesen sein muss. Fachlich gab es wirklich nichts, was er nicht wusste. Das Problem in meinem Ausbildungsbetrieb war leider, dass der Betreiber sehr auf die Kohle achtete und wir so gut wie nichts frisch zubereiteten. Es gab Tiefkühlfisch, Tiefkühlgemüse, Saucen aus dem Tetrapack und fertige Tiefkühlkartoffeln in Form von Herzogin-Kartoffeln oder Rösti. Wenn es Schokoladen-Mousse zum Dessert gab, wurde lediglich Wasser mit Pulver verrührt. Auf der einen Seite gaben die Zahlen dem Laden Recht, aber auf der anderen gab es auch so etwas wie einen Ausbildungsrahmenplan. In dem steht, was die Lehrlinge in bestimmten Etappen der Ausbildung schon gemacht haben müssen. Obwohl Betreiber und Küchenchef im Prüfungsausschuss waren, interessierte sich für diesen Plan absolut niemand.

Die Quittung dafür bekam ich bei der Zwischenprüfung, wo ich Rotkohl schneiden und anmachen sollte. Zudem stand das Auslösen eines Schweinenackens auf dem Programm. Beides konnte ich nicht wirklich. In der Berufsschule lief es ganz ok, aber ich hatte Panik vor der Abschlussprüfung, was nach der Erfahrung bei der Zwischenprüfung, glaube ich, auch verständlich war. Mit frischen Produkten kam ich während der gesamten Ausbildung nur höchst selten in Berührung.

Die Abschlussprüfung bestand aus drei Teilen: einem schriftlichen und einem mündlichen, die ich beide ganz okay hinbekam und bestand. Dann kam die praktische Prüfung im Casino einer großen Firma. Aus 100 verschiedenen Suppen, Vorspeisen, Hauptspeisen und Desserts würden die Prüfer das Prüfungsmenü festlegen. Ich hatte wieder ganz schön Panik.

Am Freitagabend um zehn – zehn Stunden vor der Prüfung - gab mir mein Küchenchef beim Umziehen in der Umkleide einen

Zettel, auf dem das komplette Menü stand. Er wusste, dass ich die Prüfung sonst niemals bestanden hätte, was für ihn als Prüfer blöd ausgesehen hätte. Aber ich glaube, er wusste meine Arbeit auch zu schätzen und wollte sich auf diese Weise bei mir bedanken.

Ich musste eine Brühe mit Gemüse und Pfannkuchenstreifen kochen. Im Hauptgang eine Kalbsbrust und zum Dessert Rote Grütze.

Ich bestand die Prüfung mit einer Vier und war jetzt Geselle, aber so richtig kochen - das konnte ich auch jetzt noch nicht. Ich habe mich oft gefragt, warum man mit Auszubildenden arbeitet, wenn man ihnen nichts beibringt, und die Antwort ist: „Weil sie billig sind."

Sie sind billiger als Jungköche und können keine Forderungen stellen, aber lernen können sie halt auch nix. Aber gut, auf der anderen Seite hatte mir dieser Betrieb die Möglichkeit gegeben, meine Ausbildung fortzusetzen und zu beenden. Ich war froh darüber und jetzt ausgelernter Koch. Relativ schnell bemerkte ich, dass man niemals aufhört zu lernen, man ist also zum Glück nie ausgelernt.

***

Roy Black
oder
Wir waren doch allein

Ich werde diesen Tag in meinem Leben niemals vergessen: Freitag, der 10. Oktober 1991. Es ist halb elf, später Vormittag. Meine Eltern arbeiten beide, ich mache die Kochausbildung und bin im zweiten Lehrjahr. Mein Job beginnt um 15.30 Uhr.

In voller Lautstärke höre ich das aktuelle Album von Roy Black, das *Rosenzeit* heißt und vor ein paar Wochen erschienen ist. Dieter Bohlen hat die Musik gemacht und Joachim Horn, der bei so ziemlich allen Hits von Howard Carpendale in den Achtziger- und Neunzigerjahren die Finger mit drin hatte, die Texte geschrieben. Schon jetzt kenne ich jedes Lied in- und auswendig.

Roy Black ist zu dieser Zeit mein Lieblingssänger, genau wie Elvis, der ja schon auf einer großen weißen Wolke sitzt und quasi außer Konkurrenz ist – zumindest für mich.

Sie fragen sich bestimmt gerade, was da im Leben schiefgelaufen ist, wenn man mit siebzehn einen Schlagersänger klasse findet - und Roy Black war ja nicht einfach irgendein Schlagersänger. Roy Black war der Inbegriff für Schnulze in Deutschland. Aber er hat mir etwas gegeben, das ich nicht hatte: Halt!

Wie kam das, wann habe ich ihn das erste Mal bewusst wahrgenommen? An einem Samstagabend im Jahr 1988; im Fernsehen lief *Verstehen Sie Spaß?* mit Kurt Felix. In dieser Sendung wurde Roy Black auf die Schippe genommen. Er trat bei einer Gala auf, und zunächst schien alles ganz normal zu laufen, bis er *Ganz in Weiß* anmoderierte, das Lied, das für ihn Segen und Fluch zugleich gewesen war.

In einem Interview hat er mal gesagt, wenn er irgendwen auf der Straße nach Roy Black fragt, wird derjenige ihn auslachen, aber er wird bestimmt auch *Ganz in Weiß* sagen.

Nun gut, zurück zu *Verstehen Sie Spaß?* Der Tontechniker drehte Roy Blacks Stimme komplett runter und die eines Stimmenimitators rauf. Der kopierte ihn übertrieben schmalzig und tat zum Schluss auch noch so, als wäre er betrunken. Roy Black, der eigentlich Gerhard Höllerich heißt, nahm das Ganze mit einer Lockerheit und einem Humor, die mich beeindruckten.

Mir fällt gerade ein, dass ich als Kind in der Grundschule schon deutsche Schlager mochte, da aber eher noch Andy Borg oder Roland Kaiser. Aber die Stimme und die Ausstrahlung von Roy Black fand ich mit nichts im Bereich Schlager vergleichbar. Ich würde jetzt 25 Jahre nach seinem Tod sogar noch weitergehen und sagen, dass er mit ein bisschen Glück und mit etwas weniger Flugangst eine Weltkarriere wie Julio Iglesias oder Engelbert Humperdinck hätte machen können. Ich meine das jetzt wirklich so!

Mir fielen zuerst diese unendlich traurigen Augen auf, die immer ein bisschen an der Kamera vorbei ins Leere sahen. Dann lief es eigentlich so wie mit Elvis ab – ich fuhr am Montag sofort in die Innenstadt, um mir alle LPs von Roy Black zu kaufen, die es gab. Es gab aber keine einzige aktuelle, nur ein *Best of* aus den Sechzigern.

Nach einiger Zeit begriff ich, warum das so war: Die Leute wollten keine aktuellen Platten von ihm; sie wollten lieber die alten Schinken von früher. Das ging fast die kompletten Achtzigerjahre so, bis er das Angebot bekam, die Hauptrolle in einer Fernsehserie zu übernehmen: *Ein Schloß am Wörthersee*. Die Serie bescherte ihm das Comeback seines Lebens und spülte ihn wieder ganz nach oben. In jeder größeren Fernsehsendung war er nun zu Gast und die Menschen, die sich über ihn lustig gemacht hatten, krochen ihm sinnbildlich wieder den Allerwertesten.

Zurück zum 10. Oktober 1991. Das Telefon im Flur läutet und reißt mich aus meinem Roy Black-Hören und ein bisschen dazu Singen heraus. Mein Vater ist am Apparat. Er ruft oft von der Arbeit an, weil wir uns unter der Woche durch meine Ausbildung so gut wie gar nicht sehen. Wir reden ein, zwei Minuten über Belangloses, ich glaube über Fußball. Dann möchte er wissen, ob ich heute schon den Fernseher oder das Radio anhatte. „Nein", sage ich und mein Nein klingt so wie eine Frage. Warum fragt er mich das?

„Dann weißt du es noch gar nicht?", hakt er nach. - „Was weiß ich nicht?" Eine kurze Pause, dann sagt er: „Ich habe es gerade in den Nachrichten gehört und ich muss zugeben, dass es mir leidgetan hat: Roy Black ist tot!"

Boooommm!! Kennen Sie dieses Gefühl, wenn Sie etwas hören und nicht glauben, was Sie da gerade gehört haben? Irgendwie bringe ich das Telefonat zu Ende, keine Ahnung, wie, dann Tränen – nur noch Tränen. Es gibt Menschen, die genau wissen, was sie beim Fall der Berliner Mauer gemacht haben oder wo sie am 11. September waren. So war für mich der Tag, an dem Roy Black starb: einsam, allein, verzweifelt, mit 48 Jahren und vier Promille Alkohol im Blut.

In den Tagen nach seinem Tod erfuhren die Leute von einem anderen Roy Black: Sie lernten den Menschen Gerhard Höllerich kennen, der innerlich zerrissen gewesen war, der Selbstzweifel gehabt hatte und der den Roy Black eigentlich nicht mochte. Aber dieser Gerhard Höllerich konnte wie auf Knopfdruck sein Lächeln anknipsen, und dann wurde er zu Roy Black.

Ich konnte eine ganze Zeit seine Musik nicht mehr hören - es ging einfach nicht. Selbst heute nach all den Jahren muss ich aufpassen, dass mir nicht die Tränen kommen, wenn ich im Auto sitze und auf *WDR4* unvorbereitet seine Stimme höre.

Roy Black ist mir in einer pubertären Zeit meines Lebens zugelaufen, so würde ich das mal ausdrücken. In einer Zeit, in der ich vielleicht meinen Vater gebraucht hätte. Ich hatte etwas gesucht, das mich aufbaute, mir Stärke gab, vielleicht auch Hoffnung. Hoffnung, irgendwann durch die Pickelzeit zu kommen und irgendwann mal ein Mädchen zu küssen.

Diese Zuversicht kam nie von meinem Vater. Sie kam von Roy Black, der zu diesem Zeitpunkt wahrscheinlich für sein eigenes Leben schon längst ohne Hoffnung war. Genau wie bei Elvis bin ich auch bei Roy der Meinung, dass er heute noch leben könnte - wenn er Menschen gehabt hätte, die für ihn dagewesen wären, die es ehrlich gemeint hätten. Das, was er mir bedeutet hat, und dass er mich durch meine Jugend gebracht hat, sagte ich ihm an einem Sommermorgen im Jahr 2000, als ich weinend morgens um sieben an seinem Grab stand. Jetzt mag manchen Menschen der Titel dieses Kapitels nicht schlüssig erscheinen, aber für mich ist er das.

Zum einen ist es ein Wortspiel mit seinem Lied *Du bist nicht allein* und zum anderen glaube ich, dass wir beide ähnlich verzweifelt, traurig, allein waren, als wir jemanden brauchten. Jemanden, der einfach nie da war. Ich hatte wenigstens noch seine Musik, er noch nicht mal die, weil er sie selbst nicht mochte.

Wie auch immer, ich werde ihn nicht vergessen – ganz sicher nicht!

***

Gefreiter Milic
oder
Ein Koch zieht in den Krieg

Im Jahr 1994 ging der Kelch dann auch an mir nicht mehr vorbei: Ich musste zur Bundeswehr! Verweigern fand ich irgendwie dämlich, und so wurde ich vom Kreiswehrersatzamt mit Tauglichkeitsgrad 2 eingestuft; den bekam ich, weil ich mir in der siebten Klasse mal den großen Zeh gebrochen hatte. Beim Versuch, beim Schulschwimmen mit Anlauf ins Freischwimmerbecken zu springen, war ich blöderweise an der äußeren Kante des Beckens hängengeblieben, was wiederum zur Folge hatte, dass ich eine Woche länger Ferien hatte als die anderen Kinder, da sich mein Unfall zu Beginn der letzten Schulwoche ereignet hatte. Das wiederum hatte zur Folge, dass mein Klassenlehrer mir das Abschlusszeugnis persönlich nach Hause brachte – was ich ganz lustig fand.

Also, wo war ich jetzt? T2, richtig? - Richtig! T2 bedeutete, dass ich außer zum Gebirgsjäger für alle Eventualitäten der Bundeswehr geeignet war. Puh, da hatten die Gämse und Steinböcke noch mal Glück gehabt!

Ich hatte keine bestimmte Erwartungshaltung an die Zeit beim Bund, lediglich die Vorahnung, dass die Grundausbildung recht hart werden könnte. Da ich am 3. Januar eingezogen wurde, begann ich mich im September mit recht ausgedehnten Läufen am Fluss fit zu machen, neudeutsch würde man sagen: Ich bin gejoggt. Das war eine ziemlich gute Idee, sonst wäre die Grundausbildung ein Problem geworden. Wie gesagt, ging es am 3. Januar – dem Todestag meines Opas in der DDR – los. Zusammen mit vielleicht hundertzwanzig anderen Kanonieren (Das war der Dienstgrad, den wir sofort bekamen und der, wie ich schnell herausfand, noch unter dem des Hausmeisters lag.) wurde ich in der *Blücher-Kaserne* in Bachgrund in Empfang genommen. Die ersten beiden Tage waren recht straff durchorganisiert: Wir bekamen unsere Kleidung und die Ausrüstung. Dann ging es erst zu einem praktischen Arzt, danach zu einem Zahnarzt.

Anschließend schaute der Frisör vorbei, wobei ich mir gleich dachte, dass das gar kein richtiger Frisör war, da die Frisuren irgendwie alle gleich aussahen.

Zum Abschluss dieser beiden Tage bekamen wir noch eine Menge warmer Worte vom Kasernenkommandanten an den Kopf geknallt, der uns recht deutlich klarmachte, dass wir jetzt für die Verteidigung unseres Vaterlandes verantwortlich seien. Das war das erste Mal, dass ich Angst um Deutschland hatte! Mir kam in den ersten paar Tagen öfter mal die Idee, dass das hier beim Bund zwölf Monate werden könnten, die sich ziemlich ziehen würden.

Wir wurden in Sechsmann-Stuben eingeteilt und auf meine Frage, warum die Zimmer hier in Bachgrund nicht Zimmer hießen, meinte ein sehr motivierter Unteroffizier: „Weil das hier kein Hotel ist!" Als wir uns dann in den Stuben einquartierten, sah ich, dass er Recht hatte. Drei Etagenbetten, sechs Doppelspinde, ein Tisch mit sechs Stühlen und ein Mülleimer. Das war es.

In der Grundausbildung, die nun begann, hatten wir ohnehin wenig Zeit, die Stuben ausgiebig zu genießen. Der Tag begann für einen Koch relativ früh: um sechs!

Das lief dann so ab, dass der Unteroffizier vom Dienst, der Nachtwache hatte, sich ins Treppenhaus stellte und brüllte: „Kompanie aufstehen!" – also quasi so, wie man das auf einem Bauernhof vom Hahn kennt, nur eben noch lauter. Unsere Stube begann in der zweiten Woche damit, sich einen Wecker für zehn Minuten vor diesem dämlichen Weckruf zu stellen, damit der Start in den Tag ein bisschen angenehmer ausfiel. Dann ging es mit alle Mann in den Waschraum zum Gemeinschaftsduschen und dann rüber in die riesige Kantine zum Frühstücken, wobei das Frühstück beim Bund die beste Mahlzeit des Tages war; das war wirklich so wie in einem Hotel, was die Vielfalt betraf. Da konnte sich niemand beschweren – was beim Mittagessen anders aussah.

Um sieben ging es dann raus vor die Kaserne zum sogenannten Morgenappell, wo erstmal durchgecheckt wurde, wie wir alle gemeinsam den Tag rumkriegen würden. In der Grundausbildung sah das so aus, dass wir vormittags wie die Marathonläufer kreuz und quer durch die Grünanlagen von Bachgrund liefen. Wer Bachgrund kennt, weiß, warum die Gegend „Bergisches Land" heißt. Ein ständiges Hoch und Runter - da kam bei den meisten so richtig Freude auf.

Am Nachmittag hatten wir zumeist theoretischen Unterricht, wobei wir auf einem Diaprojektor anhand der Umrisse feindliche Hubschrauber und Flugzeuge erkennen mussten. Heftig waren die Biwaks in der Grundausbildung. Heute würde man Zeltlager dazu sagen - allerdings für Fortgeschrittene.

In der Regel hat das so scheiße viel geschneit, dass wir die Heringe für die Zelte nur mit Mühe und Not in den gefrorenen Boden gewuchtet bekamen. Die Biwaks gingen immer so zwei, drei Tage und brachten uns wirklich an die Grenze. Mit Nachtalarm und Schützengräben ausheben, Feuerstelle machen und ich weiß nicht, was noch. Was ich weiß, ist, das Bear Grylls, der verrückte Survival-Experte aus England, mächtig stolz auf uns gewesen wäre.

Mittlerweile wurden wir auch für den Umgang mit Panzerfäusten, Handgranaten und dem Standardgewehr der Bundeswehr, dem G3, geschult. Dafür fuhren wir meistens auf Übungsplätze nach Geldern oder Haltern.

Das war schon eine interessante Erfahrung, aber am meisten mochte ich die Leistungsmärsche mit 25 kg Gepäck im Rucksack, die immer zwischen fünfundzwanzig und dreißig Kilometer lang waren. Ich bin von der kompletten Kompanie immer unter die besten fünfzehn gekommen, und diese Wettkampfatmosphäre hat mir richtig Spaß gemacht.

Nach der dreimonatigen Grundausbildung hatten wir das erste Mal von Freitagmittag bis Sonntagabend frei. Ich fuhr mit dem Zug nach Hause und schlief das komplette Wochenende durch, ohne Weckruf!

Die Zeit der Grundausbildung hat aber, wenn ich ehrlich bin, richtig viel Spaß gemacht, weil man diese Erfahrung so nirgendwo anders machen kann. Oder kennen Sie jemanden, der eine Handgranate zu Hause hat? – Wenn ja, legen Sie bitte jetzt das Buch zur Seite und rufen kurz die Polizei an.

Zudem sind die Kameradschaft und das Zusammengehörigkeitsgefühl wirklich klasse. Ab April saß ich dann die meiste Zeit in einem Panzer und hielt Ausschau nach feindlichen Objekten. Da ich aber selten welche fand, wurde ich in das Offiziersheim versetzt, das sich ebenfalls auf dem Kasernengelände befand.

Hier kamen jeden Tag zwischen fünfzehn und zwanzig Offiziere zusammen, um ihre Pausen und die Mahlzeiten zu verbringen. Es gab drei Fremdenzimmer, in denen auch schon mal Offiziere von außerhalb schliefen. Meine Aufgabe bestand darin, das Essen aus der Truppenküche zu holen und hübsch anzurichten, Getränke zu servieren und das Haus in Schuss zu halten, Staub zu saugen, zu spülen und all das, was eine tüchtige Hausfrau ebenfalls so macht. Wir waren drei Soldaten und schliefen nachts auch im Offiziersheim, was richtig cool war, denn das war eine Villa aus den Zwanzigerjahren, die wir meistens nach dem Abendessen für uns allein hatten. Die Stuben waren jetzt auch keine Stuben mehr, sondern Zimmer. Meins war sogar größer als das zu Hause. Ansonsten war der Alltag komplett entspannt und wir hatten Freizeit ohne Ende.

Was macht ein junger Soldat mit zu viel Freizeit? Richtig – er geht zum Fußball! Der Einfachheit halber in der Stadt, in der er stationiert ist – also in Bachgrund. In meinem Fall war das beim *Bachgrunder Sportverein*, kurz BSV genannt, und damals noch in der zweiten Liga unterwegs.

Was glauben Sie, wie oft ich mich damals schon ärgerte, dass ich nicht in München oder Wolfsburg stationiert war! Aber trotz diverser Abstiege und Insolvenzen bin ich dem BSV bis heute treu geblieben. Ab und an fahre ich allerdings auch zum *KFC Uerdingen*, der allerdings mit ähnlichen Problemen zu kämpfen hat.

Im Rückblick war die Bundeswehrzeit absolut kein verlorenes Jahr, und ich würde es heute nochmal genauso machen wie damals. Und das ist eine Aussage, die ich wirklich nicht für alles in meinem Leben machen kann.

***

25 Jahre Gastronomie
oder
Pleiten, Pech und keine Arbeitsverträge

Wenn man ein Buch über sich selbst schreibt, dann schreibt man doch auch ein Buch über andere. Ich meine die Menschen, Betriebe und Arbeitgeber, die ich in 25 Jahren erlebt habe.

Mit wenigen bin ich im Guten auseinandergegangen. Ich glaube, das haben Sie schon beim Kapitelnamen erahnt. Gastronomie ist ein dreckiges Geschäft, nirgendwo ist man als Arbeitnehmer so austauschbar wie hier. Wenn man krank wird, eine eigene Meinung hat und einigermaßen klar denken kann, dann ist so ein „Austausch" meist nicht mehr weit. Wobei man ja nicht tauscht, man wird rausgeschmissen. Der einzige, der tauscht, ist der Betrieb. Der tauscht in der Regel gegen einen Kollegen, der es liebt, seinem Chef in den Allerwertesten zu kriechen, und sich dabei auch noch pudelwohl fühlt; der morgens mit einem Lächeln im Gesicht seinem Spiegelbild begegnet. Genau das ist der Grund, warum ich vielleicht ein paar Arbeitgeber mehr hatte als andere. Weil ich nie meine Seele verkauft habe. Weil ich das, was ich dachte, eben auch gesagt habe. Für mich war es nie nur kochen und dann nach Hause fahren. Ich habe mich immer auch mit meinen Betrieben identifiziert. Ich wollte immer Arbeitsabläufe verbessern, ans Optimum kommen. Jeden Tag! Das ist der Anspruch, den ich heute noch an mich selbst stelle.

Ich denke, wenn man am Abend dreißig *à la carte*-Essen hatte, dann muss das Ziel für den nächsten Abend sein, daraus fünfzig zu machen. Das geht heutzutage in erster Linie mit guter, frischer und ehrlicher Küche. Mit Einheitsbrei, an den sich die Gäste zwei Tage nach einem Restaurantbesuch nicht mehr erinnern können, möchte ich nichts mehr zu tun haben. Dazu ist mir der Beruf zu anstrengend und die Zeit zu schade.

Es mag Menschen geben, die zu dem, was ich schreibe, eine andere Meinung haben, und das ist auch völlig okay so. Ich beschreibe das, was ich erlebt habe, so, wie ich es erlebt habe. Sollte ich damit irgendwem auf die Füße treten, dann ist das eben so. Dass Gastronomie ein dreckiges Geschäft ist, obwohl Köche meistens eine schneeweiße Jacke tragen, ist die Ironie dieses Berufs.

So, los geht's!

Nach Ausbildung und Bundeswehr war ich im Januar 1995 auf der Suche nach einem Job, als mir der Zufall zu Hilfe kam. Mein Vater arbeitete in diesem Januar 1995 schon 25 Jahre bei meiner zukünftigen Firma. Das Essen für die beiden Kantinen (Werk und Verwaltung) wurde von einer Catering-Firma teils gebracht und teils vor Ort zubereitet. Die suchten jetzt einen Jungkoch, und da mein Vater den Kontakt herstellen konnte, bekam ich ein Vorstellungsgespräch, ohne mich vorher schriftlich bewerben zu müssen. Ich wurde noch am selben Tag eingestellt.

Fast sechseinhalb Jahre blieb ich dort, und es war eine herrliche, unbeschwerte Zeit. Ich arbeitete von sechs bis drei und hatte jedes Wochenende und an den Feiertagen frei. Mein Weg zur Arbeit dauerte mit dem Auto fünf Minuten. Manchmal war ich im Winter schneller auf der Arbeit als mein Opel Corsa brauchte, die Heizung warm zu kriegen.

Außer mir gab es da noch einen Küchenchef, der aber jedes Jahr wechselte, weil entweder der Betriebsrat oder die Geschäftsführung was zu meckern hatte. Dazu kamen noch bis zu zehn weibliche Küchenhilfen, die für die Essensausgabe und die Spülküche zuständig waren.

So, und jetzt kommt das große Aber: Im Grunde war es der größte Fehler, den ich machen konnte, mit Anfang zwanzig in eine Kantine zu gehen. Denn das Essen wurde jeden Tag aus der Zentrale fix und fertig angeliefert. Wir bereiteten lediglich den Eintopf, die Salate und ein täglich wechselndes Aktionsgericht zu. Das war mal ein *Toast Hawaii* oder auch mal *Allgäuer Käsespätzle*.

Auf jeden Fall habe ich nach der Ausbildung, in der ich ja nicht wirklich kochen gelernt hatte, auch nix dazugelernt. Als ich dann mit Ende zwanzig gehen musste, konnte ich praktisch nichts, hatte weder Büfett- noch *à la carte*-Erfahrung. Ich hatte vielleicht den Kenntnisstand eines Azubi im dritten Ausbildungsjahr. Ich war bequem und sah nur die Vorteile, die mir dieser Kantinenjob bescherte: viel Freizeit, eine geregelte Arbeitszeit und einen kurzen Weg nach Hause.

Nach meinem Ende bei dieser Firma im Sommer 2001 war ich fast ein Dreivierteljahr arbeitslos, verklagte meinen alten Arbeitgeber auf Wiedereinstellung und bewarb mich ansonsten nur sporadisch. Dieses unbeschwerte in-den-Tag-leben kann schnell zur Gewohnheit werden, wenn man, wie ich, eine relativ dicke Abfindung im Rücken hat.

Bis Januar 2002 ging das so. Dann unterschrieb ich einen Jahresvertrag in einer Einrichtung des Diakonischen Werks in Quinningen in einem Restaurant, das es sich zur Aufgabe gesetzt hatte, physisch und psychisch kranke Menschen wieder in das normale Berufsleben einzugliedern, mit dem Ziel, irgendwann wieder in der freien Gastronomie zu arbeiten. In der Theorie hörte sich das super an. Die Praxis war dann weniger super! Die meisten Mitarbeiter waren aufgrund ihres Krankheitsbildes nicht belastbar und daher oft krankgeschrieben. Man fing also mit dem Anleiten und dem Heranführen und an Arbeitsabläufe Gewöhnen ständig bei null an. Das, was ich den Kollegen an Stärke und Selbstvertrauen zu geben bemüht war, nahm ihnen der Diakon, der in diesem Restaurant das Zepter schwang, wieder weg. Der hatte von Gastronomie gar keine Ahnung und war den Leuten gegenüber so unbeherrscht und aufbrausend, dass sie schlichtweg Angst vor ihm hatten.

Dieses Kapitel schloss sich für mich im Dezember 2002, als mein Vertrag auslief und nicht verlängert wurde. Ich sagte dem Diakon offen, dass es unmöglich ist, auf dem Rücken von kranken Menschen ein bisschen „Wir sind ein richtiges Restaurant" zu spielen und diese dabei noch kränker zu machen. In die freie Gastronomie ist meines Wissens in dem Jahr kein einziger Mitarbeiter gewechselt.

Mein nächster Job führte mich in ein Industriegebiet in der Landeshauptstadt. Genauer gesagt, in einen Fleischmarkt. Dort war ich für den Imbiss zuständig und kochte jeden Tag Suppen und deftige Hausmannskost wie Schweinebraten, Sauerbraten, Haxen und Eisbeine. Der Job war von den Arbeitszeiten und den Abläufen in Ordnung; allerdings wollte ich endlich *à la carte* kochen.

Nach einem halben Jahr bot sich die Chance, in ein gutbürgerliches Restaurant in Zollstadt zu wechseln. Ein Brauhaus im Zentrum der Innenstadt, nahe der Messe in der Landeshauptstadt gelegen. Gerade zu den Messezeiten konnte es da schnell vorkommen, dass wir mit zwei Köchen und einem Spüler innerhalb von drei Stunden hundertzwanzig Essen raushauten. Dort habe ich dann wirklich kochen gelernt. Nachdem der Küchenchef wegen diverser Alkohol- und Drogenprobleme nicht mehr arbeitsfähig war, übernahm ich dessen Aufgaben: Ich schrieb Dienstpläne und war für den Einkauf und alle organisatorischen Dinge verantwortlich, hatte aber in den fast dreieinhalb Jahren, die ich da war, so gut wie keinen Urlaub. Das war mir allerdings total egal, weil ich den Job wirklich liebte.

Dass die Betreiber in die Insolvenz gingen und an einem Sonntagabend um 18.00 Uhr den Laden einfach schlossen, nachdem sie die Mitarbeiter zwei Tage vorher informiert hatten, verstehe ich bis heute nicht. Dieser war einer der wenigen Läden in meiner Laufbahn, von wo mir das Weggehen wirklich schwergefallen ist.

Über meine Zeit im *Ratshof* in Heltenau habe ich ja ein eigenes Kapitel geschrieben, wobei das auch einer der Betriebe war, über die man locker ein ganzes Buch schreiben könnte. Ich stand manchmal in der Küche und hatte das Gefühl, in einer schlechten Daily Soap gelandet zu sein.

Danach ging es im August 2007 wieder zurück in die Landeshauptstadt. Wieder in ein Brauhaus, mit dem Unterschied, dass die Betreiber ihr eigenes Bier brauten. Es gab keinen Arbeitsvertrag, dafür aber jede Menge Überstunden. Der Laden und die Küche öffneten um 17.00 Uhr. Die Zeit, die man brauchte, um die Vorbereitungen zu erledigen - in der Küchensprache sagt man „Mise en Place" dazu - war nach der Auffassung der Betreiber Freizeit. Diese Freizeit wurde selbstverständlich nicht bezahlt! Nach einem halben Jahr bekam ich im März 2008 eine Achillessehnen-Entzündung und war einen Monat krank zu Hause. In dieser Zeit kochte die Betreiberin mit einer stark reduzierten Speisekarte selbst und kam dabei wohl auf die Idee, die sie Carina und mir, bei uns auf der Couch sitzend, erzählte: Wie es denn wäre, wenn ich mich arbeitssuchend melden und von den Betreibern schwarz beschäftigt würde, je nachdem, wie sie mich bräuchten.

Carina und ich sahen uns nur an. Wir fragten uns wohl in diesem Moment beide, ob wir das jetzt wirklich gehört hatten! Ich lehnte ab und war wenig später auch diesen Job los.

Im Mai 2008 fing ich in einem Großhandel in Tempstadt an, wobei dieser Job eigentlich auch schon wieder vorbei war, bevor er so richtig angefangen hatte. Jetzt kommt auch mal wieder so ein Theorie-und-Praxis-Beispiel: In der Theorie gab es einen Küchenchef, der zusammen mit mir Frühstück, Salattheke, die warmen Menüs und die Desserts zubereitete. Die wurden dann von Servicekräften an die Mitarbeiter und die Kunden des Großhandelsverkauft.

Mit Arbeitszeiten von sechs bis fünfzehn Uhr war das von den Abläufen so wie bei meinem ersten Job. Mit dem Unterschied, dass ich jeden Tag 42 Kilometer hin und 42 Kilometer zurück nach Hause fuhr. Aber ich dachte, dieser Job wäre es wert; falsch gedacht.

Nun zur Praxis: Der Betreiber hatte es sich mit den Entscheidungsträgern im Großhandel verscherzt. Sie und die Mitarbeiter boykottierten uns. Er, also der Betreiber, war ein tiefenentspannter Endfünfziger, der morgens um elf mit seinem Jack-Russell-Terrier in den Laden kam und sich ins Büro setzte. Am Nachmittag um drei fuhr er dann wieder - mit der kompletten Tageseinnahme.

Im August schmiss er den Küchenchef raus, weil er ihn wohl weder mochte noch bezahlen konnte. Ich stand mit den Servicekräften allein da, was mir aber egal war. Vom Kochen her war das locker zu schaffen. Was mir weniger egal war, war die Tatsache, dass die Firma im Oktober in die Insolvenz ging und den Betrieb zum 30. November einstellte. Das war für mich ebenso unverständlich wie die Insolvenz in Zollstadt. Wir hatten einen Super-September, und das Restaurant war gefüllt wie lange nicht mehr. Zumindest nicht in der Zeit, in der ich da war. Der Betriebsleiter ließ mir mit der Speisekarte freie Hand, und ich änderte ein paar Abläufe, was recht gut angenommen wurde. Auch im Frühstücksbereich hatten wir deutlichen Zulauf. Ich bin immernoch davon überzeugt, dass dieser Laden locker zu retten gewesen wäre - wenn der Betreiber anders auf die Kunden zugegangen wäre und ich mehr Zeit zum Umstrukturieren gehabt hätte.

Im Januar 2009 ging es im Casino einer Verlagsgruppe in Tempstadt weiter. Obwohl ich schon über einige Erfahrung in leitender Position verfügte, akzeptierte ich einen zehn Jahre jüngeren Kollegen als meinen direkten Vorgesetzten.

Im Gegensatz zu ihm hatte ich damit überhaupt kein Problem, da ich in diesem Unternehmen eine gute Perspektive für mich sah. Der junge Küchenchef ließ mich acht Wochen lang jeden Tag aufs Neue auflaufen. Entweder sprach er den ganzen Tag nicht mit mir, oder er gab nur halbe Informationen an mich weiter. Offensichtlich war er der Meinung, dass ich auf seinen Job scharf war, was totaler Blödsinn war. Ich war immer Teamplayer und habe niemals gegen Kollegen gearbeitet oder intrigiert, weil die Leidtragenden bei so einer Scheiße immer die zahlenden Gäste sind. Mir sind die ersten acht Wochen so auf den Magen geschlagen, dass ich eines Morgens Blut im Stuhl hatte und davon nicht gerade wenig. Ich bin zum Hausarzt, der mich sofort krankschrieb und zur Darmspiegelung schickte. Am selben Tag bekam ich meine Kündigung.

Weil ich fast vier Monate ohne Job blieb, nahm ich notgedrungen das Angebot eines Mexikaners aus der Nähe von Seefeld an. Das war so ein bisschen wie Hubschrauber fliegen im Wohnzimmer. Eingekauft wurde dreimal die Woche - im Aldi! Ein Kühlhaus für die Lebensmittel gab es nicht, dafür aber drei Haushaltskühlschränke. Die Küche lag in der ersten Etage, und das fertige Essen wurde mit einem Lastenaufzug in das Restaurant gefahren. In der Küche sprang ständig der ausgewachsene Hund des Betreibers rum, über den man fast stündlich stolperte.

Ich habe wirklich keine Ahnung, wie so ein Betrieb durch die jährlichen Checks der Lebensmittelkontrolleure kommt, aber es würde mich sehr interessieren. Einen Arbeitsvertrag gab es natürlich auch nicht, den habe ich für die zwei Monate aber auch nicht wirklich gebraucht.

Ich wechselte übergangslos in ein Quinninger Brauhaus. Das Vorstellungsgespräch war echt super; allerdings sah ich mir nicht die Küche an. Ich dachte: „Hauptsache, der Chef ist okay", denn da hatte ich ja zuletzt eher Pfeifen erlebt.

Ich weiß jetzt allerdings nicht, ob der Betreiber an dem Tag auf Valium war oder ein paar Bier seiner Hausmarke drin hatte. Denn an meinem ersten Tag war der komplett anders und schrie mit feuerrotem Kopf die ganze Bude zusammen. Der schrie im Grunde jeden an, der gerade in der Nähe war: seine Freundin, den Service und die Küche. Ich hatte es niemals vorher oder danach wieder mit einem größeren Choleriker zu tun. Dabei hätte er seine Energie besser mal in seinen Laden gesteckt, denn da gab es genug Baustellen. Die Köche waren entweder auf Alkohol oder auf Drogen – und zwar so richtig!

Die Küche und die Kühlhäuser waren das Dreckigste, das ich jemals gesehen habe; das kann sich kein Mensch vorstellen. Ich denke, dass sogar eine Küche in einer Studenten-WG sauberer ist.

Die Speisekarte umfasste über hundert Komponenten. Das hatte wiederum zur Folge, dass die Beilagen und die Suppe von morgens zehn bis abends zehn durchgehend im Wasserbad warm standen. Schweinebraten, Haxen und Eisbeine wurden einmal die Woche gekocht und dann die ganze Woche über aufgewärmt. Das alles hatte mit Kochen nichts zu tun, und das habe ich dem Betreiber auch so gesagt. Der bekam erst einen erhöhten Puls und dann einen feuerroten Kopf. Das war mir aber egal, weil das jemand war, der seinen Gästen das Geld aus der Tasche zog und sie bewusst verarschte. Nach knapp drei Monaten bekam ich die Kündigung, als er merkte, dass seine Schreierei mich noch immer nicht beeindruckte. Ich war nie über eine Kündigung so froh wie über diese.

Dann gab es da noch eine Brauerei in einem Stadtteil der Landeshauptstadt. Der Betreiber, ein ehemaliger, leider recht erfolgloser, Fußballprofi, wollte im Mai seinen Laden neu eröffnen. Er stellte mich als Küchenchef ein; ja, natürlich wieder ohne Arbeitsvertrag!

Den ganzen April über führte ich Vorstellungsgespräche und stellte das Küchenteam zusammen, arbeitete Speisepläne und Sonderaktionen aus. Alle Lieferanten kamen ebenfalls von mir. Eine Woche, bevor es losgehen sollte, sagte ich ihm ganz klar, dass ich ohne Arbeitsvertrag keine Minute in seinem Laden arbeiten würde. Habe ich dann auch nicht. Ein paar Monate später traf ich durch Zufall eine Küchenhilfe, die ich eingestellt hatte. Die hatte im Mai zweihundert Stunden ohne Lohn gearbeitet. Den Lohn einzuklagen erwies sich ebenfalls als schwierig, da die Insolvenz schon in vollem Gang war. Das war für fünf Jahre mein letzter Job in einem Angestelltenverhältnis.

Aber ist Ihnen beim Lesen etwas aufgefallen? Gastronomie so, wie die Leute sich das mit den Bildern aus dem Fernsehen im

Kopf vorstellen, ist nicht das, was Starköche in ihren Läden auf den Tisch zaubern. Es ist, glaube ich, so, wie ich es erlebte. Nach außen den Schein wahren, nach innen oft ein totales Chaos und Durcheinander. Überschwemmt wird das Ganze in der Regel von Tiefkühlprodukten oder Fertigware mit Geschmacksverstärkern ohne Ende und einem Mindesthaltbarkeitsdatum von vor drei Jahren. Das Wichtigste ist, dass der Teller schön voll ist und man fünfzig Cent billiger ist als die Konkurrenz gegenüber.

Zum Glück haben viele Gäste in den letzten Jahren ein feines Gespür für das bekommen, was ich gerade beschrieben habe. Auch dadurch kam es zu dieser Vielzahl an Insolvenzen in den letzten fünf bis zehn Jahren. Kochen kann so ein wundervoller, kreativer Beruf sein. Aber man braucht ganz einfach auch mal ab und an ein bisschen Glück, zum richtigen Zeitpunkt im richtigen Laden zu landen.

Lassen Sie sich durch dieses Kapitel von mir nicht Ihren nächsten Restaurantbesuch vermiesen. Es gibt auch viele gute Läden, mit denen ich aber irgendwie eher weniger zu tun hatte. Leider!

***

Erwachsen werden im Zug
oder
Durch Österreich und die Schweiz

Wie wird man erwachsen? Gibt es ein bestimmtes Ereignis, etwas, das einen für den Rest des Lebens prägt? Ich glaube schon, nee, Quatsch, ich weiß es ja. Sonst würde ich ja nicht gerade dieses Kapitel darüber schreiben. Ich würde sagen, dass es bei mir so war, dass ich erwachsen wurde, als ich begann, mit der Deutschen Bahn in der Gegend rumzufahren.

Im Sommer 1992 bin ich das erste Mal ohne meine Eltern verreist - mit dem Zug nach Gebelzig. Genauer gesagt, mit dem Nachtzug, weil ich das spannender fand. Abends um viertel nach elf von Quinningen aus. Morgens um halb elf war ich dann in Dresden-Neustadt, wo ich eine Stunde Pause hatte, um mit dem Bummelzug zum Bautzener Bahnhof zu fahren, von wo Achim mich abholte.

Bautzen, denken Sie? Da war doch was? Richtig, von da kommt der beste Senf der Welt, den es mittlerweile zum Glück auch im Supermarkt in Quinningen-Bootshain gibt und der nicht mehr von mir in Sachsen auf Vorrat gekauft werden muss.

Aber zurück zum Erwachsenwerden, denn das ging ohne Bautzener Senf. Obwohl dieser Ausflug nur zu meinen Verwandten ging, war er für mich etwas Besonderes. Ich war das erste Mal für mich selbst verantwortlich, für mein Geld, meinen Ausweis, mein Bahnticket und meinen Koffer. (Nein, Handys gab es da noch nicht!) Das war sozusagen der Testlauf für mich, und nach anfänglicher Unsicherheit hatte ich ein Gefühl der Freiheit, der Selbstständigkeit, wie ich es noch nie gehabt hatte. Zu Hause hatte ich das nie, weil meine Mutter sich um alles kümmerte und alles für mich erledigte.

Nach dieser ersten Fahrt beschloss ich, Österreich mit der Bahn zu erkunden, denn das war seit frühester Kindheit mein Lieblingsland. Wenn wir im Auto nach Kroatien fuhren, gefiel mir die österreichische Landschaft auf der Reise durch Deutschland, Österreich, Slowenien und Kroatien immer am besten. Wenn wir auf dem Rückweg eine Nacht in einer Pension schliefen, hatten die Leute so einen schönen Dialekt und so eine herzliche, unbeschwerte Art.

Ich fuhr in nicht mal zwei Jahren nach Salzburg, Innsbruck und Wien. Blieb immer so eine Woche und checkte jeweils in einem Hotel ein, das ich mir über einen Katalog in einem Reisebüro gesucht und von Quinningen aus gebucht hatte.

Obwohl ich Salzburg das erste Mal im November besuchte und es schon scheißkalt war, liebte ich diese Stadt sofort. Mit ihren engen verwinkelten Gassen, dem Mozarthaus, der Festung mit dem krassen Aufstieg, der mich völlig außer Atem brachte, und dem Ausblick vom Kapuzinerberg. Salzburg strahlt, genau wie Wien, zu jeder Jahreszeit so etwas Unbeschwertes aus. Etwas Lockeres, Entspanntes. Ich ließ mich von dem Gefühl treiben und wurde Teil der Stadt und der Menschen. Salzburg ist eine wirklich besondere Stadt.

In Innsbruck war ich im tiefsten Winter. Ich habe noch nie in meinem Leben so viel Schnee gesehen. Außer im Fernsehen bei Dokumentationen über den Nordpol. Die Räumfahrzeuge fuhren die ganze Nacht hindurch. Ich stand oft am Fenster meines Zimmers im Hotel *Maria Theresia* mit einer Tasse heißem Kakao in der Hand und sah mir das Schauspiel an. Denn für einen Flachland-Tiroler wie mich war es das!

Am goldenen Dachl in der Innenstadt, einem der Wahrzeichen von Innsbruck, standen jedes Mal, wenn ich daran vorbeilief, gefühlte fünftausend Asiaten und machten Fotos. Nur am *Schloß Neuschwanstein* habe ich ein paar Jahre später ähnlich viele kleine Menschen umeinanderwuseln sehen.

Den größten Eindruck auf mich machte die Sprungschanze, die man aus dem Fernsehen von der alljährlichen Vier-Schanzen-Tournee kennt. Unterhalb dieser Schanze liegt ein Friedhof, auf dem ein paar Tage vor meiner Ankunft einer meiner Lieblingsfußballer beerdigt worden war: Bruno Pezzey, in den Achtzigern für Werder Bremen und Eintracht Frankfurt in der Bundesliga aktiv.

Im Nachhinein wäre es vielleicht klüger gewesen, diese wirklich schöne Stadt im Frühling oder im Herbst zu besuchen, weil das, was mir am meisten im Kopf blieb, der Schnee und die Kälte waren.

In Wien war ich zum ersten Mal im Sommer 1994. Im wunderschönen Hotel *Regina* direkt neben der ebenso wunderschönen

Votivkirche. Wien ist eine absolut beeindruckende Stadt. Der einzige Nachteil, wenn man das überhaupt so sagen kann, sind die Bezirke, in die die Stadt unterteilt ist, denn nach eins kommt nicht zwei, sondern – keine Ahnung - elf oder zwölf. Besonders lustig ist es, wenn man mit dem Auto unterwegs ist und versucht, sich an den Bezirken zu orientieren.

Wenn man es dann allerdings zum Beispiel bis zum *Schloss Schönbrunn* geschafft hat, stellt man innerhalb einer Sekunde fest, dass sich das Verkehrschaos absolut gelohnt hat. Schönbrunn ist unglaublich beeindruckend und gehört für mich als Burgen- und Schlösser-Liebhaber neben der *Moritzburg* und *Schloß Benrath* zu meinen Lieblingsbauten.

Obwohl ich kein großer Kirmesgänger bin, mochte ich den Prater, bei dem ich wahrscheinlich immer noch den Rekord im Wildwasserbahn-hintereinander-Fahren halte: sechs Mal!

Das gewaltige Riesenrad ist für mich mit meiner Höhenangst zwar eine Überwindung, aber wirklich schön. Und nostalgisch. Die ganze Fahrt musste ich an einen James-Bond-Film denken, der hier gedreht worden war, und kam – verfickt! - nicht auf den Namen. Jetzt weiß ich ihn: *Der Hauch des Todes* mit Timothy Dalton!

Für Wien braucht man mindestens eine Woche, und das ist schon knapp bemessen, wenn man einen wirklichen Eindruck bekommen will. Allein der riesige Zentralfriedhof nimmt schon fast einen Tag in Anspruch, war aber für mich ein absolutes Muss. Der *Falco* Hans Hölzel ist dort begraben, genau wie Curd Jürgens und wie Johann Strauss, der Walzer-König.

Bei Wien macht es im Übrigen auch Sinn, sich vorher über die Stadt einzulesen - also ich hab' das so gemacht. Wenn ich schon vor dem Stephansdom stehe, möchte ich eben auch wissen, von wann der ist und wer für den Bau verantwortlich war. Ich bin eben so: sehr genau und detailverliebt – manchmal zu viel.

Im Mai 1995 war ich in Basel und regte mich an einem Samstagabend erstens über den viel zu teuren Roomservice auf und zweitens über den Boxkampf, den ich im Fernsehen beim Essen sah. Maske gegen Rocky eins. Eines der krassesten Fehlurteile, die es im Boxsport je gegeben hat, finde ich. Rocky, der oft unbequeme, immer seine Meinung sagende, Straßenkämpfer, war der Sieger. Aber der werbewirksame, sich gut ausdrückende RTL-Liebling Maske bekam den Sieg zugesprochen. Hatte irgendwas aus dem Leben, das fand ich damals schon. Die Leute wollen angepasste Idole. Vorbilder, die so ein bisschen sind wie sie selbst. Ich nicht!

Basel ist schön, aber im Vergleich zu Österreich eben auch nur schön – für mich. Das Kunsthistorische Museum ist klasse und hätte auch der Schauplatz von den *Nachts im Museum*-Filmen sein können. Wenn ich ehrlich bin, fällt mir gerade zu Basel nicht mehr so wahnsinnig viel ein.

Aber gut, ich merkte auf jeden Fall bei meinen Reisen, dass ich das Gefühl mochte, auf mich allein gestellt zu sein und die alleinige Verantwortung für mich zu haben. Ich denke, das war auch ein Grund dafür, dass ich knappe anderthalb Jahre nach dem Besuch in Basel in meine erste eigene Wohnung zog.

Aber nicht vergessen: Österreich ist krass schön!

***

Helga
oder
Ein Grund, zu Hause auszuziehen?

Helga war bis heute die einzige Frau, mit der ich eine Beziehung hatte und die älter war als ich - sieben Jahre. Ich lernte sie im Sommer 1996 kennen. Sie arbeitete in derselben Firma wie ich. Helga war für die Kopierabteilung verantwortlich und tat den ganzen lieben langen Tag nichts Anderes, als Tausende von beschriebenen Blättern zu vervielfältigen.

Ich musste jeden Freitagnachmittag in ihre Abteilung, weil ich die Speisepläne der kommenden Woche kopieren lassen musste. Da sich die meisten Mitarbeiter schon im Feierabendmodus befanden, war in der Regel bei ihr nicht so viel los (Den zweiten Teil des Satzes kann man irgendwie auch falsch verstehen oder?). So kamen wir dann mal ins Gespräch. Sie hatte eine offene, freundliche Art, die ich sofort mochte, und wenn ich privat mal ein paar Kopien für diverse Aktivitäten mit dem Sänger (dazu später mehr) brauchte, war das auch nie ein Problem. Irgendwann fragte sie mich dann, ob ich nicht mal auf einen Kaffee bei ihr vorbeikommen wollte.

Ich wollte! Helga wohnte mit ihrer Mutter und ihrem Hund ebenfalls, so wie ich, in Quinningen. Wir redeten drei Stunden über Gott und die Welt, naja, eigentlich mehr über die Welt, und wir stellten fest, dass wir beide keinen Freundeskreis hatten und uns sehr für Sport interessierten (Bei ihr war das Eishockey, und ich glaube nicht, dass Sie jetzt wissen möchten, wie viele Freitagabende ich mir in der Quinninger Halle den Arsch blau gefroren habe.). Zudem war ihr Vater gerade bei einer Routine-OP ums Leben gekommen.

Eine Woche nach dem Kaffee bei ihr lud ich sie zu mir ein, damit sie meine Eltern kennenlernte und mal sah, wie ich so lebte. Sie kam an einem Dienstag, begrüßte meine Eltern und redete dann ein bisschen mit mir in meinem Zimmer, bevor wir gemeinsam zu einem Fußballspiel fuhren, zu dem ich wollte. Wir verabschiedeten uns nach dem Spiel mit einem Kuss, sie fuhr nach Hause, und ich fuhr nach Hause, und da war die Party schon in vollem Gang. Meine Eltern warteten im Wohnzimmer auf mich, denn sie hatten Redebedarf. Was das denn sollte, feuerten sie los! Diese Frau war zu klein, zu alt, kleidete sich nicht ordentlich und passte auch sonst in keiner Weise auch nur ansatzweise zu mir.

Klar, ich wohnte noch zu Hause, fand aber schon, dass das ein bisschen weit ging, jemand nach diesen, für mich auch nicht nachvollziehbaren, Oberflächlichkeiten zu beurteilen. Ich hatte Helga gerade erst kennengelernt, und wir verbrachten einfach nur Zeit miteinander. Wir hatten uns geküsst, sonst nichts. Ich verstand den Standpunkt meiner Eltern nicht wirklich. Zudem fand ich es unverschämt und falsch, Helga ins Gesicht gelächelt zu haben und dann hintenrum so abzugehen („wie Schmitts Katze", sagt man, glaube ich, auch).

Ich bin jetzt mal ganz ehrlich, aber das bin ich ja schon die ganze Zeit: Wenn meine Eltern an diesem Abend anders reagiert hätten, wäre diese Freundschaft mit Helga wahrscheinlich irgendwann im Sande verlaufen. Ich hatte keine Schmetterlinge im Bauch, geschweige denn, dass ich verliebt gewesen wäre. Wir waren einfach nur füreinander da. Allerdings mit Küssen.

Was mich jetzt anfing zu reizen, war die Tatsache, dass ich meinen Eltern zeigen wollte, dass ich mit 23 Jahren allein darüber entschied, wen ich traf und wen nicht. Daher fing ich zunächst an, mich heimlich mit Helga zu treffen. Bei ihr zu Hause. Mein Auto parkte ich immer ein paar Querstraßen weiter. So, wie man das in schlechten Filmen schon mal gesehen hat.

Da ich sonst immer zu Hause war und nie wegging, war meinen Eltern wohl relativ schnell klar, wo und mit wem ich meine Freizeit da verbrachte. Es verging keine Woche ohne Streit mit den beiden - über einen Zeitraum von bestimmt drei Monaten. Ein Streit gipfelte in den Worten: „Solange du deine Füße unter unseren Tisch steckst, machst du, was wir dir sagen." An diesem Tag wusste ich, dass ich meine Eltern verlassen würde!

Am Mittwoch sah ich die Wohnungsanzeigen durch, und am Samstag hatte ich einen Besichtigungstermin. Am folgenden Montag unterschrieb ich den Mietvertrag. Ganz allein, ohne meinen Eltern ein einziges Wort zu sagen.

Ich bezog die komplett leere Wohnung Anfang November 1996. Von zu Hause nahm ich nur meine Kleidung mit, sonst nichts. Dafür hatte ich zu viel Stolz. Die Klamotten holte ich in einer Frühstückspause ab und ging an diesem Tag einfach nicht mehr nach Hause.

Meine Mutter merkte das komischerweise sofort und rief bei mir auf der Arbeit an. Sie beschimpfte mich und machte einen Riesen-Aufstand. Mir war das egal, genau wie die Tatsache, dass ich keine Möbel hatte, weil ich keine Zeit hatte, welche zu kaufen. Ich besaß ein Klappbett, einen Fernseher und einen 4000 Mark teuren Nepal-Teppich, in den ich mich verliebt hatte und den ich auch heute noch habe. Sonst nichts. So richtig eingerichtet war ich eigentlich erst um Weihnachten rum. Das war der Auszug aus meinem Elternhaus. Sicher nicht die feine englische Art.

Nach wie vor, auch jetzt beim Schreiben, glaube ich, dass meine Eltern eine Grenze überschritten hatten, die sie nicht hätten überschreiten müssen. Ich konnte nur so reagieren, sonst hätte ich jegliche Selbstachtung verloren.

Ich mochte meine kleine 40-Quadratmeter-Wohnung mit ihren Schrägen sehr und fühlte mich sofort wohl. Sie lag ländlich und ich hatte meine Ruhe, konnte tun und lassen, was ich wollte. Dachte ich! Denn wenn es nach Helga gegangen wäre, hätten wir jedes Wochenende wie die Kletten aneinandergehangen.

Ich aber war Freitag und Samstag meistens mit dem Sänger (der kommt im nächsten Kapitel dran) unterwegs, und Sonntag fuhr ich viel zum Fußball. Ich hatte das Gefühl, dass sie in eine ganz andere Richtung wollte als ich. Sie wollte eine richtige, feste Beziehung, ich dagegen einfach nur mal Freizeit mit ihr verbringen. Alles andere machte mir irgendwie auch Angst. Die Vorstellung, irgendwann so zu werden wie meine Eltern, schmeckte mir nicht. Je seltener wir uns sahen, desto mehr klammerte sie. Natürlich war in der eigenen Wohnung der Reiz des Verbotenen, das die Treffen mit Helga ja gewesen waren, auch schnell verflogen.

Miteinander geschlafen haben wir nie, weil mich das nie wirklich gereizt hat. Was war das also mit Helga für ein Ding? Mein Versuch, erwachsen zu werden, und die Fahrkarte aus dem Elternhaus in die eigene Selbstständigkeit? So kann man das wohl mit all den Jahren Abstand sehen. Ja, und so war dann die ohnehin nicht im Übermaß vorhandene Luft auch schnell komplett raus.

Im Sommer 1998, nach vielen Streitereien und Handgreiflich-keiten mit Provokationen auf beiden Seiten, sagte ich Helga, dass wir uns nicht mehr sehen würden. Sie nahm das relativ sportlich und erwiderte, glaube ich, gar nichts, sondern fuhr einfach nach Hause.

Was verband uns? Wir kamen beide nicht so mit meinen Eltern klar. Sie hatte eine Schulter zum Anlehnen nach dem Tod ihres Vaters gesucht, die ich aber nie war. Und sonst? Ich hatte mich nie gefragt, wie ernsthaft das werden könnte. Ich war nie so wirk-lich verliebt in Helga. An Kinder oder gar Heiraten dachte ich kein einziges Mal. Unsere Beziehung, ich glaube, das Wort „Freund-schaft" trifft es besser, hatte keine Tiefe.

Ich kann auch nicht ehrlich sagen, ob ich so eine Tiefe über-haupt zugelassen hätte, ob ich dafür bereit gewesen wäre, wenn meine Gefühle für sie anders gewesen wären. Es war einfach so, wie es war, und auch das waren zwei Jahre gelebtes Leben.

***

Der Koch und der Sänger
oder
Eine ziemlich teure „Freundschaft"

1995 fing ich aus einer Laune heraus an, Songtexte zu schreiben. Ich hörte immernoch gern deutschen Schlager, ärgerte mich aber über die oft total banalen Texte. Da ging es in der Regel um Sommer, Sonne und gute Laune. Ach ja, um Frauen und die große Liebe ging es natürlich auch ständig.

Andere Texte erzählten richtige Geschichten, und genau die mochte ich, die faszinierten mich. Als Koch wollte ich meinen Senf auch gern dazugeben und einfach mal was schreiben. Ich schrieb und schrieb und hatte keine Idee, was ich mit meinen Texten anstellen sollte, da ich logischerweise keine Kontakte zur Schlagerbranche hatte. Also schickte ich meine Texte an die Adressen der Plattenfirmen, die auf den CDs standen.

Von manchen Labels gab es wirklich nett formulierte Absagen, in denen stand, dass sie mit einem festen Stamm an Komponisten und Textern zusammenarbeiteten, meine Texte aber durchaus Potenzial hätten. „Arbeiten Sie unbedingt weiter an sich", stand auch meistens drin.

So ging das fast anderthalb Jahre, bis mir der Zufall zu Hilfe kam. Eines Morgens im Dezember 1996 entdeckte ich neben dem Schwarzen Brett am Werkseingang das A3-große Poster eines Sängers. Das Poster bewarb einen Auftritt von ihm in einem Tanzlokal in einer Nachbarstadt. Mich sprach das sofort an, weil der Typ irgendwie moderner und frischer wirkte als die Sänger, die gerade so angesagt waren. Ich notierte mir das Datum des Auftritts, weil ich ihm gern meine immernoch unveröffentlichten Texte persönlich geben wollte.

Zwei Wochen später saß ich dann in diesem Tanzlokal, wo gegen 22.00 Uhr noch gar nichts los war. Lediglich eine Handvoll Gäste verlor sich in der doch recht großen Location. Eine Stunde später zählte ich genau dreizehn Gäste, mich eingeschlossen.

Ich wunderte mich, dass dieser Sänger offensichtlich nicht gerade über eine große Fanbase verfügte, aber auf der anderen Seite war es dann vielleicht einfacher, ihn nach seinem Auftritt kurz zu sprechen. Der Auftritt dauerte eine Stunde und gefiel mir richtig gut. Die Musik war so richtig auf Disco getrimmt und die

Texte alle modern und nicht so triefend schleimig. Zudem hatte der Sänger eine glasklare Stimme, die man locker unter fünftausend anderen wiedererkennen konnte.

Nach seinem Auftritt saß er so ein bisschen verloren an einem der Tische, als ich zu ihm ging und sagte, was ich wollte. Er grinste mich an und fragte, ob ich Produzent sei. „Nein, nein", sagte ich hastig, „ich schreibe nur Texte" und drückte ihm dabei eine Mappe in die Hand. Er bedankte sich und meinte, ich solle ihn in der nächsten Woche mal anrufen. Auf seiner Autogrammkarte sei die Büronummer, wo er dann meistens auch selbst gleich rangehen würde. „Das ist ja bis hierhin alles ziemlich easy gelaufen", dachte ich mir so auf meinem Weg nach Hause.

In der folgenden Woche rief ich den Sänger eines Nachmittags einfach mal an. Ich kam gerade von der Arbeit. Er ging wirklich selbst ans Telefon, und wir quatschten fast eine halbe Stunde.

Er wohnte auch in Quinningen und meinte, er finde die Texte gut, habe aber im Moment keine Verwendung dafür. „Was machste denn am Samstagabend?", wollte er wissen. „Ich habe einen Auftritt im Ruhrgebiet. Vielleicht hast du ja Lust, dir das anzusehen?" Ich überlegte kurz und sagte zu. Ich wollte am Ball bleiben und wissen, ob dort mehr los sein würde. Es war nicht mehr los! An diesem Abend verloren sich ebenfalls nicht mal zwanzig Leute in der Diskothek. Aber wieder war sein Auftritt richtig gut: Er ließ sich nichts anmerken, bezog die Leute mit ein.

Auch nach diesem Auftritt blieben wir in lockerem Kontakt, und ich lernte seine Freundin kennen, die sein Büro für ihn führte und sich um alles kümmerte, was so anfiel. Sie war stets bemüht, freundlich zu sein, was auf mich aber immer gestellt wirkte. Im April rief sie spätabends an und meinte, sie hätten beide heute die Info bekommen, dass der Sänger demnächst in der ZDF-Hitparade auftreten würde. Sie brauche Hilfe für die Werbung in Quinningen und wollte wissen, ob ich Lust hätte, ein bisschen die Werbetrommel zu rühren. Klar hatte ich Lust, und so überlegte ich was, ich tun konnte.

Zunächst ließ ich im Firmenbüro zweitausend Flyer (umsonst) drucken, die ich in Einkaufszentren verteilte. Einen Teil brachte ich in eine Videothek, deren Besitzer ich ganz gut kannte. Der packte in jede Hülle so einen Flyer, was ziemlich cool war. Ein

Fußballverein, zu dem ich ebenfalls einen ganz guten Kontakt hatte, brachte einen großen Bericht in der Stadionzeitung und dudelte beim nächsten Heimspiel die Lieder des Sängers rauf und runter. In der Firma sprach ich die Leute natürlich auch an und bat sie, für den Sänger anzurufen, damit er unter die ersten drei käme. Denn das hätte einen weiteren Fernsehauftritt zur Folge.

Der Tag kam, und der Sänger wurde Vierter. Einen Tag später, als er wieder in Quinningen war, rief er an, um sich für meine Bemühungen zu bedanken: "Ich glaube, die meisten, die mich unterstützen wollten, haben das einfach nur so gesagt und gar nichts gemacht. Nur du hast dir den Arsch aufgerissen." Er lud mich auf einen Kaffee zu sich nach Hause ein.

Ab diesem Mai verbrachten wir unzählige Stunden miteinander. Er nahm mich mit, wenn er zum Sport ging oder in der Altstadt neue Bühnengarderobe kaufte. Er spielte mir seine neuen Demos vor, und ich begleitete ihn zu fast jedem Auftritt. Ich glaube, er vertraute mir, denn ich wurde immer öfter sein Alibi, wenn er seiner Freundin erzählte, dass er bei mir sei, und in Wirklichkeit mit anderen Frauen unterwegs war. Ich fand das nicht so toll, aber es ging mich nichts an, was er da so anstellte, also sagte ich auch nichts. Im Grunde wollte ich vielleicht auch einfach nur unsere „Freundschaft" nicht gefährden, indem ich unbequeme Fragen stellte.

Ich bekam mit der Zeit den Eindruck, dass der Sänger seine Freundin ausnutzte. Da ich sie selbst nicht sonderlich mochte, verkniff ich mir auch dazu jeden Kommentar. Er sah in ihr wohl nur jemanden, der sein Büro machte und mit dessen Haus er ganz gut vor anderen angeben konnte. Ich merkte, dass er bei allem zuerst seinen eigenen Vorteil sah. Im Zusammenhang mit mir bemerkte ich das allerdings erst später. Noch dachte ich, wir wären wirklich befreundet.

Zu dieser Zeit ließ er sich binnen weniger Monate erst die Nase verkleinern und dann Haare in die Kopfhaut implantieren, was im Sommer eine sehr juckende Angelegenheit war, da er sich wochenlang die Haare nicht waschen durfte. Alles für seine Karriere, die allerdings auch trotz dieser recht ungewöhnlichen Maßnahmen nicht wirklich an Fahrt aufnahm. In der Schlagerszene war er den Insidern ein Begriff, während ihn die Leute auf der Straße, die seine Musik kaufen sollten, gar nicht kannten.

An einem Abend im Mai 1998 saßen wir allein bei ihm im Wohnzimmer. „Willst du eigentlich noch immer ins Musikgeschäft?"

„Du meinst mit meinen Texten?" - „Oder als Produzent. Hast du Lust, meine neue Maxi zu produzieren?" Ich hatte gar keine Ahnung, was man als Produzent machen muss, wurde aber prompt von ihm aufgeklärt. „Du bezahlst im Grunde alles - das Studio, den Techniker, die Chorsänger und was da noch so anfällt. Dafür bekommst du die Hälfte von allen Einnahmen, die die CD einbringt. Gerade die Sampler werfen im Schlagerbereich eine Menge Kohle ab."

Das Lied sollte eine Coverversion eines Klassikers aus den Siebzigern sein. Mir schien das eine sichere Einnahmequelle zu sein, ich vertraute dem Sänger ohne Vorbehalte. „Okay", meinte ich, „ich mache es!"

Ich fuhr zu dieser Zeit einen schwarzen Opel Corsa, und die Produktionskosten für die CD beliefen sich in etwa auf die Summe eines Opel Corsa. In neu, versteht sich! Ich gab dem Sänger das Geld in bar. Alles was ich hatte, meine kompletten Ersparnisse.

Jetzt beim Schreiben merke ich gerade wieder, dass ich wegen so viel Blödheit auch nach so langer Zeit einen Puls von zweihundert kriege.

Wir hatten keinen Vertrag, ich bekam keine Quittungen, nichts – nur sein Wort. Im Booklet der CD wurde ich als „freundlicher Produktionsunterstützer" erwähnt, aus rechtlichen Gründen, wie der Sänger meinte. Die CD kam also auf den Markt und war in jedem Technomarkt erhältlich. Trotzdem hatte ich drei Monate später immer noch keinen einzigen Pfennig verdient. Da hatte der Sänger auch schon die nächste bahnbrechende Idee, die leider ebenfalls recht teuer wurde.

„Wie denkst du darüber, wenn wir gemeinsam auf Tour gehen?", wollte er wissen. „Womit soll ich auf Tour gehen?"

„Ich habe mir überlegt, dass wir mit dir auch eine CD machen und du dann mein Vorprogramm bist!" - „Ich kann überhaupt nicht singen", meinte ich, worauf er meine Bedenken mit einem einzigen Satz wegwischte: „Niko, jeder kann singen, du musst es nur verkaufen können!"

Jetzt ist es quasi wie bei einem Zweiteiler Zeit für eine kurze Pause. Danach erkläre ich Ihnen, wie Sie ohne großen Aufwand einen Haufen Kohle durch den Kamin jagen, ohne was davon zu haben. Ohne es sogar zu merken!

***

Zeig mir den Weg in dein Herz
oder
Die Nachtigall unter den Köchen

Die Idee reizte mich, und da war auch niemand, der sagte: „Du, Niko, mach mal langsam und pass ein bisschen mit der Kohle auf. Warte doch erst mal, was die von dir produzierte CD an Gewinn abwirft – vorausgesetzt, sie spielt überhaupt jemals die Kosten ein." Mit wem hätte ich auch darüber reden sollen? Mit meinen Eltern? - Nächste Frage!

Mal abgesehen davon, dass ich gar keine Kohle hatte, nichts! Was macht man in so einem Fall? Sehr gut, Sie denken mit und Sie haben natürlich Recht: Ein Kredit musste her, was bei meiner Hausbank nicht wirklich ein Problem war. Ich bekam von der Bank so viel geliehen, dass es wieder für einen Corsa gereicht hätte.

Natürlich wieder neu, dieses Mal aber mit Extras: Klimaanlage, Schiebedach, getönte Scheiben und keine Ahnung, was noch. Kann man einen Opel Corsa tieferlegen? Egal, denn ich war genau einen Tag flüssig. Dann war der Sänger flüssig. Ich behielt nicht mal eine eiserne Reserve von, sagen wir mal, einem Tausender zurück.

In diesem Paket waren alle Produktionskosten drin sowie das Pressen von 500 CDs und tausend Autogrammkarten. Ein Fotoshooting für die Karten und das Cover sowie ein bisschen Vocalcoaching durch meinen umtriebigen Freund, den Sänger, waren ebenfalls noch inklusive. Selbstverständlich alles wieder ohne Rechnungen oder Quittungen oder sonst irgendwas, wofür man in Brasilien einen Baum gefällt hätte, um Papier daraus zu machen.

Beim Vocalcoaching - früher hätte man gesagt: „Singen üben" - stellte sich schnell heraus, dass sehr viel Übung notwendig war. Na gut, wenn ich mir vorstelle, wie viele Flugstunden ein Pilot für seinen Traum investieren muss … Okay, der Vergleich ist scheiße. Hab' ich auch gerade gemerkt.

Aber was war es dann, was ich wollte? Warum zur Hölle wollte ich Sänger werden? Eitelkeit? Schnelles Geld? Ein bisschen so sein wie der Sänger oder die aus dem Fernsehen? Richtig! Meinetwegen auch gern in dieser Reihenfolge.

Ich bekam vom Sänger ein Diktiergerät, auf das er mir drei Lieder gesungen hatte, die ich üben sollte: *Am Abend fängt die große Sehnsucht an*, *Wovon träumst du denn* und *Nun sag schon Adieu*. Ich sang überall – beim Autofahren, in der Badewanne und beim Kochen.

Irgendwann hatte ich mich so an meine Stimme gewöhnt, dass ich meine Bemühungen gar nicht so schlecht fand. Der Sänger fand es auch ganz okay und meinte, dass er den Text für meine CD bekommen hätte und ob ich mal zum Lesen rumkommen wollte. Ich kam rum, las den Text, der *Zeig mir den Weg in dein Herz* hieß, und fand ihn scheiße. Gesungen habe ich ihn trotzdem, weil er von Burkhard Brozart geschrieben war. Der hatte ein paar Jahre früher für Peter Maffay geschrieben. Das ist ja auch nicht gerade eine Verbesserung, oder? Von Maffay zu Milic.

Wobei ich mir fast sicher bin, dass er bis heute nicht weiß, dass er für mich geschrieben hatte. Aber gut, vielleicht liest er das Buch und befindet sich deswegen im emotionalen Ausnahmezustand. Ich hab' auch schon für Dünnbrettbohrer gekocht - *shit happens*!

Eine weitere Woche später war die Musik zum Text fertig. Vom Stil genau das, was der Sänger selbst so sang; die Nummer hätte auch von ihm sein können. Blöderweise war sie auch in seiner Tonlage, was komplett utopisch war, denn so hoch würde ich in siebentausend Jahren nicht singen können. Er meinte: „Wenn wir das einen Ton tiefer machen, klingt es nicht mehr." Tat es so auch nicht.

Ich bekam eine Demo-CD mit der Stimme des Sängers zum Üben. Von allen vier Titeln, die ich sang und übte, konnte ich ‚mein' Lied am schlechtesten. Unschön, gell?! An einem schönen sommerlichen Sonntag im August 1998 stand ich in einem Seefelder Tonstudio und sang mir sechs Stunden die Seele raus. Heiser war ich allerdings schon nach zwei Stunden. Ich fand mich unterirdisch schlecht, worauf der Sänger meinte, ich sei viel zu kritisch mit mir. Das sei doch alles gut.

Das, was nicht so gut in den Höhen klang, würde per Computer ein bisschen aufgepeppt, so würden doch schließlich alle arbeiten. Mir kam auch das komisch vor, aber ich vertraute ihm immernoch. Am folgenden Sonntag fuhren wir zu einem Fotografen, dem zwei Diskotheken gehörten, in denen der Sänger regelmäßig auftrat. In die Eifel zum Fotoshooting. Ich trug ein T-Shirt und eine Jeansjacke von ihm, da ihm meine Klamotten nicht gefielen, knallte mich in einen Ballen Stroh und machte ein blödes Gesicht. Fertig war das Shooting.

Im Nachhinein könnte ich über so viel Gutgläubigkeit kotzen, denn auch die Bilder waren nicht wirklich toll, und ich bekam schon bald die Idee, dass bewusst Scheiße produziert wurde. Einfach nur deswegen, damit das bloß nicht draußen gespielt wurde und niemand Wind davon bekam, wie der Sänger am Finanzamt vorbei einen recht lukrativen Nebenverdienst mit einem völlig ahnungslosen Koch hatte.

Ist das eigentlich eine gute Entschuldigung, wenn ich jetzt schreibe: „Ich weiß, ich war doof, aber ich war ja auch erst Mitte zwanzig."?

Ein paar Wochen später bekam ich die CDs und die Autogrammkarten. Ich hätte wieder kotzen können, leider hatte ich vorher nichts gegessen, was ich so hätte herausbefördern können. Der Sänger sagte, was er immer sagte: „Das machen wir schon!"

Meinen ersten Auftritt im Vorprogramm des Sängers hatte ich in einer rappelvollen Großraum-Diskothek in einer Kleinstadt. Der DJ moderierte mich an, und ich sang Single und Maxi sowie *Am Abend fängt die große Sehnsucht* an. Ich fühlte mich die ganze Zeit auf der Bühne unwohl, mein linkes Bein zitterte und ich verstand selbst kein einziges Wort von dem, was ich da sang. Ich war froh, als es vorbei war, und wunderte mich über den Applaus, den ich bekam.

Nach meinem Auftritt sprach mich die Fanclub-Leiterin des Sängers an. Eine nette Rothaarige, die ich schon eine ganze Weile kannte. Sie arbeitete in der Altenpflege und fuhr regelmäßig zu seinen Auftritten. Über Smalltalk waren wir allerdings nie hinausgekommen. „Wir müssen uns mal sehen und reden", meinte sie knapp und gab mir einen Zettel mit ihrer Adresse. „Kannst du nächste Woche?"

Eine gute Woche später saß ich mit ihr in ihrer Küche im Bergischen Land. „Sag mir mal bitte, was deine CD gekostet hat", kam sie sofort zur Sache. Ich nannte ihr die genaue Summe. Sie fiel aus allen Wolken!

In allen Einzelheiten und mit so viel Insider-Wissen, wie sie es nur vom Sänger selbst haben konnte, schilderte sie mir nun, was meine CD wirklich gekostet hatte. Ein Bruchteil von dem, was ich bezahlt hatte. Der Sänger hatte mich von vorn bis hinten verarscht und ausgenommen wie die berühmte Weihnachtsgans.

„Er wusste, dass du dir einen Kredit nehmen musstest, und das war ihm scheißegal", meinte sie. „Darum habe ich dir das jetzt gesagt. Weil er dich nur ausgenutzt hat." Irgendwie hatte ich mir so etwas schon gedacht; ich war aber trotzdem maßlos enttäuscht. Für mich waren wir Freunde, für ihn wohl nicht.

Ich brach daraufhin den Kontakt zu ihm sofort ab, einfach so. Ohne ihn zur Rede zu stellen oder mal nach dem Warum zu fragen. Was hätte das auch gebracht?

Ich war so oft dabei gewesen, wenn er seiner Freundin ins Gesicht log. Einfach so. Er musste sich, wie es schien, die Lügen nicht mal sonderlich im Kopf zurechtlegen. Sie kamen einfach so aus seinem Mund. Für mich war jetzt wichtig, mir erstmal darüber klarzuwerden, wie es mit dieser Scheiß-CD weitergehen sollte. Was konnte ich damit machen? Würde ich über kleine Auftritte die Produktionskosten irgendwann wieder einspielen können? Aus der CD-Produktion mit ihm habe ich nie einen einzigen Pfennig gesehen.

Diese Erfahrung hat wehgetan, und sie ist der Grund, warum ich so misstrauisch geworden bin, warum ich in allem erstmal das Schlechte sah. Aber ich habe auch das hinter mir gelassen.

Wollen Sie wissen, was aus dem Sänger geworden ist? Ich habe vor drei Jahren seine ehemalige Freundin getroffen, von der er sich auch auf eine recht unschöne Art und Weise getrennt hatte. Sie meinte, dass er mittlerweile in der Privatinsolvenz stecke und ein uneheliches Kind habe, um das er sich nicht kümmere. Für seine Facebook-Freunde spiele er nach wie vor den erfolgreichen Sänger, denn die wüssten nicht, wie er wirklich sei.

Vielleicht fragen Sie sich, warum ich in den beiden Kapiteln kein einziges Mal seinen Namen erwähnt habe? Ich kann es Ihnen sagen: weil er das nicht wert ist!

Johnny Lewis
oder
Der Elvis vom Kiesberg

Im September 1998 merkte ich schnell, dass ich von den Halbplaybacks, die ich in den Diskotheken benutzte, von mir selbst besungene Vollplaybacks brauchte. Bis dahin sang ich live über die Hausanlagen und musste immer darauf hoffen, dass die auch einen guten Klang hatten. Wenn ich an die ganzen Schlagersänger denke, die ich danach kennengelernt habe, von denen kaum einer selbst bei bester Anlage live sang, muss ich über meine Vorgehensweise von damals ziemlich grinsen.

Die Fanclub-Leitung des Sängers stellte einen Kontakt mit einem Musiker her, der in der Schwerstadter Innenstadt in einem Handyshop arbeitete und in seiner Wohnung ein Tonstudio betrieb. Sie fragte mich, wie viele Vollplaybacks ich von mir bräuchte; sie würde dann einen guten Preis für mich aushandeln. Nun, ich brauchte zehn, wenn ich in den Diskotheken nicht immer nur Single und Maxi singen wollte. Irgendwann wollte ich dann auch gern mal ein paar Mark verdienen, wenn ich mir schon nahezu jedes Wochenende um die Ohren schlug. In derselben Woche rief sie an und meinte, das würde Summe X kosten. Da ich vom Sänger, was die Preise anging, ja zwei Jahre komplett verarscht worden war und mir dieser Preis jetzt für zehn Nummern angemessen erschien, sagte ich zu.

An einem Abend der kommenden Woche sollte ich mit der Summe in bar bei ihr aufschlagen. Dann würden wir zusammen in das Studio fahren, wo sie den finanziellen Kram für mich klären würde. Ich wunderte mich ein bisschen, hatte aber kein schlechtes Gefühl, da sie anbot, einen weiteren Kontakt zu einem Bachgrunder Schlagersänger herzustellen, der mir für ein paar Mark vernünftige, moderne Halbplaybacks überlassen könne.

So weit, so gut. Zu dem Bachgrunder fuhren wir gleich am nächsten Abend. Altbauwohnung, hohe Decken und die Bude voller Haustiere. Ich kannte ihn aus dem Fernsehen und stellte fest, dass man beim Fernsehen heutzutage offensichtlich gute Maskenbildner beschäftigt.

Auch der ließ jetzt kein gutes Haar an „meinem" Sänger und betonte in jedem Satz, was das für ein geldgeiler Mistkerl sei. Ich überging das, weil ich Dinge, die ich ohnehin wusste, nicht auch noch kommentieren wollte. Ich wollte nur meine Playbacks. Da kam auch schon der berühmte Haken. Ich hatte gedacht, dass ich mir selbst was aussuchen dürfte oder der Bachgrunder Tierliebhaber mich wenigstens beraten würde. Nööö, ich bekam zwei CDs: eine mit Voll- und eine mit Halbplaybacks. Die kosteten 1000 Mark (nur damit Sie mal ein Gefühl dafür bekommen, über welche Zahlen wir so reden), was ich für 10 Lieder okay fand. Wie gesagt, ich war noch an die Preise des Sängers gewöhnt.

Ich lernte die Lieder ein paar Abende lang und fuhr dann mit der Fanclub-Leitung zum Kiesberg nach Schwestadt. Denn da wohnte der gute Johnny zu der Zeit. Er öffnete die Tür, und der Türrahmen war komplett ausgefüllt. Man sah nur Johnny, was bei einer Körpergröße von über zwei Metern auch nicht verwunderlich ist. Wenn er sich die Haare, die damals noch deutlich voller waren, so wie Elvis frisierte, hätte ich ihn sogar auf 2,20 Meter geschätzt. Er hatte einen festen Händedruck und bat uns mit seiner Bassstimme ins Wohnzimmer. Johnny hatte eine wahnsinnig schöne Wohnung im Grünen. Super ruhig, mit gemütlichen Schrägen, komplett gefliest mit Eckbadewanne - die ich nie benutzte. Die aber Eindruck bei mir machte, weil ich so was noch nie gesehen hatte.

Im Wohnzimmer war sein Studio mit dem kompletten Technikkram, der Aufnahmeraum war das Schlafzimmer. Johnny meinte, ich solle im Schlafzimmer meine Single mal über sein Mikro singen, dann würde er einen Pegel nehmen. Bei der Gelegenheit rechnete die Fanclub-Leitung gleich mit ihm ab und verabschiedete sich recht zügig.

Wir machten dann erstmal das, was Johnny neben der Musik damals am liebsten machte: Pizza bestellen! Wir setzten uns auf seinen Balkon, aßen Pizza und guckten ins Grüne. Zu Beginn unterhielten wir uns über Musik im Allgemeinen und Elvis, unser beider Lieblingssänger. Das Gespräch wurde schnell persönlicher, und ich merkte sofort, dass hier etwas anders war.

Bei dem Sänger und den Menschen, die ich durch ihn kennengelernt hatte, waren die Smalltalks an Oberflächlichkeit durch nichts zu überbieten. Johnny war der erste aus diesem verlogenen Drecks-Business, bei dem ich das Gefühl hatte: Er sieht den Menschen in mir. Wir hatten sofort so eine unglaubliche Vertrautheit, und ich glaube, ich habe an diesem ersten Abend fast nichts gesungen.

In den folgenden Wochen war ich fast täglich bei Johnny, mit dem die Arbeit großen Spaß machte. Er war geduldig, formulierte klar, was er von mir wollte, und war einfach ein großartiger Mensch.

Irgendwann in einer Pause - ich glaube, es war ein Samstagnachmittag - sprachen wir über das harte Brot, das das Künstlerleben sein kann, und was man mit einem Studio so verdienen kann. Ja, was soll ich sagen: Die Unehrlichkeit „meines" Sängers hatte leider auf seine Fanclub-Leitung abgefärbt. Von der Summe, die ich für Johnnys Arbeit bezahlt hatte, hatte dieser genau die Hälfte bekommen. Die andere Hälfte hatte die gute Frau quasi als Vermittlungsgebühr für sich selbst einbehalten. Ich hätte, wie so oft in der Zeit, wegen dieser gierigen Geldgeier kotzen können. Auf die Idee, dass Johnny mir nicht die Wahrheit sagte, wäre ich nie gekommen - übrigens bis heute nicht!

Zurück zu unserer Arbeit im Studio, denn da hatte Johnny nicht gerade einen leichten Job mit mir. Die Playbacks, die ich singen sollte, passten nicht zu mir. Die, die doch passten, mochte ich nicht oder klangen scheiße, wenn ich sie sang. Ich hatte allerdings nicht wirklich einen Plan von dem, was ich da tat, ich machte es einfach, und richtig singen konnte ich eigentlich auch nicht. Wobei ... wenn ich gerade an die ganzen Leute in den sozialen Netzwerken denke, die sich heutzutage so als Sänger abfeiern lassen, war ich doch nicht so schlecht.

Wie auch immer, wir hatten einfach einen unglaublichen Spaß zusammen. Einmal sang ich gerade einen zu der Zeit recht angesagten Malle-Hit, als mir in meinem Aufnahmeraum (seinem Schlafzimmer) ein großer Eimer mit einer grünlichen Flüssigkeit ins Auge fiel. Ich war der Meinung, er hätte mir `ne Bowle gebraut, um mich in Malle-Stimmung zu bringen. Die Bowle erwies sich als altes Wasser vom Fensterputzen.

Ein anderes Mal meinte er, ich solle mal weiter vom Mikro weggehen. Nachdem er dann gar keinen Pegel mehr von mir bekam, wollte er wissen, wie weit genau ich vom Mikro stehen würde. „Fünf Meter", entgegnete ich trocken.

Einmal waren wir mit seinem Auto unterwegs und mussten tanken. Johnny hatte sein großes Elvis-Outfit an mit Gürtel und Sonnenbrille (auf das Cape verzichtete er, aus Angst, damit wie Superman wegzufliegen). Nach dem Betanken gingen wir zum Bezahlen in die Tankstelle. Alles und jeder drehte sich nach Johnny um, der der Kassiererin zwanzig Mark in die Hand drückte und locker meinte: „Ich setze alles auf die Eins!"

Nachdem diese hohlen Lieder irgendwann alle aufgenommen waren, blieben wir in regelmäßigem Kontakt. Wir verbrachten Weihnachten zusammen, er kam mich auf der Arbeit besuchen, und ich fuhr weiter zum Kaffee zu ihm. Damals rauchten wir beide auch noch ganz gern mal eine. Unsere damaligen Frauen mochten sich so gern, dass meine bei seiner sogar Trauzeugin war und ich Vollpfosten die Hochzeit verpasste, weil ich meinen Anzug nicht rechtzeitig aus der Reinigung abgeholt hatte und in einen Stau auf der Autobahn geriet.

Johnny richtete sich in einem Industriegebiet in Schwestadt ein Tonstudio ein, um von der Wohnzimmeratmosphäre wegzukommen. Auch da verbrachten wir Nächte zusammen, teilweise bis der Morgen graute, mit Musik hören, Reden und Pizza essen.

Einmal, als ich wieder so bei ihm auf dem Sofa saß, nahm ein junges, vielleicht zwanzigjähriges, Mädchen ein Demo auf. Die junge Frau hatte eine wirklich ganz gute Stimme, und ich fragte sie für meine Verhältnisse doch recht spontan, ob sie nicht eine CD mit uns produzieren wolle. Ich steuerte den Text bei und bezahlte die anfallenden Produktionskosten, während Johnny einen knalligen Disco-Fox schreiben sollte. Klingt alles ganz vernünftig, war es aber nicht.

Ich glaube, ich hatte Johnny mit dieser Idee ein bisschen über-rumpelt, denn er kam aus der Country-Ecke und das, was wir ma-chen wollten, war nicht seine Musik. Ich würde sogar sagen, dass er es damals schlichtweg noch nicht konnte. Er wollte das, glaube ich, nicht so offen sagen, und ich wollte das auch nicht wahrha-ben. Zudem steckte das Studio in finanziellen Schwierigkeiten, denn es fehlten die Kunden.

Ich übernahm drei ausstehende Monatsmieten, damit es über-haupt weiterging. Ich wollte nicht, dass Johnny mir das Geld wie-dergab, sondern bat ihn, für mich einen Siebzigerjahre-Klassiker zu remixen. Das war die zweite Scheiß-Idee, denn Disco-Fox hatte ja schon mal nicht funktioniert. So verliefen beide Projekte im Sand und ich verlor mal wieder einen Batzen Geld.

Wie das so ist: Ich konnte Geschäft und Privates nicht trennen, und wir verstanden uns einfach nicht mehr. Das, muss man aber ehrlich sagen, war mein Ding und nicht Johnnys Fehler. Ich hatte damals schon heftige Probleme mit Jähzorn und war mit nichts, was von ihm kam, zufrieden. Ja, und so trennten sich unsere Wege dann im Frühjahr 2003. Für immer, wie wir vielleicht zu die-ser Zeit dachten, aber für immer war uns zu lang!

***

Petra
oder
Wenn Münchhausen eine Frau gewesen wäre ...

Spätsommer 1999. August oder September - weiß ich nicht mehr so genau. Aber dass es ein Samstag war, weiß ich noch ganz genau.

Ich fuhr gegen neun in der Frühe zu Johnny, um meine Playbacks einzusingen, und wunderte mich, dass bei ihm schon jemand mit einem Kaffee auf der Couch saß: Petra! Ich schätzte sie so alt wie mich. Sie hatte kurze Haare, eine Brille und ein freundlich-neugieriges Gesicht. An dem Tag sang ich *Vergiss mein Herz nicht, wenn du gehst* ein. Sie fragte, ob es störe, wenn sie bleibe. Da es bei Johnny ab und an mal zuging wie in einem Taubenschlag, störte mich das schon länger nicht mehr. Ich glaube, die Leute wussten, dass Johnny guten Kaffee macht, und fuhren meistens auf gut Glück einfach so mal hin.

Bei Petra war es so, dass ihr Ex mit Johnnys Ex zusammen war und sich da etwas Unangenehmes für Johnny abzeichnete, das sich allerdings später in Luft auflöste. Johnny und Petra hatten sich wohl einen bunten Abend gemacht und sie war über Nacht geblieben, wie sie viel später erzählte. Johnny hatte ihr dann wohl ein paar von mir eingesungene Nummern vorgespielt, die sie alle so scheiße fand, dass sie mich unbedingt kennenlernen wollte. Was sie dann ja auch tat.

So liebe Leute, was ist bis hierhin die Erkenntnis dieses Kapitels? Wenn ich besser gesungen hätte, wäre mir dieses Kapitel erspart geblieben - und ich meine jetzt echt nicht nur das Schreiben darüber. In den Pausen beim Vittel-Trinken fiel mir auf, dass sie witzig und schlagfertig war. Ich mag es, wenn mich Frauen im Gespräch fordern und sich so eine angenehme Spannung aufbaut. Sie erzählte, dass sie mehrere Kinder hat, sich gerade getrennt hatte, bei einem Italiener jobbte und wo sie ursprünglich herkommt. Mir fällt gerade ein, dass ein Kommissar aus der Tatort-Serie auch von da kommt. Mochte ich sie am Ende nur deswegen?

Wir verstanden uns auf Anhieb, und so kam es, dass sie Sonntag auch wieder mit einem Kaffee auf der Couch bei Johnny saß und der Nachtigall beim Singen lauschte. Gegen Mittag ging sie und kam am Nachmittag mit ihren beiden jüngeren Kids wieder, die so fünf und sieben waren. Ich war da, glaube ich, schon fertig mit Singen und saß einfach nur so bei Johnny im Wohnzimmer rum. Ein mit Johnny befreundeter Schriftsteller, für den er ein Gedicht vertonte, war auch da. Der nervte alle, weil er sich selbst so ein bisschen wie Hemingway sah oder mindestens wie Günter Grass.

Ich wollte also nur noch heim und bot an, Petra und die Kids zu fahren. Ich fuhr die Drei nach Hause und blieb noch für einen Kaffee. Als sie dann meinte, dass es morgens nach dem Aufstehen auch immer Kaffee gebe, blieb ich spontan die ganze Nacht. Wir kuschelten nur so ein bisschen, und ich fuhr schon um kurz nach vier, weil ich noch duschen und meinen Kater verpflegen wollte. Als ich dann am Nachmittag von der Arbeit kam, hatte ich schon eine Nachricht von ihr auf dem Anrufbeantworter. Von diesem Tag an telefonierten wir fast täglich.

Für Johnny war das am Anfang ziemlich schwierig, da sie jetzt ständig mit im Studio war und ihre Meinung kundtat. Natürlich hatte sie, genau wie ich, von der Studioarbeit keine Ahnung, aber deswegen hört man trotzdem, wie ein Lied klingt bzw. in Diskotheken klingen soll. Davon wiederum hatte Johnny keine Ahnung, weil Country da eher weniger gespielt wird. Es gab auch mal Meinungsverschiedenheiten, die wir aber immer relativ schnell in den Griff bekamen.

Dann hatte ich meine Playbacks irgendwann komplett und fuhr trotzdem regelmäßig zu Johnny an den Kiesberg oder zu Petra in die Weststraße. Die beiden wohnten keine zehn Minuten Fußweg voneinander entfernt. Von Petra wusste ich auch nach zwei, drei Monaten noch nicht so wahnsinnig viel.

Im Oktober 1999 rief ich Petra gegen Mittag von der Arbeit aus an. Sie war total aufgelöst und meinte, sie werde sich jetzt das Leben nehmen, weil das alles ja überhaupt keinen Sinn mehr mache. Ich beendete das Gespräch zügig und rief sofort Johnny an. Den bat ich, zu ihr zu fahren und ein paar Sachen zu packen, dann sollte er sie zu mir nach Hause bringen. Ich wohnte in einem 40-Quadratmeter-Apartment direkt unter dem Dach mit meinem Kater Bogy.

Gegen halb vier kamen die beiden dann. Wir setzten uns hin und redeten. Jetzt erfuhr ich zum ersten Mal mehr aus ihrem Leben. Die Wochen davor hatten wir zwar auch über Persönliches geredet, aber so ganz öffnen wollte sie sich nicht. Sie dachte, ich würde mich von ihr abwenden. Keine Ahnung, was ihr dieses Gefühl gab. Ich kann auch nicht sagen, ob sie sich wirklich etwas antun wollte oder einfach nicht mehr weiterwusste und das so eine Art Hilfeschrei war. Ihr ältester Sohn lebte bei ihrer Mutter und ihrem Stiefvater; das wusste ich.

Die beiden Kleineren pendelten zwischen ihrem Noch-Ehemann und ihr hin und her. Ich glaube, die Scheidung hatte sie da schon eingereicht. In dieser Woche hatte sie die Kinder ganz abgegeben, weil sie sich überfordert fühlte. In der Ehe hatten sich Schulden angehäuft, sie sagte mal was von fünfzig- oder sechzigtausend Mark. In der Beziehung war es wohl üblich, alles auf Pump zu kaufen, und irgendwann verloren dann alle Beteiligten den Überblick. Die Tatsache, dass Petra überhaupt nicht mit Geld umgehen konnte, zog sich auch wie ein roter Faden durch unsere Beziehung, nur, dass sie keine Schulden anhäufen konnte. Zumindest keine, die mich betrafen. Ich kann mich dunkel an einen Weinhändler erinnern, bei dem Petra für ihre Eltern was bestellt und das nicht bezahlt hatte; das gleiche galt für ein Fitnessstudio, wo sie die Beiträge nach einiger Zeit einfach nicht mehr zahlte. Mal lief es auch so ab wie mit der Krankenversicherung.

Da Petra eher unregelmäßig arbeitete, hatte sie weder ein eigenes Konto noch eine Krankenversicherung bzw. den Anspruch darauf. Also versicherte ich sie privat und gab ihr monatlich den Beitrag in bar, damit sie ihn auf der Bank einzahlen konnte.

Als ich einmal eher von der Arbeit heimkam, hatte sie Post von der Versicherung im Briefkasten. Da ich dachte, dass wir keine Geheimnisse voreinander hätten, und da sie auch meine komplette Post öffnete, dachte ich mir nicht viel dabei und machte den Brief einfach auf. Ich fiel fast aus allen Wolken! Es handelte sich bereits um die zweite Mahnung, da Petra die Beiträge der letzten sechs Monate nicht bezahlt hatte. Was sie mit dem Geld gemacht oder warum sie nichts gesagt hatte? Gute Frage, nächste!

Es vergingen selten mal zwei Wochen, in denen keine Post der *CreditReform* oder sonst irgendwelcher Gläubiger eintrudelte.

Deswegen hatte sie in unserer gemeinsamen Zeit auch eher unregelmäßig Jobs, da sie gelegentlich mal die Meinung vertrat, dass sie von ihrem Geld ja nichts habe.

Unsere Ansichten, was Arbeiten und Geld anging, waren immer so unterschiedlich, dass ich mich gerade frage, warum ich das so akzeptierte. Ich bin mir aber mittlerweile fast sicher, dass ich, auch was ihre Schulden anging, nur einen Bruchteil wusste. Ich möchte nicht wissen, wie viele Briefe einfach ungeöffnet in den Müll flogen. Wahrscheinlich die meisten.

Aber gut, zurück zu dem Tag, als Petra und Johnny, der irgendwann auch wieder gefahren war, bei mir auf der Couch saßen. Ich weiß nicht mehr genau, warum, aber ich fühlte mich für sie verantwortlich und bot ihr an, einfach zu mir zu ziehen. Wir hatten eine Beziehung, aber über ein gemeinsames Leben machte ich mir nie Gedanken. Zwei Tage später holten wir ihre Sachen. Sie zog mit drei Tüten, einem Bügelbrett und ihrem Kater Jimmy bei mir ein. Das fand Bogy am Anfang gar nicht lustig – also, dass Jimmy einzog. Das Bügelbrett war ihm egal.

Petra hörte bei dem Italiener in Schwestadt auf und kümmerte sich am Wochenende darum, dass meine CDs und die Flyer in die Diskotheken kamen. Für unter der Woche nahm sie einen Aushilfsjob in einem Sonnenstudio an.

Johnny, der einmal mit ihr in eine Diskothek fuhr, weil er für den Betreiber einen Radiospot machte, kommentierte Petras Verhalten so: „Sicheres Auftreten bei völliger Ahnungslosigkeit!" Ich musste darüber lachen, aber heute denke ich, dass in diesen fünf Wörtern eine ganze Menge mehr steckte. In dieser Zeit, so um Weihnachten 1999, sagte mir Johnny auch, dass er der Meinung sei, dass das mit uns zwei Beiden nicht passen werde.

Unseren ersten heftigeren Streit hatten wir Karneval 2000, als sie mit Helga (meiner Ex, die sie bei Vorbereitungen zu einer Party kennengelernt hatte) den Karnevalsumzug sehen wollte. Auf einmal war sie telefonisch nicht erreichbar, weil sie wohl erst das Telefon nicht hörte und dann der Akku leer war. Weil sie keinen Bock auf Stress hatte, blieb sie der Einfachheit halber die Nacht bei Helga, natürlich ohne was zu sagen.

Die nächste Episode dieser Art ereignete sich am 1. April 2000. Ein Sonntag. Wir waren, was selten genug vorkam, bei meinen

Eltern zum Essen, danach musste Petra bis sieben oder acht im Sonnenstudio arbeiten. Ich wartete mit dem Essen, ich wartete die ganze Nacht! Telefonisch, wie konnte es anders sein, war sie nicht erreichbar. Morgens um halb acht rief sie mich in der Firma an und meinte, sie sei vergewaltigt worden und komme gerade von der Polizei. Seit diesem Tag hatte ich diesen krassen Kontrollzwang, der sich durch die ganze Beziehung zog und unter dem sogar Carina noch zu leiden hatte.

Ich hatte einfach das Gefühl, nicht dagewesen zu sein, als sie mich brauchte. Damit wurde ich nicht wirklich fertig. Allerdings muss ich jetzt Jahre später sagen, dass ich nie ein Protokoll von der Polizei oder vom Krankenhaus gesehen habe, wo sie wohl gewesen war. Sie erstattete Anzeige. Das verlief wohl auch alles im Sand. Was ich damit sagen möchte, ist, dass ich es für möglich halte, dass dieses Erlebnis genauso von ihr erfunden worden war wie ein paar andere. Heute würde ich ihr sogar wünschen, dass sie gerade in diesem speziellen Fall gelogen hat.

Ihre Kinder bzw. die Kinderwochenenden ließ sie meistens sausen. Entweder schob sie es auf das kleine Apartment oder auf mich, der dazu keine Lust habe. Das Apartment verließen wir im Juni 2000 und zogen in eine größere Wohnung im selben Haus. Dieses Argument zog dann also nicht mehr. Ich hatte ein, zwei von Petras Kinderwochenenden miterlebt und war entsetzt gewesen. Die Kids nahmen ihre Mutter überhaupt nicht ernst und machten, was sie wollten. Petra war total überfordert und versuchte, sich Zuneigung zu erkaufen. Mal war es ein Freizeitpark, mal ein Spielwarengeschäft. Auch später, als die Kinderwochenenden ausschließlich in Schwestadt stattfanden, hatte ich selten das Gefühl, dass sie sich darauf freute. Wieder schob sie mich als Grund vor, der am Wochenende seine Ruhe haben wolle.

Ich habe nicht viele Kinder im Bekanntenkreis, aber so etwas wie Petra und ihre Kinder habe ich noch nie erlebt. Kann natürlich sein, dass das immer nur so war, wenn ich dabei war, das vermag ich nicht zu sagen.

Als wir dann 2001 zwei Autos hatten und ihr der Corsa gehörte, fuhr ich mit meinem Mercedes manchmal an den Kinderwochenenden spätabends zum Haus ihrer Eltern. Ihr Auto stand eher selten davor. Ihr Stiefvater hatte dann plötzlich eine Garage, wo der Corsa immer drin war; nur blöd, dass er davon selbst gar nichts wusste. Auch durch diese verfickte Lügerei bekam ich dieses Kontrollproblem, aber was hätte ich machen sollen? Moment, mir fällt es gerade ein: Mich trennen! Ich hab' mich oft gefragt, warum ich mich nicht da schon von ihr trennte, und ich weiß es einfach nicht. Bis heute kann ich das nicht beantworten.

Meine Eltern wussten von diesen Dingen ebenso wenig wie von Schulden oder Kindern. Nach dem Theater mit Helga, von dem Petra wusste, gab ich nur die nötigsten Informationen weiter. Trotzdem denke ich heute, dass es Petra gegenüber fairer gewesen wäre, meinen Eltern direkt die Wahrheit zu sagen. Irgendwie habe ich immer geglaubt, dass es nicht möglich sei. Ich denke, dass sie das verletzt hat.

Wenn wir uns zu viert sahen, sagte Petra immer genau das, was sie gerade dachte. Ohne was zu filtern, einfach raus. Das konnte schon mal dazu führen, dass anschließend ein halbes Jahr Funkstille zwischen meinen Eltern und uns herrschte.

Ich kann mich noch an ein Kaffeetrinken erinnern, wo ich ein zweites Stück Kuchen aß, während Petra wieder mal am Abnehmen war und im Spaß zu mir sagte: „Erstick doch dran!" Ich fand den Spruch nicht schlimm, aber für meine Eltern war er ein Riesenproblem. Wenn ich mir dann wieder überlege, was mein Vater meiner Mutter alles so an den Kopf warf, hatte dieser Spruch schon fast etwas Liebevolles. So ist es wahrscheinlich auch nicht verwunderlich, dass wir meine Eltern nicht zu unserer Hochzeit im Juni 2004 einluden. Ihre übrigens auch nicht! Mein Cousin kam aus Gebelzig, dazu luden wir meine Taufpaten ein. Das war die ganze Hochzeitsgesellschaft.

Wir heirateten auf dem Standesamt in Quinningen. Einen richtigen Antrag habe ich, glaube ich, Petra nicht gemacht. Danach fuhren wir nach Zollstadt in den *Schlüssel* zum Essen.

Meinen Eltern erzählte ich einen Tag später von der Hochzeit, als ich sie gemeinsam mit meinem Cousin besuchte. Ihre Reaktion war gleichgültig, wobei das kein Problem für mich war. Petra war sterilisiert und so erledigte sich auch gleich das Thema Enkelkinder.

Wir fuhren viel in der Gegend rum, waren in Erfurt, Gebelzig, Kroatien, Wien, Bayern, Memphis, Malta und keine Ahnung, wo noch. Petra organisierte die Reisen, was ihr Spaß machte. Weniger Spaß machte ihr regelmäßige Arbeit. Ich kann mich an keinen Job erinnern, den sie länger als ein Dreivierteljahr hatte, und das war wirklich schon das Längste. Klar kann es mal sein, dass es irgendwo nicht passt, das ist mir auch mehr als einmal so gegangen. Aber immer?

Ich glaube im Nachhinein, dass sie wahrscheinlich gar keinen Job für länger haben wollte, weil sie, wenn ich arbeiten war, den ganzen Tag tun und lassen konnte, was sie wollte. Während unserer gemeinsamen acht Jahre kam es pro Jahr mindestens dreimal vor, dass sie nach einem Streit einfach weg war. In der Regel war das so, dass ich von der Arbeit kam und sie dann einfach nicht da war. Weg war dann auch meistens das Bargeld, das in der Wohnung gewesen war, oder auch schon mal meine Bankkarte. Telefonisch erreichbar war sie natürlich nicht, und ausgezogen ist sie dreimal, so richtig mit eigener Wohnung und was so dazugehört. Allerdings nie länger als vier Monate. Heute denke ich mir, dass wir nicht miteinander leben konnten, aber jeder für sich wohl auch nicht.

Das Beispiel, das ich oben angedeutet habe, ereignete sich an einem Tag, als Petra wieder ausgezogen war und ich frei hatte. Gegen zehn Uhr morgens klingelte es an der Wohnungstür. Ich öffnete, und vor mir stand der Maler, der in unserem Mietshaus alle Streicharbeiten erledigte und den ich vom Sehen kannte. Mit mir an der Tür hatte er wohl nicht gerechnet, denn er sah mich an wie ein Auto und stammelte dann, ob ich wisse, wie spät es sei.

Komische Frage, komische Situation. Mir war klar, dass Petra mich ständig anlog, daher stritten wir wie die Kesselflicker, und ich frage mich schon wieder mal beim Schreiben, warum ich nie auf die Idee kam, die Beziehung zu beenden. Petra stritt alles ab, was ich ihr an den Kopf warf, ständig passierten immer nur blöde Zufälle, für die sie nichts konnte. Ich wusste mir dann meistens nicht anders zu helfen, als Wäscheständer, kleine handliche Elektrogeräte oder sonst was, was ich gerade in die Finger bekam, durch die Wohnung zu schmeißen. Dieses Schmeißen verlor irgendwann seine Wirkung - für sie und für mich. Also schubste ich sie, trat nach ihr oder schlug sie mit der flachen Hand. Heute kommt mir das vor wie ein Schiff im Bermuda-Dreieck, das gegen das Sinken ankämpft. Mit jedem Ausraster und jeder Lüge sanken wir ein bisschen tiefer in unsere eigenen Abgründe.

Es gibt eine Form von Würde und Anstand, die man sich in jeder noch so komplizierten Situation bewahren muss. Ich tat es nicht. Es wäre besser gewesen, sie einfach gehen zu lassen; auch das tat ich nicht. Was war das, was uns verband (krasser Satzbau, oder?)? Liebe, Gewohnheit, eine Zweckgemeinschaft, die keinen Zweck erfüllte? Ich hatte ehrliche Absichten mit ihr, aber ich glaube, es ging zu viel zu schnell kaputt. Von da an war es (und ich) eigentlich ständig außer Kontrolle.

Die Trennung war dann auch irgendwie typisch für uns. Im Mai 2007 machte ich ein Büfett zur Eröffnung des *Ratshofes* in Heltenau, wo ich Küchenchef war. Von Samstag auf Sonntag arbeitete ich die ganze Nacht durch, Petra half mir. Wir machten Tapas, Kanapees, Salate und Kleinkram. Wir machten die Eröffnung gemeinsam, dann fuhr sie nach Hause, weil sie sich vor ihrer Arbeit in einem Steakhaus noch hinlegen wollte.

Ich kam um halb neun nach Hause, und Petra lag zu meinem Erstaunen auf der Couch. Sie meinte, sie hätte eher gehen dürfen und nun ein paar Tage frei, an denen sie zu ihren Eltern nach Schwestadt fahren wollte - obwohl sie erst ein paar Wochen in diesem Laden arbeitete, und genau das wunderte mich. Ich war aber selbst zu kaputt, um mir darüber ernsthaft Gedanken zu machen.

Sie fuhr zu ihren Eltern, und ich las drei Tage später im Stellenmarkt einer Quinninger Tageszeitung ein Stellenangebot, das ihrem Arbeitsplatz entsprach. Ich stellte sie zur Rede, weil ich wissen wollte, ob es sein könne, dass sie rausgeflogen sei, aber sie eierte nur rum. Jetzt meldete sich zum ersten Mal in der Beziehung mit Petra meine innere Stimme. Die sagte mir ganz unmissverständlich und in voller Lautstärke, dass es vorbei war.

Ich rief sie an und sagte ihr, dass es das war und sie in Schwestadt bleiben könne. Sie nahm das nicht wirklich ernst und auch, als sie zwei Wochen später ihre Klamotten holte, dachte sie immer noch, ich sei nur sauer, weil sie gelogen hatte. Ich blieb dabei und reichte kurz darauf die Scheidung ein. Ich sage jetzt ganz ehrlich, dass ich nicht weiß, ob ich das ohne Carina, mit der ich kurz darauf zusammenkam, so durchgezogen hätte. Was ich sehr genau wusste, war, dass ich auf diese ganze Lügerei und den ganzen anderen Mist mit Petra keine Lust mehr hatte. Sie erschien zu zwei Scheidungsterminen gar nicht und ich wurde in Abwesenheit geschieden.

Das Schreiben dieses Kapitels ist mir auch nicht so superleicht gefallen, weil ich an vieles nicht mehr denken wollte, es einfach verdrängt hatte. Das ist natürlich Blödsinn, denn es macht wenig Sinn, das eigene Leben zu verdrängen.

Ich möchte auch nicht so verstanden werden, dass mich Petra nur beschissen hat und dass das der Grund für meine Ausraster war. Nein, ich war der Grund für meine Ausraster, nur ich ganz allein, und das ist traurig genug. Ich wollte immer eine harmonische Beziehung, aber ich glaube, mir wurde relativ früh klar, dass wir die nie haben würden. In meinem Kopf war neben den Ausrastern auch immer die Sehnsucht nach Harmonie. Manchmal habe ich mich gefragt, warum Petra überhaupt mit mir zusammen war. Ich weiß es nicht.

Und jetzt? Was macht das mit mir? Nichts, ein Espresso, und dann geht es weiter zum nächsten Kapitel. Denn genau wie das Leben hört das Buch ja nicht an dieser Stelle auf. Es geht weiter!

***

Ladendieb aus Langeweile
oder
Ich, der Langfinger

Im Sommer 2001 komplimentierte mich die Firma vor die Tür. Der Caterer, für den ich fast sechseinhalb Jahre in Quinningen gearbeitet hatte, gab dem Drängen des Personalchefs nach. Der Personalchef, ein Ausländer und Frauenhasser (Sie wissen bestimmt, dass ich jetzt schreiben muss, dass das nur meine Meinung ist und dass das ja in Wirklichkeit ganz anders gewesen sein kann, oder?) hatte seit Jahren gegen mich gestichelt. Das beruhte absolut auf Gegenseitigkeit und war zum Glück unsere einzige Gemeinsamkeit. Mich störte an ihm, dass er seine direkten Mitarbeiter wie Scheiße behandelte, und das vor aller Welt im gesamten Gebäudekomplex.

Jetzt muss ich ein bisschen Kaffeesatzlesen betreiben, wenn ich darüber schreibe, was ihn an mir störte, denn gesagt hat er in sechseinhalb Jahren nie was. Ich würde fast behaupten, dass er nicht verstehen konnte, dass ich nicht bereit war, ihm in seinen Arsch zu kriechen, um in seiner Nähe ein ruhigeres Leben zu haben. Ich habe ein Problem mit dem Begriff ‚Stolz', weil ich mit diesem patriotischen Kram, den ich unter anderem mit diesem Wort in Verbindung bringe, immer meine Probleme hatte. Aber so ein klitzekleines bisschen stolz, dass ich mich für diesen Mistkerl nicht zum Pfosten gemacht habe, bin ich. - Ok, ich werde derlei Wörter in diesem Kapitel nicht mehr benutzen – versprochen!

Zurück zur ersten Arbeitsstelle. Ich war für das Mittags-Catering im Verwaltungsgebäude zuständig: Gucken, dass alles schön ist, genug von allem da ist und alle Küchenhilfen das machen, was nötig ist, um in anderthalb Stunden zwischen 100 und 150 Essen durchzujagen. Kasse hab' ich auch gemacht, weil das von den Mädels keins konnte. Vormittags bereiteten wir das Frühstück für die Verwaltung und das Werk vor, also von Brötchen über Baguettes bis hin zu Eierspeisen. Danach den Teil des Mittagessens kochen, der nicht fertig aus einer anderen Stadt kam, und im Großen und Ganzen war der Tag dann auch schon rum.

In dem Kapitel über meine Jahre in der Gastronomie gehe ich auf diese erste Arbeitsstelle noch ein bisschen mehr ein. Was ich allerdings sagen kann, ist, dass ich in meiner Zeit vier Küchenchefs habe kommen und gehen sehen und ich immer geblieben bin, weil ich den Job liebte und die Mitarbeiter und die Kunden, die jeden Tag kamen, mochte. Einfache Arbeiter, die deutliche Worte fanden: *Schmeckt* oder *Schmeckt nicht*, so einfach ging das!

Mehr als einmal wollte der Caterer die Stelle des Küchenchefs mit mir besetzen, was aber bereits erwähnter Personalchef stets zu verhindern wusste. So nach dem Motto: Wenn der Küchenchef wird, suchen wir uns einen neuen Caterer.

Das Verwaltungsgebäude wurde im Juni 2001 fremdvermietet, und der neue Mieter legte auf Essen keinen Wert, also waren wir raus aus der Verwaltung. Ich war komplett raus, weil man für mich keine Verwendung mehr hatte. Blöderweise las ich dann keine zwei Wochen später beim Frühstück in Form eines Stellenange- botes, dass man meine alte Stelle wiederbesetzen wollte. – Ich ging sofort zum Anwalt.

Das Ende vom Lied war, dass mir das Arbeitsgericht 16.000 Mark und vier Monatsgehälter zusprach, womit ich eigentlich hätte zufrieden sein können. So viel Kohle nur, weil dich eine Pfeife nicht mag, ist ja nicht so schlecht. Aber mein Arbeitsplatz bedeutete mir mehr als Geld, und ich hatte keinen Plan B.

Ich war erstmal arbeitslos, das erste Mal in meinem Leben, und saß zu Hause rum. Sechseinhalb Jahre hatte ich fast durchgear- beitet, kaum Urlaub gehabt und fiel jetzt von einem Tag auf den anderen in ein supergroßes, tiefes, schwarzes Loch. Morgens stand ich am Wohnzimmerfenster und sah den Autos auf der Straße nach, wie sie zur Arbeit fuhren. Autos mit Menschen darin – Menschen, die eine Aufgabe hatten, die gebraucht wurden.

Ich lebte nur so in den Tag hinein. Monotonie bis zum Sonnen- untergang! Leer und nutzlos, so fühlte ich mich und wusste mit mir selbst nichts anzufangen.

Eine meiner wenigen Abwechslungen bestand darin, ins Quin- ninger Einkaufscenter zu fahren, wo ich ziellos umherstromerte. Irgendwie suchte ich einen Kick, eine Möglichkeit, ein bisschen Adrenalin zu bekommen, und kam dabei auf eine verhältnismäßig blöde Idee: Wie wäre es denn mal mit Ladendiebstahl? Über so etwas hatte ich mir noch nie Gedanken gemacht, aber diese fixe Idee setzte sich in meinem Kopf fest.

Eines Tages fuhr ich dann genau mit diesem Ziel hin: ein paar CDs zu klauen. Ich ging in die Elektroabteilung und schnappte mir zwei CDs, fummelte die Plastikverpackung ab und steckte mir die Silberlinge in die Taschen meiner kurzen Hose. Mit einem Puls von, ich schätze mal, hundertachtzig passierte ich die Kasse – und nichts passierte!

Jeder normale Mensch hätte jetzt gesagt: „Ok, du hattest deinen Kick und es ist gutgegangen, fahr jetzt sofort nach Hause!" Leider bin ich nicht so richtig normal, aber das werden Sie beim Lesen bestimmt auch schon ein paarmal gedacht haben.

Ich wiederholte den Vorgang mit dem gleichen Ergebnis und wieder hörte ich hinterher meine innere Stimme, die sagte: „Ist gut jetzt, fahr heim." Wieder hatte ich nicht genug Kick gehabt oder keine Ahnung, was, bekommen - ich ging zum dritten Mal innerhalb von einer halben Stunde in die Elektroabteilung. Dasselbe Prozedere: zwei CDs nehmen, die Verpackung abmachen und dann mit einem hundertachtziger Puls an der Kasse vorbei.

Das klappte jetzt aber nicht, denn da stand der nette, völlig unscheinbare, nicht sonderlich gepflegt wirkende Privatdetektiv. Mit einem Schlag war das komplette Adrenalin weg, es wich einem nie zuvor dagewesenen Schamgefühl – von einer Sekunde zur anderen. Dann kam das, was man aus dem Fernsehen so kennt: Taschenkontrolle, Personalien aufnehmen, auf die Polizei warten. Die Polizisten schrieben gleich eine Anzeige und erteilten mir für ein Jahr Hausverbot. Ein paar Wochen später flatterte dann noch eine saftige Geldstrafe in den Briefkasten.

Ich hatte mich in eine Situation gebracht, die durch nichts an Peinlichkeit zu überbieten war. Aber ich denke auch, dass ich nicht der einzige war oder bin, der aufgrund von Arbeitslosigkeit in so eine Geschichte gerutscht ist, und ich schreibe das auch nur, um zu zeigen, dass so etwas nie gut geht.

Wenn Sie jetzt also gerade in so einer monotonen Dauerschleife unterwegs sind und Ihr Partner auf Kegeltour ist oder Sie von meinem Buch so gelangweilt sind, dass Sie Lust aufs Klauen bekommen haben: Vergessen Sie das wieder, gehen Sie joggen oder schwimmen!

***

Elvis Presley
oder
Open my Soul, touch the King of Rock 'n Roll (Bill Medley)

30. Dezember 2003, ein kalter Wintermorgen. Es ist noch gar nicht richtig hell geworden und bitter kalt. Den Mantelkragen hochgeschlagen, stehe ich im *Meditation Garden* von Graceland in Memphis, Tennessee, USA, ganz allein am Grab von Elvis Aaron Presley, einem der Helden meiner Kindheit, der mit seiner Musik für mich da war, wenn meine Welt wieder mal im Chaos versank.

Niemand ist hier, ich bin allein mit dem Mann, der der modernen Musik eine neue Dimension gegeben hat und dann größer als die Musik selbst wurde. Ich schließe die Augen und sehe ihn vor mir. Den wilden, unverbrauchten Sänger aus den Fünfzigern, den, der sich in den Sechzigern durch seine Spielfilme quälte, für die er nichts als Scham empfand. Dann sehe ich den aus den späten Siebzigern mit diesem hilflosen Blick, der sagen will: „Ich kann das alles hier nicht mehr, aber ich gebe euch, was ich noch geben kann." Ich denke an seine letzte Fernsehshow sechs Wochen vor seinem Tod, an einen Mann, dem die Menschen immernoch zujubeln und der nicht mal zwei Monate später seine letzte Ruhe findet. Einsam, allein, im Badezimmer gestorben – kaputtgegangen an sich selbst. Ich öffne die Augen und lese die Inschrift der Grabplatte, was mich so sehr berührt, dass ich anfange zu weinen, obwohl ich mir vorher im Hotel selbst versprochen habe, genau das nicht zu tun. Ich frage mich, ob er jemals in seinem Leben auch nur im Ansatz mitbekam, von wie vielen Menschen er geliebt wurde und wie viele Menschen das auch heute noch tun.

Meine Gedanken gehen zurück in meine eigene Kindheit, und ich erinnere mich an den Tag, als ich ihn zum ersten Mal im Fernsehen sah. Januar 1985, die Woche, in der er fünfzig Jahre alt geworden wäre. Damals gab es nur ARD und ZDF sowie den dritten Lokalsender. Ihm zu Ehren liefen in dieser Woche seine Filme rauf und runter. Ich war elf, und der erste Film, den ich sah, war sein letzter: *Ein himmlischer Schwindel*. Ich spürte mit meinen elf Jahren, dass dieser Mann etwas Besonderes hatte in der Art, wie er sang und sich bewegte. Ich stellte meinen Eltern eine Frage, wie sie nur ein Kind stellen kann: „Warum kann Elvis so gut deutsch?" - „Das ist doch alles synchronisiert", stellte mein Vater verständnislos kopfschüttelnd fest. Weitere Fragen hatte ich dann keine mehr. Am nächsten Tag fuhr ich allein mit dem Bus in die Quinninger Innenstadt und kaufte mir meine erste Elvis-Platte: „Greatest Hits".

Es ist die Platte, wo er auf dem Cover in einem MGM-Stuhl sitzt und in die Kamera grinst. Ein Promotionbild für seinen dritten Film *Jailhouse Rock*. Diese Nummer war lange mein Lieblingslied. Von diesem Tag an kaufte ich mir von meinem Taschengeld alles, was ich von ihm fand, denn damals gab es kein Internet mit *Ebay* oder *YouTube*. Ich erfuhr langsam, wie er gelebt hatte, dass er die Nacht zum Tag machte und, wenn draußen der Morgen dämmerte, schlafen ging. Das fand ich ziemlich cool.

Jahre später hatte ich irgendwann jede CD von ihm und jedes Lied, das er jemals gesungen hatte. Ich befasste mich mit ihm und seinem Leben. In der Kindheit und später beim Heranwachsen wurde er mein Mittelpunkt. Heute vergeht ebenfalls kaum ein Tag, an dem ich nicht seine Musik höre, und mittlerweile glaube ich, dass Elvis ein sehr einsamer Mensch gewesen sein muss, der wenige wirkliche Freunde in seinem Leben hatte. Vielleicht ist das die eigentliche Tragik dieses viel zu kurzen Lebens, dass er einfach niemanden hatte, mit dem er reden konnte, der für ihn da war.

Dieser Moment, diese Minuten an seinem Grab waren so einschneidend, so wichtig für mich, dass ich sie nicht vergessen werde. Ich würde sogar so weit gehen zu sagen: „Ich bin dankbar dafür".

Mir fällt gerade beim Schreiben wieder etwas ein, das ich gern erzählen möchte. Es beschreibt, glaube ich, ganz gut, welche Bedeutung Elvis heute immernoch in Memphis hat, in der Stadt, in die er als Kind zog und die es ihm nicht immer leicht machte. Am Tag meines Rückfluges kaufte ich mir bei meinem ersten *Graceland*-Besuch einen großen gerahmten Druck. Er zeigt Elvis mit Muhammad Ali, den er stets sehr bewunderte. Beide in typischer Boxer-Pose und Ali trägt die Robe, die Elvis ihm hat anfertigen lassen. Ich liebe dieses Bild, weil man in den Augen der beiden die Bewunderung für den anderen sehen kann. Ich hatte mir keine Gedanken darüber gemacht, wie ich den Druck nach Deutschland bekommen würde; ich wollte ihn einfach nur haben.

In den Koffer ging er nicht mal bis zur Hälfte und auch die Idee, ihn als Handgepäck zu befördern, war keine gute.

Ich stand ein bisschen ratlos bei der Gepäckaufgabe rum und sah mir abwechselnd mein hübsch eingepacktes und gut verschnürtes Problem und die beiden Zollbeamten an, die sich leise unterhielten. *Excuse me, sir*, sagte einer der beiden und stand auf einmal vor mir. „Ist Elvis auf Ihrem Bild drauf?" – „Natürlich", sagte ich schnell, „und Muhammad Ali ist auch drauf." - „Nehmen Sie Ihr Bild mit in das Flugzeug und lehnen Sie es hinter der letzten Sitzreihe gegen die Wand. Die Männer, die auf Ihrem Bild drauf sind, haben viel für unser Land und diese Stadt getan, und Sie sind einen weiten Weg gekommen, um diese Stadt zu besuchen." Ich schüttelte beiden die Hände und war mehr als froh!

Verstehen Sie, was ich mit diesem Beispiel sagen möchte? Elvis war Elvis und ich glaube, die Menschen - der Lagerarbeiter, der Schlosser oder der Arzt - haben verstanden, dass er einen ganzen Batzen mehr Kohle machte als sie. Aber im Grunde seines Herzens war er immer einer von ihnen und das, obwohl seine Entourage ihn so vor der Außenwelt abschirmte, dass er bestimmt manchmal nicht wusste, ob es morgens oder abends war.

Ich habe das schon geschrieben, aber Elvis ist so präsent, als wenn er nie gestorben wäre. Als wenn es diesen Tag, den 16. August 1977, nie gegeben hätte. Ich glaube, vielen Menschen geht das so, und für die, die ihn mögen, gehört er zur Familie. Für die, die ihn lieben, ist er die Familie.

Ich muss immer lachen, wenn Menschen sich so kleiden oder versuchen, so zu singen wie Elvis. Ich meine jetzt nicht *Rio the Voice of Elvis*, den ich wahnsinnig schätze, sondern die ganzen anderen Ahnungslosen. Seid doch einfach nur ihr selbst, denn niemand ist so wie Elvis Presley! „Warum nicht?" fragen Sie vielleicht gerade. Weil auch niemand so wie Jesus Christus ist.

***

Das einzige Mal, dass ich meinen Vater liebte
oder
Hallo, ich bin Miso Kovac

Sommer 2005. Wie so oft verbrachten meine Eltern die Ferien in Kroatien. Wie so oft fand ich wieder tausend gute Gründe, um nicht für ein paar Tage vorbeizukommen, wie ich das mit Petra 2000 und 2001 getan hatte.

Ich bat meinen Vater, mir das neue Album von meinem kroatischen Lieblingssänger Miso Kovac mitzubringen, und wollte wissen, ob es über seine Plattenfirma die Möglichkeit gab, ein Autogramm von ihm zu bekommen. Miso Kovac war vor dem jugoslawischen Bürgerkrieg in den Siebziger- und Achtzigerjahren der populärste Sänger im Land gewesen. Er war der einzige (so glaube ich zumindest), der Konzerte in Fußballstadien gab und diese auch vollbekam. Im Krieg wurde sein einziger Sohn (er hat auch noch eine Tochter) mit gerade einmal sechzehn Jahren erschossen. Von da an wandelte sich seine Musik sehr stark. Es ging nicht mehr um Liebe, Romantik oder das blaue Meer, sondern um den Tod, Heimatverbundenheit und was das Leben alles so mit einem anstellen kann. Er ließ sich seine recht kurzen Haare bis auf die Schultern wachsen und trug über Jahre nahezu ausschließlich schwarze Kleidung.

An dem Tag, als meine Eltern aus dem Urlaub kamen, fuhr ich gleich zu ihnen. „Habt ihr mal geguckt, ob es eine Autogrammadresse gibt, an die man schreiben könnte?" fragte ich im Wohnzimmer, während ich mir Misos neue CD ansah. „Nein, so etwas gibt es da unten nicht, das ist ganz anders, als du es von hier kennst. Aber ich habe mit ihm gesprochen." - „Mit wem?" fragte ich, ohne den Blick von der CD zu lassen. „Mit Miso Kovac!" Ich sah meinen Vater so entgeistert an, als wenn er mir gesagt hätte, er habe den Papst am Telefon. „Wie jetzt?" wollte ich wissen.

Mein Vater begann zu erzählen: „Miso Kovac war vor Jahren bei uns in Bibinje der Taufpate eines Sohnes von einem meiner Bekannten, und da er auch schon ein paarmal bei Konzerten in Bibinje aufgetreten ist, riss die Freundschaft der beiden nie ab. Auch nach dem Krieg blieben sie in Kontakt. Diesem Bekannten habe ich von dir erzählt und er hat mir dann Misos private Telefonnummer gegeben." - „Du hast die Privatnummer von Miso Kovac?" fragte ich nach. „Ich habe ihn letzte Woche angerufen und von dir erzählt, und er war so gerührt und hat sich so gefreut, dass jemand wie du, der kaum kroatisch spricht, ihn so gern hört und alle seine Alben auf CD oder Kassette hat." Dann machte er eine kurze Pause.

„Miso tritt in drei Wochen in Stuttgart auf, wo er in einer Kirchengemeinde ein Konzert für kroatische Auswanderer gibt, und er würde sich sehr freuen, wenn du hingingest. Er möchte dich gern vor seinem Auftritt kennenlernen und dir eine signierte CD schenken. Der Veranstalter wird dich zu ihm bringen." Ich wusste nicht, was ich sagen sollte; das bedeutete mir so unendlich viel, und ich musste bei meinen Eltern im Wohnzimmer schon schlucken. Im Auto war ich noch nicht mal angeschnallt, und mir liefen schon Tränen über die Wangen. Ich würde Miso Kovac nicht nur live singen hören, ich würde sogar mit ihm sprechen! Mit dem Mann, der einer der wenigen Lichtblicke meiner Kroatien-Urlaube in der Kindheit gewesen war.

Für den Abend in Stuttgart schrieb ich ihm einen persönlichen Brief auf Deutsch, den eine Arbeitskollegin von mir ins Kroatische übersetzte. Ich schrieb ihm, dass ich seine Musik hörte, seit ich neun Jahre alt war; dass ich auch als erwachsener Mann in Deutschland seine Kariere stets genau verfolgt habe und dass er neben Elvis Presley immer mein Lieblingssänger gewesen ist; dass ich jedes Lied von ihm auswendig kann, obwohl ich sonst kaum kroatisch spreche.

Stuttgart, ein paar Wochen später. Ich stehe mit dem Veranstalter vor der geschlossenen Garderobentür und mache mir fast in die Hosen. So müssen sich also die ganzen dreizehnjährigen Teenies bei *Take That*-Konzerten gefühlt haben, denke ich und muss grinsen. Ich klopfe an die schwere Tür, die sich sofort öffnet. Er steht selbst im Türrahmen: Miso Kovac! Ein Berg von einem Mann, ganz in Schwarz gekleidet. Er sieht mich fragend an. Ich sage ihm auf Kroatisch, dass ich Niko aus Bibinje bin, und er fängt sofort an zu lächeln. „Hallo, ich bin Miso Kovac", sagt er daraufhin. Miso gibt mir die Hand, und bis heute habe ich nie wieder einen so festen Händedruck bekommen. Danach Küsschen rechts und links, wie es in Kroatien üblich ist. „Dein Vater hat mir so viel von dir erzählt", sagt er, während er mir seine Frau vorstellt. Ich überreiche ihr einen mitgebrachten Blumenstrauß, worüber sie sich sehr freut.

„Welches ist dein Lieblingslied von mir?" will er wissen. *Dalmacija u mom Oku*, antworte ich wie aus der Pistole geschossen. Dieses Lied hat für viele Menschen im Krieg eine besondere Bedeutung bekommen, erklärt er mir. „Es ist eine Hymne geworden und ich bin stolz darauf." Ich habe ihn verstanden, bitte ihn aber trotzdem, langsam mit mir zu sprechen, worauf er lacht und sich eine *Marlboro* anzündet. „Du lernst durch meine Musik unsere Sprache", sagt er und lächelt.

Wir stehen eine Viertelstunde in dem kleinen kargen Raum und reden, so gut das mit mir geht. Dann schenkt er mir eine Live-CD von seinem Konzert in der Altstadt von Sibenik, seiner Heimatstadt, aus diesem Sommer. Er unterschreibt sie für mich.

Miso muss sich auf seinen Auftritt vorbereiten, wir umarmen uns zum Abschied, dann stehe ich wieder vor der geschlossenen Garderobentür und bin einigermaßen überwältigt.

Das anschließende Konzert ist eine unglaubliche Erfahrung: 500 Menschen, die vom ersten bis zum letzten Ton jedes Wort mitsingen - unglaublich. Miso ist ein absoluter Profi und gibt den Leuten die Lieder, die sie hören wollen - eins nach dem anderen.

Wenn ich heute und jetzt beim Schreiben dieser Zeilen an diesen Abend denke, dann bin ich meinem Vater immernoch dankbar. Dankbar dafür, dass er mir diesen Abend überhaupt ermöglichte. Ganz egal, was bei meinem Vater und mir alles schiefgelaufen ist, diesen Abend werde ich niemals vergessen, und die Dankbarkeit, die ich empfand, auch nicht.

***

Der Rosenkrieg meiner Eltern
oder
Lügen, Chaos, Diebstahl

Mir war als Zehnjährigem schon klar, dass die Ehe meiner Eltern anders lief als andere Ehen. Ob sie sich so lange nicht trennten, um mir als Kind oder Jugendlichem eine Trennung zu ersparen, kann ich nicht sagen. Alles andere haben sie mir und vor allem sich selbst ja auch nicht erspart. Manchmal habe ich mich auch als Kind schon gefragt, ob die beiden mit diesem Leben glücklich seien und was Glücklichsein dann überhaupt sein könne.

Sie haben sich, glaube ich, 2008 das erste Mal getrennt, also elf Jahre, nachdem ich mein Elternhaus verließ. Warum sie das taten, vermag ich nur so zu beschreiben, wie sie es mir getrennt voneinander erzählten. Warum ich überhaupt die Trennung meiner Eltern thematisiere? Weil sie mich auf eine Art und Weise mit hineingezogen haben, die ich meinem Kind auf jeden Fall erspart hätte. Gut, vielleicht habe ich mich auch ein bisschen ziehen lassen, das mag schon sein. Sichtbar, dass es dieses Mal auf eine Trennung hinauslaufen könnte, wurde es für mich um Karneval 2006 herum. Ich war bei meinen Eltern zu Besuch, und die beiden waren nie besonders gut darin, ihre Streitereien vor mir zu verbergen. Da allerdings warf meine Mutter meinem Vater vor, ein Verhältnis mit einer verheirateten Nachbarin zu haben, und ging mit ihren Vermutungen auch ins Detail.

Mir war es auf der einen Seite peinlich, diesen Disput überhaupt mitzubekommen, auf der anderen Seite war es mir (auch wenn es um meine Eltern ging) eigentlich egal. Wenn getragene Unterhosen als Beweismittel gesichert werden, fängt es nach meinem Empfinden an, für beide unwürdig zu werden. Mein Vater stritt alles rigoros ab, ist aber, glaube ich, sogar heute noch mit dieser Frau zusammen. Wobei das natürlich nur eine Vermutung von mir ist, da ich zu ihm schon jahrelang keinen Kontakt mehr habe. Wenn ich ihn dann allerdings zweimal im Jahr mit dieser Frau sehe und die beiden Händchen halten, spricht das, glaube ich, für Außenstehende wie mich schon dafür. Ich hätte es damals ehrlicher von ihm gefunden, meiner Mutter zu sagen: „Du, pass mal auf, mit uns beiden, das passt alles nicht mehr so richtig, und vielleicht habe ich mich genau deswegen in eine andere Frau verliebt. Lass uns das an dieser Stelle vernünftig beenden." Genau das ist allerdings nicht passiert!

Mein Vater fing um Karneval 2006 herum damit an, öfter mal bei mir und Petra auf einen Kaffee vorbeizukommen. Allein, was er früher nie gemacht hat. Immer war die Beziehung der beiden ein Thema, und immer machte er meine Mutter schlecht. Mir war das so unangenehm, dass ich einmal drei Stunden nach Tempstadt fuhr. Er saß immernoch auf der Couch, als ich wieder nach Hause kam.

Ein anderes Mal hatten die beiden so heftig gestritten, dass er abends um neun im Jogginganzug vor uns stand und bei uns schlafen wollte. Was er auch tat. Ein paar Tage später rief mein Vater dann an, weil die Polizei gerade im Begriff war zu erscheinen. Keine Ahnung, warum er der Meinung war, dass das Informationen waren, die ich brauchte, denn vom Prinzip her hatte ich mit meinem eigenen Leben da auch schon alle Hände voll zu tun. So zog sich das über Wochen und Monate hin. Der Schuh, den ich mir anziehen muss, ist der, dass ich nie auf die Idee gekommen wäre, die Aussagen meines Vaters zu hinterfragen. Dass er mich anlog, um sich selbst in ein gutes Licht zu stellen – dieser Gedanke kam mir ganz einfach nicht.

Zu meiner Mutter hatte ich in dieser Zeit wenig Kontakt, weil ich mich aufgrund der Aussagen meines Vaters schon von ihr distanziert hatte und Partei für ihn ergriff. Ich hörte mir nie ihre Seite an. Das ist dann auch der Punkt, den ich mir konkret selbst vorwerfe: dass mein Vater es geschafft hatte, mich einzulullen oder sagen wir es anders: zu manipulieren.

Als Einzelkind hätte ich entweder zu Beginn sagen müssen: „Bitte, lasst mich mit eurer Scheiße in Frieden" oder ich hätte mir beide Seiten anhören müssen, um wenigstens zu verstehen, was da gerade passierte. Warum habe ich das nicht getan? Ich habe es ja oben schon beschrieben: Mir war im Grunde als Kind schon klar, dass meine Eltern nicht zusammenpassten. Mich interessierte das alles aber auch nicht so wirklich, denn ich hatte sie ganz sicher nicht in die diese Scheiße geritten.

Mein Vater ist jedes Mal, wenn wir uns sahen, über meine Mutter abgegangen, und obwohl ich kein einziges Mal nachfragte oder ihm irgendwie das Gefühl vermittelte, dass ich sein Eheberater war, ging das immer weiter. Auch hier hätte ich einfach nur „Stopp!" sagen müssen.

Nachdem die Trennung beschlossen war und beide die gemeinsame Wohnung verlassen wollten, sprachen sie gar nicht mehr miteinander, außer natürlich, wenn sie stritten. Keiner gönnte dem anderen irgendwelche Möbelstücke, Hausrat oder das gemeinsame Geld. So begann ein Problem, das für mich richtig heftig wurde.

Ich hatte wieder so ein bisschen sporadischen Kontakt zu meiner Mutter, und es lief im Grunde so wie bei meinem Vater. Jetzt zog sie über ihn her und machte ihn schlecht, wo sie nur konnte. Mir war das alles zu viel, es nervte unglaublich.

Die beiden taten anscheinend den ganzen Tag nichts Anderes als sich zu belauern, zu beobachten und zu bespitzeln. Sie provozierten sich, wo sie nur konnten. Meine Mutter bunkerte irgendwo 10.000 Euro in der Wohnung und schmierte ihm das wohl bei jeder sich bietenden Gelegenheit aufs Brot. So nach dem Motto: Das ist mein Geld und bei einer Scheidung werde ich das nicht mit dir teilen. Auch mir erzählte sie davon, und ich habe nie verstanden, warum sie nicht einfach ein Konto bei irgendeiner Bank eröffnete, zu dem nur sie Zugang hat.

An einem Freitag im Dezember 2006 hatte sie Plätzchen gebacken und kam am Nachmittag auf einen Kaffee vorbei. Mein Vater war in der Nähe von Markenau in der Reha. Ich erzählte ihm vor dem Besuch meiner Mutter, und auf einmal fand er es gut, dass wir wieder besseren Kontakt zueinander hatten. Mich wunderte dieser Sinneswandel, ich machte mir aber keine weiteren Gedanken darüber. Ich kam gerade von der Arbeit, meine Mutter saß mit Petra im Wohnzimmer und trank Kaffee. Ich setzte mich dazu, und wir redeten anderthalb Stunden. Nach ewiger Zeit, ohne die Probleme meiner Eltern zu thematisieren.

Dann lief meine Mutter die vielleicht zweihundertfünfzig Meter, die sie von mir entfernt wohnte, nach Hause. Zehn Minuten später klingelte das Telefon. Meine Mutter war dran und beschimpfte mich auf das Übelste, weil ich ihr gerade ihre in der Wohnung gebunkerten 10.000 Euro gestohlen hätte. Mir fiel fast der Hörer aus der Hand! Ich machte das, was ich immer machte, wenn ich mich ungerecht behandelt fühlte: Ich polterte los und wurde selbst ausfallend. Dann legte ich einfach auf.

Weitere zehn Minuten später klingelte sie an der Haustür Sturm. Ich ging auf den Balkon und schrie sie an, dass ich auf diesen ganzen Scheißdreck mit meinen Eltern keine Lust mehr hätte. So ging das noch ein, zwei Tage, dann herrschte wieder totale Funkstille zwischen uns, auch an Weihnachten.

Meinen Vater besuchte ich mit Petra in der Reha. Er hatte die Vermutung, dass meine Mutter den Diebstahl des Geldes nur vorgetäuscht hatte, um genau das tun zu können, was sie immer angekündigt hatte: Nicht mit ihm zu teilen. Er als Täter sei zu offensichtlich, und da ich seit Jahren einen Wohnungsschlüssel der beiden hätte, müsse ich eben als Täter herhalten. So hatte ich das noch nie gesehen, aber würde meine Mutter wirklich so weit gehen? Ich war ihr einziges Kind!

An einem Morgen im März 2007 klingelten um neun zwei Polizeibeamte in Zivil an unserer Tür. Dass meine Mutter mich angezeigt hatte, erfuhr ich erst jetzt. Sie hatten einen Hausdurchsuchungsbeschluss und wollten wissen, ob ich größere Beträge an Bargeld im Haus hatte. „Ja, sicher", sagte ich, "so in etwa 10.000 Euro." Sie kassierten die Kohle ein und verschwanden. Das Problem, das ich jetzt hatte, war, dass es sich bei dieser Summe um fast die gleiche handelte wie die, die meine Mutter als gestohlen gemeldet hatte.

Ich machte daraufhin erstmal einen Termin bei meinem Anwalt, der wissen wollte, ob ich schlüssig sagen könne, warum ich so viel Geld zu Hause hatte. Ja, sicher konnte ich das! Ich arbeitete zu der Zeit in Zollstadt, wir waren vier Festangestellte in der Küche und hatten keinen Ruhetag. Da das Restaurant in der Fußgängerzone lag, hatten wir durchgehend warme Küche.

So, jetzt die Frage an Sie: Was glauben Sie, bitte, war das für Geld? Richtig, schwarz ausbezahlte Überstunden von fast drei Jahren. Meine kompletten Ersparnisse.

Der Geschäftsführer des Restaurants bestätigte das meinem Anwalt genauso. Trotzdem wurde ich angeklagt und musste mich vor Gericht verantworten. Im Gegensatz zu meiner Mutter hätte *ich* dieses Geld wohl nicht so einfach mal zur Bank bringen können - finde ich zumindest.

Der Tag der Verhandlung war im Dezember 2007 und war an Scham und Peinlichkeit durch nichts zu überbieten. Meine Eltern verstrickten sich beide in Aussagen, die für niemanden im Saal nachvollziehbar waren, und ich wurde freigesprochen. Freuen konnte ich mich nicht; ich war nur erleichtert.

Der Kontakt zu beiden riss dann wieder mal komplett ab. Meine Eltern versuchten es anderthalb Jahre später noch mal miteinander und zogen zusammen in eine Wohnung. Bei einem gemeinsamen Kroatien-Urlaub schlug mein Vater meine Mutter grün und blau. Sie erzählt das zumindest so und hat dafür auch die entsprechenden ärztlichen Nachweise. Sie reichte daraufhin die Scheidung ein.

Bei der Scheidung ging es dann in erster Linie auch um das gemeinsame Haus in Kroatien. Mein Vater hatte mit diesem Haus in Deutschland immer angegeben, wie toll das sei und was das wert sei. Auf einmal war es dann das Haus meiner über neunzigjährigen Großmutter und gar nicht mehr unseres. Zu ihm habe ich den Kontakt vollständig abgebrochen.

Mit meiner Mutter telefoniere ich drei, vier Mal in der Woche und gehe ab und an ein paar Besorgungen für sie machen. Wir gehen auch mal essen und ich fahre zum Kaffee hin. Manchmal stelle ich dabei fest, dass man im Leben, wenn man will, alles verzeihen kann. Aber ich habe eben auch ein Gedächtnis wie ein Elefant: Ich kann nicht vergessen!

***

Ratshof Heltenau
oder
Carina, der einzige Lichtblick

Im Februar 2007 ging meine Zeit im *Schlüssel* am Markt von Zollstadt nach über drei Jahren zu Ende. Die Betreiber gingen in die Insolvenz. Wie so etwas bei einem gut gehenden Laden mitten in der Innenstadt möglich ist, frage ich mich bis heute. Ich saß auf jeden Fall sechs Wochen zu Hause und schrieb mal wieder Bewerbungen, ohne jedoch eine Antwort oder gar eine Einladung zu einem Vorstellungsgespräch zu bekommen.

Dann bot sich im April die Chance zu einem Gespräch mit der neuen Pächterin des *Ratshofs* in Heltenau. Ein traditionsreiches Haus mitten in der Fußgängerzone. Beim Gespräch handelte es sich nicht um einen Gedankenaustausch, wie ich das am Telefon verstanden hatte, sondern um ein Vorstellungsgespräch der besonderen Art. Ich war nämlich nicht der einzige; da saßen verteilt im ganzen Laden vielleicht zwanzig verschiedene Leute. Alle hatten fünf oder sechs Blätter Papier vor sich liegen, durch die man sich kämpfen musste. Da wurde genau das nochmal erfragt, was aus einer vollständigen Bewerbungsmappe auch schon alles hervorgeht.

Aber mir fällt auch gerade ein, dass die Betreiberin und ihr Lebensgefährte eher Theoretiker waren. In der Theorie hätten sie wahrscheinlich das *Palace Hotel* von Neu-Delhi zu strahlendem Glanz geführt, aber eben nur in der Theorie.

Nach dem Fragebogen gab es ein kurzes Gespräch mit der Pächterin, die meinte, dass die offizielle Eröffnung am 1. Mai sei, der Restaurantbetrieb aber schon eine Woche vorher losgehe. Am 1. Mai würde es dann einen kleinen Steh-Empfang für die Presse geben. Gut, das kannte ich so auch nicht. Sie wollte die Fragebögen auswerten und sich melden, wenn sie das Gefühl habe, das es passen könne. Am 15. April meldete sie sich dann und stellte mich quasi am Telefon ein.

Arbeitsverträge würde es später geben, zunächst sollten alle Mitarbeiter vom 20. bis zum 22. April zusammenkommen und den Laden startklar machen. Alles putzen, sich ein bisschen kennenlernen und ein paar Gerichte probekochen.

So kam es dann auch, und schon da machten sich leise Zweifel breit, ob das nicht alles ein bisschen komisch war. Der Küchenchef würde erst Mitte Mai anfangen, aber ein mit der Pächterin befreundeter Koch sollte die Karte schreiben und die Crew einarbeiten. Die Crew, das war ich (der Esel nennt sich immer zuerst, dabei bin ich eigentlich Steinbock!) und die beiden Beiköchinnen – Nadine und Sonja.

Die beiden Mädels hatten so viel Ahnung vom Kochen wie ich vom Zeppelinfliegen. Mir war natürlich klar, dass es zwischen einer abgeschlossenen Ausbildung zum Koch und einer zur Beiköchin gravierende Unterschiede gibt. Das sagt ja auch schon der Name. Wenn man als Beiköchin allerdings nicht mal einen Pfannkuchenteig machen oder Eisbergsalat nicht von Chicorée oder Radicchio unterscheiden kann, dann ist das nicht so richtig gut. Zumal beide Mädels mit Anfang zwanzig auch die klare Vorstellung hatten, dass sie mit ihrem Können Geld verdienen wollten. Langer Rede kurzer Sinn: Wir schafften das Probekochen und die erste Woche auch so irgendwie. Im Service sah das nicht wirklich anders aus. Da sprangen zwischen zehn und zwölf Mädels rum, die noch nie gekellnert hatten, und es gab eine Festangestellte, die nicht unter Stress arbeiten konnte, den Beruf allerdings wenigstens gelernt hatte. Nach drei Wochen kündigte sie, um in einem Einzelhandelsgeschäft zu arbeiten.

Die Betreiberin konnte nicht mal ein Bier zapfen, hielt das allerdings auch nicht für nötig. So Kleinigkeiten wie Kundenkontakt oder mal den Laden repräsentieren ignorierte sie völlig. Stattdessen verschanzte sie sich den ganzen Tag im Büro. Was sie da machte? Ich weiß es nicht, würde aber annehmen, dass sie einfach nur auf das Ende des Arbeitstages wartete.

Ihr Lebensabschnittspartner sprang hingegen den ganzen Tag im Laden rum. Der durfte aber nichts entscheiden; wenn man mal was brauchte oder was wollte, war die Standardantwort: „Das musst du Johanna fragen!" Johanna war die Betreiberin, und wo die den ganzen Tag war, wissen Sie ja schon. Das hatte zur Folge, dass die meisten Mitarbeiter einfach machten, was sie wollten.

Der einzige Lichtblick war eine Servicekraft, die mir schon relativ früh auffiel: Carina! Anfang zwanzig, mit dunklen Haaren und einem offenen, freundlichen Wesen. Sie war die einzige in diesem ganzen Irrenhaus, die sich wirklich Gedanken machte, wie man Abläufe und Strukturen verbessern konnte. Sie sah das nicht einfach nur als einen Job. Carina engagierte sich. Mir imponierte das und ich war froh über jede gemeinsame Schicht mit ihr. Sie hatte erst Abitur gemacht und war dann zwei Jahre als Au-Pair in die USA gegangen. Bis zum Beginn ihres Studiums im Oktober wollte sie ein bisschen Geld verdienen und hatte deswegen im *Ratshof* angefangen.

Ohne dass sie jemals im Service gearbeitet hatte, war sie mit Abstand die Beste. Carina hatte Übersicht und verlor auch in stressigen Situationen (die wir im *Ratshof* nicht so oft hatten) niemals ihre Freundlichkeit und Ruhe.

Dann kam der Tag, an dem der eigentliche Küchenchef seine Arbeit aufnahm – für genau einen Tag! Er hatte mit der Betreiberin ein Gehalt ausgemacht, das sie jetzt zu drücken versuchte. Klappte aber nicht so richtig, denn der Küchenchef fuhr einfach nach Hause und blieb auch da. Ich stand dann den Mai mit den beiden Beiköchinnen allein in der Küche und kam auf fast 230 Arbeitsstunden.

Mit Carina verstand ich mich immer besser; allerdings dachte sie, dass ich eine intakte Ehe hätte, und ging auf Flirtversuche nicht so wirklich ein. Ich schrieb mir aus der Mitarbeitertelefonliste ihre Nummer ab und schickte ihr eine SMS. „Was ist das Problem? Mein Alter (ich war fast dreizehn Jahre älter), mein Auto (sie mochte meinen 200er Mercedes nicht) oder meine Ehe?"

Mit Alter und Auto habe sie jetzt nicht so ein Problem, bekam ich zur Antwort. Also die Ehe. Ich fragte sie, ob wir nicht mal abends nach der Arbeit spazieren gehen könnten. Wir stellten schnell fest, dass wir miteinander reden konnten, als wenn wir uns schon ewig kennen würden. Dass ich mich von Petra getrennt hatte, erzählte ich gleich am ersten Abend, als wir am Fluss entlangliefen. Carina hatte Petra bei der Eröffnung am 1. Mai kurz gesehen und meinte nur trocken: „Ihr habt nicht zusammengepasst!"

An einem Sonntag, an dem ich dann wirklich mal um acht Uhr abends schon gehen konnte, holte ich sie von der Arbeit ab. Ich wollte ihr die Katzen zeigen. Sie war das erste Mal bei mir in Bootshain.

Carina war, glaube ich, mehr so der Hundemensch zu diesem Zeitpunkt, aber sie ging mit den Katzen um, als wenn sie die schon ewig kennen würde. Wir sahen uns *Night Moves* an, einen meiner Lieblingsfilme mit Christopher Lambert und Diane Lane. Dabei küssten wir uns das erste Mal. Bis zwei Uhr morgens lagen wir angezogen auf der Couch, dann fuhr ich sie nach Hause. Ab da waren wir zusammen. Es war der 10. Juni.

Im *Ratshof* war immer weniger los; die Heltenauer nahmen den neuen Laden mit seiner Tempstädter Betreiberin nicht an. Trotzdem war ich jeden Tag zehn Stunden im Betrieb. Die beiden Mädels Nadine und Sonja konnten mich einfach nicht vertreten. Die beiden waren vom Arbeiten her irgendwo im ersten Lehrjahr stehengeblieben. Die Betreiberin reagierte verärgert, nachdem ich das genauso gesagt hatte. Jeder Mensch kann alles lernen, meinte sie daraufhin nur. Das kann schon sein; die Wahrheit war aber, dass sie sich einen zweiten Koch schon einen Monat nach der Eröffnung nicht leisten konnte. Um neue Kunden zu gewinnen und ein bisschen Werbung zu haben, machten wir im riesigen Biergarten einen Grillabend, der wirklich sehr gut angenommen wurde. Die Idee dazu war nicht von mir oder der Betreiberin gekommen, sondern von Carina!

An meinem ersten freien Tag fuhr ich mit Carina in den Bachgrunder Zoo. Ich wusste, dass das nicht gutgehen würde, und schon bei den Eulen klingelte mein Handy. Die Mädels waren in der Scheiße, ich sollte sofort kommen.

Wir brachen den Zoo ab, und ich fuhr erst Carina nach Hause und dann in den Laden. Ich beseitigte das Chaos und musste am Abend, als nichts mehr los war, ins Büro. Warum ich die Mädels nicht vernünftig eingewiesen hätte, wollte Johanna wissen. Ich habe mich bei meinen Jobs immer darum bemüht, den Betreibern gegenüber loyal zu sein, aber hier fragte ich Johanna ganz direkt, ob sie mich verarschen wolle. Von der ersten Woche an hatte ich mir den Mund trocken geredet und immer wieder erklärt, dass dieses Konzept mit diesen Leuten niemals funktionieren würde. „Wenn Sie jemanden finden, der Ihnen sagt, er bringt den beiden Kochen bei, dann stellen Sie den ruhig ein. Wenn ich dann zu viel bin, akzeptiere ich das." Ich ließ sie daraufhin stehen und ging aus dem Büro.

Meine Kündigung kam noch in derselben Woche, überbracht durch einen Boten! Mein Gehalt und die Überstunden musste ich einklagen.

Eine gute Woche später musste Carina ins Büro, da Johanna auch mitbekommen hatte, dass wir zusammen waren. Sie werde sie erst wieder im Service einsetzen, wenn der Rechtsstreit mit mir beigelegt sei, da sie ein Vertrauensproblem habe, erklärte sie der verdutzten Carina. Die antwortete nur, dass sie darauf keinen Wert lege, und kündigte noch am selben Tag.

Einige Zeit später war der *Ratshof* pleite, eine Menge Leute arbeitslos und Johanna nicht mehr in der Stadt. Carina und ich dagegen waren immernoch zusammen!

***

Carina und Ich
oder
Die ersten Jahre

Das ist auch wieder ein Kapitel, das für mich nicht einfach ist, weil die Zeit, über die ich schreibe, jetzt so unendlich weit weg und doch so wertvoll ist. Eine Reise in die Vergangenheit, die, als sie noch Gegenwart war, nie so geschätzt wurde, wie sie es verdient hätte. Eine Zeit die unwiderruflich vorbei ist: Das Kennenlernen, die erste Verliebtheit. Das Gefühl, die andere Hälfte von sich selbst gefunden zu haben. Das Gefühl, etwas nicht sagen zu müssen und trotzdem verstanden zu werden. Die ersten Jahre mit Carina!

Ich habe noch nicht mal richtig angefangen zu schreiben und merke, wie mir diese Zeit manchmal fehlt.

Sommer 2007. Ich war gerade zwischen den Jobs im *Ratshof* und dem *Brauhaus* in der Landeshauptstadt und hatte ein paar Wochen frei. Carina bereitete sich auf ihr erstes Semester an der Uni in Bachgrund vor. Wir verbrachten so viel Zeit miteinander, wie wir nur konnten. Am Anfang fuhren wir oft in den Zoo, nach Tempstadt, Seefeld, Bachgrund und später nach Moskirchen und Stromburg. Küssen, Händchenhalten oder ineinander umarmt von Gehege zu Gehege gehen war da völlig normal.

An einem Abend saßen wir bei mir auf der Couch und kamen auf meine laufenden Kosten zu sprechen, die recht hoch waren. Ich hatte einen übertrieben teuren Telefonanbieter und war total überversichert, weil Petra das für nötig gehalten hatte. Ich hatte eine Haftpflicht-, eine Rechtsschutz-, eine Glas-, eine Auto- und eine vollkommen unsinnige Lebensversicherung. Wenn ich jetzt mal `ne Viertelstunde darüber nachdenken würde, käme ich bestimmt auf mindestens zwei Versicherungen, die ich auch noch hatte. Carina hat sich damals mit Anfang zwanzig (!) einen ganzen Tag hingesetzt und das Chaos sortiert. Geblieben ist nur das, was ich wirklich brauchte. Den Rest hat sie gekündigt oder günstigere Anbieter gesucht. Ich hatte da schon lange den Überblick verloren - wenn ich ihn denn je gehabt hatte!

Im *Ratshof* fingen wir an, uns kleine Zettelchen zu schreiben, und hielten das noch eine Zeitlang bei, denn Facebook oder mal `ne SMS schreiben hatte ich noch gar nicht bei mir auf dem

Schirm. Beim Aufräumen vor ein paar Wochen habe ich einige dieser Zettel gefunden, und es war ein komisches Gefühl, sie nach so langer Zeit wieder zu lesen.

Ab und an kochten wir bei mir zusammen. Dabei stellte ich fest, wie grundverschieden wir beide uns ernährten. Während ich Fast Food, Süßigkeiten, Softdrinks und fünf Stückchen Zucker im Kaffee bevorzugte, ernährte sich Carina zum Großteil von Obst und Gemüse, Geflügel und stillem Wasser. Zu Beginn habe ich das schon ein bisschen belächelt, wenn ich ehrlich bin, aber ich habe schnell bemerkt, wie gut die „andere" Ernährung mir tat. Ich fühlte mich nicht ständig pappsatt, hatte mehr Energie und fühlte mich besser. Bei meinem Wocheneinkauf montagsmorgens im Einkaufscenter befanden sich auf einmal viele bunte, leckere und sehr gesunde Lebensmittel in meinem Einkaufswagen.

Damals war ich noch bereit, Dinge zu verändern, später habe ich mich damit immer vor vollendete Tatsachen gestellt gefühlt. Was für ein dämlicher Gedanke!

Als ich in dem *Brauhaus* anfing, verbrachten wir die Werktage meistens getrennt. Obwohl wir jeden Tag telefonierten, fiel mir das von ihr Getrenntsein schwer. An den Wochenenden kam sie zu mir, und wir verbrachten die Zeit, die ich nicht arbeitete, gemeinsam. Sonntags hatte ich Teildienst, mit einer Pause von zwei bis fünf. Ich glaube, wir haben später nie wieder so viel gekuschelt wie in diesen Teildienstpausen.

Wir unternahmen viel von dem, worauf ich Lust hatte, und Carina begann sich meinetwegen sogar mit Fußball auseinanderzusetzen. Wir fuhren zu Saisoneröffnungen nach Bachgrund und Seefeld. Zu den Heim- und Auswärtsspielen, wenn ich nicht kochen musste. Carina wollte mit mir zusammen sein, sie wollte, dass ich eine gute Zeit hatte, und deswegen fuhr sie, glaube ich, mit. Ab dem Winter 2007 verbrachten wir die meiste gemeinsame Zeit in meiner Wohnung in Bootshain. Die war noch genauso, wie Petra und ich sie eingerichtet hatten und Petra sie dekoriert hatte.

Nach und nach veränderten wir die Wohnung. Ich wollte einen kompletten Neuanfang und nicht mehr an Petra denken. Ich wusste, dass sie schon lange Vergangenheit war. Carina dagegen war Gegenwart und Zukunft. Mir war wichtig, dass sie sich in der Wohnung wohlfühlte und sich nicht nur als Besucherin empfand. Wir schmissen nach und nach ein paar Möbel raus und schafften gemeinsam neue an. Später fing sie an zu malen, und die meisten Bilder, die auch jetzt noch hier hängen, hat Carina gemalt.

Am 23. Dezember 2007 musste ich arbeiten, und ich glaube, dass es ein Sonntag war. Als ich abends von der Arbeit kam, hatte Carina einen Weihnachtsbaum gekauft und auch schon fix und fertig geschmückt. Mit zwei Freundinnen hatte sie Weihnachtsplätzchen gebacken, und ich weiß noch, was ich in diesem Moment für ein warmes zufriedenes Gefühl spürte. Ich glaube, dass ich das mit Petra nie hatte.

An Silvester, meinem Geburtstag, musste ich von morgens um zehn bis nachts um halb zwei arbeiten. Carina ließ sich von ihrem Vater ins *Brauhaus* fahren, damit sie mir gratulieren konnte. Ich weiß heute noch ganz genau, was sie anhatte, als sie da so vor mir stand. Nachts, als ich nach Hause kam und dachte, ich würde sie erst Neujahr wiedersehen, war sie schon da und hatte Pfannkuchen für mich gebacken und einen kleinen Tisch im Büro gedeckt mit einer Kerze und Geschenken für mich.

Carinas ersten gemeinsamen Geburtstag feierten wir in Bootshain mit einem Open House. Es war ein Freitag und sie hatte bis mittags Uni. Den Donnerstag hatte sie ein kleines amerikanisches Büfett vorbereitet. Ich wollte sie überraschen und erweiterte es ein bisschen.

Es wurde ein schöner Tag, zu dem ein paar ihrer Freundinnen und die Eltern kamen. Zu meinen Eltern hatte ich da gerade mal wieder keinen Kontakt. Ich sprach mit Carina oft über diese Situation, und da sie aus einem intakten, harmonischen Elternhaus kommt, war sie der Meinung, dass ein loses Verhältnis besser als gar keines sei.

Wir luden meinen Vater also zum Kaffee ein. Er kam und erzählte zwei Stunden von sich. Für mich oder für Carina, die Wohnung oder die Katzen interessierte er sich überhaupt nicht. Mein Vater war keine Minute aus der Wohnung, als Carina in Tränen ausbrach; so etwas hatte sie noch nie erlebt. Es war das letzte Mal, dass ich ihn sah; es war März 2010.

Bei meiner Mutter war das anders. Wir telefonierten und fanden schnell wieder Zugang zueinander und fingen an, uns wieder ab und an zu sehen. Wir gingen zum Essen oder holten sie zum Kaffee ab. Später nahmen wir sie ab und an zum Fußball mit. Ich glaube, dass Carina und meine Mutter sich wirklich, ehrlich mochten. Auf mich wirkte das nie künstlich oder gespielt.

Als junges Mädchen war Carina mit Hunden aus dem Heltenauer Tierheim spazieren gegangen. Da in unserer unmittelbaren Nähe kein Tierheim war, hängte sie im Supermarkt einfach einen Zettel auf, dass sie kostenlos mit Hunden spazieren gehen würde. Nach ein paar Tagen meldete sich eine Frau mit einem viereinhalb Jahre alten Boxer, für den sie nur wenig Zeit hatte: Spike! Carina machte ausgedehnte Spaziergänge mit ihm, während ich arbeitete. Eines Tages kam sie auf die Idee, gemeinsam mit ihm und mir in den Seefelder Zoo zu fahren. Gegenüber dem Zoo befindet sich eine Tankstelle, von der sie irgendetwas brauchte. Ich saß auf einmal mit diesem fremden, ausgewachsenen Hund allein im Auto und bekam ein nicht so tolles Gefühl. Bis ich sah, dass Spike recht hastig immer im Wechsel den Eingang der Tanke und mich beobachtete. Er hatte das gleiche nicht so gute Gefühl, mit diesem komischen Koch gerade allein zu sein.

Zwei Stunden später wurden wir die besten Freunde, weil ich mein Frühstück, das aus zwei gerade gekauften Frikadellen bestand, mit ihm teilte. Von da an gingen wir meist zu dritt im Wald oder am Fluss spazieren. Ein paar Jahre später starb Spike und ich konnte anschließend keine einzige unserer Strecken gehen, fast drei Jahre lang.

Unsere ersten Jahre - ganz sicher unsere schönste und unbeschwerteste Zeit.

Ich habe oft daran gedacht, dass man, wenn man einen Menschen verliert, den man liebt, dabei auch ein Stück von sich selbst verliert. Ein Stück seines eigenen Lebens, einen Teil davon. Einen, der in der Erinnerung weiterlebt.

***

Carina und ich
oder
Aller guten Dinge sind zwei

Es gab kein Kerzenlicht. Es gab auch keinen Geigenspieler und kein pompöses Fünf-Gänge-Menü. Es gab keinen Ring auf dem Grund eines sündhaft teuren Champagnerglases. Es gab nicht das berühmte „beim Vater um die Hand der Tochter anhalten". Es gab: Nichts! Es gab wieder mal Bootshain statt Hollywood.

Wir fuhren zu einem Warenhaus nach Quinningen und kauften Ringe; die steckten wir uns dann gegenseitig an. Weihnachten 2009 sagten wir Carinas Familie, dass wir uns verlobt hatten und heiraten wollten. Dann gab es ein Glas Sekt, und fertig war der erste Teil von dem, was man auf dem Weg zum schönsten Tag im Leben alles so in den Sand setzen kann.

Im Sommer entdeckten wir beim Bummeln durch Venlo ein kleines Geschäft für Brautmoden, in dem sich Carina sofort in ein türkisfarbenes Kleid verliebte. Sie sah so unglaublich schön in diesem Kleid aus. Da Sie mich ja durch dieses Buch schon ganz gut kennen, wissen Sie bestimmt, was jetzt kommt. Richtig! Auch das habe ich ihr nicht gesagt. Wir nahmen das Kleid trotzdem.

Meinen Anzug kauften wir ein paar Wochen später von der Stange. Diesen Teil der Hochzeitsvorbereitungen erledigten wir wirklich ziemlich zügig.

Im Sommer fingen wir damit an, probeessen zu gehen, weil wir mit der Hochzeitsgesellschaft nur ein zwangloses Mittagessen machen wollten. Kaffee und Kuchen würde es dann in Carinas Elternhaus geben. Schon der dritte Laden passte, wir aßen an einem Freitagmittag in einem Hotel, fünf Minuten von unserem Zuhause entfernt, und waren begeistert. Das Essen war modern und lecker, die Atmosphäre so, dass man sich sofort wohlfühlte. Wir legten gleich unser Hochzeitsmenü mit dem Küchenchef fest, und ich muss gestehen, dass ich das irgendwie nicht mehr so ganz zusammenkriege. Wir fingen mit einer Paprikaschaumsuppe an. Dann gab es, glaube ich, einen Zwischengang mit Feldsalat. Der Hauptgang war eine Hähnchenbrust mit Vanillemöhren und Sellerie-Kartoffel-Stampf. Dessert war ein Basilikum-Sorbet. Ich gebe zu, ich habe ziemlich lange überlegen müssen. Wenn Sie mich jetzt fragen würden, mit welcher Aufstellung der

KFC Uerdingen im März 1986 im Cup der Pokalsieger gegen Dynamo Dresden 7:3 gewonnen hat, wüsste ich das ziemlich genau. Ich wüsste wahrscheinlich auch die Auswechselspieler.

So, und warum weiß ich jetzt das Eine und das Andere nicht? Weil es mir unterschiedlich wichtig ist? Nein, aber versuchen wir es mit Ehrlichkeit. Weil ich manchmal ein oberflächlicher Idiot bin. Unser Hochzeitstag war der 1. Oktober 2010, ein Freitag. Mein Lieblingswochentag, aber das war Zufall. Von Donnerstag auf Freitag schliefen Carinas Au-Pair-Mädels bei uns im Schlafzimmer.

Wir verbrachten unsere letzte unverheiratete Nacht auf unserer L-förmigen Couch. Sie rechts, ich links. Freitagmorgen wuselten wir dann zu fünft durch die Wohnung, um uns für die Trauung fertigzumachen. Carinas Vater – mein Trauzeuge – holte die Mädels ab und Carina und ich meine Mutter, den einzigen Menschen der knapp fünfundzwanzigköpfigen Hochzeitsgesellschaft, der quasi von meiner Seite (was ein blödes Wort) dabei war.

Wir heirateten im Standesamt von Heltenau, schräg gegenüber vom *Ratshof*. Da, wo wir uns im Sommer 2007 zum ersten Mal gesehen hatten. Die Trauung dauerte zwanzig, vielleicht fünfundzwanzig Minuten. Meine Mutter weinte.

Ich weiß noch sehr genau, dass ich mich unwohl fühlte - wie auf einem Präsentierteller. Ich hätte diesen Moment lieber mit Carina ganz allein erlebt. Ich konnte ihn einfach nicht genießen. Eine Wedding-Chapel in Vegas hätte mir wahrscheinlich gereicht. Wir steckten uns gegenseitig die Ringe an, dann ein ziemlich flüchtiger Kuss. Wir waren verheiratet.

Beim Verlassen des Standesamtes durchbrach die Sonne die Wolkendecke. Ein wunderschöner Tag wie im Spätsommer. Wir machten mit der Hochzeitsgesellschaft draußen noch ein paar Fotos. Auf den meisten Bildern lächele ich irgendwie gequält. Ich war noch nicht so daran gewöhnt, fotografiert zu werden, und mochte das überhaupt nicht. Später gehörte das durch meine Radiosendung oder die Live-Events einfach dazu. Meine Mutter erzählte mir mal, dass ich als Kind immer weglief, wenn irgendwo ein Fotoapparat gezückt wurde.

Wenn ich heute beim Schreiben an diesen Tag denke, werde ich sentimental. Es wäre meine Aufgabe gewesen, ihn zum schönsten Tag unseres Lebens zu machen, und ich habe es einfach nicht getan. Carina hat von Hunderten Millionen Männern, die auf diesem blauen Planeten leben, mich geheiratet. Für mich war das einfach nur normal, selbstverständlich.

Kennen Sie das: Wenn Sie sich wünschen, einzelne Tage Ihres Lebens nochmal leben zu dürfen, aber ganz anders? Das ist so einer.

Zurück zum 1.Oktober 2010. Genauer gesagt, in das Hotel zum Mittagessen, das wieder sehr gut war. Lustigerweise vertauschte die Küche bei Suppe und Zwischengang die Reihenfolge. Unsere Gäste mochten das Essen, und Carina hat den Hauptgang später zu Hause ein paarmal nachgekocht.

Wir machten uns dann wieder auf den Weg zurück nach Heltenau, um bei einem Fotografen die offiziellen Hochzeitsbilder machen zu lassen. Manchmal, wenn ich mir die Bilder später ansah, dachte ich, dass sie gestellt aussahen. Ich glaube, wir fühlten uns beide nicht so wirklich wohl in diesem Fotostudio. Aber die Bilder waren auch ein Teil von dem, was einfach von uns erwartet wurde.

Danach ging es nach Wagenbach, wo wir das erste Mal an diesem Tag ungezwungen sein konnten. Bei Kaffee und Kuchen ließen wir den Nachmittag ausklingen und fuhren am frühen Abend verheiratet zu unseren fünf Katzen.

Ich bin mir sicher, dass eine Frau so einen Tag emotionaler, gefühlvoller schildern würde.

Vielleicht ist es auch das Wissen um das, was danach kam, was dieses Kapitel so schwierig zu schreiben macht. Ich hatte unsere Ehe immer als unauflöslich gesehen, als etwas, für das man nicht jeden Tag aufs Neue kämpfen muss. Ich hatte mich geirrt! Für diese Erkenntnis brauchte ich allerdings noch vier lange Jahre.

Das war also unser Hochzeitstag, und Sie wollen bestimmt wissen, ob ich jetzt etwas anders gemacht hätte, oder? Ich würde ihr, glaube ich, einen verfickt romantischen Antrag machen, wie sich das gehört. Wie Carina es verdient hätte und wohl auch erwartet hatte. (Na gut, den Geigenspieler würde ich weglassen, das gebe ich gern zu.) Ich würde ihr das Gefühl geben wollen, dass ich sie heirate, weil ich sie liebe und nicht, weil es einfach so dazugehört oder andere Menschen das von uns erwarten. Ja, weil ich sie liebe und weil sie der einzige Mensch ist, mit dem ich so lange zusammen sein möchte, bis ich diesen Scheiß-Herz-infarkt kriege. Den, an dem ich dann sterbe!

***

Von Hartz 4
zum
Mietkoch-Service

Im Sommer 2010 war die Luft beruflich komplett raus - mal wieder! Ich hatte keine Perspektive und keinen Plan, wie es weitergehen sollte. Den Freunden von der Agentur für Arbeit, bei der ich inzwischen Stammgast geworden war, ging es da nicht viel anders: Auch die wussten nicht so richtig, was sie mit mir anfangen sollten.

An einem Montagmittag knallte ich meiner Sachbearbeiterin mal wieder einen Schwung erledigter Bewerbungen auf den Tisch, von denen ich schon beim Schreiben wusste, dass das wieder nichts geben würde. Das waren Restaurants, die alle acht Wochen in der Zeitung oder im Internet auf Kochsuche waren. Alle ohne Perspektive. Von denen wollte niemand langfristig etwas aufbauen. Denen ging es nur darum, mit ihrem Personal über den laufenden Monat zu kommen. Wenn sich da ein Graupapagei beworben hätte, der die Wörter „Schnitzel mit Pommes" hätte sprechen können, wäre auch der in eine Kochjacke gezwängt worden.

Meine Sachbearbeiterin kam an diesem Montag allerdings mit einer Idee um die Ecke, die mir selbst ab und an mal im Kopf rumspukte: „Wie wäre es denn, wenn Sie sich selbständig machen würden?"

Sie stellte die Frage so, wie man manchmal gefragt wird, ob man zu seinen Keksen Tee oder Kaffee möchte. Ich überlegte daher erstmal einen Moment, ob sie mich nicht einfach nur loswerden wollte, oder ob das wirklich die Perspektive war, nach der ich so verzweifelt suchte. „Wie jetzt?" fragte ich daher nur ziemlich knapp zurück. „Na ja", meinte sie, „nicht so mit einem eigenen Restaurant und Angestellten, sondern in Form eines Einzelunternehmens. Als Mietkoch!" Okay, den Gedanken, es allein zu versuchen, hatte ich wohl noch nicht gehabt.

Was mir gefiel, war die Tatsache, dass das Risiko überschaubar war, denn ich hätte mit einem Einzelunternehmen weder Lohn- noch Personalkosten für einen ganzen Rattenschwanz von Mitarbeitern. Ich brauchte auch kein Equipment, das ich erst anschaffen und bezahlen musste, denn das, was ich benötigen würde, hatte ich schon: eine Kochjacke, ein paar Messer, mich selbst und eine gehörige Portion Ahnungslosigkeit.

Da ich zu der Zeit Hartz 4 bekam, ging es ja eigentlich nicht weiter runter, denn Hartz 4 ist so ziemlich das Doofste, das einem, der arbeiten will, passieren kann.

Ich hatte in den beiden vergangenen Jahren recht viele Jobwechsel gehabt - zu viele für meinen Geschmack - und den Mut so ein bisschen verloren, etwas Passendes zu finden. Warum das so war und wie es dazu kam, beschreibe ich in dem Kapitel über meine Zeit in der Gastronomie. „Scheiß drauf", sagte mir der kleine Mann in meinem Kopf, „mach das einfach, denn eine bessere Idee haste ja gerade nicht."

„Wie ist der Weg dorthin?" wollte ich wissen. „Ich melde Sie zu einem vierzehntägigen Existenzgründerseminar im Oktober an, das die Agentur für Arbeit bezahlt, dann sehen wir weiter." - „Gut", sagte ich einfach nur, „dann machen wir das so."

In den Wochen vor dem Seminar sprach ich mit Carina über die Chancen bzw. die Möglichkeiten einer Selbständigkeit, und wie ich war auch sie der Meinung, dass ich nicht wirklich eine andere Chance hatte, denn von dem Gedanken, dass mir der Traumjob meines Lebens einfach so in die Arme fliegen würde, hatte ich mich schon recht lange verabschiedet.

Am 4. Oktober, drei Tage nach unserer Hochzeit, begann an einem verregneten Montagmorgen um acht in einem Quinninger Ladenlokal der Weg in meine Selbstständigkeit. Zwei Wochen lang von Montag bis Freitag jeweils acht Stunden.

In diesem Seminar waren neben mir noch fünfzehn weitere Existenzgründer - obwohl ich, wenn ich ehrlich bin, gerade „Problemfälle" schreiben wollte -, die sich mit zum Teil recht merkwürdigen Geschäftsideen selbstständig machen wollten. Einer hatte die tolle Idee, sich einen Imbisswagen rosa anzumalen und den "Fritten-Lola" zu nennen. Ein anderer wollte Servietten auf Deutsch und Griechisch bedrucken und die an Restaurants verkaufen. Da sollte dann draufstehen: „Guten Abend, guten Appetit!" oder vielleicht auch „Von wann ist hier das Frittenfett?"! Wir hatten einen Gebäude- und einen Tatortreiniger (Nein, die kannten sich nicht!). Einen italienischen Frisör, der schlecht Deutsch sprach und schon mal pleitegegangen war, und mich, den Koch.

Bei dieser Fülle an Geschäftsideen kam ich mir mit meinem Miet-kochservice wie ein konservativer Langweiler vor.

Herr Esser, der Seminarleiter, legte gesteigerten Wert auf Eti-kette und Rhetorik, was beispielsweise der italienische Frisör nicht zu schätzen wusste, weil er sowieso nichts verstand. Wenn Herr Esser gekonnt hätte, wie er wollte, hätte er, glaube ich, lieber den König von Timbuktu in BWL und *Wie wird man in zwei Wo-chen selbstständig?* gecoacht. Da er aber diesen merkwürdigen Haufen Ahnungsloser an der Backe hatte, ging das nicht.

Er hatte zwei Dozenten, mit denen er sich die Arbeit teilte. Einer von beiden wurde ein guter Bekannter, für den ich in meiner Selbstständigkeit ein paarmal gekocht habe. Der hat mir dann hinterher erzählt, dass die Agentur für Arbeit pro Seminarteilneh-mer viertausend Euro an die Firma von Herrn Esser bezahlen musste und dass ich der einzige aus meinem Kurs bin, der tat-sächlich den Weg in die Selbständigkeit gegangen ist. Ich will das jetzt eigentlich nicht kommentieren, aber ich schätze mal, es gibt leichtere Wege, um so viel Geld einfach durch den Kamin zu bla-sen. Egal, lassen wir das.

Ich fand das Seminar richtig klasse, informativ und lehrreich, obwohl Herr Esser zum Großteil Anekdoten aus seinem Leben erzählte. Die waren allerdings auch gut.

Nachdem wir in der ersten Woche nur BWL hatten, ging es in der zweiten Woche darum, einen Businessplan zu schreiben, was wir genau machen wollten, wo und wer die Kunden sein wür-den und warum man der Überzeugung war, dass das eigene Un-ternehmen tragfähig sein würde.

Ich schrieb diesen Plan zu Hause, wobei das auch nur die halbe Wahrheit ist, denn eigentlich habe ich nur gesagt, wie und was ich machen würde, und Carina hat das dann in Worte ge-packt. (Aber Sie können gerade schon sehen, dass ich mich wei-terentwickelt habe, denn dieses Epos-ähnliche Werk, das Sie ge-rade in der Hand halten, wurde wirklich von mir geschrieben. Wel-cher Fremde würde seine Zeit auch dafür rauskloppen, über mich zu schreiben?)

Der Businessplan war für den Leiter der Abteilung *Existenz-gründer* bei der Agentur für Arbeit, und der entschied dann dar-über, ob man finanziell gefördert wurde oder nicht.

Mein Termin, um den Plan vorzulegen, war im November, und der gute Herr vom Jobcenter meinte nach genauerem Studium, dass meiner einer der besten des Jahres war. Das war die gute Nachricht. Die schlechte war, dass er im November bereits alle Fördergelder für das laufende Jahr auf den Kopf gehauen hatte. Irgendwie fragte ich mich dann, warum im Winter überhaupt Seminare stattfinden, wenn man anschließend die Teilnehmer wieder sich selbst überlässt, nachdem man aber schon viertausend Euro in sie investiert hat. Wenn Sie übrigens dazu eine Idee haben: Bitte, schreiben Sie mir!

Ich wagte dann am 15. Januar 2011 den Weg in die Selbständigkeit, aber das ist eine andere Geschichte.

***

Johnny Lewis
oder
Der Elvis von Neudorf

In den Jahren, in denen ich keinen Kontakt zu Johnny hatte, verging selten mal ein Monat, in dem ich nicht an ihn dachte. Ich fragte mich, was aus ihm, seiner Karriere als Sänger, dem Tonstudio und seiner Familie geworden war. Mein Ärger von damals war verraucht und verflogen. Auf die Idee, ihn einfach mal anzurufen, kam ich allerdings auch nicht. Vielleicht aus Unsicherheit; keine Ahnung, ob er überhaupt Lust hatte, mit mir zu reden. Eines Vormittags im Frühling 2011 sah ich ihn dann auf einmal wie aus dem Nichts in der Elektroabteilung des Quinninger Einkaufscenters. Er sah mich nicht und ich war nicht wirklich so spontan, ihn einfach anzusprechen. Zudem war er in Begleitung einer Frau, die ich nicht kannte.

Jetzt wurde ich neugierig und googelte ihn zu Hause. Ich fand heraus, dass er beim Rettungsdienst war, allerdings nicht in Schwestadt, sondern bei mir in Quinningen. Im Übrigen war er wohl auch Frontmann und Sänger einer Mundart-Band. Das überraschte mich sehr, denn ich hatte Johnny früher in all der Zeit nie so sprechen gehört. Ich war auch der Meinung gewesen, dass seine ganze Liebe der Country-Musik galt, und Karneval war jetzt auch nicht so sein Ding. Da hatte sich ja einiges getan bei ihm!

Natürlich wollte ich jetzt auch wissen, wie es ihm ging, und schrieb ihn einfach über Facebook an. Wenn er nicht wollte, musste er ja nicht antworten; aber er antwortete keine halbe Stunde später, und den Abend darauf telefonierten wir zwei Stunden. Einfach so, nach acht Jahren. Wir redeten wie früher und wie sich das Leben bei uns beiden verändert hatte.

Wir stellten wieder mal Gemeinsamkeiten fest, denn beide hatten wir uns von unseren Frauen getrennt. Er war jetzt mit Bine zusammen und ich mit Carina, beide hatten wir das Gefühl, das Richtige für unser Leben getan zu haben. Ich lud die beiden zum Kaffee ein und sie kamen in derselben Woche am Sonntagnachmittag. Carina war mit ihren Au-Pair-Mädels in Mainz und lernte die beiden erst später kennen.

Johnny wusste, dass ich noch immer fünf Katzen hatte, und konnte es sich dennoch nicht verkneifen, in einem schneeweißen

Outfit zu erscheinen. Ich lernte Bine kennen und bekam das erste Mal das Gefühl, das da jetzt eine Frau an seiner Seite war, die ihn bedingungslos unterstützte. Wir unterhielten uns so, als wenn wir uns jede Woche gesehen hätten.

Wir verabredeten uns zum Angeln. Jawoll, Johnny angelte jetzt. Jeder Mensch wird eben auf seine Art und Weise älter! Es war das erste Mal, dass wir wieder allein miteinander waren, und wir räumten sofort die alte Scheiße endgültig aus dem Weg. Die Gelassenheit, die ich früher bei Johnny nicht so mochte, weil ich sie als Gleichgültigkeit empfand, mochte ich jetzt. Weil sie mich auch ruhiger und ausgeglichener machte.

Es wurde wieder so wie früher zwischen uns, und wir verbrachten viel Zeit miteinander - mit dem Unterschied, dass sich unsere Frauen so mochten, dass sie auch mit dabei waren oder sogar zu zweit etwas unternahmen. Wir wollten auch wieder zusammenarbeiten, daher entwickelte ich das Konzept zu *Kochen mit dem King*. Ich dachte mir Menüs aus, die mit Stationen aus dem Leben von Elvis Presley zu tun hatten. Es gab ein hawaiianisches 5-Gang-Menü in Anlehnung an sein *Aloha from Hawaii*-Konzert. Bei einem anderen 5-Gang-Menü standen Elvis' Filmschauplätze Pate für die einzelnen Gänge. Johnny verkürzte den Kunden, die uns buchten, die Wartezeit aufs Essen musikalisch: mit Elvis-Nummern, die zum Menü passten.

Über die *Zwiebelecke* berichte ich ja an einer anderen Stelle dieses epochalen Werkes ausführlich. Im April 2012 richtete Carina bei Johnny und Bine ihren Geburtstag aus. Mit einem amerikanischen Büfett, das wir machten, und einer eigenen Grillstation im Garten.

Sechs Wochen später heirateten Johnny und Bine, und wir wollten ihnen das Büfett machen und schenken. Sie sollten lediglich die Materialkosten bezahlen. Ich sah das als gute Möglichkeit, ein paar schöne Fotos von unserem Büfett zu bekommen, und die Werbung fand ich auch nicht so schlecht. Schließlich war ich selbstständig, und der Laden musste laufen. Was sollte man auch Freunden schenken, die schon ein paar Jahre zusammenlebten und komplett eingerichtet waren?

Eine Woche vor der Hochzeit bekam ich wieder mal einen von meinen übleren Ausrastern. Ich überwarf mich mit Johnny und

Bine, weil denen auch gereicht hätte, wenn ich das Dessert in Einwegschälchen abgefüllt hätte. Im Gegensatz zu mir sahen sie das Catering recht entspannt. Ich nicht, ich wollte das perfekte Hochzeitsbüfett. Das Ende vom Lied war, dass ich beiden fünf Tage vor der Hochzeit sagte, dass ich keine Lust mehr hätte, ihr Büfett zu machen, und das auch leider wirklich durchzog.

Carina war Bines Trauzeugin, und ich verbrachte den Tag ihrer Hochzeit zu Hause auf meiner Couch mit fünf Katzen. Ich nahm nicht teil. Das war die unverschämteste Respektlosigkeit, die ich den beiden jemals entgegenbrachte, und wenn ich jetzt sage, dass ich das heute noch zutiefst bereue, ist das wirklich die Wahrheit.

So verpasste ich schon Johnnys zweite Hochzeit, der auch das relativ sportlich sah und mir nicht lange böse war. Bei Bine hatte ich es von diesem Tag an für eine ganze Zeit sehr schwer - vollkommen zu Recht natürlich! Danach machten wir ja noch die *Zwiebelecke* und die *Bad Kurmünsterer Schlagemächte* sowie die merkwürdige Veranstaltung in Lohdorf zusammen, und irgendwie war das alles schön, so wie es war.

Beide bedeuten mir wirklich viel und ich habe auch hier sehr lange gebraucht, um Dinge nicht ständig zu hinterfragen, zu bewerten oder zu beurteilen. Jeder sollte so leben, wie er das für richtig hält, auch wenn es für mich nicht richtig ist, denn das muss es ja auch nicht.

Seit der Trennung von Carina hat sich der Kontakt zu beiden wieder ziemlich abgekühlt. Was zum einen mit meiner Art und Weise, wie ich mit Carina umging, zu tun hat und zum anderen mit dem Stress, den die beiden selbst an der Backe haben: Familie, Beruf, Rettungsdienst und selbständiger Musiker. Das ist schon ein ganz schön straffes Programm. Aber egal, wie lose der Kontakt zwischen uns auch sein mag, bei einer Sache bin ich mir absolut sicher, was Johnny betrifft: Wenn ich irgendwann, irgendwo das Gefühl bekäme, das ich ihn brauchen würde, dann wäre er da. Genauso, wie ich jetzt das machen würde, was ich beispielsweise bei seiner Hochzeit nicht gemacht habe: Ich wäre auch für ihn da! Weil ich irgendwann begriff, dass Freundschaft etwas Kostbares und Seltenes in der heutigen Zeit geworden ist.

Und noch etwas: Johnny, wenn du wirklich mit deiner knappen Freizeit nichts Besseres anzufangen weißt, als mein Buch zu lesen, dann sollst du wissen, dass ich nur ganz wenige Menschen so respektiere für die Menschen, die sie sind, wie dich! Weißt du noch: Wodka, Rex Gildo und mein Vordach?! Ein kleiner Insider zum Abschluss, der auch einer bleibt – *Take Care*.

Ach so, haben Sie jetzt eigentlich verstanden, warum das Kapitel „Der Elvis von Neudorf" heißt? Na, weil Johnny im Quinninger Stadtteil Neudorf lebt. Läuft!

***

Die Bad Kurmünsterer Schlagernächte 2012 / 2013
oder
Ein bisschen Star spielen im Kurort

Im Frühjahr 2012 las ich bei meinem morgendlichen Facebook-Check ein Post von Herbert Lockhaus, genannt *Locke*. Ich kannte ihn nicht persönlich und konnte mich auch nicht daran erinnern, jemals in diesem Netzwerk mit ihm geschrieben zu haben. Aber er bewarb nun die erste *Bad Kurmünsterer Schlagernacht*, deren Veranstalter er war. Ein Event, bei dem Künstler zu Gunsten an Muskelschwund erkrankter Kinder ohne Gage auftraten. Stattfinden sollte das Ganze am zweiten Freitag im Oktober 2013. Ich fand das alles sehr interessant und schrieb ihm in einer persönlichen Nachricht, dass, wenn er an diesem Tag einen Koch benötigte, ich ohne Bezahlung helfen würde. Johnny, mit dem ich gerade die *Kochen mit dem King*-Geschichte an den Start bringen wollte, erwähnte ich ebenfalls. Herbert freute sich über meine Nachricht und meinte, er werde sich bei Bedarf melden.

Ich vergaß das alles irgendwie schon fast wieder und erzählte noch nicht mal Carina was davon. Bis sich *Locke* dann im Juni über Facebook meldete und vorschlug, dass Johnny die Moderation des Abends übernehmen sollte und ich das Catering für die 500 zu erwartenden Besucher. Was ja für einen einzelnen Koch, selbst mit der Unterstützung seiner Frau, schon eine echte Herausforderung ist.

Ich sprach dann lange mit Carina und wir hatten beide Lust, das zu machen. Daher fuhren wir im Juli das erste Mal nach Bad Kurmünster. Nachdem wir die vielleicht knapp 200 Kilometer entspannt hinter uns gelassen hatten, trafen wir vor der Location das erste Mal auf *Locke*. Er führte uns in das Kurhaus und den riesigen Saal, wo das Event steigen sollte. Der Saal erinnerte mich an eine Mischung aus einem DDR-Ostseehotel aus den Siebzigern und dem *Las Vegas Hilton* aus der Elvis-Doku von 1970. Alles sehr rustikal, viel dunkles Holz und die Decke voller Kronleuchter. Das hatte wirklich etwas.

Wir suchten einen geeigneten Platz für unsere Cateringstation und wurden gegenüber der Bar schnell fündig. Ich stellte mir vor, wie das hier drin mit Menschen wirken würde, und begann sofort, mich auf den Oktober zu freuen. Bei einer Tasse Kaffee im Hotel

Deutsches Haus, wo *Locke* uns dieses Wochenende untergebracht hatte, besprachen wir die Details. Es sollten zwischen zwölf und vierzehn Künstler jeweils zwischen zwanzig und dreißig Minuten auftreten, nur unterbrochen von Johnnys Moderationsblöcken. Ab und an sollte er auch ein paar seiner Lieder zum Besten geben. Wir würden das Catering für die Besucher am Donnerstag und Freitag in der Hotelküche des *Deutschen Hauses* machen. Das alles hörte sich absolut schlüssig an.

Eine Woche, bevor es losging, schickte Carina eine von uns erstellte Einkaufsliste an das Hotel. So konnte der Küchenchef unsere Büfettsachen mitbestellen; wir würden eine Menge Zeit dadurch sparen, nicht selbst einkaufen zu müssen.

Donnerstagmittag, den 9. Oktober 2012 (Roy Blacks einundzwanzigster Todestag), checkten wir gegen zwei im Hotel ein, wo man uns schon erwartete. Wir fuhren nur rasch auf unser Zimmer zum Duschen und wollten dann bis 21 Uhr unser Essen vorbereiten. So war der Plan.

Wir hatten das Catering in Anlehnung an die bereits erwähnte *Kochen mit dem King*-Idee so ein bisschen amerikanisiert. Es gab einen Curry-Reissalat mit Hähnchenbrust und Dreierlei von der Paprika mit Mango. Einen Kartoffelsalat auf Essig-Öl-Basis mit Radieschen, Kresse und Gurken. Einen Thunfischsalat mit Staudensellerie, Mais und Möhren bereiteten wir ebenfalls zu. Den Freitagsabschluss bildete ein Salat mit drei verschiedenen Tomatensorten, roten Zwiebeln und ein bisschen Knoblauch.

Wir bekamen die Info, dass jeder Besucher ein potenzieller Cateringkunde sein würde, da unsere Preise bewusst niedrig waren. So machten wir am Donnerstag Salat für 500 Gäste. Freitagmorgen um acht stieß Bine in der Küche zu uns und füllte mit Carina die Salate vom Vortag in Portionsgläser, die sie dann hübsch dekorierten.

Ich machte zweihundert Beefsteaks (früher nannte man die Dinger Frikadellen) und zwei Suppen: eine klare Rindfleisch-Suppe mit Wurzelgemüse, Tomaten und grünen Chilischoten und eine Möhren-Ingwer-Suppe mit Limonen-Garnelenspieß, wie man sie in den Südstaaten zubereitet. Am Nachmittag stellte uns das Hotel einen Transporter zur Verfügung, mit dem wir das Essen ins Kurhaus fuhren.

Anschließend wieder duschen, umziehen, in der Hotellounge noch ein schneller Kaffee mit Johnny und Bine. Dann fuhren wir ins Kurhaus und bauten auf. Carina und Bine verkauften die Salate für einen Euro, das Beefsteak für eins-fünfzig und die Suppe mit Baguette für zwei-fünfzig. Die Preise waren bewusst so niedrig, um die Leute zum Spenden von Bargeld zu animieren, was auch ganz gut klappte. Allerdings wussten viele gar nicht, dass es was zu essen gab, obwohl im *Kur- Express* ausgiebig auf mich und mein Essen eingegangen worden war. Wobei man auch sagen muss, dass der Getränkeverkauf ebenfalls nicht so richtig florierte.

Wir hatten weit über die Hälfte an Speisen übrig, was nicht ganz so schlimm war, weil das Hotel *Deutsches Haus* einfach einen Sonntagsbrunch damit machte. Ich ärgerte mich trotzdem, denn - das sage ich ganz ehrlich - wenn man zwei Tage à 8 Stunden zu zweit so viele Essen vorbereitet, weil der Veranstalter und das Hotel sagen: „Das bekommt ihr auf jeden Fall verkauft!", dann aber die Hälfte übrigbleibt, ist das nicht so doll.

Unser Essen kam allerdings sehr gut an. Manche Leute wollten Rezepturen, andere ein Foto mit dem Koch und wieder andere einfach nur ein Autogramm. Für mich war das noch ungewohnt, aber ich entsprach den Wünschen gern; schließlich ging es auch um Charity.

Um elf packten wir zusammen und besuchten die Künstler, die schon aufgetreten waren, im VIP-Bereich. Sie warteten auf das große Finale um halb zwei. An diesem Abend sind Bekanntschaften entstanden, die es heute noch gibt. *Locke* war überglücklich, denn es waren über fünfhundert Besucher gekommen, was für das erste Event dieser Art, zudem noch in einem Kurort, glaube ich, schon ganz ordentlich war. Leider fiel der zu spenden mögliche Betrag recht klein aus, weil neben allen anfallenden Kosten ja auch noch alle Künstler und der Koch ein Hotelzimmer bekommen hatten sowie die Benzinkosten erstattet wurden. Wir ließen uns allerdings nie Benzinkosten bezahlen, weder in Bad Kurmünster noch in Lohdorf.

Samstagmittag um zwölf waren wir schon wieder zu Hause, nachdem wir die letzten 48 Stunden nahezu ununterbrochen wach gewesen waren. In weiser Voraussicht hatte ich den Sonntag auch noch geblockt. Es wurde ein entspannter Couch-Tag.

Nur eine gute Woche später rief *Locke* an und wollte wissen, ob wir für die zweite Schlagernacht ebenfalls zur Verfügung stehen würden. „Würden wir", entgegnete ich gleich, „aber nicht mehr in diesem Ausmaß. Ich lass mir was Schönes einfallen und melde mich, wenn ich eine Idee habe", meinte ich. Was ich zwei weitere Wochen später auch tat.

Mir war die grandiose Idee gekommen, eine Live-*Zwiebelecke* von einer halben Stunde zu machen. Wir würden alle Lebensmittel mitbringen. Ich wollte mit einem Künstler ein Dessert zubereiten und das anschließend sofort im Publikum für den guten Zweck verkaufen. Herbert fand die Idee klasse und war sofort einverstanden. Er schlug Florian als Gast vor. Dem wiederum stimmte ich sofort zu, obwohl ich ihn gar nicht kannte, aber er kam aus Salzburg. Wäre doch gelacht, wenn man da nicht ein geiles Dessert finden würde. Dabei kam Carina und mir dann der Zufall zu Hilfe: Wir machten unseren normalen Einkauf, und bei den Likören sah ich aus der Ferne eine superauffällige Flasche, die ich mir sofort ansah. Es war ein Mozartkugel-Likör.

So, ihr Lieben, wo hat Mozart gelebt? Richtig! Wo wohnt Florian? Wieder richtig, das passte so wie „Arsch auf Eimer", oder besser gesagt: „Nudeln in Salzwasser". Wir kauften eine Flasche, und zu Hause überlegte ich mir, womit ich das kombinieren könnte, denn ich wollte das vor der Live-*Zwiebelecke* mindestens zweimal zubereitet haben. In der Veranstaltung musste mir das flüssig von der Hand gehen, damit ich mich auf meinen Gast konzentrieren konnte. Ich entschied mich für eine Kombination aus Mascarpone, Himbeeren, Limonen-Abrieb, Ingwer, Schokoladenpulver, Chili und eben dem Likör. Das Ergebnis passte, und ich war erstmal erleichtert.

Zwei Wochen vor der Schlagernacht rief ich Florian zu Hause in Salzburg an, um ein Vorgespräch für die Show zu führen. Unkompliziert, wie er war, hatte er mir seine Nummer über Facebook geschickt. Ich glaube, wir hatten sofort Sympathie füreinander, und das merkte man später auch auf der Bühne.

Wie bei der ersten Schlagernacht reisten wir wieder einen Tag früher an. Dieses Mal allerdings, weil wir uns ein wenig umsehen und entspannen wollten. Während wir bei der ersten noch zwei Tage Dauerstress gehabt hatten, war das hier jetzt völlig entspannt. Die Live-*Zwiebelecke* ging ja nur eine halbe Stunde von halb sieben bis sieben, danach konnte ich mir in aller Ruhe die Künstler auf der Bühne ansehen. Wir entschieden uns für ein ruhiges Hotel, das wir genau wie die Benzinkosten und die Lebensmittel selbst zahlten. Wenn schon Charity, dann richtig.

In den letzten Minuten vor dem Live-Auftritt war ich superaufgeregt. Fick die Henne, war das krass! Ich hatte noch nie ein Show-Kochen vor so vielen Leuten gehabt. Dass ich die ganze Zeit reden musste, war auch ungewohnt, weil die *Zwiebelecke* auch live im Radio übertragen wurde, und so eine tolle Erfindung wie „Muscheln mit Bibelversen" (dazu komme ich in einem späteren Kapitel) gab es noch nicht.

Es lief wirklich gut, und das war zu einem großen Teil auch Johnny und Florian zu verdanken, die mir meine Nervosität sofort nahmen. Wir hatten Spaß zu dritt, denn Johnny, der wieder die Schlagernacht moderierte, war neugierig und unterstützte uns auf der Bühne.

Wir machten, glaube ich, so vierzig Gläschen Dessert in der halben Stunde, die ich dann alle im schon gut gefüllten Kurhaus verkaufte. Es gab keinen festen Preis, jeder konnte bezahlen, was er für angemessen hielt. So kamen fast zweihundert Euro zusammen, und Florian meinte nach der *Zwiebelecke* backstage, er habe so viel Spaß gehabt, dass er noch einen Zwanziger obendrauf packte. Meine *Zwiebelecke* hat nachher fast ein Drittel der Gesamt-Spendensumme ausgemacht. Sie wissen, dass ich mit dem Wort „Stolz" ein Problem habe, deswegen war ich sehr zufrieden. Ich zog mich um, übergab das Geld dem Veranstalter und mischte mich mit Carina, für meine Verhältnisse recht entspannt, unter die Leute.

Die meisten Künstler kannten wir entweder noch aus dem letzten Jahr oder, weil sie schon in meiner Radiosendung zu Gast gewesen waren. Also wieder so eine Art Familientreffen. Allerdings fielen mir nun Dinge auf, die mir so im letzten Jahr nicht aufgefallen waren. Dinge, die mich ziemlich störten. Auf der Bühne standen auf einmal mannshohe Werbebanner der Künstler; was sollte das bei einem Charity-Event? Die Künstler wurden genau wie ich im *Kur-Express* ausreichend beworben. Musste das jetzt auch noch sein?

Zudem hatte ich das Gefühl, als wenn das hier eine Malle-Party wäre, denn über die Krankheit Muskelschwund, wegen der wir ja hier waren, verlor kaum jemand ein Wort. Einige Künstler waren auch nicht bereit, live zu singen, sondern sangen lediglich über ihr Vollplayback, und einer schoss den Vogel ab. Der sagte nämlich zum Tontechniker: „Mach mein Mikro bitte ganz leise, ich kann doch gar nicht singen." Wäre so, als wenn ich sagen würde: „Freunde, heute bitte ohne Strom auf dem Herd, ich kann doch gar nicht kochen." Krass, oder?

Sicher war es trotzdem ein gelungener Abend, aber ich wusste schon an dem Abend, dass ich keine Lust mehr auf eine dritte Schlagernacht dieser Art haben würde. *Locke* teilte ich die Gründe offen mit; darauf kühlte sich unser bis dahin recht freundschaftliches Verhältnis deutlich ab.

So ist das eben, wenn man nicht mehr alles super findet, was der andere so macht, aber das ist okay so für mich. Ab und an schreiben wir über Facebook, und ich wünsche ihm für alle noch kommenden Schlagernächte mit seinen Künstlern das Beste, egal, ob das Mikro laut oder leise ist. Hauptsache, es wird dem guten Zweck gedient.

Für die dritte Schlagernacht überwiesen Carina und ich fünfzig Euro auf das Spendenkonto. So haben wir einen Beitrag geleistet, ohne dagewesen zu sein. So geht es doch auch!

***

5 Jahre Internet-Radio
oder
Ist das hier 'ne öffentliche Veranstaltung?

Zwischen Weihnachten und Neujahr 2012 rief Wolfgang von einem Internet-Radiosender an. Er wollte wissen, ob ich mit Carina nicht Lust hätte, das VIP-Catering für die Geburtstagsparty seines Radios zu machen. Sein Radiosender feierte fünften Geburtstag, und er hatte die Stadthalle in Lohdorf gebucht, um da eine Schlagerparty à la Bad Kurmünster zu machen. Das Ganze sollte an Pfingstsamstag 2013 stattfinden. Da meine monatliche Koch-Radiosendung, die *Zwiebelecke*, einen Monat später bei ihm starten sollte und er auch schon ordentlich die Werbetrommel rührte, ließen wir uns breitschlagen. Zu verdienen gab es auch hier nichts. Bad Kurmünster-Charity und Lohdorf: Eigenwerbung. Man gönnt sich ja sonst nichts.

Vom Prinzip war seine Idee okay, wenn er plante, dieselben Künstler wie in Bad Kurmünster zu buchen, und die sich dann auch bereit erklärten, für lau zu singen. Lediglich die Fahrtkosten sollten erstattet werden, damit für sein Radio ein möglichst hoher Gewinn abfiel. Hotel mit Übernachtung und Frühstück war logischerweise für Künstler und Koch auch noch gebucht worden.

Jetzt kommt der Teil, der anfing, nicht mehr so richtig okay zu sein, denn Wolfgang hatte, wie bereits gesagt, die Stadthalle gebucht, was - verzeihen Sie mir den Ausdruck - eine verfickt große Location ist. Ein recht unansehnlicher Betonbrocken, in den man um die 900 Leute reinkriegt. Die Künstler, die diese Halle füllen sollten, waren aber - und das meine ich wirklich nicht gehässig - nur im Internet bekannt - und da vorzugsweise auf Facebook.

Die Besucher sollten für die Schlagerparty 15 Euro Eintritt bezahlen. Wolfgangs Rechnung war ein Euro pro Künstler, was ja noch okay ist. Vorausgesetzt, man hat von diesen Künstlern schon mal irgendwo irgendwas gehört.

Wolfgang war von seiner Idee durch und durch überzeugt. Schließlich hatte eine ähnlich große Location in Bad Kurmünster mit den gleichen Künstlern funktioniert. Mein Einwand, dass eine lokal erscheinende Zeitung da auch unterstützend ein halbes Jahr für das Event geworben hatte, prallte an ihm total ab. Mal davon abgesehen, dass ich glaube, dass die Menschen für Charity im Oktober mehr Geld auszugeben bereit sind als für ein Internet-Radio - zumal der Reingewinn ja auch nur dem Radio zugutekommen sollte und der Eintritt mal eben fünf Euro teurer war.

„Das läuft schon, Niko", meinte Wolfgang, wenn wir telefonierten, was alle vierzehn Tage vorkam. „Ich mache ja jeden Tag Werbung in meinem Radio, und bald pflastere ich die Stadt mit Postern und Flyern zu." Ich sah das alles irgendwie total anders.

Ich fuhr dann mit Carina mal zu Johnny und Bine zum Kaffee, und wir sprachen offen über die Schlagernacht in Lohdorf. Wir waren alle vier der Meinung, dass zweihundert zahlende Gäste ein Erfolg wären, von dem es wahrscheinlich schon schwer sein würde, die anfallenden Kosten zu decken. Die Stadt wollte, glaube ich, allein für die Halle 1600 Euro, und die Technik belief sich so ungefähr auf einen Tausender. So weit so gut - wobei das jetzt nicht so richtig passt. Auf jeden Fall hatten wir ein Budget von 400 Euro für ein ausschließlich kaltes Büfett für circa 100 Gäste, die sich aus Künstlern, Künstler-Anhang, Presse und wichtigen Menschen zusammensetzte.

Carina und ich fuhren Freitagmorgen nach Lohdorf und stritten auf der Fahrt so heftig, dass wir irgendwo von der Autobahn runterfuhren und schon fast wieder auf dem Heimweg waren. Den Grund weiß ich gar nicht mehr, wahrscheinlich was Unwichtiges, irgendeine Kleinigkeit wegen des Büfetts oder so was. Nach nur einer Stunde hatten wir den Streit beendet, wobei ich sicher bin, dass Carina jetzt sagen würde, sie habe einfach nichts mehr gesagt, weil ihr das zu blöd gewesen sei. Bei mir war es dann so, dass ich wieder alles perfekt haben wollte und mir wieder unnötigen Kopfstress machte. Auf jeden Fall schafften wir es ohne weitere Zwischenfälle bis Lohdorf-Downtown.

Wie wir so durch die Stadt fuhren, fielen uns beiden Plakate auf, die eine Bachelor-Party bewarben, die allerdings schon drei Monate her war. Von Wolfgangs Veranstaltung, von Postern oder Flyern war weit und breit gar nichts zu sehen. „Vielleicht ist es schon ausverkauft und die mussten die Plakate entfernen", versuchte ich mal wieder an unpassender Stelle etwas Passendes zu sagen. Carina verdrehte die Augen.

An der Halle begrüßten uns Wolfgang und ein paar Leute vom Radio. Sie zeigten uns die Küche und die Kühlmöglichkeiten. Hatte ich alles woanders auch schon mal schöner gesehen, war aber machbar. Das Team *Mietkoch-Service* fuhr dann zum Einkaufen, und da muss ich echt sagen: Krass, was in so eine Reisschale wie den *Skoda Fabia* alles reingeht!

Nach der Schlepperei in die Küche fingen wir so langsam an. Wir machten das, was man so macht, wenn etwas nichts kosten darf, aber trotzdem hübsch aussehen soll. Wraps mit Thunfisch und Currycreme, mit Rauchlachs und Wasabi-Meerrettich. Zum Dippen Avocadocreme, Kräuterquark, Rohkost und Fingerfood. Bauernsalat und Blutwurstsalat mit Äpfeln haben wir, glaube ich, auch gemacht, und an Herings- und Tortellini-Salat erinnere ich mich sehr gut. Zum Dessert gab es Milchreis und Beerengrütze sowie eine Grappacreme, die ich in einer *Zwiebelecke*-Aufzeichnung schon mal gemacht hatte. Da hatte ich ein bisschen zu viel Grappa erwischt und die liebe Wiebke Ulig fast betrunken gemacht.

Vom Ablauf her war das so wie in Bad Kurmünster: Ich machte die Produktion und Carina die Thunfischcreme und den Rohkostkram; dann abgefüllt und schön ausgarniert. Wir kamen so gut voran, dass wir am Abend mit Johnny, der das Event moderierte, und Bine noch essen gingen. Die Nacht um elf sind wir noch auf einen Absacker zu Wolfgang, der immernoch vollkommen euphorisch war.

Samstag waren wir in aller Herrgottsfrühe wieder in der Halle und machten die Reste des Caterings.

Am frühen Nachmittag sind wir dann sogar noch zu einem Einkaufskomplex, wo wir ein paar Freikarten verteilten, quasi eine Werbemaßnahme in letzter Sekunde. Wenn ich ehrlich bin, sind wir da aber nur hin, weil ich weder ein Tuch noch einen Schal dabeihatte und, obwohl es Juni war, verzichtete ich nur selten darauf. Auch so ein Tick von mir. Ich mache das immernoch so.

Im Hotel erfuhren wir, dass die Fortuna aus Düsseldorf soeben in die zweite Liga abgestiegen war und der Meister wieder aus dem königlichen Freistaat kam. Nur für die Frauen: Das Letzte bezog sich auf Fußball – tut mir leid.

Um halb sechs kamen wir an der Halle an. Draußen vor der Halle kollektives Rauchen aller (!) Moderatoren. Wir bauten dann schon mal alles auf, was wir so hatten, damit wir erst gar nicht in Verzug kamen. Langsam trudelten die Künstler ein, von denen die meisten auf einen Smalltalk in der Küche vorbeischauten. Hatte irgendwie wieder mal etwas von einem Familientreffen.

Einlass war, glaube ich, um sechs. Um kurz vor sieben lief mir die erste Künstlerin, die auftreten sollte, in die Arme und stellte mir die alles entscheidende Frage. Bevor ich Ihnen sage, was die Frage war, müssen Sie bitte jetzt das Buch fest mit beiden Händen umklammern und sich in eine stabile Seitenlage bringen. Denn der, der jetzt kommt, wird gut. Achtung! Jetzt kommt die Frage: „Niko, wann ist denn hier Einlass??" - Ich so: „Äh, der war vor einer Stunde!"

Die Veranstaltung sollte um halb acht starten, man machte dann acht daraus. Als die Sängerin den Abend eröffnete, verloren sich in der Halle vielleicht dreißig zahlende Zuschauer. Die ganzen Moderatoren waren wieder draußen rauchen, und sie stand da oben auf der Bühne - allein mit sich und ihren Vollplaybacks.

Ich denke, Wolfgang zahlt heute noch die Rechnungen ab, und die Künstler, die eigentlich in einer vollen Halle Werbung für sich selbst machen wollten, wenn es schon keine Gage gab, spulten das absolut professionell ab. Nur Spritgeld gab es für die meisten keines, wovon auch? Carina und ich hatten die Einkäufe zum Glück schon mit Wolfgang abgerechnet, als von diesem Desaster noch nicht auszugehen war.

Beim großen Finale um halb zwei in der Nacht stand Johnny mit allen Künstlern und den Radiomoderatoren, die keine Kippen mehr hatten und nicht rauchen konnten, auf der Bühne. Es wurde *My Way* geschmettert, während Carina und ich an einem Tisch ein bisschen abseits saßen und uns ansahen. Wir dachten wohl beide das gleiche: „Was für ein Abend!"

***

Die *Zwiebelecke*
oder
Hört mich überhaupt jemand?

Bei der ersten *Bad Kurmünsterer Schlagemacht* im Oktober 2012 lernte ich Wolfgang und sein Team vom Internetradio kennen. Er machte ein Interview mit mir, und die Chemie stimmte. Das könnte daran gelegen haben, dass er gebürtig aus Leipzig kam und mir die Menschen der neuen Bundesländer (wie lange sind die eigentlich noch neu?) von Hause aus immer ein Stück weit offener und unkomplizierter erschienen als die, mit denen ich im Kreis Quinningen so zu tun hatte.

Mit der Medienform Internet-Radio hatte ich mich noch nie beschäftigt, aber nach dem Interview erzählte mir Wolfgang ein bisschen von sich und seinem Radio. Er hatte fast zwanzig Moderatoren, die aus Leipzig, Stralsund, Dortmund und keine Ahnung, von wo noch, sendeten. Mit diesem Format erreichte er täglich zwischen vierhundert und tausend Hörer. Alles als Hobby in der Freizeit, wohlbemerkt.

Mir imponierte das ungemein, und ich hatte den Wunsch, mich irgendwie einzubringen, nur wusste ich nicht, wie. Ich könnte eine eigene Sendung machen, aber nur Musiktitel anzumoderieren war mir zu langweilig; daher musste es etwas Anderes sein.

Im Dezember kam mir dann eine, wie ich fand, recht schöne Idee: Wie wäre es denn mit einer eigenen monatlichen Kochsendung im Radio? Eine gute Stunde mit einem musikalischen Stargast der Kategorie *Bad Kurmünster*? Für den könnte ich zwei Gänge kochen, die für den Hörer einfach zu verstehen und leicht nachzumachen sein sollten. Während der Kocherei würde ich mit dem Gast locker über Essen, Trinken und seine Vorlieben reden. Geht er einkaufen? Kocht er selbst? Hat er noch Erinnerungen aus der Kindheit an Lieblingsgerichte und deren Gerüche? So würden die Hörer andere Dinge über die Künstler erfahren als in den herkömmlich standarisierten, langweiligen Interviews. Zwischendurch würden fünf bis sechs Musiktitel des Gastes gespielt, was eine schöne Werbung für ihn wäre.

Das alles erschien mir vom Konzept her schlüssig. Der Haken war, dass ich keinen Namen für die Sendung hatte und die Location fehlte. Der Name der Sendung kam mir schneller zugeflogen, als ich dachte: eines Abends auf der Toilette. Ich saß so da und blätterte in der Biographie von Peter Maffay. Dabei las ich, wo er einen seiner ersten Auftritte in Deutschland gehabt hatte. Etwas einfacher durfte der Name schon sein als der der Diskothek … Zwiebelecke! Ich wusste sofort, dass das wie „Arsch auf Eimer" oder, wie in meinem Fall, „Nudelwasser mit Salz" passte.

Dann blieb noch die Frage der Location und wie man das Ganze ins Radio transferieren konnte. Da gab es nur eine Antwort: Johnny! Der hatte nicht nur eine offene Wohnküche, sondern als Tontechniker auch das nötige Equipment.

Ich erzählte erstmal Carina, die relativ begeistert, war, von der Idee. Damals wusste sie noch nicht, wie viel Arbeit mit dieser Sendung auf sie zukommen würde. Dann luden wir uns bei Johnny und Bine zum Kaffee ein, damit ich mein Konzept mal locker vorstellen konnte. Die beiden fanden das auch super, vor allem die Tatsache, dass wir so auch wieder zu viert mehr Zeit miteinander verbringen würden.

Dann brauchte ich eigentlich nur noch Wolfgang anzurufen und ihm zu sagen, dass er eine neue Sendung am Start hatte, für die er keinen Cent zahlen musste. Johnny bekam pro Sendung eine Aufwandsentschädigung bezahlt, und zudem besorgte ich die Lebensmittel. So hatten alle ein bisschen Werbung – Johnny für die Marke Johnny, Wolfgang für sein Radio und ich für meine Selbständigkeit.

Mit ins Boot nahmen wir den *Kur-Express*, mit einer Auflage von, ich glaube, 25.000 erscheint. Ich hatte den Chef der Zeitung ebenfalls auf der ersten *Bad Kurmünsterer Schlagernacht* kennengelernt, und der sicherte mir zu, über jede Ausgabe meiner *Zwiebelecke* mit einer Viertelseite zu berichten. Das war für die Künstler natürlich auch ein Anreiz, in meine Sendung zu kommen, weil sie so auch gleich in der Zeitung standen.

Da mir klar war, dass Carina jede Sendung mit Dutzenden von Fotos begleiten würde, die dann in der Zeitung und im Internet veröffentlicht würden, nahm ich bis zur ersten Aufzeichnung in 6 Wochen fast 9 Kilo ab. So ein bisschen eitel ist der Koch eben auch.

Die erste Sendung zeichneten wir im April 2013 mit Johnny als erstem Gast auf. Ich verhaspelte mich andauernd und fand trotz des Drehbuchs, das Carina mir geschrieben hatte, nie einen roten Faden. Ich fand mich selbst unterirdisch schlecht. Das war wohl doch nicht so einfach, wie der kleine Niko aus Bootshain sich das gedacht hatte. Diese erste Sendung war so schlecht, dass wir sie schlicht und einfach gar nicht nehmen konnten.

Ich hatte jetzt aber nicht wochenlang Zeit, mir da Gedanken drüber zu machen, denn bereits einen Tag nach diesem desaströsen Erlebnis stand die Aufzeichnung der Sendung mit Jack Green an. Jetzt konnte ich zeigen, ob ich Eier hatte oder nicht.

Bei der Aufzeichnung mit Jack kam mir etwas zugute, womit ich nie gerechnet hätte. Er war noch nervöser als ich und antwortete fast nur mit Ja oder Nein. „Was eine Scheiße", dachte ich, „diese Sendung muss klappen!" Ich riss mich zusammen und übernahm das Kommando, war jetzt als Gastgeber der Sendung zu hundert Prozent angekommen und so schlagfertig, wie ich sein kann. Vor allem vermied ich es, Jack Fragen zu stellen, in denen er mit *Ja* oder *Nein* antworten konnte. Er bekam von Johnny und mir nach der Show den Spitznamen „Der Schweiger" und fand das auch ganz lustig.

Bis zu den nächsten beiden Aufzeichnungen war nur eine Woche Zeit, in der Carina die Homepage der Sendung entwickelte und an den Start brachte. Zudem fertigte sie einen Trailer zur Bewerbung im Internet an. Sie führte auch die Vorgespräche mit den Künstlern: Gab es Lebensmittelallergien, auf die wir Rücksicht nehmen mussten, oder ähnlich wichtige Vorabinfos?

Wir zeichneten dann die Sendungen mit Dennis Münch und Wiebke Ulig auf sowie an Himmelfahrt die Wiederholungssendung mit Johnny. Bevor die erste Sendung ausgestrahlt wurde, hatten wir schon vier aufgezeichnet, in denen ich, glaube ich, ganz gut war, was Kochen und Smalltalk angeht. Zudem war ich auch darum bemüht, dass der Gast sich wohlfühlte und locker wurde.

Am ersten Junisonntag 2013 war es dann soweit: der Tag der ersten Ausstrahlung. Eine Woche vorher hatte ich mich in einer dreistündigen Live-Sendung im Studio in Lohdorf den Fragen der Hörer gestellt. Eine Stunde vor der Ausstrahlung brach blöderweise der Server des Senders zusammen. Durch diesen Zufall hatte Carina es irgendwie geschafft, an die Hörerzahlen der aktuell über einen zweiten Server laufenden Sendung zu kommen, und konnte sich von da an ständig darüber informieren. Was Wolfgang, glaube ich, nicht so passte; das war ihm wohl zu viel Transparenz.

Zu meinem großen Erstaunen hörten meine erste Sendung sage und schreibe 34 Menschen! Wo waren die anderen vier- bis fünfhundert Stammhörer dieses Senders?

Ich fand das komisch, machte mir aber erstmal keine weiteren Gedanken darüber, bis ich feststellte, dass sich auch bei den Ausstrahlungen von Jack Green, Dennis Münch und Wiebke Ulig nicht wesentlich etwas an den Hörerzahlen änderte. Jetzt wurden Carina und ich misstrauisch und begannen zu recherchieren. Das Ergebnis war niederschmetternd. Das Internetradio war bei der GEMA lediglich für einhundert Hörer gemeldet gewesen. Die 34 Hörer, die ich im Schnitt hatte, waren offensichtlich die Moderatoren und deren Freunde.

Wir kamen uns von Wolfgang ein wenig verarscht vor, weil der uns von ganz anderen Zahlen berichtet hatte. Da war von Hörern in Kanada und Norwegen die Rede gewesen. Für vier- oder fünfhundert, nach seiner Aussage manchmal bis zu tausend Hörer hätte ich die Produktionskosten in Höhe von 120 Euro pro Sendung und den verloren gegangenen freien Tag locker gesehen. Aber so?

Die Krönung mit dem Internetradio ereignete sich auf der zweiten *Bad Kurmünsterer Schlagernacht*, zu der Wolfgangs Team ganz einfach mal verspätet erschien und meine Live-*Zwiebelecke* mit Florian zur Hälfte verpasste. Die Hörerzahl dieser Schlagernacht belief sich auf 8! Bei der ersten waren es laut Wolfgang über vierhundert gewesen, nur konnte er das irgendwie nicht beweisen.

Ich bin dann eine gute Woche in mich gegangen - also nicht körperlich, sondern so vom Kopf her - und habe mich mit sofortiger Wirkung von diesem Radio getrennt. Mir ist das wirklich schwergefallen, aber wenn ich Wolfgang nicht vertrauen konnte, war eine Zusammenarbeit für mich unmöglich. Mein Kopf ist so gebaut, dass er das nicht kann.

Wir hatten dann für zwei Monate keinen Sender und zeichneten nur auf. Im ganzen Jahr waren es von April bis Dezember zwölf Sendungen. Ab Januar wurde die *Zwiebelecke* von bis zu zehn verschiedenen Radios übertragen, allerdings war bei mir die Luft raus. Ich war meiner eigenen Sendung müde geworden.

Vor der Aufzeichnung mit Manja bekamen Carina und ich vor Johnny und Bine einen heftigen Streit, bei dem ich mich über Carinas Fotos, die sie gemacht hatte, beschwerte. Carina konnte nur das fotografieren, was ich an Motiven anbot, also war auch das wieder vollkommen sinnfrei.

Nur damit Sie mal ein Gefühl für die Arbeitsaufteilung bekommen: Carina machte die Fotos, gestaltete die Homepage, postete die genauen Rezepturen, führte die Vorgespräche mit den Künstlern, verhandelte die Ausstrahlungstermine mit den Radios. Ich ging einkaufen (dabei begleitete sie mich meistens), schrieb das Drehbuch und machte die Sendung. Jeder angerichtete Teller, der mit einem Bild in der Zeitung erschien, wurde von Carina angerichtet, weil er jedes Mal besser aussah als meiner.

Johnny hatte, glaube ich, auch nicht mehr so richtig Lust auf die Aufzeichnungen. Gesagt hat er das nie, aber ich spürte das. Die Aufzeichnung mit Sir Charles am 29. Dezember 2013 war unsere letzte gemeinsame *Zwiebelecke*. Der sympathische Wrestling-Fan war extra sechshundert Kilometer gefahren, um bei uns zu sein. Im Winter!

Es gab dann noch eine allerletzte *Zwiebelecke*, die wir in Bachgrund mit Nadine Graf machten. Ich hatte mir durch ein neues Umfeld ein bisschen frischen Wind erhofft. Die Realität sah so aus, dass ich nach fünf Minuten merkte, dass ich schlecht war. Mir fehlten Johnny und seine witzigen Anweisungen und Kommentare aus dem Off. Ohne ihn machte das einfach keinen Sinn.

Jetzt warten Sie vielleicht auf ein paar Anekdoten aus den Sendungen, oder? Mal sehen, was mir hier jetzt so einfällt.

Auf Sven Hecker haben wir fast drei Stunden gewartet, weil der an dem Tag sechs Auftritte hatte und bei uns nur für einen anderen Künstler eingesprungen war. Zudem hatte Johnny kurzfristig einen Einsatz mit seinem Rettungsdienst. Ich vertrieb mir die Zeit mit der Flasche Begrüßungssekt, die ich relativ zügig allein leertrank. Die Sendung wurde nach meinem Empfinden eine der lustigsten und besten – Sven ist ein echter Profi und gab mir eine Menge Vorlagen, die ich trotz Alkoholgenusses sicher verwandelte.

Bei der Sendung mit Kevin P. hatte ich beim Einkaufen was vergessen, sodass Carina es während der Aufzeichnung besorgen musste.

Paul Busse erzählte vier (!!!) Stunden aus seinem Leben als Profi-Fußballer und Sänger. Johnny musste das dann auf 75 Minuten cutten, was superschade war. Paul ist so ein unglaublicher Geschichtenerzähler, absolut großartig!

Irina Organza hatte irgendwie eine falsche Vorstellung von dem, was da auf sie zukommen würde und war – ich sage das jetzt mal vorsichtig – recht gelangweilt. Die Aufzeichnung zog sich total in die Länge und ich glaube, wir waren alle froh, als es endlich vorbei war.

Bei Manja habe ich das komplette Essen versaut; da war, glaube ich, nichts, was man essen konnte. Die Resonanz war unglaublich, weil wir eine Stunde Comedy machten und die Leute am Radio und wir bei der Aufzeichnung Tränen lachten.

Dennis Münch ist gelernter Konditor und hatte so ein Interesse am Kochen, dass er mitkochte; das war richtig klasse!

Wiebke Ulig war der erste weibliche Stargast und eine wirkliche Dame; das hat Spaß gemacht.

Jetzt könnte sich bei Ihnen eventuell noch die Frage eingeschlichen haben, was ich denn so gekocht habe, daher hier ein paar Beispiele. Ich war immer darum bemüht, was Simples, aber Pfiffiges zu machen; alles, was in der Sendung gekocht wurde, habe ich mir selbst überlegt.

Bei Johnny gab es ein süßes Bruschetta mit Erdbeeren, weißer Schokolade und Balsamico. Für Jack Green machte ich ein Mailänder Risotto, vorher als Crossover einen Nordseekrabben-Salat. Bei Dennis Münch machte ich Zander in Kartoffelkruste, und Wiebke hat in meiner Show das erste Mal Känguru gegessen. Für Sven Hecker entwickelte ich ein Carpaccio aus hauchdünnen Weißwurst-Scheiben. Für Kevin P. kochte ich ein Roastbeef am Stück mit kalter Thunfisch-Kapern-Sauce, und Paul Busse freute sich über Lachstatar und Bœuf Bourguignon. Irina bekam als Italienerin eine Thailändische Fischsuppe und Sir Charles als Bayer Currykohl mit Lachsfilet.

Alles in allem war das eine ganz schöne Erfahrung, wobei die drei Leutchen, die mit am Start waren, es auch nicht immer leicht mit mir hatten, weil ich das nicht immer als einen Spaß sah. Ich wollte immer alles so perfekt haben, wie es irgendwie ging, und das baute leider auch Spannung auf.

Meine Muscheln gab es zu dieser Zeit leider noch nicht!

***

Carina und ich
oder
Gefangen im Alltag

Das hier ist das 66. und letzte Kapitel, das ich schreibe, dann ist das Buch fertig. Ich frage mich gerade, ob es einen Grund dafür gibt, dass ich gerade dieses hier zuletzt schreibe. Sagt man nicht, dass alles im Leben seinen Sinn hat? Schon, aber der Sinn ist nicht der Grund!

Ich glaube vielmehr, dass es schwierig ist, dieses Kapitel zu schreiben, weil es das ist, in dem ich Carina verlor. Ich habe unsere Beziehung, unser gemeinsames Leben hier verloren und begraben. Das Schlimme daran ist, dass ich es selbst nicht bemerkte.

Ich lebte einfach so vor mich hin, ohne Rücksicht, Nachsicht - ich könnte noch eine Menge solcher Schlagwörter finden. Wie ein Single, so lebte ich wohl – für mich. Ohne dich, nur, falls du es doch jemals lesen solltest.

Drei Tage nach unserer Hochzeit begannen mein Existenzgründer-Seminar und Carinas neues Semester. Keine Zeit für Flitterwochen! Alltag, Routine – drei Tage nach dem sogenannten schönsten Tag im Leben.

Die Erinnerung so wie aus einem anderen Leben. So weit, so wenig zu begreifen. Weder mit dem Herzen noch mit dem Verstand – und schon gar nicht mit einem Gefühl.

Wie war unser Leben, wie unser Alltag? Vieles habe ich vergessen - nein das stimmt nicht! Ich habe es verdrängt. An das, was man im Leben falsch macht, möchte man sich nicht erinnern. Vielleicht ist es dann ja auch nie passiert, nur, weil es einem nicht gleich einfällt. Und doch weiß man um die Wahrheit des eigenen Lebens.

Wenn Sie Carina jetzt fragen würden, wie sie unsere Ehe erlebte, könnte ich mir vorstellen, dass sie etwas Anderes sagen würde, als Sie hier von mir lesen. Warum das so sein könnte? Weil ich denke, dass Frauen und Männer anders empfinden.

Ich erinnere mich dabei gerade an den letzten April. Carina fing einen Tag nach ihrem Geburtstag einen Job bei der Post als Briefzustellerin an. In der zweiten oder dritten Woche stürzte sie mit dem Fahrrad so schwer, dass sie zwei Monate nicht arbeiten konnte. Der eine Arzt riet ihr zu einer OP und der andere nicht. Sie war verunsichert. Ich war einfach nicht so für sie da, wie man in einer Beziehung für den Partner da sein sollte. Ich habe zwar die Wohnung jeden Tag gemacht und bin einkaufen gefahren, aber sonst? Irgendwie ließ ich sie allein.

Dann musste sie doch operiert werden und ich fuhr sie nach Tempstadt. Anstatt die OP abzuwarten und ihr so beizustehen brachte ich sie und ihre Tasche nur in ihr Zimmer. Gab ihr einen flüchtigen Kuss und fuhr nach Hause. Ich war keine halbe Stunde zu Hause, als Carina anrief. Der Doc, der sie operieren sollte, hatte entschieden, dass der Heilungsprozess ohne OP besser verlaufen würde. Ich konnte sie sofort wieder abholen. So, jetzt kennen Sie mich ja schon ein bisschen; was glauben Sie, wie ich reagiert habe? Richtig, ich habe mich aufgeregt, dass ich schon wieder quer durch die Tempstadter Innenstadt kutschieren sollte.

Einen Tag vor ihrer OP hatte Carina noch eine Patientenverfügung erstellt. Heißt das so? Ich glaub schon. Sie schrieb handschriftlich, dass sie nicht durch irgendwelche Maschinen am Leben gehalten werden wolle, sollte bei der OP etwas schiefgehen. Dieses von Carina vollgeschriebene DIN A4-Blatt habe ich niemals weggeschmissen. Das letzte Mal hielt ich es letzte Woche in der Hand.

Ich glaube, dass ich Carina im Alltag nicht wirklich unterstützte; wir funktionierten einfach nur. Wobei ich mich manchmal auch allein fühlte. An den Abenden, an denen ich nicht kochte, saß sie mit Leo im Büro und guckte auf ihrem Laptop amerikanische Serien im Originalton, während ich im Wohnzimmer auf der Couch saß und was Anderes machte. Dass wir unsere freien Abende gemeinsam verbrachten, einfach mal zwei oder drei Stunden redeten wie früher, kam gar nicht mehr vor. Nach dem Tod von Spike gingen wir, glaube ich, nicht einmal mehr am Fluss oder sonst wo spazieren.

Woran lag das? Sicher nahm die Selbständigkeit einen sehr großen Platz in unserem Leben ein, aus heutiger Sicht einen zu großen. Aber irgendwie haben wir es einfach beide nicht geschafft, uns auf den anderen einzulassen. Carina hat das sicher mehr versucht als ich, aber wenn man ständig vor verschlossene

Türen läuft, verliert man wohl irgendwann die Lust. Ich kann allerdings auch nicht wirklich beantworten, warum ich mich so verschlossen hatte, ich weiß es wirklich nicht. Ich war von Vielem einfach nur genervt. Gerade in den beiden letzten Jahren unserer Beziehung klagte sie ziemlich regelmäßig über Hüft- oder Kopfschmerzen. Auf die Idee, dass so etwas psychosomatisch sein kann, wäre ich niemals gekommen.

Mittlerweile glaube ich, dass unsere Beziehung auch ein Grund dafür gewesen sein kann, dass es Carina schlecht ging, was ich nicht ernst beziehungsweise gar nicht wahrnahm. Ich hatte stattdessen ständig was zu nörgeln, gerade was Carinas Kleidung anging. Ich bin, weiß Gott, nicht der Meinung, dass eine Hose oder eine Bluse achtzig Euro kosten muss, aber ich finde, dass es sowohl für Frauen als auch für Männer unvorteilhafte Kombinationen gibt. Ich finde auch, dass man das ein bisschen selbst merken sollte. Allerdings ist es wohl einfach so, dass unsere Meinungen da sehr oft auseinandergingen. In der Anfangszeit war mir das gar nicht so aufgefallen. Natürlich könnte man jetzt auch sagen, dass man ja vom Prinzip her mit dem Menschen zusammen ist und nicht mit der Kleidung, die er gerade trägt. Das ist sicher richtig.

An den Tagen, an denen Carina Uni hatte und ich arbeitete, sahen wir uns manchmal erst gegen halb elf, wenn ich nach Hause kam und sie schon im Bett war, aber noch Licht anhatte. Wir redeten dann fünf oder zehn Minuten, meistens wohl über das, was sich am Tag so bei mir angestaut hatte, dann war der Tag vorbei und der neue brachte den gleichen Rhythmus. Zwei Hamster im Laufrad, so kommt mir das beim Schreiben gerade vor.

Manchmal versuchten wir auszubrechen, wenn wir zu einem Carpendale-Konzert nach Tecklenburg fuhren und für zwei Tage in einem Wellness-Hotel eincheckten und einfach mal abschalten wollten. In Siegen machten wir das mit Ute Freudenberg und Christian Lais auch so. Kleinere oder manchmal auch größere Streitereien gab es fast immer. Ich fand das oft gar nicht so schlimm, bis ich manchmal feststellte, dass Carina noch Wochen später darüber sprach und das offensichtlich noch gar nicht verarbeitet hatte. Da waren wir aber meistens schon mitten in einem neuen Problem.

Carina meinte manchmal, dass sie sich mit mir am Telefon besser unterhalten könne, als wenn sie mir gegenübersitze. Das stimmt, zum einen telefoniere ich gern – so doof wie das jetzt klingt - und zum anderen mag ich es nicht, wenn man mir direkt in die Augen sieht. Das ist ein ziemlich blöder Tick von mir, aber er stimmt leider. Ich hasse nichts mehr als Geschäftsessen oder andere Gelegenheiten, bei denen man sich gegenübersitzt. Also telefonierten wir, wenn sie auf dem Weg mit dem Zug nach Hause war, in der Uni eine Pause hatte oder wenn ich Zeit beim Kochen hatte. Trotzdem ist das natürlich auch dämlich, denn wenn man sich vor seinem Partner nicht gegenüber sitzend öffnen kann, vor wem denn dann bitte?

Wie tief der Riss zwischen uns war, fiel mir auf der Beerdigung von Carinas Opa, Anfang November 2014, vielleicht zum ersten Mal so richtig bewusst auf. Zwischen Carinas Verwandten, die ich zum Teil gar nicht kannte, weil sie von weiter entfernt zur Trauerfeier gekommen waren und denen sie mich auch nicht vorstellte, kam ich mir verloren vor. Überflüssig, nicht gebraucht, nutzlos. Später beklagte sie sich bei mir darüber, dass ich auch an diesem Tag nicht für sie dagewesen sei. An vielen anderen Tagen hätte sie mit dieser Meinung sicher Recht gehabt, aber an diesem, fand ich, nicht. Carina ließ mir einfach keine Möglichkeit, für sie da zu sein, sie behandelte mich so, als wenn ich schon nicht mehr dazugehörte, aber trotzdem noch da war.

Da war schon diese Mauer, die mir vier Wochen vorher in Berlin nicht aufgefallen war, aber die für sie vielleicht auch da schon mit Händen zu greifen gewesen war. Ich weiß nicht, ob das so war, aber Opas Beerdigung war für mich so ein bisschen wie Weihnachten – alle Jahre wieder: Man ist mit dabei, aber irgendwie auch nicht. Sylvester Stallone benutzt in *Rambo 2* ein, wie ich finde, sehr treffendes Wort dafür, das ich erst als erwachsener Mann verstand: Entbehrlich! So fühlte ich mich.

Vielleicht fragen Sie sich gerade beim Lesen dieses Kapitels: „Mensch, das klingt alles so negativ, haben die nichts Tolles erlebt? Etwas, über das man sich gemeinsam freut?" Doch, ich denke schon, aber das waren die Ausnahmen. Die Inseln im Ozean, von denen es einfach zu wenige gab. Ich denke an einen Ostersonntag, an dem wir mit Carinas Eltern im Zoo waren. Die

Konzerte, auf die wir gingen, oder die Essen mit meiner Mutter beim Asiaten.

Sie merken schon, ich schreibe nichts von ruhigen Abenden gemeinsam auf der Couch, romantischen Spaziergängen oder Abendessen. Von Sonntagen, an denen wir bis zehn schliefen und dann einfach nur chillten. Stimmt, die gab es nicht!

Wir hatten bis auf Johnny und Bine auch keine gemeinsamen Freunde, mit denen wir etwas unternahmen. Aber diese Abende mit Carina und den beiden fehlen mir. Sie fehlen mir auch heute noch, das gebe ich gern zu.

Warum änderte ich nichts, warum versuchte ich nicht, etwas für Carina und unsere Ehe zu tun? Ich habe keine Ahnung, so schnöselig, wie das jetzt klingen mag. Scheiße, ich weiß es nicht, und Sie müssen nicht denken, dass ich mir diese Frage nicht selbst schon gestellt habe.

Vor ein paar Tagen ging ich allein spazieren; dabei fiel mir eine Wiese mit Pferden auf. Die Wiese war mit einem Zaun abgegrenzt, der Strom führte. Das klingt auch wieder so dämlich, aber ich denke, Sie wissen, was ich meine. Die Pferde lernen so, wie weit sie sie bewegen dürfen. Wo die Grenzen liegen. Ich habe jeden Tag mit beiden Händen in so einen Zaun gegriffen und nichts so richtig verstanden.

Mir geht es jetzt nicht so sehr darum, einfach nur zu sagen: War meine Schuld, erledigt! Das wäre zu einfach, ich sage das, weil ich es aus Überzeugung sage. Was soll ich Carina denn bitte vorwerfen?

***

Sissi
oder
Der Anfang vom Ende

Im Januar 2014 war ich vom Kopf her total leer. Ich hatte zwei-einhalb Jahren nahezu durchgearbeitet, ohne eine Woche frei, am Stück. Immer der gleiche Rhythmus. So hatte ich mir die Selbstständigkeit nicht vorgestellt, obwohl das vom finanziellen Aspekt wirklich in Ordnung war.

Jetzt mögen Sie vielleicht denken: „Gut, das machen andere Leute auch, immer das Gleiche arbeiten von acht bis vier, vielleicht bis sechs. Ist jetzt nicht so schlimm." Stimmt schon, keine Frage. Aber ich wollte etwas Anderes; was das sein sollte, wusste ich gar nicht. Die Arbeit oder die Ehe mit Carina, alles war jeden Tag gleich.

Wir redeten fast ausschließlich über die Selbständigkeit, neue Kunden, die Homepage und zukünftige Werbemaßnahmen. Über Carinas Leben, ihre Uni, ihre Arbeit, ihre Sorgen, aber vielleicht auch ihre Unzufriedenheit – darüber redeten wir nie. Nicht, dass mich das alles nicht interessierte, aber ich hatte wieder diesen gefährlichen Tunnelblick. Das hatte zur Folge, dass wir noch weniger redeten als sonst, jeder machte Seins. In einer Wohnung lebten wir nebeneinander her. Vielleicht spürte ich da schon, dass mir Carina ihre Liebe oder ihre Aufmerksamkeit nicht mehr geben wollte oder konnte. Statt mich darum zu bemühen, auf sie zuzugehen oder selbst einen Schlussstrich unter unsere Ehe zu ziehen, machte ich etwas ganz Anderes.

Ich fing eine Facebook-Schreibfreundschaft mit einer zwanzig-jährigen Kellnerin an, die ich in einem der Läden, wo ich kochte, kennengelernt hatte. Sie war eher unscheinbar, ruhig, fast schüchtern. Später erfuhr ich, dass sie kaum Freunde hatte, die Beziehung zu ihrem leiblichen Vater belastete sie ebenfalls. Die Tatsache, dass sie sich in ihrem Elternhaus nicht so wahnsinnig verstanden fühlte, kompensierte sie mit Mamas Kreditkarte. Trotz unseres nicht gerade kleinen Altersunterschieds hatten wir da ein paar Gemeinsamkeiten, von denen wir zu Beginn noch gar nichts wussten.

Anfangs schrieben wir uns alle paar Tage ein paar Zeilen, in denen meistens nicht mehr stand als: „Wie geht's dir so?" oder:

„Wann musst du wieder arbeiten?" Ab Februar wurden die Schreibwechsel intensiver, wir schrieben jetzt täglich. Meistens so ab elf, wenn ich zu Hause war, dann manchmal zwei bis drei Stunden.

Telefoniert oder uns SMS geschrieben haben wir allerdings nie, unser Kontakt bestand nur darin, uns über Facebook zu schreiben. Wir öffneten uns beide recht schnell, und die Themen wurden privater. So blöd, wie das klingen mag, aber irgendwie gaben wir uns gegenseitig Halt und Aufmerksamkeit. Genau das, was ich von Carina nicht bekam. Suchte ich deswegen den Kontakt zu Sissi, obwohl ich schnell merkte, dass sie mit sich und ihrem Leben im Grunde noch weniger zurechtkam als ich? Man kann, glaube ich, schon sagen, dass es so war.

Davon, dass ich mit Sissi schrieb, wusste Carina nichts. Was sie wusste, war, dass wir uns auf der Arbeit gut verstanden und ab und an mal über FB ein paar Worte schrieben. Sie kannte mein Facebook-Passwort, da sie einen Großteil der *Mietkoch-Service-*„Gefällt-mir"-Seite-Postings machte und die Seite auch verwaltete. Ich löschte die Gespräche mit Sissi unmittelbar nach ihrem jeweiligen Ende. Kann man jetzt sagen, weil ich es vor Carina verheimlichen wollte? Ja, ich konnte ihr einfach nicht offen sagen, dass ich mit jemand anderem so schreiben konnte, wie ich ganz zu Beginn unserer Beziehung mit ihr hatte reden können.

Mit Sissi traf ich mich ein einziges Mal. Im März 2014 gingen wir eine Stunde am Quinninger Sporthafen spazieren. Nicht mehr und nicht weniger. Ich wollte nie etwas Körperliches von ihr, war nie in sie verliebt, obwohl ich weiß, dass bei ihr dieser Eindruck entstanden sein kann. Das ist dann vielleicht der Nachteil, wenn man sich nicht gegenübersitzt und in die Augen sehen kann. Ich bin Carina in unserer ganzen Beziehung nie körperlich fremdgegangen, das hätte ich vom Kopf niemals gekonnt. Am Fluss haben wir fast nur über sie und ihre Familie gesprochen. Da war mir eigentlich klar, dass, genau wie ich, sie eigentlich einen Psychologen brauchte - ohne jetzt ins Detail gehen zu wollen.

Eine Woche später, genauer gesagt: Samstagabend. Carina postet mit ihrem Handy etwas auf meiner „Gefällt-mir"-Seite und vergisst, sich wieder abzumelden. Ich schreibe später mit Sissi, und Carina denkt wohl noch bei der ersten Nachricht, die sie liest, diese sei für sie bestimmt. Aber sie ist immer noch in meinem

Facebook und sie bleibt auch da. Den ganzen Abend. Carina liegt im Bett und liest jedes Wort, das ich mit Sissi von meinem Laptop im Wohnzimmer schreibe. Fast drei Stunden lang. Als ich dann spät nachts ins Bett bin, tat Carina wohl so, als wenn sie schliefe.

Am anderen Morgen fragte sie dann fast beiläufig nach Sissi, was wir so schreiben würden und wie oft. Jetzt log ich Carina an, indem ich ihr sagte, dass wir nur oberflächlich schreiben würden und das auch nur alle paar Tage. Ich konnte ihr immernoch nicht sagen, dass ich mich Sissi im Moment mehr öffnen konnte als meiner eigenen Ehefrau. Dadurch, dass sie am Vorabend alles mitgelesen hatte, entlarvte sie meine Lügen sofort und knallte mir an den Kopf: „Das stimmt nicht, was du da sagst!" Dann legte sie die Karten über das, was geschehen war, auf den Tisch! Wieder mal fühlte ich mich kontrolliert und machte einen Riesenaufstand.

Ich musste um zwölf schon bei einem Kunden sein. Am Nachmittag schrieb mir Carina, dass sie die Nacht bei Johnny und Bine schlafen werde. Anstatt abends nach der Arbeit mal Carina anzurufen und das Gespräch zu suchen, fühlte ich mich immernoch kontrolliert. Im Recht fühlte ich mich natürlich auch. Ich schaltete auf stur und machte gar nichts. Wobei das auch nicht richtig ist, denn ich trank die beiden Flaschen Sekt, die wir von den *Zwiebelecke*-Aufzeichnungen übrighatten.

Dabei schrieb mich dann Sissi über Facebook an, die wissen wollte, was mit Carina und mir jetzt los war. Sie hatte wohl wegen unserer Schreiberei ein schlechtes Gewissen. Ich weiß gar nicht mehr, was ich ihr so antwortete, aber irgendwie muss sie sich wohl Sorgen um mich gemacht haben. Denn um halb zwei in der Nacht klingelten zwei sehr freundliche uniformierte Beamte an meiner Tür und wollten wissen, wie mein Abend so laufe. Nachdem wir zehn Minuten im Flur gestanden hatten und ich mehrfach glaubhaft versichert hatte, dass ich nun gern schlafen gehen würde, fuhren die beiden wieder.

Montag blieb ich immer noch stur, und Carina schlief eine zweite Nacht nicht zu Hause. Am Dienstagabend, als ich von der Arbeit kam, war sie wieder da. Viel später sagte sie mir, der einzige Grund dafür seien die Katzen gewesen, die ihr gefehlt hatten, ein bisschen Pflichtbewusstsein mir gegenüber kam wohl auch dazu.

Wir haben über diese Angelegenheit mit Sissi nie wirklich gesprochen, ein Stück weit so getan, als wenn es nie passiert wäre. Entschuldigt dafür, dass ich Carina zumindest mit Worten hintergangen hatte, habe ich mich nicht. Ich weiß nicht, aber vielleicht hat sie schon da zu wenig für mich empfunden, um sich noch richtig aufregen zu können. Vielleicht hat sie auch einfach gedacht, dass wir doch noch die Kurve gemeinsam kriegen würden. Ob sie das auch hoffte, weiß ich nicht.

Ich bin mir sicher, dass das mit Sissi schon ein aufgeschobener Anfang vom Ende für die Beziehung mit Carina war. Carinas Kopf war da allerdings schon deutlich weiter als meiner. Denn ich tat das alles nur wie eine Bagatelle ab.

Mit Sissi schrieb ich weiter, allerdings jetzt wirklich nur alle paar Tage ein paar Worte. Ich hatte ihr davon erzählt, dass Carina diese eine Samstagabend-Unterhaltung quasi live miterlebt hatte. Ihr war das unheimlich peinlich. Kurz darauf brach der Kontakt zwischen uns ganz ab.

Was ist jetzt die Moral von der Geschichte? Dass der Königsweg gewesen wäre, zu versuchen, vor der Schreiberei mit Sissi die Ehe mit Carina neu zu beleben. Ihr zu sagen: „Du hör mal, das ist alles nicht mehr so wie früher. Ich möchte, dass es wieder so wird. Was können wir gemeinsam tun, um das zu schaffen?"

Klingt ganz gut, oder? Ich hatte für mich aber mal wieder einen anderen Weg gewählt.

***

Berlin
oder
Die Mauer in uns

Jetzt also Berlin! Ich habe mich lange vor diesem Kapitel gedrückt, immer ein anderes, das mir gerade durch den Kopf ging, vorgezogen. Jetzt gerade geht mir aber nichts Anderes durch den Kopf und ich weiß, dass ich nicht drum herumkommen werde, es zu schreiben.

Warum mir das so schwerfällt, fragen Sie sich? Weil es das Letzte ist, was ich mit Carina in der Beziehung erlebt habe, und ich habe oft an dieses eine Wochenende gedacht. Sie wissen, dass ich nicht sentimental bin, ich scheiße auf so etwas. Aber Berlin ist Berlin, und in Berlin war vieles von dem richtig, was nach Berlin nur noch falsch war. (Viermal „Berlin" in einem Satz – heftig, oder?)

Ein paar Tage, bevor wir fuhren, postete Carina auf Facebook, dass das unser erster richtiger Urlaub sei. Mich hat das geärgert, weil ich gedacht habe: „Warum sieht sie das so?" Wir hatten so viel gemacht, waren in so viele Konzerte gegangen, hatten uns das angeschafft, was wir haben wollten. Aber dieses gemeinsame Erlebnis, wirklich mal eine Woche oder zehn Tage dem Alltag zu entfliehen und mal komplett runterzukommen, das hatten wir wirklich nie gemacht.

Also lag sie mit ihrem Post wohl doch nicht so ganz falsch. Genau wie bei unseren Fahrten nach Bad Kurmünster oder Lohdorf erstellte Carina vorab eine Fahrtroute, in der genau festgehalten wurde, was wir uns an den drei Tagen ansehen wollten. Einen entsprechenden Wunschzettel schrieb jeder von uns allein und stellte den dann quasi mit Begründung dem anderen vor. Das ergab den Sinn, dass wir nicht unnötig viel Zeit im Auto vertrödelten und die Sehenswürdigkeiten, die nah beieinander sind, auch nacheinander besuchten.

Nachdem sich meine Mutter trotz ihrer Katzenhaarallergie dazu bereiterklärt hatte, das Wochenende bei unseren Stubentigern zu verbringen, ging es am Tag der Deutschen Einheit 2014 in aller Frühe los. Für unsere Verhältnisse verlief schon die Fahrt recht harmonisch, denn eigentlich nörgelte ich ständig an Carinas Fahrweise herum. Mal fuhr sie zu langsam, mal zu schnell. Dann war mal dieses und mal jenes. Aber irgendetwas fand ich immer. Ich erwartete auch immer, dass Carina nicht nur den richtigen Weg, sondern natürlich auch alle Abkürzungen kannte.

Selbst gefahren bin ich in unserer Beziehung eher selten, weil sie immer meinte, sie fühle sich bei meinem Fahrstil nicht sicher. Wenn ich ehrlich bin, muss ich sagen, dass Carina besser Auto fährt als ich.

Unser erster Anlaufpunkt in Berlin war das Grab von Harald Juhnke, das auf einem wunderschön gelegenen Waldfriedhof etwas außerhalb der Stadt ist. Ich liebe Harald Juhnke, seit ich vierzehn oder fünfzehn bin, am Anfang nur deswegen, weil mein Vater ihn nicht ausstehen konnte. Man kann also sagen, dass ich Juhnke hörte, um meinen Vater zu provozieren. Erst Jahre später begriff ich, dass er ein absoluter Ausnahmekünstler gewesen war, vielleicht der letzte seiner Art. Ich habe mal gelesen, dass er vor seinen Shows über Kopfhörer so lange Sinatra hörte, bis er fast glaubte, er wäre Sinatra. Dann ging er auf die Bühne und war dann so etwas wie der deutsche Frank Sinatra. Das hat mich unglaublich beeindruckt.

Ich meine – Hey! –, ich las als junger Koch auch die Bücher von Lafer oder Schuhbeck, aber ich wäre nie auf die Idee gekommen, mich nach der entsprechenden Lektüre mit diesen Halbgöttern zu vergleichen. Aber Juhnke war das einfach scheißegal, weil er etwas besaß, das man hat oder eben nicht: Selbstvertrauen.

Er hat ein Ehrengrab, das auf mich einen ziemlich verwahrlosten Eindruck machte. Ich musste schlucken und mich zusammenreißen, vor Carina nicht zu weinen. Wie schnell die Menschen doch vergessen!

Wir besuchten an diesem Freitag noch das traumhaft schöne Charlottenburger Schloss und machten eine Stadtrundfahrt in einem offenen Doppeldecker-Bus.

Berlin ist so eine wunderbar warme Stadt, in der man sich schnell ein bisschen heimisch fühlt. An jeder Ecke gibt es etwas zu entdecken, und jeder Straßenzug hat seine eigene Geschichte.

Wir sahen den Dom mit seinen Katakomben, das liebevoll gestaltete DDR-Museum, das auch ein bisschen eine Reise in die eigene Kindheit war. Viele der dort ausgestellten Dinge kannte ich noch aus meinen zahlreichen Ferien. *Memories are made of this*, um es mal mit Dean Martin zu sagen.

Das Menschengewühle am Alexanderplatz hat mich genauso beeindruckt wie der Moment vor dem Brandenburger Tor. Wir schlenderten am Maxim-Gorki-Theater vorbei, wo Juhnke im *Hauptmann von Köpenick* seinen letzten Triumph als Charakterdarsteller gefeiert hatte.

Aber den ollen Juhnke hatten wir ja schon, Sie wollen bestimmt wissen, wie das so mit Carina war. Schön war es, der Samstagnachmittag in der Sauna-Landschaft des Hotels oder abends in der *Skybar* im, ich glaube, fünfzehnten Stock. Mit einem Cocktail in der Hand und ein paar Nüssen gegen die Höhenangst. Ich fand mich ruhiger, gelassener als bei anderen Ausflügen, die wir gemacht hatten. Wir haben an beiden Abenden im Hotel miteinander geschlafen und ich glaube nicht, dass man so etwas tut, wenn man nichts mehr für einander empfindet. Was ich damit meine und warum ich das überhaupt schreibe, ist, weil ich in Berlin zu keinem Zeitpunkt das Gefühl hatte, dass wir sechs Wochen später nicht mehr zusammen sein würden.

Ich glaube, dass ich ein Gefühl dafür habe, wenn etwas vorbei ist, ganz tief in mir drinnen. Bei meinen Katzen hatte ich das, wenn sie starben, bei meinen Arbeitgebern und bei Petra sowieso. In Berlin war das überhaupt nicht so. Wie war es für Carina? Ich weiß es, offen gesagt, nicht, aber vielleicht hatte sie die Mauer, die Berlin als Stadt überwunden hatte, schon in ihrem Herzen oder ihrem Kopf.

Was mich an Berlin am meisten beeindruckte, war kein Bau oder Kunstwerk, sondern der *Checkpoint Charlie*. Das war der Grenzübergang des amerikanischen Sektors zu DDR-Zeiten gewesen. Ich musste an Sylvester Stallone denken, dem in den Achtzigern die Einreise an diesem Übergang verweigert worden war. Heute kommen Menschen aus aller Herren Länder an diesen Ort und machen Fotos oder kaufen sich ein Stück der Berliner Mauer für zu Hause, wie ich es auch tat. Wobei mein kleines

Stück Mauer für mich nicht die Teilung Deutschlands symbolisiert, sondern das, wozu Menschen fähig sein können - wenn sie glauben und die Hoffnung nicht verlieren.

Der eigentliche Grund für unseren Berlin-Besuch waren zwei gewonnene Konzerttickets für ein Howard-Carpendale-Konzert – auf dem Parkplatz eines Möbelhauses. Mit 15.000 anderen Menschen und einem gewaltigen Feuerwerk zum Abschluss. Unvergesslich, es gibt für mich im deutschsprachigen Raum nichts Vergleichbares zu einem Howard-Carpendale-Konzert.

Am Sonntag sahen wir uns noch das Berliner Olympiastadion an, und ich muss ehrlich sagen, dass ich noch nie so ein beeindruckendes Fußballstadion wie dieses gesehen habe. Da ich, wie Sie schon wissen, ein Freund von Souvenirs bin, gönnte ich mir ein Stück Rasen. Vom WM-Finale 2006. Wir besuchten dann noch das Grab von Bubi Scholz, was mir wichtig war. Dann fuhren wir dahin, wo unser Wochenende begonnen hatte – zu Harald Juhnke.

Heute bin ich dankbar für dieses Wochenende, weil es so ist wie mit vielem Anderen. Das, was einem niemand auf der Welt nehmen kann, ist die Erinnerung. Wenn man die verliert, hat man sich selbst verloren.

***

Der 16. November 2014
oder
Carina geht

Es war eine ganz normale Novemberwoche. So dachte ich - eigentlich. Die Tage wurden kürzer und die Abende länger. Draußen war es schmuddelig, nasskalt, ungemütlich. Ich hatte Montag und Dienstag frei.

Dienstagabend hatte ich gekocht, was in letzter Zeit nicht mehr so häufig vorkam. Carina holte meine Mutter zum gemeinsamen Essen ab, da ich viel zu viel Gulasch gemacht hatte. Wir sprachen über die Wintertour 2015/2016 von Howard Carpendale und zu welchem Konzert wir fahren wollten. Hamburg, Dresden oder Berlin sollte es wohl werden. Aber bis dahin war ja noch ein bisschen.

Samstagabend verteidigte Wladimir Klitschko seinen WM-Gürtel auf RTL, selbst das war normal geworden.

Sonntag hatte ich im Betrieb einen 12-bis-22-Uhr-Dienst. Carina wollte mit meiner Mutter und ihren Eltern in Tempstadt essen gehen; eine ihrer Tanten war wohl ebenfalls eingeplant.

Wir standen so um acht auf, früh für einen Sonntag, aber für uns normal. Hungrige Katzen kennen keine Sonntage. Ich hatte gerade meine Frank-Sinatra-Phase und dudelte ihn den ganzen Vormittag. Besonders gefiel mir die Version von *My Way* im Duett mit Luciano Pavarotti.

Wenn ich morgens aufstehe, kann ich nicht gleich was essen. Ich brauche immer so zwei Stunden, bis ich dann zwei Toasts frühstücke. Meistens Bierwurst oder Salami mit Remoulade, so auch an diesem Tag. Lucy stand auf der Spüle und bettelte. Wir hatten sie erst vor knapp zwei Monaten aus dem Tierheim geholt und sie bettelte nach allem, was ihr essbar erschien. Ich gab ihr eine halbe Scheibe von meiner Bierwurst. Carina machte gerade die Katzenklos in der Küche und bekam das natürlich mit. Sie sagte vom Wortlaut her so etwas wie: „Das ist nicht gut für sie, oder möchtest du, dass sie krank wird?"

Für mich war das in dem Moment eine Zurechtweisung, mit der ich überhaupt nicht klarkam. Die Katzen kamen bei mir immer an erster Stelle, vor Carina, vor jedem Job und vor mir selbst. Das

Letzte, was ich wollte, war, dass eine Katze durch mein Verschulden krank wurde. Das musste sie doch wissen!?

Ich bekam so eine unglaubliche Wut und schmiss meinen gefüllten Teller quer durch die Küche, bis er in der Spüle landete. Dann packte ich mir die beiden Beutel mit der dreckigen Katzenstreu und schmiss sie ebenfalls quer durch die Küche. Wir stritten, den genauen Wortlaut weiß ich nicht mehr. Herr Venus hat mir mal gesagt, dass das ein Stück weit normal ist, weil der Kopf versucht zu verdrängen.

Aber all das, was ich mit ihm über solche Situationen besprochen hatte, war weg. Die Auswege, die er mir aufgezeigt hatte - für mich gerade nicht erreichbar. Ich konnte einfach nicht aufhören; meine Scheißwut darüber, dass Carina dachte, mir wäre es egal, wenn eine Katze meinetwegen krank würde, ließ nicht nach.

Ich glaube, dass Carina sagte, dass ihr Maß jetzt voll sei und sie gehen werde, und ich nur antwortete: „Dann geh doch endlich." So, als wenn es das war, was ich wollte. Sie erwiderte etwas, das ich wohl nicht hören wollte, denn das nächste, was ich genau weiß, ist, dass ich den kochenden Wasserkocher nach ihr warf.

Carina hatte die Katzenklos auskochen wollen. Der Kocher landete auf ihrem Fuß, das sagte sie mir später, denn daran erinnere ich mich auch nicht. Dass ich ihn warf, weiß ich noch sehr genau. Das Nächste, was ich weiß, ist, dass Carina mein Chaos beseitigt und die Küche putzt, während ich mich für die Arbeit fertigmache; wir reden nicht.

Jetzt denken Sie bestimmt: „Wie geht das denn – ausrasten und dann einfach mal schnell für die Arbeit fertigmachen?" Ich konnte das, ich konnte das sehr gut, mittlerweile war ich auch wieder einigermaßen ruhig. Carina fuhr mich zur Arbeit, um dann meine Mutter zu holen und anschließend mit ihr nach Tempstadt zu fahren. Im Auto entschuldigte ich mich; sie wollte es nicht hören. Ich hatte das Gefühl, dass ich in diesem Moment nicht an sie herankam. „Lass uns heute Abend darüber reden", sagte ich noch. Worauf sie antwortete: „Ich weiß nicht, ob ich heute Abend noch da bin." - „Holst du mich von der Arbeit ab?" - „Ich weiß nicht, wenn nicht, stelle ich dir das Auto auf den Parkplatz."

Der Tag war heftig: Essen, Stress, Anspannung ohne Ende. Ein paarmal guckte ich, ob Carina sich per SMS gemeldet hatte. Das tat sie den ganzen Tag nicht; ich auch nicht.

Um viertel vor neun rief sie in der Küche an und teilte mir mit, wo der Wagen stand. „Wo bist du denn?" fragte ich so unfreundlich, dass der Koch, mit dem ich arbeitete, mich erstaunt ansah. „In Wagenbach, da bleibe ich auch erstmal." Ich legte einfach auf. Fuhr nach Hause, fütterte die Katzen und stellte fest, dass die meisten ihrer persönlichen Dinge fehlten. „Dann geh doch", sagte ich laut, „dann geh doch."

Um zehn rief ich meine Mutter an, die sofort anfing zu weinen. Carina hatte bei dem Essen wohl gesagt, dass sie sich trennen wolle und nicht wie die letzten gefühlten fünfzig Mal so zurückkommen werde, als wenn es nichts geschehen wäre. Ich bin wieder auf hundertachtzig, pampe meine Mutter an und lege auf. In der Vorratskammer finde ich eine Flasche Sekt, die ich mit Eiswürfeln auf die richtige Temperatur bringe und sofort austrinke.

Jetzt dämmerte mir so langsam, dass ich ein riesiges Problem kriegen, dass Carina nämlich wirklich die Nase voll haben könnte. Ich schreibe ihr gegen halb zwei auf Facebook, wie leid mir alles tue und dass ich mich verändern wolle. Ich bekomme das Gefühl, dass das, was uns verbunden hat, wesentlich weniger gewesen ist, als ich gedacht hatte.

Irgendwann in dieser Nacht bekam ich es mit der Angst zu tun. Die Seifenblase, in der ich zumindest große Teile des Jahres 2014 gelebt und verbracht hatte, war zerplatzt.

***

Herr Venus
oder
Der hat ja gar keine Couch

„Sie sind ein Seelenmensch", sagte er irgendwann mal zu mir, und ich dachte anschließend sehr lange darüber nach, wie er das wohl gemeint haben könnte.

Im Dezember 2013 hatte ich mal wieder einen Aussetzer der besonderen Art mit fliegenden Wäscheständern und einer abgerissenen Autoantenne. Carina gab mir darauf relativ deutlich zu verstehen, dass sie eine Therapie für den einzigen Weg halte, unsere Ehe zu retten. Ich brauchte dann noch fast drei Monate, um vom Kopf her zu verstehen, dass sie Recht hatte, obwohl meine Wutausbrüche in immer kürzeren Abständen kamen.

Eines Morgens ging ich dann zu meinem Hausarzt und erzählte ihm, dass ich mir eingestehen musste, dass ich mit mir und meinem Leben nicht mehr zurechtkam und professionelle Hilfe benötigte. Ich weiß noch genau, wie peinlich mir dieses Eingeständnis vor dem Doc war. Er meinte nur, dass es so wahnsinnig viele Menschen gebe, die dieses Gefühl hätten, und dass den meisten geholfen werden könne, und gab mir eine Telefonliste mit Therapeuten. Ich setzte mich noch am selben Tag ans Telefon und telefonierte die komplette Liste ab. Von fünfzehn Psychologen, die ich anrief, war Herr Venus der einzige, der zurückrief.

Er bot mir ein erstes Kennenlern-Gespräch für den 6. Mai 2014 an, in dem ich herausfinden sollte, ob ich es schaffen würde, mich ihm zu öffnen, denn nur dann macht der Gang zu einem Seelenklempner überhaupt Sinn. Ich nahm dankend an, obwohl ich immernoch unterbewusst der Meinung war, dass das doch alles nicht so schlimm sei.

Vor unserem ersten Gespräch war ich unheimlich aufgeregt, weil ich die ganze Zeit die Vorstellung hatte, ich würde auf einer Couch liegen und er mit einem weißen Kittel und unheimlich warmen, verständnisvollen Worten hinter mir stehen. Das war zum Glück ganz anders.

Herr Venus hat seine Gemeinschaftspraxis in einer recht ruhigen Wohngegend in Quinningen, und der Gesprächs- oder Behandlungsraum könnte auch ein hübscher Wintergarten sein: Ein heller, warmer Raum mit Schreibtisch, Bücherregal, zwei sich gegenüberstehenden Sesseln, die durch einen kleinen Beistelltisch voneinander getrennt werden. Auf diesem Tisch stand nur eine Bigbox Taschentücher - ich vermute, für den Fall, dass man, wenn man gerade die Einsicht bekam, wie scheiße das Leben doch war, dann auch sofort losheulen konnte.

Herr Venus ist, glaube ich, nicht viel älter als ich, wenn überhaupt. Aber ich konnte mich vom ersten Moment an öffnen, weil ich ihn sofort mochte. Seine ruhige, zuhörende Art gefiel mir einfach. Außerdem mochte ich seine Hündin: Lilly, ein Windhund-Mädchen!

Im Mai ging die Therapie dann unmittelbar nach der ersten Sitzung los, alle vierzehn Tage und immer so eine gute Dreiviertelstunde. Später, als Carina ausgezogen war, bin ich jede Woche hin, weil ich da merkte, dass es viel effizienter war.

Ich hatte bei Herrn Venus immer das ehrliche Gefühl, dass es ihm in erster Linie um den Menschen geht. Ich habe mich nie einfach nur abgearbeitet gefühlt. Er ließ mich reden, ohne dabei mit erhobenem Zeigefinger zu bewerten. Er hörte zu, fragte nach und gab Anregungen. Herr Venus empfahl mir Bücher, in denen ich mich, was mein Verhalten anging, sofort wiederfand. Er hat mich dazu gebracht, mich selbst zu hinterfragen: Wer bin ich, was will ich und was nicht? Warum bin ich, wie ich bin, und wie kann man alte Verhaltensmuster langsam aufbrechen und ablegen? Es war ein steiniger Weg, aber ich habe irgendwann angefangen zu glauben, dass ich ihn gehen kann.

Carinas Auszug war, glaube ich, leider die einzige Möglichkeit, wirklich zu beginnen, an mir zu arbeiten. Als sie noch da war, nahm ich das alles ein bisschen auf die leichte Schulter. Ich dachte, ich fahre zu Herrn Venus und wir quatschen einfach so drauflos, und hinterher ist dann wieder alles schön. Aber dass nichts schön war, war eine Selbsterkenntnis, die wehtat. Ich fing dann an, unsere Gespräche vorzubereiten, mir die ganze Woche über Notizen zu machen, was mir an mir selbst auffiel und über was ich gern sprechen wollte.

Nach einem guten Dreivierteljahr wurde ich dann wirklich ruhiger, ausgeglichener und besonnener. Ich hörte zu, ließ mein Gegenüber ausreden und urteilte nicht gleich über das, was ich hörte. Hielt meistens einen Moment inne. Ich versuchte, immer in allem beide Seiten zu sehen, denn die gibt es – immer!

Es geht bei der Arbeit mit einem Psychologen meiner Meinung nach nicht darum, glücklich zu werden, sondern es geht um Zufriedenheit und darum, sich erstmal selbst zu respektieren. Denn nur dann kann man anderen Menschen auch den Respekt entgegenbringen, den ja grundsätzlich erstmal jeder verdient.

Ich glaube, dass die meisten meinen, dass Menschen, die sich dazu entschließen, eine Therapie zu machen, einen an der Klatsche haben, und ja: Ich hatte das auch manchmal gedacht. Menschen sind leider manchmal voreingenommen und haben ein bestimmtes Bild im Kopf. Ich kann aber jetzt für mich sagen, dass jeder, der den Wunsch oder den Drang dazu hat, eine Therapie zu machen, diese Möglichkeit auch bekommen sollte.

Meine Therapie hätte ich viel früher machen müssen, dann wäre Menschen, denen ich vielleicht wichtig gewesen bin, eine Menge erspart geblieben. Schlussendlich kann aber auch die Erkenntnis, dass es niemals zu spät ist, eine befreiende sein.

Deswegen auch hier und jetzt in aller Deutlichkeit: Sollte dieses Buch oder speziell dieses Kapitel jemand lesen, der glaubt, dass er mit sich selbst nicht mehr fertig wird und dass er in einen Strudel geraten ist, der immer weiter nach unten geht: Holen Sie sich professionelle Hilfe, das ist keine Schande!

***

Die Sehnsucht nach dem Ende
oder
Wenn es morgens nicht mehr hell wird

Ich würde mich nicht als labil oder gar depressiv bezeichnen. Melancholisch ist, glaube ich, das richtige Wort. Ab und an ist es sogar so, dass ich diesen, sagen wir mal, Zustand richtig gut finde. Allerdings muss ich dafür allein sein. Ich habe keine Lust, anderen Leuten die Papiertaschentücher wegzuheulen oder ihnen in den Arm zu schniefen, wenn sie mich drücken wollen, weil das ja alles gar nicht so schlimm ist.

Bei mir geht es sogar so weit, dass ich diesen Zustand (Zustand klingt scheiße, ich weiß, aber mir fällt gerade kein anderes Wort ein) bewusst herbeiführe. Ich brauche das manchmal einfach.

Jetzt denken Sie bestimmt: Der ist irre und ich hab' mir sowas schon die ganze Zeit gedacht! Na gut, dann haben Sie mich eben dabei erwischt, wie ich zugebe, irre zu sein, aber lesen Sie deswegen vielleicht nicht weiter? Geht es Ihnen nicht vielleicht manchmal ganz genauso? Ich weiß, es geht hier nicht um Ihren Kopf, sondern um meinen! Also dann eben wieder zurück zu mir.

Bei mir ist es so, dass zwei Dinge recht schnell eine Form der Melancholie auslösen; in Verbindung sind sie quasi unschlagbar. Eine CD von Roy Black und eine Flasche Sekt mit Eiswürfeln, und es geht los. Nach dem dritten Glas oder dem dritten Lied, ganz wie Sie wollen, kann ich ihnen einen 5-Liter-Eimer vollheulen. Dann werde ich melancholisch, traurig, sentimental. Niemals wütend oder aggressiv wie mein Vater, zum Glück!

Warum ich dann so bin? Weil ich dann an die denke, die schon gegangen sind, und ich frage mich dann, ob sie wohlbehalten über die große Regenbogenbrücke gekommen sind. Weil ich dann auch manchmal an das denke, was ich alles nicht gemacht habe, und dabei fällt mir dann meistens auf, dass es für manches einfach zu spät ist. Dass ich mit der Zeit, die ich auf diesem blauen Planeten schon bekommen habe, nicht sorgsam umgegangen bin, viel sinnlos weggeschmissen habe. Jetzt denken Sie vielleicht: „Dann ändere es doch einfach!" - Kommen Sie, jetzt werden Sie oberlehrerhaft, das wäre auch viel zu einfach. Einfach ist uncool. Am Ende ist dann alles schön, und ich muss 105 Jahre alt werden. Um Gottes willen!

Nun gut, auf jeden Fall dauert dieser Zustand anderthalb oder zwei Stunden. Der Sekt macht mich dann schläfrig, wobei es auch gut sein kann, dass das von den Scheiß-Eiswürfeln kommt. Meistens fühle ich mich dann entspannt, befreit und schlafe in meinen normalen Klamotten auf der Couch ein. Mit fünf nicht angetrunkenen, aber trotzdem schnarchenden Katzen. Das passiert ab und an, ich würde sagen: drei-, viermal im Jahr, und ich glaube von mir selbst, dass ich das ganz gut im Griff habe.

So, denn jetzt kommt das große Aber. Denn im November 2014 hatte ich das alles nicht mehr so im Griff, wie ich das gerade recht locker und entspannt geschildert habe. Ich konnte mit niemandem richtig über die Trennung von Carina sprechen, weil es einfach niemanden gab. Bis auf ein längeres Gespräch mit Johnny, das aber nicht nach einer Wiederholung schrie. Tagsüber bei den Buchungen war alles okay. Da musste ich funktionieren, und das habe ich in fünfundneunzig Prozent der Fälle auch geschafft. Aber dann abends zu Hause, wenn die Katzen schliefen und ich auf der Couch saß und nicht wusste, wo ich mit mir hinsollte... Jeden Tag der gleiche Ablauf, jeden Tag die gleichen Fragen und jeden Tag keine Antworten.

Da fing etwas an, sich in meinem Kopf einzunisten, das bald zu einem großen und, wie ich glaubte, unüberwindbaren Problem wurde: Zu meiner Melancholie gesellte sich Angst! Angst vor dem eigenen Leben, es einfach nicht zu schaffen. Von der Verantwortung für mich und die Katzen erdrückt zu werden. Ein ständiger Druck auf dem Brustkorb und unkontrollierte Asthma-Attacken. Angst, nicht mehr gebucht zu werden, im Beruf nicht mehr gebraucht zu werden und meine Rechnungen nicht mehr bezahlen zu können. Angst davor, Carina endgültig zu verlieren.

Ich hatte Angst davor, morgens aufzustehen und mit dem Tag zu beginnen, weil ich immer dachte, dass gleich wieder irgendeine Scheiße passiere, mit der ich nicht umgehen könnte. Jeden Morgen, wenn ich wach wurde, sah ich nur so einen riesigen Felsbrocken, der den Weg zu einem neuen Tag versperrte, und ich hatte zu nichts mehr Lust, keinen Antrieb, keinen Appetit. Ich verlor 12 Kilogramm.

Kurz nach dem Jahreswechsel fing ich an, mich zu fragen, wie es wohl wäre, wenn ich morgens einfach nicht mehr wach würde. Einfach nicht mehr da wäre. Jeden Tag stellte ich mir diese Frage. Irgendwann gefiel mir der Gedanke und ich fing an, dafür zu beten, morgens nicht mehr wachwerden zu müssen. Jeden Morgen, an dem ich wach wurde, war ich enttäuscht darüber, immernoch da zu sein.

Ich dachte mir, wenn Gott mich nicht holt, dann muss ich was machen. Ich bekam so eine Todessehnsucht, die ich ab und an schon mal gehabt hatte, die aber wieder verschwunden war. Dieses Mal blieb sie, und ich fand das noch nicht mal schlimm. Das, was ich lebte, war kein Leben mehr - so sah ich das.

Die Besuche bei Herrn Venus bauten mich für denselben Tag auf, und die Nächte waren die einzigen in der Woche, an denen ich durchschlafen konnte.

Manchmal zitterten meine Hände, einfach so, auch auf der Arbeit. Da konnte ich das allerdings mit ein paar lustigen Sprüchen kaschieren. Obwohl zu Hause die Katzen auf mich warteten und ich mich immer beeilte, nach der Arbeit nach Hause zu kommen, hatte ich jeden Tag Angst davor, die Wohnungstür aufzuschließen. Angst davor, dass einer Katze etwas passiert sein könnte oder über Facebook eine Nachricht von Carina da wäre, mit der ich nicht umgehen könnte.

Was konnte ich machen? Kämpfen oder aufgeben? Aufgeben! Ich hatte einfach das Gefühl, dass es reichte, dass ich die Kurve einfach nicht mehr kriegen würde. Schon gar nicht allein. Aber wie konnte ich gehen, loslassen – sterben? Irgendwo runterspringen ist mit meiner Höhenangst schwierig und wäre nur Plan B geworden. Tabletten waren gar kein Plan, weil ich wenig Lust hatte, von Carina gefunden und gerettet zu werden. Sie hatte ja noch sämtliche Schlüssel und wäre bestimmt gucken gekommen, wenn ich auf eine SMS oder eine Facebook-Nachricht nicht geantwortet hätte. Ein Pflegefall und irgendwem zur Last fallen, nur weil ich keinen gescheiten Abgang hinbekam, wollte ich auch nicht.

Also Plan A: Ich brauchte eine Pistole! Ich wartete allerdings noch eine Woche, weil ich ganz sicher sein wollte, dass ich wirklich nicht mehr leben konnte. Die Woche verging und ich organisierte mir eine Pistole. Im Vorfeld hatte ich gedacht, dass das ein riesiges Problem werden würde. Es war genau so schwer wie in den Tempstadter Technomarkt zu fahren und eine Elvis-CD zu kaufen, nur, dass die Pistole zwanzigmal teurer war.

Jetzt im Nachhinein macht mir dieses Wissen fast ein bisschen Angst; damals in meinem Tunnel war mir das scheißegal.

***

Mein letztes Wochenende
oder
So leicht stirbt man nicht

Johnny kommt am 20. Februar 2015 zum Frühstück. Ich habe beschlossen, dass er mein Abschluss sein soll: der letzte Mensch außer den Arbeitskollegen, den ich noch einmal sehen möchte. Danach noch einen Tag arbeiten, und dann ist endlich alles vorbei.

Johnny erzählt mit einer Begeisterung von seinem Tonstudio, seinen Auftritten und seiner Musik, dass ich fast ein bisschen gute Laune bekomme. Ich überlege, ob ich ihm sage, dass es das letzte Mal ist, dass wir uns sehen. Ich kann nicht.

Ich überlege, ob ich einfach sage: „Ich liebe dich, Johnny, dafür, dass du der Mensch bist, der du bist. Du hast mich nie wirklich verlassen, warst immer da. Obwohl du so viele Gründe hattest zu sagen: ‚Wir sind keine Freunde mehr, mit dir geht das einfach nicht.‘ - Ich hätte das verstanden." Oder ich sage einfach: „Danke für unsere Zeit, ich habe sie oft mit Füßen getreten, aber heute weiß ich, wie wertvoll sie war." Ich kann auch das nicht, kann ihm nicht direkt in die Augen sehen.

Gerade haben sich meine Augen schon mal mit Tränen gefüllt, und ich konnte es nur gerade so überspielen, so wie jeden Tag in den letzten drei Monaten. Den längsten drei Monaten meines Lebens, den letzten drei. Ich hoffe, dass Johnny das weiß, was ich nicht sagen kann.

Er fährt, ich sehe sein Auto zum letzten Mal aus der Straße fahren, und jetzt gibt es keinen Grund mehr, die Tränen runterzuschlucken. Ich bin so leer, nur noch leer, allein, verzweifelt. Ich habe so oft beim Einschlafen dafür gebetet, am Morgen einfach nicht mehr wach zu werden. Doch es wurde immer wieder hell, obwohl es doch schon so lange nur noch dunkel war.

Auf einmal denke ich: „Nur noch eineinhalb Tage!" Ich kriege eine innere Ruhe, die mich entspannt, die mich wärmt. Ich stehe immernoch am Fenster und schließe die verheulten Augen. Halte inne.

„21. Februar, der letzte Tag deines Lebens", denke ich beim Aufstehen. Es ist so, als wenn ich denken würde: „Vergiss nicht, den Müllbeutel an der Türklinke mitzunehmen."

Bei der Arbeit ist 'ne ganze Menge los, kein Wunder: Samstagabend. Ich schaffe es, mich den ganzen Abend auf die Arbeit zu konzentrieren. Ich mache keinen einzigen Fehler, keinen einzigen. Nach Feierabend gehe ich langsam über den nur noch halbvollen Parkplatz. Ich drehe mich nochmal um, halte wieder inne. Ich war gern hier, aber nicht so gern, dass ich morgen einfach so wiederkommen kann wie die, die ihr Leben schaffen. Die, die nicht aufgeben, die, die weiterkämpfen. Die, die anders sind als ich.

Zu Hause füttere ich die Katzen, kriege wieder ein schlechtes Gewissen. Sie tun mir so leid; jetzt haben sie doch nur noch mich. Aber bitte, ich kann wirklich nicht mehr.

Es ist elf, die letzte Chance, noch einmal Carinas Stimme zu hören, sie unter irgendeinem Vorwand anzurufen und mich einen kurzen Moment nur auf ihre Stimme zu konzentrieren. Ich kann nicht, so wie gestern bei Johnny. Ich habe Angst, dass sie was merken würde. Vielleicht ist sie auch nicht allein.

Ich dusche, ziehe meinen dunklen Lieblingsanzug an und schreibe drei Abschiedsbriefe: an Carina, an Johnny und Bine und an Herrn Venus. Er hatte mich im November schon mal gefragt, ob ich ihm schriftlich geben könne, dass ich mir nichts antäte. Ich tat es nicht.

Es ist halb zwei. Im Haus ist es vollkommen still, was ich als seltsam empfinde, weil es das nie ist. Ich gehe durch die fast dunklen Räume. Die Katzen liegen in der ganzen Wohnung verteilt. Ich bleibe bei Lucy und Lisa-Marie länger stehen und sehe ihnen beim Schlafen zu. Das sieht so unendlich friedlich aus.

Im Wohnzimmer mache ich die Musikanlage leise an. *Hallelujah* von *Rio the Voice of Elvis*. Ich habe ihn nach zweien seiner Auftritte gesprochen, und ich mag ihn. „Wenn Engel singen könnten, würden sie so singen wie er", denke ich. Bei manchen Liedern mag ich seine Stimme mehr als die von Elvis selbst. Ich fange an zu weinen, höre dieses Lied bestimmt dreißigmal, aber nie ganz zu Ende. Jetzt, jetzt weiß ich, dass der richtige Moment da ist. Ich weiß es, es gibt für alles eine Stimme im Kopf. Eine

Stimme, die man nur selbst hören kann. Eine Stimme für die Liebe, eine für das Leben und eine für das Sterben. Jetzt höre ich die fürs Sterben. „Lass los", sagt sie leise, „lass jetzt einfach alles los."

Ich setze mich auf die Couch, schließe die Augen, halte wieder inne. Halte mir die entsicherte amerikanische Pistole an die Schläfe.

Bilder beginnen an mir vorbeizuziehen. Ich sehe meine Grundschullehrerin, meine Konfirmation, ich schubse mich in Kroatien mit meinem betrunkenen Vater. Sehe Johnny und Bine hinter ihrem Haus mit den Hunden. Ich sehe Carina: Sie trägt ein weißes Kleid und sie sagt ein Wort: „Ziegenbock!"

So hat sie mich manchmal scherzhaft genannt, wenn ich wieder brummelig war. Ich bin verwirrt, warum hat Carina ein Kleid an, sie trägt keine Kleider. Warum hat sie etwas gesagt? Die anderen Bilder haben nichts gesagt. Ich öffne die Augen – genau in dem Moment springt mir Emma auf den Schoss und fängt an, meine freie Hand zu lecken. Dann geht es nicht mehr, ich fange an zu weinen.

Ich bleibe mit Emma bestimmt zwanzig Minuten so sitzen, sie an der einen Hand, die Pistole in der anderen. Dann muss ich weg von der Couch. Ich sichere die Pistole und lege sie in die Schublade mit den Katzen-Leckerchen. Da ist auch so ein offenes Baldrianwurzel-Kissen und ich denke so: „Die wird ja später schön stinken, aber wann später? Versuche ich es in dieser Nacht noch einmal oder morgen?"

Ich laufe ziellos durch die Wohnung mit Lucy und Emma im Schlepptau, was mich zu nerven beginnt. Ich muss runterkommen, ruhig werden. Ich gehe ins Büro und mache den Laptop an. Lese die Schlagzeilen der *Bild Online*, will zum Sportteil. Klicke, wie manchmal, zu hastig auf der Tastatur rum und lande auf der Homepage einer Wahrsagerin.

Wie bin ich auf diese Seite gekommen? Ist das ein Zeichen? Will mir jemand sagen, dass es heute Nacht nicht vorbei sein wird?

Zeitsprung: So leicht stirbt man doch! Anfang August 2015. Ich bin seit einem Jahr mit meiner kroatischen Cousine befreundet, die ich 14 Jahre nicht gesehen habe. Wir schreiben manchmal, aber nur so ein bisschen oberflächlich. Von einer anderen Tante weiß ich, dass ihr Vater „Probleme mit den Nerven" hat, wie die Tante das nennt.

Meine Cousine postet etwas, das ich nicht hundertprozentig verstehe, aber es klingt so traurig und ist auf meinen Onkel gemünzt. Ich rufe meine Mutter an, die perfekt kroatisch spricht, und bitte sie, sofort in Erfahrung zu bringen, was da los ist. Eine halbe Stunde später ist sie am Telefon und weint. „Scheiße" ist das erste, was ich denke, dann sagt sie: „Er ist tot! Er hat sich morgens in der Garage erhängt und es gibt nicht mal einen Abschiedsbrief." Ich dachte an meine Nacht im Februar und dachte nur: „Ruhe in Frieden. Ich verurteile dich nicht, ich verstehe dich!"

Warum ich das schreibe, denken Sie vielleicht, oder: Warum schreibe ich von meinem Onkel? Weil ich jetzt weiß, wie sich Hinterbliebene fühlen. Erst ist da diese unendliche Trauer über den Verlust. Dann die Wut über die Selbsttötung, die Ohnmacht, nicht da gewesen zu sein. Diese kindliche Hilflosigkeit. Dann irgendwann viel später hoffentlich, so wie bei, mir die Erkenntnis: „Ich lasse mich vom Leben nicht fertigmachen, ich kämpfe zurück. Ich stehe vor dir, Leben – ich bin ungebrochen!"

***

Weihnachten 2014
oder
Lonely, this Christmas

In der Weihnachtswoche waren wir die sechste Woche auseinander, aber waren wir das wirklich? Wir telefonierten oder schrieben uns fast jeden Tag. Wir sahen uns regelmäßig, aber irgendwie konnte ich spüren, dass Carina eine Distanz aufbauen wollte, vor der ich Angst hatte. Mit der ich nicht umgehen konnte. Die sie in der Beziehung wohl lange Zeit stillschweigend hingenommen hatte, die mir jetzt aber neu war. Ein paar Tage vor den Feiertagen besprachen wir, was wir an Weihnachten machen würden. Klar war, dass wir gegen Mittag zu meiner Mutter fahren würden, denn wir hatten schon lange ein Geschenk: Konzertkarten für die Stadiontour von Helene Fischer im kommenden Sommer.

Für meine Mutter muss das bestimmt genau so seltsam gewesen sein, wie es für mich war, und ich glaube, Carina ging es ebenso. Wir saßen bei ihr auf der Couch, wie wir es die letzten vier Jahre immer getan hatten, auf denselben Plätzen. Und doch war es jetzt ganz anders, denn wir lebten nicht mehr zusammen. Meine Mutter ließ sich nichts anmerken und freute sich sichtlich über ihr Geschenk. Wie in den Jahren zuvor schenkte sie jedem von uns einen Umschlag mit Geld, und obwohl wir im Moment nicht zusammen waren, schenkte sie jedem von uns denselben Betrag wie im letzten Jahr und in dem davor. Glaubte sie vielleicht, dass wir die Kurve noch kriegen würden? Meine Mutter hatte nie viel über unsere Beziehung gewusst, und ich würde sogar so weit gehen, zu sagen, dass sie mich eigentlich nicht richtig kennt. Wie auch immer!

Irgendwann war dieser Besuch bei meiner Mutter vorbei, und im Auto fragte Carina, ob ich sie nach Wagenbach zu ihrer Familie fahren würde, denn sie wollte über die Feiertage nicht allein sein. Unsere Wohnung und ein gemeinsames Weihnachtsfest waren für sie keine Option.

„Meine Mutter hat gesagt, wenn du mich fahren solltest, kannst du gern kurz reinkommen." Ich dachte während der Fahrt nach Bootshain über diesen Satz nach, der für mich so unwirklich war. Die letzten sieben Heiligabende hatten wir gemeinsam ein paar

Stunden bei ihrer Familie verbracht. Mit Bescherung und Abendbrot. Jetzt konnte ich „kurz reinkommen", wenn ich denn wollte. Seit Carinas Auszug hatte ich, abgesehen von einem Brief, den ich ihrer Familie geschrieben und auf den ich keine Antwort bekommen hatte, mit niemandem Kontakt gehabt. Weil ich ein schlechtes Gewissen hatte und ihre Familie nicht wollte? Sicher, das könnte beides stimmen. Der erste Teil in jedem Fall. Ich konnte nicht einfach mit reingehen, kurz „Hallo" sagen und dann fahren. Das ging nicht, nicht für mich und auch nicht für meinen Kopf.

Als wir in unsere Straße einbogen, sagte ich daher: „Du kannst mich auch gern einfach nur absetzen und mit dem Auto zu deiner Familie fahren. Ich habe die nächste Buchung erst am zweiten Feiertag und brauche das Auto nicht." Sie ging darauf ein.

Ich bin nicht unbedingt ein Weihnachtsfan, weil das in der Kindheit meistens die Tage waren, wo zu Hause Stress angesagt war. Mit Alkohol oder ohne, wir waren da recht flexibel. Aber ich mag Weihnachtsmusik sehr gern, die Kälte und den Schnee, den Geruch des Weihnachtsbaumes, auf den ich dieses Jahr allerdings verzichtete. Genau wie auf jeglichen Weihnachtsschmuck oder die obligatorischen Engel aus Holz.

Dieses Jahr war alles anders, und obwohl die Katzen um mich rumwuselten, kam ich mir verloren vor. Fernsehen war ganz schlecht, weil da dieser ganze Heile-Welt-Kram lief, den ich immer haben wollte, aber den ich jetzt nicht ertragen konnte. Ich schlug einfach nur die Zeit tot und versuchte, nicht an die Bedeutung der Feiertage zu denken. Kurz kam mir der Gedanke, zur Tanke zu laufen, ein paar Flaschen Sekt zu kaufen und die einfach zu trinken. Ich verwarf ihn, obwohl er gar nicht so schlecht war, aber ich hatte keine Lust, betrunken zu sein. Ich sah mir drei Tatort-Folgen mit Götz George als Schimanski an. Den habe ich schon als Jugendlicher vergöttert. Irgendwann schlief ich dann auf der Couch ein und hatte Heiligabend überstanden.

Am ersten Feiertag, an dem, glaube ich, alle Menschen Gott und die Welt anrufen, um ihnen schöne Weihnachten zu wünschen, rief ich nur meine Mutter an. Mich rief überhaupt niemand an, was ich auf der einen Seite gut fand, aber auf der anderen machte mir das wieder einmal klar, dass da einfach niemand war.

Gegen Mittag sah ich mir das Wimbledon-Endspiel von 1980 zwischen Björn Borg und John McEnroe an. In voller Länge ohne Ton; denn über die Musikanlage lief ein John Grisham-Hörbuch. *Touch Down*, ebenfalls in voller Länge. Am Abend sah ich mir ein bisschen wehmütig Udo Jürgens' letzten Fernsehauftritt in Helene Fischers Show an und zerdrückte doch ein paar Tränen.

So hatte ich die beiden Tage, vor denen ich nicht wusste, wie sie werden würden, vom Kopf einigermaßen unbeschadet überstanden. Obwohl ich, wenn ich ehrlich bin, und das habe ich Ihnen ja versprochen, doch irgendwie gehofft hatte, dass Carina und ich mehr Zeit miteinander verbringen würden. Das Auto brachte sie am frühen Abend zurück, sie kam mit ihrem Vater. Stellte den Wagen in die Garage, setzte sich in das Auto ihrer Eltern und fuhr wieder. Das war schwierig für mich.

Ich hoffte dann, dass mein Geburtstag an Silvester uns vielleicht wieder ein wenig näher zueinander bringen würde. 2013 hatten wir meinen Geburtstag im *Phantasialand* verbracht, zum einen, weil wir beide nicht so wahnsinnig Lust auf Party am Abend hatten, und zum anderen, weil ich wegen meines Geburtstags freien Eintritt bekam. Mitte des Jahres beschlossen wir, es 2014 wieder so zu machen, und hielten auch nach Carinas Auszug an diesem Plan fest.

Carina hatte sich das Auto am Vorabend geholt und stand schon morgens um halb neun bei uns in der Küche, um mir mit einer innigen Umarmung ohne Kuss zu gratulieren. Mich beschlich dabei ein komisches Gefühl, nicht unangenehm, aber schwer zu verstehen. Wenn der Mensch, mit dem du sieben Jahre zusammen gewesen bist, dich einfach nur umarmt.

Wir machten einen kleinen Abstecher in den Tempstadter Technomarkt, weil ich mir noch zwei CDs kaufen wollte, die ich in Qulnningen nicht gefunden hatte. Auf dem Weg von Tempstadt in den Freizeitpark stritten wir ziemlich heftig. Auslöser war, dass Carina mir gesagt hatte, dass ihre Eltern beschlossen hätten, mir nicht zum Geburtstag zu gratulieren. Ich fand das nicht richtig, und das sehe ich heute auch noch so. Falsch war hingegen, deswegen mit Carina zu streiten, denn sie konnte für die Entscheidung ihrer Eltern überhaupt nichts. Nachdem wir schon fast kurz vor dem Park wieder umkehren wollten, schaltete ich allerdings im Kopf zwei Gänge zurück und beruhigte mich. Was mir schwerfiel, weil ich mich ungerecht behandelt fühlte, aber irgendwie ging es dann. Ich wollte diesen gemeinsamen Tag nicht einfach so wegwerfen.

Selbst mit dem Wetter hatten wir Glück. Es war ein kalter, aber trocken-sonniger Tag und wir mussten an den meisten Fahrgeschäften nicht warten, da der Freizeitpark nicht so überlaufen war wie in den Sommermonaten. Die neue Wasserbahn und eine Achterbahn fuhren wir jeweils dreimal, und wir sahen uns die Shows an, die uns interessierten. Dabei suchte ich schon so ein bisschen Körperkontakt, was Carina auch zuließ. Später sagte sie mir, dass sie an diesem Tag auch hätte mit mir schlafen können, genau wie mit jedem anderen. Sie habe einfach nichts gefühlt, es sei ihr egal gewesen.

Gegen halb sieben setzte ich sie an einer Tankstelle in Bachgrund ab, von wo aus sie das letzte Stück laufen wollte. Später am Abend bekam ich eine SMS, in der sie sich für den schönen Tag bedankte.

Viel später sagte sie dann mal, dass sie froh gewesen sei, als ich sie an der Tankstelle absetzte. Sie habe sich den ganzen Tag unwohl gefühlt, da sie mit mir nicht unbeschwert sein könne. Kennen Sie Menschen, die sechs oder sieben Wochen nach ihrer Trennung unbeschwert miteinander umgehen können? Ich nicht, aber ich kenne auch niemanden, der dann mit dem Partner, der sich gerade getrennt hat bzw. ausgezogen ist, den Geburtstag verbringt. Im Nachhinein betrachtet, war es sicher auch keine so wahnsinnig gute Idee.

Ich denke, Carina wollte nicht absagen, weil sie wusste, dass ich mich auf den Tag freute. Ich dachte und hatte sicher auch die Hoffnung, dass dieser Tag ein Neustart werden würde. Er wurde es nicht, weil viel zu viel Unausgesprochenes und Unverstandenes zwischen uns stand. Mehr als ich in dieser Weihnachtswoche ahnte.

Neujahr war ein freier Tag für mich und ich hing ziemlich in den Seilen, da ich mit mir nichts anzufangen wusste. Neujahr war schlimmer als Weihnachten, weil mich dieser Tag unvorbereitet traf. Gegen Mittag rief ich Carina an, einfach, weil sie mir fehlte und ich ihre Stimme hören wollte. Das machte es allerdings nicht besser, im Gegenteil.

Am späten Abend, als ich endlich im Bett lag und den Kopf immer noch voll unaufgeräumter Scheiße hatte, war ich trotzdem froh, dass ein neues Jahr begann. Was auch immer es bringen würde: zumindest erstmal keine Feiertage mehr!

***

Sibylla
oder
Du bist ein guter Junge, aber total verrückt!

Immernoch mein „letztes Wochenende". Es ist zwölf und ich bin schon wieder am Arbeiten. Ich stehe mit ein paar Leuten zusammen, es ist ruhig. Wir reden, machen ein bisschen Spaß, bevor es gleich losgeht.

Mir steckt die letzte Nacht trotzdem noch in den Knochen, immer wieder denke ich an die Wahrsagerin, auf deren Homepage ich auf einmal gelandet war. Zufall oder ein Hinweis? „Scheiß drauf", denke ich und frage einfach in die Runde: „War von euch eigentlich schon mal jemand bei einer Wahrsagerin?" Sie gucken alle so, als wenn ich gefragt hätte, ob das UFO, das gerade hinter dem Haus gelandet ist, auch alle gesehen hätten.

Die stellvertretende Betriebsleiterin sieht mich an. „Ich", sagt sie dann! „Und wie ist das so?" möchte ich neugierig wissen. „Ich war in zwölf Jahren vier Mal bei einer Wahrsagerin in der Landeshauptstadt, meine Schwester auch", ergänzt sie noch schnell. „Alles, was die Dame vorausgesagt hat, ist auch eingetroffen." Bei diesem Satz bekomme ich eine Gänsehaut; kann es so etwas wirklich geben? Wenn ja, macht das Sinn, sein Schicksal zu kennen?

„Aber ich weiß nicht, ob sie noch Karten legt", fährt meine Kollegin fort, „denn im letzten Jahr ist ein Mordanschlag auf sie verübt worden." Ich kriege große Augen. Krasse Scheiße!

„Sagen Sie mal", beginne ich unsicher, „könnten Sie die Dame vielleicht mal fragen, ob ich einen Termin machen darf bzw. ob Sie mir ihre Telefonnummer geben dürfen?" - „Ja, mache ich und sage ihnen dann später Bescheid." Nicht mal zwei Stunden später habe ich den Namen und die Handynummer.

Ich mache die Schicht zu Ende und google später im Büro erstmal *Sibylla die Wahrsagerin aus der Landeshauptstadt*. Mit der Homepage beginne ich. Klarer Aufbau, sehr übersichtlich, ohne Schnickschnack. Sie stellt sich als Wahrsagerin und Parapsychologin vor und gibt an, dass sie für Menschen eine Form von Lebensberatung macht.

Jetzt suche ich nach Zeitungsartikeln über sie im Internet und werde schnell fündig. Letztes Jahr hat sie wohl einer Frau, die zwischen zwei Männern stand, die Karten gelegt und ihr empfohlen, von wem sie sich besser distanzieren solle. Die Frau hörte wirklich auf ihren Ratschlag, was zur Folge hatte, dass der verlassene Mann zu ihr fuhr und versuchte, Sibylla die Kehle durchzuschneiden. Sie lag drei Tage im Koma. Bei der Gerichtsverhandlung diesen Monat bekam der Täter eine Strafe von sieben Jahren. In den Zeitungsartikeln wird ihr richtiger Name genannt, und ich bin mir zu hundert Prozent sicher, dass sie aus Bosnien oder Kroatien kommt. So wie mein Vater. Ich lasse das Ganze erstmal sacken und jogge eine halbe Stunde am Fluss entlang.

Frisch geduscht, wähle ich ihre Handynummer. „Halloooo", dröhnt es mir entgegen. „Hallo", beginne ich unsicher und nenne meinen Vornamen. Ich sage ihr nicht meinen Nachnamen und unterdrücke auch meine Telefonnummer, weil ich nicht will, dass sie das macht, was ich getan habe: mich googlen.

„Ich möchte bitte einen Termin haben!" Sie zögert. „Ich arbeite erst ab März wieder", sagt sie dann. Einen Moment höre ich nur ihren Atem. „Bitte geben Sie mir einen Termin", sage ich jetzt auf Kroatisch, „bitte – Montag oder Dienstag." Sie zögert wieder. „Komm am Dienstag um 18.00 Uhr", antwortet sie auf Deutsch. Sie gibt mir die Adresse und sagt mir, was es kostet. „Ruf mich an, wenn du vor dem Haus stehst, ich hole dich dann." Ich lege auf und fühle mich erleichtert.

Dienstag, 17.50 Uhr. Ich stehe vor ihrem Haus und rufe an, so wie abgemacht. Eine Minute später erscheint eine richtige Kante auf der Straße, gefolgt von einer etwa eins-sechzig großen älteren, dunkelgekleideten Dame mit reichlich Schmuck und pechschwarz gefärbten Haaren. Um das zu erkennen, muss ich kein Hellseher sein - wobei ich mich gerade frage, warum es so wenige männliche Hellseher oder Wahrsager gibt. Außer Klaus Maria Brandauer in *Hanussen* fällt mir gerade keiner ein.

Sie stellt sich als Sibylla und die Kante als ihren Sohn vor. Sie sei vorsichtig geworden, entschuldigt sich und bittet mich in ihr Studio, das hinter dem eigentlichen Wohnhaus liegt. Ein kleiner, gemütlicher Raum mit massivem Holzschrank und zwei wuchtigen Stühlen, die von einem Glastisch getrennt werden. So ein bisschen wie in einem China-Restaurant. An der Wand ein gerahmtes Porträt von ihr und gerahmte Zeitungsartikel. Ihre Tochter bringt Mokka.

„Stört es, wenn ich rauche?" fragt sie. „Nein", sage ich und denke: „Mach einfach, dann kann ich passiv ein bisschen mitrauchen." Sie zündet sich die erste der gefühlten zehn Zigaretten, die sie in der nächsten Stunde rauchen wird, an. Dabei benutzt sie so einen Aufsatz, oder sagt man Mundstück? Keine Ahnung, auf jeden Fall muss ich irgendwie an Marlene Dietrich denken.

Sie möchte keine Informationen und mischt das erste ihrer drei Kartenspiele, um etwas über meine Vergangenheit, die Gegenwart und die Zukunft zu sehen. „Du bist unausgeglichen, nervös, hast keinen starken Glauben. Du arbeitest mit Menschen, ich sehe Wasser." Ich versuche, keine Gefühlsregung zu zeigen, aus der sie Antworten ableiten kann. Ich nicke nur, alles stimmt.

„Du hast eine Frau, sie hat eine Schwester. Deine Frau lebt nicht bei dir. Die Beziehung ist belastet, sie ist enttäuscht von dir. Du hast sie geschlagen, es ist nicht das erste Mal, dass sie weg ist." Ich schlucke meine aufkommenden Tränen runter und nicke nur. Wieder alles richtig!

„Du bist depressiv, wolltest dich umbringen. Du hast Abschiedsbriefe geschrieben. An deine Frau, an einen Mann mit einem Bart, zu dem du regelmäßig gehst. Dein Psychologe. Ich sehe eine Frau mit blonden Haaren und einen sehr großen Mann, der vorn wenig und hinten längere Haare hat. Denen hast du auch geschrieben. Sie meint Johnny und Bine, denke ich. Du hast keinen Kontakt zu deinem Vater und deine Mutter macht sich wegen deiner Ehe Vorwürfe." Wieder mit allem einen Volltreffer!

„Ich sehe einen Umzug in ein Haus und einen Urlaub mit Sand." Das Haus von Carinas Eltern, in das wir irgendwann ziehen wollten, wenn die Großeltern nicht mehr leben, und Travemünde, wo sie die meisten Ferien in ihrer Kindheit verbrachte. Wir waren nie gemeinsam da. Wieder alles richtig!

„Jetzt lege ich die Karten für deine Frau, hast du ein Foto von ihr?" - Habe ich. Das Geburtsdatum? Kenne ich!

Dann mischt sie die Karten. „Deine Frau ist verletzt, hat kein Selbstwertgefühl. Sie ist fleißig, studiert und wird mal einen guten

Job finden. Ich sehe einen Mann, mit dem sie viel Zeit verbringt, aber sie liebt ihn nicht, sie fühlt nichts bei ihm. Dieser Mann bist nicht du. - Jetzt lege ich die Karten für die Zukunft, für deine Frau und dich. Ich mische jetzt und lege drei Stapel auf den Tisch."

Mit drei verschiedenen Kartenspielen, immer die gleiche Abfolge: Ich mische, hebe ab, sie legt die Karten. Sie legt immer die gleichen Antworten, bei allen Spielen immer exakt dieselbe Reihenfolge. Carina und ich, immer in derselben Reihe und nur von einer Karte getrennt. Von der mit einem Baby drauf.

Jetzt wird es schon schwerer, die Tränen zurückzuhalten. Sibylla merkt das und gibt mir ein Taschentuch. „Deine Frau liebt dich noch immer, sie wird noch einmal zu dir zurückkommen. Ihr werdet ein Kind haben."

Sie sieht mich durch den Qualm ihrer Zigarette an. „Du bist ein guter Junge, aber du bist im Prinzip total verrückt." Ich trage einen dunkelbraunen Pullover, darunter ein weißes Hemd und darunter ein Langarmshirt, auf dem zwei Wörter stehen: „Im Prinzip". Da ist er jetzt, denke ich, mein Anker!

„Du musst Geduld haben", sagt Sibylla, „und deine Therapie machen. Ihr werdet wieder Kontakt haben, sie will sehen, ob du dich verändert hast. Kauf dir heute noch eine Bibel, schlag sie einfach wahllos auf und beginne, darin zu lesen." Eine der eindrucksvollsten Stunden meines Lebens geht so langsam zu Ende.

Sibylla hat noch einige andere Wahrsagungen gemacht, aber ich denke, das gehört nicht in dieses Buch. Ich habe das alles aufgeschrieben und mit der Post an mich selbst geschickt. Sie meinte, dass alles, was sie gesehen habe, in einem Zeitraum von vier Wochen bis zwei Jahren zutreffen werde. In zwei Jahren werde ich den Brief öffnen.

Völlig entspannt fahre ich von ihr ins Einkaufscenter, um mir in der Buchhandlung eine Bibel zu kaufen. Zu Hause schlage ich sie auf und fange an zu lesen. Korinther 13, 4-7: „Liebe glaubt alles, erduldet alles, hofft alles. Liebe hört niemals auf."

***

Der Mietkoch-Service
oder
Bye-Bye, Mietkoch-Service

Das Jahr 2011 war das erste meiner Selbständigkeit und ein eher ruhiges. Nach der Gründung des Mietkoch-Service im Januar dauerte es bis März, ehe ich meine erste Buchung bekam. Ein mexikanisches Restaurant in einer Nachbarstadt, vier Stunden am Vormittag von acht bis zwölf. Ich sollte im noch nicht geöffneten Restaurant die Speisen für den Abend vorbereiten und hatte Spaß daran, obwohl ich aufgeregt war. Am Anfang dachte ich immer, dass die Kunden für 20 Euro Brutto in der Stunde Gottweiß-was erwarten. Das war Blödsinn und hat mir am Anfang ganz schön Druck gemacht. Wenn man mit Hilfe des Partners ein Einzelunternehmen gründet, so wie ich, ist es normal, dass einem nicht gleich die Bude eingerannt wird wie z.B. in einem Restaurant. Da spielen auch Faktoren wie Standort oder Alleinstellungsmerkmal eine zentrale Rolle.

Ich hatte in diesem Jahr bis zum Sommer noch zwei weitere Kunden, die mich mehrfach buchten. In den buchungsfreien Phasen sammelte ich mir bei Haushaltsauflösungen oder auf Trödelmärkten mein Equipment zusammen. Da ich kein Eigenkapital hatte, keinen Kredit aufnahm und keine Fördermaßnahmen bekam, ging es nur so. Nach und nach sammelte sich in meinem Keller, den ich zu meinem Lager umwandelte, ein recht ansehnlicher Bestand an. Ende des Jahres hatte ich Porzellan und Büfettzubehör, das Veranstaltungen von bis zu 50 Personen zuließ. Für mögliche Buchungen im privaten Menü-Bereich schaffte ich ein Messer, Kochtöpfe und allerlei Zubehör an.

Carina entwickelte mit mir ein Konzept für Kindergärten, in denen wir die Kinder so ein bisschen für Obst und Gemüse und deren Geschmack sensibilisieren wollten. Dazu erfanden wir ein Stofftier, einen grünen Bären, den wir in Anlehnung an *Minzn dee* einfach „Minty" nannten. Wir machten Postkarten, die ich bei Kinderärzten verteilte, um einen Einstieg zu finden.

Später im Jahr bekam ich die Idee zu *Kochen mit dem King*. Auch das bewarben wir, so gut es unsere finanziellen Mittel zuließen.

Ende 2011 buchte mich der Betreiber, der mein Hauptkunde werden sollte, zum ersten Mal. In den Jahren 2012 bis 2014 war ich jede Woche gebucht. Wobei ich da aber auch ganz ehrlich sagen muss, dass mir diese Buchungen zuflogen. Mein Stammkunde erwartete allerdings eine gewisse Flexibilität von mir. So kam es mehr als einmal vor, dass das Handy klingelte und ich sofort einspringen musste.

Ich habe in meiner gesamten Selbständigkeit nicht eine Minute schwarzgearbeitet, obwohl es gerade von südländischen Restaurantbesitzern fast monatlich Anfragen gab, die in diese Richtung zielten. Mich hat das nie interessiert, weil ich keine Lust auf Stress in irgendeiner Weise hatte.

Bis zum 20. März 2015 flogen die Tage, Wochen und Monate an mir nur so vorbei. An diesem Freitag bat mich die Standortchefin eines Stammkunden zu einem Gespräch. In ihrem Büro waren zudem noch zwei Mitglieder des Konzernvorstandes anwesend. Man teilte mir mit, dass die Buchungen für mich sofort eingestellt würden. Einen Grund nannte man mir nicht. Dazu ist wohl auch kein Auftraggeber der Welt verpflichtet.

Ich merkte, wir mir das Blut in den Kopf schoss. Eine meiner Ängste schien zu erwachen.

Man bot mir aber nun einen unbefristeten Arbeitsvertrag in Vollzeit an, mit Lohnfortzahlung im Krankheitsfall und Weihnachtsgeld - rückwirkend zum 1. Januar 2015.

Ich dachte an meine Existenzangst und den ganzen Kopfstress, den ich mir machte; der wäre wohl weg. Dass ich wegen dieser Probleme seit geraumer Zeit die Hilfe eines Psychologen in Anspruch nahm, teilte ich nun das erste Mal offen mit. Man meinte, wenn ich Probleme hätte, würde man mich nicht alleinlassen. Für diese Aussage war ich dankbar. Man schob mir einen vorgefertigten Arbeitsvertrag über den Tisch. Die einzige Unterschrift, die noch fehlte, war meine. Ich war trotzdem irgendwie unsicher und erbat mir bis Sonntag Bedenkzeit.

Was hätten Sie an meiner Stelle gemacht?

***

Wenn du mit ihm schläfst
oder
Denkst du dabei nicht an uns?

Sonntag, 22. März 2015. Es ist halb elf. In anderthalb Stunden treffe ich mich zur Vertragsunterschrift mit meinem neuen Arbeitgeber. Nach vier Jahren der erste Job in Vollzeit. Ich bin aufgeregt und ein ganz klein bisschen unsicher. Möchte jetzt einfach nur reden, mir vielleicht auch die Sicherheit holen, dass es ist richtig ist, was ich mache, wenn ich die Selbständigkeit aufgebe. Ich hoffe, dann hören diese ständigen Existenzängste auf, für die es in den wenigsten Fällen einen Grund gibt und die dennoch da sind.

Bei mir kann es allerdings auch gut vorkommen, dass ich mich in letzter Sekunde umentscheide und etwas völlig Anderes mache. Aber was könnte das jetzt sein? Gibt es einen Plan B? Einen Notausgang? Dreimal ein Fragezeichen und dreimal die gleiche Antwort: Nein! „Es gibt nichts dieser Art, du wirst das jetzt machen und dich dann besser fühlen", sage ich halblaut zu mir selbst. Trotzdem wähle ich Carinas Nummer. Es knackt ein bisschen in der Leitung, dann geht sie ran.

Wir reden fünf Minuten über den neuen Job, und sie bestärkt mich, das zu tun, was ich gerade beschrieben habe. Dann driftet unser Gespräch wieder in den privaten Teil ab und sie erzählt mir fast beiläufig, dass sie sich mit einem Bekannten aus dem Internet trifft und mit ihm schläft.

Wir kamen darauf, weil ich ihr von meinem Besuch bei Sibylla erzählte, die ja der Meinung ist, das wir wieder zusammenkommen werden. Das habe ich Carina zu dem Zeitpunkt natürlich nicht gesagt. Dennoch hat mich das sehr beschäftigt und mir einfach keine Ruhe gelassen. Daher erzählte ich ihr, dass ich bei einer Wahrsagerin gewesen sei, die anhand ihres Geburtsdatums auch ihre Zukunft gesehen habe. Das war auch mal wieder so das Blödeste, was ich hatte machen können, weil Carina natürlich wissen wollte, was Sibylla über sie weiß. Ich hab' dann nur so ein bisschen drumherum geredet und sie hat sich vielleicht provoziert gefühlt, mir das mit ihrem Typen aus dem Internet zu sagen. So nach dem Motto: „Ich wette, das hättest du mir nicht zugetraut, und ich wette weiter, dass Sibylla das auch nicht so gesehen hat." Was beides auch stimmt, leider! Warum habe ich ihr überhaupt davon erzählt und mich so indirekt selbst unter Druck gesetzt? Ich glaube, weil ich so naiv war zu denken: „Hey Carina, mach dir keine Gedanken, ich kenne unsere Zukunft. Alles wird gut."

Ich versuche, mir nichts anmerken zu lassen, aber innerlich kriege ich gerade die komplette Krise. Auf der anderen Seite muss ich ehrlich zu mir sein. Wenn Carina mir ständig sagt, dass sie für mich nichts empfindet, ist das, was jetzt passiert ist, ja wohl die logische Konsequenz. Dann hätte ich wissen müssen, dass irgendwann ein anderer kommt, der ihr das gibt, was ich ihr in der Beziehung nicht gegeben habe. Wusste ich auch, trotzdem bin ich verletzt.

Hat sie so unseren letzten Rest einfach weggeworfen, oder habe ich das nicht schon viel früher selbst gemacht? Ich hatte oft daran gedacht, wie der Moment sein würde, wenn sie mir davon erzählen würde. Jetzt klingt es so, als wenn es ihr gar nichts bedeutet, und das sagt sie irgendwie auch ständig. Warum macht sie es dann? Warum teilt sie den intimsten Moment, den zwei Menschen miteinander haben können, mit einem Mann, für den sie gar nichts empfindet? Wir sind verheiratet und sie trägt meinen Namen; hat sie eine Vorstellung, was das gerade mit mir macht? Sie erzählt und erzählt ohne Punkt und Komma. So, als wenn sich das Erzählte lange aufgestaut hat und endlich raus muss.

„Ich habe eine ganze Menge Scheiße gebaut", denke ich, während sie immer noch erzählt, „aber das hätte ich nie gekonnt. So weit wäre ich niemals gegangen." Irgendwann ist das Gespräch vorbei und ich kann endlich weinen.

Eine gute Stunde später unterschreibe ich einen unbefristeten Arbeitsvertrag und müsste mich doch wenigstens ein bisschen darüber freuen. Auf der einen Seite bekomme ich jetzt die berufliche Sicherheit, die ich vielleicht zuletzt 2001 beim ersten Arbeitgeber hatte, und auf der anderen Seite geht es privat genau in die andere Richtung. - Was für ein Tag!

In den nächsten Tagen dachte ich oft darüber nach, was Carina gerade mit sich und ihrem Leben machte. Ging es ihr darum, sich selbst neu zu entdecken, ein anderes Gefühl für den eigenen Körper zu bekommen? Oder war es so, dass sie das Gefühl vermisste, von einem Mann begehrt zu werden? Ging es darum, Grenzen auszuloten und sie zu überschreiten? Wenn man sieben Jahre seines Lebens investiert und nur wenig zurückbekommen hat, dann hört man, glaube ich, auf, auf Veränderungen zu hoffen. Man führt sie selbst herbei.

Ich weiß, dass es mir in keinster Weise zusteht, das, was sie tut, zu bewerten, zu be- oder gar zu verurteilen. Das Recht dazu habe ich ganz einfach nicht. Aber ich habe mich bemüht, ihr Handeln zu verstehen, und an manchen Tagen ist mir das sogar gelungen, an anderen nicht. Manchmal hätte ich jetzt gern diese emotionale Kälte, die ich in der Beziehung wohl oft hatte. Ich habe sie nicht!

Ich denke gerade an den Titel dieses Kapitels: „Wenn du mit ihm schläfst, denkst du dann auch an uns?" Die Frage ist so gestellt, dass Carina die Antwort geben sollte, aber ich kann das auch. Natürlich, ich bin ja nicht dämlich. Die Antwort ist schwer zu akzeptieren, denn sie lautet: *Nein*. Sie muss dabei auch nicht an mich denken, weil es nur ihr ganz eigenes Leben ist. Sie muss mir keine Rechenschaft darüber ablegen.

Aber etwas habe ich mich dennoch gefragt: Warum hat sie genau in dem Monat den Kontakt zu jemand anderem gesucht, als sie mir sagte, sie wolle weder, dass wir uns sehen, noch, dass wir telefonieren? Wollte sie so den Kopf für etwas Neues frei haben, oder ist das alles vollkommen ohne Bedeutung? Ich kann es nicht sagen.

***

Vielleicht habe ich dich nie geliebt
oder
Warum haben wir dann geheiratet?

20. März 2015. Das Gespräch über meine mögliche berufliche Zukunft ist seit fünf Minuten vorbei. Das Angebot, wieder in eine Vollzeitbeschäftigung zu gehen, klingt gut. Trotzdem bin ich unsicher. Noch keine zwei Minuten im Auto auf dem Weg nach Hause, spreche ich Carina auf die Mailbox. Wir haben uns seit fünf Wochen nicht gesehen und nicht miteinander gesprochen. Die Rechnungen, die sie für den Mietkoch-Service schrieb, holte sie entweder aus der Wohnung oder der Garage, wenn ich nicht da war. Wenn etwas war, gab es nur den spärlichen Kontakt über Facebook.

Sie ruft sofort zurück, und es ist irgendwie komisch, ihre Stimme zu hören. Ich bringe sie auf den neuesten Stand und möchte wissen, was sie davon hält, wie ihre Einschätzung ist. „Mach es", sagt sie sofort, „es ist die richtige Entscheidung für dich." Sie hat vor ein paar Wochen mal geschrieben, dass ich die Trennung vielleicht nicht ernst nehme und denke, der Mietkoch-Service werde uns immer miteinander verbinden. Denkt sie jetzt auch an diese Worte?

Ich hatte mir das genauso auch überlegt, es aber nicht gesagt, weil ich sie nicht in ihrer Meinung beeinflussen wollte. Carina ist auf dem Sprung, hat keine Zeit mehr zum Telefonieren. „Soll ich dich so um neun mal anrufen?" möchte sie wissen. „Gern", antworte ich und lege auf.

Wir hatten also wegen des Endes meiner Selbständigkeit wieder Kontakt zueinander, zumindest am Telefon! Wir telefonierten an diesem Abend fast eine Stunde. Genau wie in den kommenden drei Wochen.

Nachdem es in den ersten Minuten immer um das Auflösen der Selbständigkeit ging (Kündigen der Versicherungen, der Homepage, Ummeldung bei der Krankenkasse etc.), rutschten wir dann immer recht schnell in den privaten Bereich. Meistens ging das von mir aus, weil ich neugierig war, was sich bei Carina so getan hatte.

Sie war dabei, sich in Bachgrund einen Freundeskreis aufzubauen, und hatte bei einer Psychologin eine Therapie begonnen.

In ihrer Freizeit besuchte sie eine Gärtnergruppe, die ehrenamtlich in einem Park arbeitet. Ihre Tage waren auch durch ihre Arbeit in einer Wäscherei vollgepackt, und es schien so, als wäre sie froh darüber, sich nicht übermäßig mit sich selbst beschäftigen zu müssen.

Irgendwann erzählte sie, dass sie schon um Weihnachten herum unter dem Namen „Keine Frau für eine Nacht" (in Anlehnung an den Howard Carpendale-Song „Kein Typ für eine Nacht") eine Woche in einem Single-Chat unterwegs gewesen war. Sie wurde von über achtzig (!!!) Männern angeschrieben, mit zweien traf sie sich, mit dem einen allerdings nur einmal. Der andere teilte wohl ihre Interessen und sie verbrachten Zeit miteinander. Das fand ich jetzt nicht so wirklich toll, aber ich konnte nichts dagegen tun, auch wenn ich gern gewollt hätte.

In diesen Gesprächen sagte sie mir öfter, dass sie für nichts und niemanden etwas empfand, auch für mich nicht. Ihr ging es lediglich darum, ihre Tage irgendwie einigermaßen gut rumzukriegen. Ich war über diese Offenheit froh, auch wenn sie wehtat.

Man kann einem Menschen nur das geben, was er selbst fühlt, und wenn da nichts ist, dann ist auch das ein Teil des Lebens, den es zu akzeptieren gilt.

Wir sprachen meistens offen über uns, was sie am Anfang gar nicht so wollte und was ihr, glaube ich, auch nicht so recht war. Wir taten es trotzdem, damit ich lernen konnte, dass sich Dinge verändern, wenn auch nicht in die Richtung, die ich schön gefunden hätte.

Carina hatte noch nicht damit begonnen, unsere Beziehung für sich aufzuarbeiten. Ihr war das alles noch zu viel. Ihre Mauer war immernoch da und für mich höher als je zuvor. Trotzdem sagte ich ihr offen, dass sich an meinen Gefühlen für sie nichts geändert habe. Sie meinte, dass ich sie in der Ehe seelisch gequält hätte. Man kann das so sehen, wenn man will, glaube ich, aber warum ist es jetzt immer noch wichtig, wer Opfer und wer Täter war?

Sie sagte mir, dass sie gar nicht wisse, ob sie mich jemals geliebt habe oder mit unserer Hochzeit lediglich ihren Eltern habe nacheifern wollen. Dass ich froh sein könne, wenn wir irgendwann einfach nur Freunde seien. Da musste ich schon ein paarmal schlucken, das sage ich ganz ehrlich. Wenn sie sagt, dass sie glaubt, dass es sich falsch anfühlte, zu sagen: „Ich liebe dich!" ... Das ist hart, das muss man erstmal packen, ohne dass Wäscheständer oder Ähnliches durch die Bude fliegen.

Herr Venus erklärte mir dann, dass man sich erstmal selbst lieben muss, um einen anderen Menschen lieben zu können, und dass das auch ein Problem sein könne.

Sie sagte selbst, wenn sie Lust darauf habe, mich neu kennenzulernen, habe sie auch Angst davor, zu viel von ihrem jetzigen Leben und ihrer Freiheit aufzugeben. Sie möchte nichts von mir und der Arbeit mit Herrn Venus wissen, weil sie sagt, wenn es so weit sei, werde sie es selbst herausfinden.

Ich erzählte ihr, warum ich bei Sibylla gewesen war und dass ich fast mein Leben hatte beenden wollen. Carina sagte: „Wenn du mich doch liebst, wie du immer sagst, wie kannst du es dann überhaupt in Erwägung ziehen, dein Leben zu beenden?" Ach, Scheiße, wie kann man das in Erwägung ziehen, wenn man das Gefühl hat, es geht nichts mehr, und es wird auch am schönsten Tag nicht hell in einem selbst, dann erwägt man jede Form von Beendigung dieses Schmerzes. Ich glaube, dass man das nur mit sich ganz allein ausmachen kann und dass es schwierig ist, wenn andere Menschen dazu eine Meinung haben.

Ich sagte Carina, dass ich daran glaube, mich zu ändern, und dass es noch nicht zu spät für uns sein müsse. Sie meinte nur, der Zug sei schon lange abgefahren. Wieder dachte ich: „Wie kann das sein, dass Sibylla etwas sieht, an das ich einfach nicht glauben kann?"

Dann sagt Carina, dass ihr die Gespräche mit mir nicht guttun, weil ihr das alles zu persönlich ist. Oder weil sie merkt, dass ich mit meiner Therapie Fortschritte mache, während sie immer nur das Gefühl hat, sich im Kreis zu drehen. Das alles setzt sie unter Druck. Ich will das nicht, will ihr die Zeit geben, die sie braucht. Egal, wie lange das auch sein mag. Wenn es soweit ist, dann werde ich da sein - oder ein anderer, wer kann das schon immer so genau sagen?

***

Sibylla, die Zweite
oder
Junge, warum glaubst du mir nicht?

Montag, 30. März 2015. Der Morgen fängt so an, wie die Nacht aufgehört hat: Zu viele Gedanken drehen sich in meinem Kopf. Ich habe gespürt, dass Carina den gestrigen Sonntag nicht allein verbracht hat. Mir ist auch klar, dass sie mit ihrem Besuch nicht den ganzen Tag Kaffee trinkt.

Ich denke so oft an Sibyllas Worte von vor fünf Wochen. Was kann sie sehen, was ich noch nicht mal im Ansatz sehen oder erkennen kann? Ist das alles, nüchtern betrachtet, ein einziger Hokuspokus?

Carina ruft an und fragt, ob wir eben kurz über die Steuerberaterin sprechen können, mit der sie gerade telefoniert hat. Natürlich können wir. Nach dem dienstlichen Teil frage ich, ob sie noch fünf Minuten für den persönlichen Teil hat. Aus den fünf Minuten werden zwei Stunden.

Auf der einen Seite spüre ich eine Nähe beim Telefonieren, wie ich sie noch zu keinem anderen Menschen hatte. Manchmal, wenn ich versuche, zwischen den Zeilen zu lesen, kommt es mir allerdings vor, als wenn wir uns immer weiter voneinander entfernen würden. Sie sagt immer wieder, dass sie für nichts etwas fühlt und dass sie mit niemandem eine Beziehung haben möchte. Sie betet es förmlich herunter, und es klingt für mich wie auswendig gelernt.

Sie erzählt von ihrem Typen aus dem Internet, für den sie nichts empfindet, mit dem sie keine Beziehung will, aber mit dem sie schläft. Es geht ihr nur um den Moment. Carina spricht mit einer Offenheit, die ich gern verstehen würde. Kann ich aber nicht.

Daher spreche ich oft mit Herrn Venus über sie und unsere Beziehung. Er erklärt mir immer wieder, dass sich Carina nicht rational verhält und dass sie einfach nur nichts an sich ranlassen möchte. Die Mauer, die sie um sich gezogen hat, ist hoch. Er ist der Meinung, dass sie einfach nur versucht, durch den Tag zu kommen, egal, wie.

Carina sagt mir zum wiederholten Mal, dass sie mit mir am liebsten nur oberflächlich reden möchte, was für mich aber schwer ist, weil ich unsere Vertrautheit, die ich gerade schon beschrieben habe, vermisse. Wir beenden das Gespräch. Ich muss noch etwas erledigen und bin eine gute Stunde unterwegs.

Später, zu Hause, hat sich meine Stimmung nicht wirklich gebessert. Schon wieder denke ich an Sibylla und frage mich, was, um Himmels willen, sie in ihren Karten gesehen hat? Ich krame ihre Visitenkarte, die sie mir zum Abschied gegeben hat, aus meinem Geldbeutel und rufe sie einfach an. Wieder dröhnt mir dieses langgezogene *Hallooo* entgegen. Ich melde mich und merke, dass sie sich freut, meine Stimme zu hören.

„Ich habe heute an dich gedacht, Niko. Dir geht es wegen deiner Frau nicht so gut!" - „Treffer! Versenkt!" denke ich.

„Warum glaubst du nicht an das, was ich dir gesagt habe?" - „Weil es schwer ist!" - „Du musst daran glauben, ich habe Dinge vorhergesagt, die schon passiert sind, oder nicht?" - „Ja, das stimmt." Stille.

„Würden Sie mir nochmal die Karten legen?" möchte ich wissen. „Sicher, aber es wird das Gleiche dabei herauskommen. Da bin ich mir sicher." - „Kann ich heute zu Ihnen kommen?" frage ich und ignoriere den letzten Teil ihres Satzes. „Komm um vier!"

Wieder stehe ich wie vor fünf Wochen vor ihrem Haus, aber warum? Will ich, dass die Karten mir sagen, dass es vorbei ist, damit ich endlich loslassen kann? Oder brauche ich schon wieder einen Anker?

Sibylla begrüßt mich herzlich und umarmt mich. Wir gehen wieder in ihr Studio. Auf dem Weg dahin erzähle ich, was sich in den letzten fünf Wochen so getan hat. „Ich werde dir alle Antworten auf deine Fragen geben", sagt sie, zündet sich eine Zigarette an und reicht mir die Karten. Ich mische und mache drei Stapel.

Sie bläst mir den Rauch entgegen. „Ich weiß nicht, was du hast, Junge, du hast so gute Karten!" Sie sieht wieder Dinge und Zusammenhänge aus meinem Leben, die sie eigentlich gar nicht sehen kann.

Dann legt sie Carinas Karten. „Deine Frau empfindet eure Beziehung immernoch als eine große Belastung. Sie ist depressiv, hat nicht so viel Geld. Fühlt sich in sich selbst nicht wohl, hat Gewichtsprobleme. Sie verbringt nur die nötigste Zeit zu Hause.

Deine Frau möchte nicht über sich selbst nachdenken. Da ist ein anderer Mann, aber sie empfindet nichts für ihn. Ich sehe zwei dominante Frauen in ihrer Familie. Sie versucht jetzt, ihre Pubertät nachzuholen. Sie ist jung, das ist normal. - Ich werde jetzt wieder die Karten für euch beide legen."

Sie schiebt mir den Stapel Karten rüber. Ich spüre, wie mir das Herz fast bis zum Hals schlägt, während ich unsere Karten mische. Sibylla legt die Karten und sieht mich lächelnd an. „Was habe ich dir gesagt, Junge?" Sie hat exakt die gleichen Karten in derselben Reihenfolge wie vor fünf Wochen gelegt. Wieder füllen sich meine Augen mit Tränen. „Glaubst du mir jetzt? Es ist euer Schicksal. Aber gib ihr die Zeit, die sie braucht."

Um viertel nach fünf bin ich wieder zu Hause und wähle Carinas Handynummer. „Hallo?" Sie klingt ein bisschen verwirrt. „Hast du mich jetzt angerufen oder ich dich?" - „Ich dich", antworte ich. „Ich wollte dich auch gerade anrufen, im gleichen Moment! Ich habe deinen Telefonvertrag gerade geändert und wollte dir das nur sagen." Ich bedanke mich. „Darf ich dich was fragen?" - „Sicher", meint sie, „was denn?" - „Glaubst du an Schicksal?" Sie überlegt einen Moment. „Ja, manchmal schon." - „Ich auch", antworte ich, lege auf und wische mir eine Träne von der Wange.

***

Meine Muscheln
oder
Runterkommen, ganz egal, wie

Herr Venus hat für mich und Carina irgendwann im Spätsommer 2014 die rote Karte eingeführt. Wenn ich wieder mal auf hundertachtzig war, sollte mir Carina diese Karte zeigen, um zu symbolisieren, dass ich wie im Fußball den Platz bzw. den Raum, nach Möglichkeit sogar die Wohnung verlassen sollte. Dies sollte hitzige, zwei Stunden dauernde Diskussionen, das Schlagen von Türen, Beleidigungen oder Handgreiflichkeiten meinerseits verhindern. So weit, so gut - eigentlich nämlich gar nicht.

Jetzt haben Sie mich ja schon so ein bisschen beim Lesen kennengelernt; und was, glauben Sie, hat dieser rote, viereckig aussehende Karton mir gebracht? Genau, ich wusste, dass Sie das sagen würden: Gar nichts!

Ich habe mich schon beim ersten Zeigen der Karte ein paar Tage nach einem gemeinsamen Besuch bei Herrn Venus bevormundet und ungerecht behandelt gefühlt, was, wenn ich jetzt Monate später darüber nachdenke, natürlich totaler Blödsinn ist. Aber ich war so in diesem Scheiß-Kopftunnel drin und brachte es einfach nicht hin, eine Stress-Situation ruhig und sachlich zu klären; ich war noch nicht mal darum bemüht, es zu tun. Das, was bei jedem Menschen mit einer halbwegs normalen Kinderstube völlig normal ist, war mit mir einfach nicht möglich.

Wenn ich mich von Carina provoziert fühlte und dann wirklich mal sagte: „Lass mich in Ruhe", legte sie mir das als Gleichgültigkeit aus. Das wiederum brachte mich erst recht auf hundertachtzig. So ging das immer weiter und schlussendlich saß ich dann im November 2014 mit fünf, zum Teil recht eigenwilligen, haarigen Mitbewohnern allein in der Wohnung.

Ich hatte auch jetzt noch Zorn und Wut in mir, aber nicht mehr gegen Carina, die ja nun nicht mehr jederzeit greifbar war, sondern gegen mich. Ich hatte mich in diese Situation gebracht, ich, nur ich - das war mir klar.

Die Situation von November 2014 bis Februar 2015 war für mich schwer, ich kam da überhaupt nicht mit zurecht. Diese Hängepartie: Ehe ja oder nein. Wer fühlt was und wer nicht. Das Alleinsein mit der Verantwortung für die Katzen, die Selbständigkeit, all das. Ich habe kaum geschlafen, unregelmäßig gegessen.

Ich wollte reden. Es gab aber niemanden zum Reden. Das hat mich am Anfang auch aggro gemacht. Nicht so, dass ich Klamotten durch die Bude schmiss, sondern so, dass ich mir seitlich in die Zeigefinger biss. So fest, bis das Blut kam. Trotz wöchentlicher Gespräche mit Herrn Venus und trotz seiner Buchempfehlungen. Ich brauchte etwas, das ich sofort anwenden konnte, wenn ich spürte, dass die Stimmung zu kippen drohte.

In der Woche, als ich zum ersten Mal bei Sibylla war, ging ich an einem kochfreien Tag in einem Großmarkt frühstücken, anschließend lief ich eine Runde durch die Abteilungen, was mir eigentlich immer ziemlichen Spaß bereitet. In der Fischabteilung fielen mir die leeren Jakobsmuscheln auf, die da so lagen, als wenn sie keiner gebrauchen konnte. Eigentlich richten Köche darin kleine Köstlichkeiten an oder dekorieren ihre mediterranen Fischplatten damit.

Ich weiß nicht so richtig, aber ich bekam das Gefühl, dass diese leeren Muschelschalen noch wichtig für mich werden könnten und kaufte mir zwanzig zu einem Stückpreis von 80 Cent. Zu Hause habe ich die Tüte mit den Muscheln erstmal auf dem Wohnzimmertisch abgelegt, neben der Bibel, in der ich am Vorabend noch eifrig mehrere Kapitel gelesen hatte. Genau in diesem Moment kam mir die Idee! Ich schrieb mir mit schwarzem *Edding* Bibelstellen in die Muscheln, zum Beispiel Johannes 14,6. Wenn ich nun in der Folge Wut bekam, nahm ich mir eine Muschel und suchte anhand der Versstelle den entsprechenden Text. Bis ich den fand, neugierig wie ich manchmal bin, war die Wut schon längst verflogen.

Die Muscheln führten mich quasi um meinen Tunnel aus Wut herum. Je nachdem, wie ich mich so fühlte, verteilte ich die Muscheln in der ganzen Wohnung. Dabei hatte ich natürlich Glück, dass den Katzen die Muscheln völlig egal waren.

Mittlerweile stecke ich mir meistens, wenn ich die Wohnung verlasse, eine in die linke Hosentasche. Die Menschen, denen ich davon erzähle, fragen dann meistens beim Wiedersehen am Anfang des Gesprächs gleich nach einer Muschel, die sie sofort sehen möchten. Ich mache das gern und habe kein Problem damit, sie rumzuzeigen, im Gegenteil - ich mag sie ja. Sie beruhigen mich, geben mir ein gutes, angenehmes Gefühl.

Ich habe gehört, dass manche Menschen das mit einem Hufeisen machen. Da ist doch so eine kleine, hübsch aussehende Muschel angenehmer, oder finden Sie nicht? Selbst durch die Sicherheitskontrolle am Flughafen würde ich mit meinen kleinen, fischigen Begleitern mühelos kommen. Nicht, dass ich so spontan wäre, einfach so irgendwo hinzufliegen, aber ich könnte, wenn ich wollte, und das ist ja auch schon mal was.

Wirkt das Kapitel jetzt abrupt beendet? Ich weiß nicht, aber manchmal bedarf es einfach auch nicht so vieler Worte.

***

Dein 29. Geburtstag
oder
Was ich dir wünsche

22. April 2015. Dein neunundzwanzigster Geburtstag. Es ist der erste, an dem wir uns nicht sehen, solange wir uns kennen. Mittlerweile glaube ich, dass davon noch ein paar mehr kommen werden, und wenn ich ehrlich bin, hatte ich Angst vor dem Tag in den Monaten und Wochen davor, in denen ich mir ab und an mal die Frage stellte, wie dieser Tag verlaufen würde. Du in Bachgrund mit neuen Freunden, in einem neuen Umfeld mit Menschen, die du vor einem Jahr vielleicht noch nicht mal kanntest. Ich in Quinningen.

Wenn man nicht mehr zusammenlebt, wird man sich fremd, wenn nach der räumlichen Trennung auch noch die emotionale dazukommt. Dann werden Gespräche, Telefonate weniger – bis sie irgendwann gar nicht mehr stattfinden. Gibt es einen schleichenden Prozess für so eine Entwicklung, oder kommt das auf einmal? Dass man morgens aufwacht und weiß, dass nicht nur die Beziehung vorbei ist, sondern auch das kleinste Bisschen Interesse daran, ein einziges Wort miteinander zu wechseln. Ist es das, was man Schicksal nennt? Ist es das, wovon ich glaube, dass Elvis daran gestorben ist?

Ich frage mich gerade, ob ich dich wirklich jemals gekannt habe. Irgendwie hat es den Anschein, als wenn die Jahre einfach so an uns vorbeigeflogen wären. Denn das, was ich dir jetzt zu deinem Geburtstag wünsche, habe ich dir nie gesagt. Manchmal habe ich gehofft, dass du es auch so weißt.

Ich wünsche dir, dass du den Weg dorthin findest, wo du so sein kannst, wie du möchtest, und die Menschen dich genau dafür akzeptieren. Du bist so ein warmherziger, mitfühlender, liebevoller Mensch, der mehr für andere als für sich selbst da ist. Du bist ein Mensch, der immer Lösungen gesucht und gefunden hat - für Probleme, die du nicht mal im Ansatz verursacht hattest. Ich wünsche dir, dass du dich fallenlassen kannst, ohne Netz und doppelten Boden, ohne Angst vor der Landung.

Ich wünsche dir, dass das Strahlen in deinen Augen, wenn du glücklich bist, niemals aufhört und dass sie öfter strahlen als im letzten Jahr.

Ich wünsche dir, dass du den Mut hast, dich selbst zu suchen, um dann erstaunt über das zu sein, was du hoffentlich dabei findest – dich!

Ich wünsche dir dein unbeschwertes Lachen zurück, das du hattest, als wir uns kennenlernten, und das ich manchmal immernoch in meinem Kopf hören kann. Dass du nie aufhörst zu staunen, dich über das Leben zu wundern und dich daran zu freuen, wie es auf deine Weise nur du tun kannst.

Ich wünsche dir und mir, dass du vielleicht eines Tages zu der Erkenntnis kommst, dass ich uns nicht allein dahin gebracht habe, wo wir jetzt sind, aber ich wünsche dir auch, dass diese Erkenntnis irgendwann nicht mehr wichtig sein wird.

Das alles habe ich dir sieben Jahre nicht gesagt, aber im achten wenigstens auf ein Blatt Papier geschrieben.

Take care, wohin auch immer der Wind dich wehen mag, wohin auch immer der Wind dich haben will.

***

Wenn etwas vorbei ist!
oder
Ist es dann wirklich vorbei?

Ich glaube, dass es von November 2014 bis April 2015 vier Situationen gab, in denen Carina sich und vor allem mir zeigen wollte, dass sie mit mir nicht mehr leben konnte oder wollte. Oder zumindest dachte, dass es so war!

War das wirklich so, oder war sie vielleicht einfach müde geworden? So müde wie ein Boxer, der nach der zehnten Runde ein Stück weit gebrochen in seine Ecke geht und sich fragt, wie er die letzten drei Runden noch schaffen soll? Der einfach nur noch fliehen will, vor sich, seinem Gegner und dem Leben? Vielleicht hatte Carina aber auch den Wunsch, sich nicht mehr mit uns beschäftigen zu müssen.

Letztlich geht es beim Scheitern einer Beziehung für mich nicht um die Frage: „Wer hat Schuld?" Was soll das bringen? Jeder für sich hat Schuld, beide zusammen auch und mein Kopf erst recht.

Ihr Auszug am 16. November war ein Signal, dass sie so nicht mehr leben wollte, und obwohl ich das immer noch nicht alles hundertprozentig ernst nahm, war es so. Ich habe sie an diesem Abend das erste Mal als erwachsene Frau gesehen. Nicht als das kleine Mädchen, das man rumschiebt, wie man es gerade braucht.

War der Einzug in ihre erste eigene Wohnung mit fast 29 Jahren auch so etwas wie eine Flucht vor mir, vor ihren Eltern, vor dem Gefühl, anderen Menschen verpflichtet zu sein anstatt sich selbst?

Am 3. Februar hatten wir morgens vor ihrer Arbeit wieder eine Diskussion, weil mich dieser Schwebezustand verrückt machte. Beziehung oder Trennung? Liebe oder Freundschaft? Oder gar nichts? Ich bedrängte sie, endlich eine Entscheidung zu treffen. Abends auf der Couch erklärte sie mir weinend das endgültige Ende der Beziehung. Aber gleichzeitig meinte sie auch, dass sie sich eigentlich sicher sei, nie wieder etwas für mich zu fühlen, doch wenn es anders käme, sie sich auch nicht dagegen wehren würde.

Ich hatte das Gefühl, dass es eine Kopf- und keine Herzentscheidung war. Ich glaube, Carina wollte einfach nur in Ruhe ihr Leben leben - ohne mich und unsere Endlostelefonate.

Wenn ich jetzt ehrlich darüber nachdenke, hätte ich mich in ihrer Situation auch so entschieden. Unser Psychorodeo, bei dem entweder einer oder beide verbal vom Pferd flogen, war heftig gewesen. Für Carina zu heftig.

Als sie mir am 22. März am Telefon fast beiläufig erzählte, dass sie mit einem anderen Mann schlief, war das für mich auch wieder eine Form von Psychorodeo, nur, dass ich jetzt allein auf dem Pferd saß. Sie empfand nichts für ihn, nur Sex, nur der Moment, der Augenblick, in dem man sich geborgen fühlt, nur, um sich vielleicht hinterher scheiße zu fühlen. Wollte sie uns damit beweisen, dass es jetzt endgültig vorbei war? Dass ihr Kopf und ihr Körper sagten, dass es auch ohne mich ging? Ich weiß es nicht, und ich habe keine Lust zu spekulieren.

Was ich sagen kann, für mich und für mein Leben: dass ich das so nicht hinbekommen hätte, mich im gleichen Monat trennen und mit einer anderen Frau schlafen. Aber nochmal: Jeder, wie er mag. Ich verurteile das nicht. Verstehen kann ich es bis heute nicht.

Am 17. April schrieb sie mir in einer SMS, dass ihr unsere Gespräche in den letzten vier Wochen nicht gutgetan hätten. Dass ich der einzige Mensch sei, der sie am Telefon zum Weinen brächte. Warum weinte sie, wenn sie nichts empfand? Kämpfte sie gegen etwas, das irgendwo noch da war, das sie aber nicht mehr haben wollte? Aus Unfähigkeit, damit umzugehen, aus Angst davor?

Sie bat um eine weitere Funkstille - keine Treffen oder Telefonate. Nur Facebook oder SMS. Fünf Tage später schrieb sie mir, dass sie gern im Juni gemeinsam mit mir und meiner Mutter zu einem Helene-Fischer-Konzert gehen würde, ein Weihnachtsgeschenk von uns beiden an meine Mutter. Wie konnte das sein, dass sie da schon wusste, dass sie da Lust zu hatte? Warum wollte sie mich da sehen? Ich antwortete ihr, dass ich keine Lust hätte, sie immer nur zu sehen, wenn sie wollte, dass ich mir das einfach irgendwann auch nicht mehr vorstellen könne. Sie reagierte verärgert, was ich erwartet hatte – man kennt sich eben acht Jahre!

„Immer, wenn ich dir ein Stück weit entgegenkomme, machst du zu." - „Sicher, weil uns das wieder drei Monate nach hinten wirft, wenn du mir hinterher sagst, dass dir unsere Treffen nicht guttun und dir nichts bringen", antwortete ich.

Ich war und bin mir sicher, dass ich nicht der einzige Grund für ihren Gemütszustand war, und obwohl das sicher ein Teil vom Ganzen war, so war es doch nicht das Ganze.

Als wir zusammen waren, beklagte sich Carina öfter, dass ich an meinen freien Tagen zu besitzergreifend war, dass ich ständig erwartete, dass wir etwas gemeinsam unternahmen.

Jetzt, im April 2015, sind wir ein knappes halbes Jahr auseinander, und sie erzählt mir, dass sie von fünf Hausarbeiten nur eine einzige geschafft hat. Ich frage mich, ob das jetzt auch meine Schuld ist?

Wahrscheinlich haben manche Probleme, die wir mit uns selbst hatten oder haben, lange vor unserer gemeinsamen Zeit begonnen. Wenn wir nicht bereit sind, uns dem anderen zu öffnen, werden wir unsere Probleme nicht lösen können. Es ist wie bei einem Tresor, für den man beide Schlüssel benötigt.

Was ist aus der Frage in der Kapitelüberschrift geworden? Ist es jetzt wirklich vorbei? Scheiße, ich weiß es nicht, aber ich glaube, dass jeder Mensch eine innere Stimme hat, die ihn ein bisschen leitet und lenkt. Mir hat diese Stimme noch kein einziges Mal gesagt, dass es vorbei ist, und ich habe für einen Koch noch ganz gute Ohren.

***

Ilka
oder
Sie will mich und ich will Carina

Nachdem Carina mir am 17. April 2015 in einer SMS geschrieben hatte, dass ihr die Gespräche mit mir nicht guttäten, drohten die nächste wochenlange Funkstille und das nächste tiefe schwarze Seelenloch. Sie war auch ein gutes halbes Jahr nach unserer Trennung meine Bezugsperson, ob sie wollte oder nicht. Aber sie wollte wohl eher nicht.

Ich brauchte jemanden, mit dem ich reden konnte, der einfach nur da war. So hatte ich mir das gedacht. An eine Beziehung oder Sex dachte ich überhaupt nicht. Noch nicht mal an eine Affäre. Jetzt meinen die Leute meistens, dass es für mich und meine große Klappe relativ einfach ist, Leute kennenzulernen. Ist es aber nicht. Wenn ich mal irgendwo eingeladen bin, stehe ich meistens im Weg rum und weiß nie so richtig, was ich sagen soll.

Also ging ich an einem verregneten kalten Aprilabend die Frauen durch, die ich zumindest schon mal oberflächlich kannte. War da jemand dabei, mit dem ich reden könnte, der interessant war?

Seitdem ich auf Wunsch meines Psychologen und meines Bauches regelmäßig schwimmen ging, war mir eine Bademeisterin aufgefallen. Ich kannte eine ihrer Kolleginnen recht gut, da sie oft in einer Wellnessanlage zu Gast war, die mich auch regelmäßig buchte. Diese Kollegin fragte ich dann ein paarmal aus. Die Bademeisterin hieß Ilka, war Mitte vierzig und hatte zwei Kinder. Außer einem „Guten Morgen" im Schwimmbad oder einem flüchtigen „Hallo" hatten wir noch nie ein privates Wort miteinander gewechselt.

Über Facebook erfuhr ich ihren Nachnamen und dass sie gerade im Urlaub war. Also schrieb ich sie einfach an und wünschte ihr einen schönen Urlaub. Keine halbe Stunde später bekam ich eine Antwort, und so war der erste Kontakt schon mal hergestellt. In den nächsten drei Wochen schrieben wir ausschließlich über Facebook; die Schreiberei wurde allerdings schnell persönlich.

Bei meinen beiden Schwimmtagen pro Woche achtete ich darauf, dass ich nur noch an den Tagen ging, von denen ich wusste, dass sie auch da war. Wir hatten schnell ständig Blickkontakt, aber ein Gefühl von Verliebtheit hatte ich nicht. Da ging es mir auch nicht drum, mir tat die Aufmerksamkeit, die sie mir gab, gut. Carinas ständiges: „Ich liebe dich nicht, ich fühle nichts, ich möchte keinen Kontakt" hatten mein Selbstvertrauen und mein Selbstwertgefühl so ziemlich auf den Nullpunkt gebracht. Ilka war jetzt irgendwie da und gab mir eine Form von Bestätigung und Halt, wenn auch nur durch das Schreiben in einem sozialen Netzwerk. Sie gab mir das, was ich immernoch von Carina wollte, aber nicht mehr bekam.

Meine anfängliche Einschätzung von Ilka stimmte allerdings nicht so ganz. Ich hatte sie eher als ruhiges Mauerblümchen eingeschätzt, sie war aber eine sehr offene, fröhliche Frau. Im Gegensatz zu mir mochte sie das Alleinsein nicht sonderlich und war nie wirklich lange ohne Partner durchs Leben gestiefelt. Jetzt kann man aber auch feststellen, dass die Wahrscheinlichkeit, als Bademeisterin angeflirtet zu werden, recht hoch ist. Ich weiß, dass sie jetzt gerade an *Baywatch* denkt. Hab' ich auch gemacht!

In der zweiten Maiwoche hatte ich das erste Mal seit fast vier Jahren eine ganze Woche Urlaub und außer dem Schreiben an dem Buch, das Sie gerade lesen, nicht so wahnsinnig viel zu tun. Ich wollte mich mit ihr verabreden. „Du weißt, dass ich jemand habe", schrieb sie mir. „Das ist für mich völlig ok", antwortete ich, „ich möchte nur mit dir reden."

Gut, hatten wir das schon mal geklärt. Wir verabredeten uns zu einem Christi-Himmelfahrt-Spaziergang am Quinninger Sporthafen. Wir liefen drei Stunden am Fluss entlang und sprachen über Banales. Sie war fast zurückhaltend und fragte mich sehr wenig aus meinem Leben.

Am Anfang war ich mit Carina auch viel spazieren gegangen. Am Fluss in Heltenau oder in den Wäldern rund um ihr Elternhaus. Carina fragte ständig was, stellte Theorien zu allem Möglichen auf und forderte mich richtig.

Bei Ilka war das anders, persönlich, aber irgendwie auch belanglos, und ich hatte auch keine Ahnung, warum ich anfing, sie mit Carina zu vergleichen. Oder war das normal? Es störte mich nicht, ich genoss die Spaziergänge mit ihr.

Für den 16. Mai lud ich sie zu mir zum Essen ein. Ich machte ein Rote-Bete-Risotto mit ein bisschen Surf und Turf, weil ich nicht so ganz genau wusste, was sie gern aß und was nicht. Auch bei dieser Gelegenheit erwähnte sie ein paarmal, dass sie einen Freund hatte, was mir immernoch ziemlich egal war. Aber irgendwie stellte sich bei mir jetzt so eine Art Jagdtrieb ein.

Ich weiß, dass es scheiße klingt, und dass Sie es scheiße finden, kann ich mir auch denken, aber wenn ich sage, ich lüge nicht, dann auch jetzt nicht. Ich fühlte mich das erste Mal sexuell zu ihr hingezogen und wollte wissen wie weit sie gehen würde. Nicht an diesem Tag, aber ich wusste, dass etwas mit uns passieren würde.

Ich ahnte, dass es ihr auch so ging; schließlich verbrachte sie mehr Zeit mit mir als mit ihrem Freund. Den folgenden Sonntag und den Dienstag gingen wir wieder spazieren. Donnerstag, den 14. Mai auch, allerdings gingen wir danach noch zu mir. Wir saßen auf der Couch nebeneinander und redeten.

Ich sagte ihr auch an diesem Abend, dass ich das Gefühl hätte, dass ich Carina noch liebte, und mir keine Beziehung zu einer anderen Frau vorstellen könne. Sie hatte eine Beziehung zu einem Mann. Okay, Sie können sich denken, wie es weiterging, oder? Wir landeten auf dem Bett, blieben aber angezogen. Die beiden darauffolgenden Nächte blieb Ilka komplett bei mir. Wir waren jetzt nicht mehr angezogen und redeten auch nicht sonderlich viel.

Ilka verliebte sich in mich, und als sie morgens um sieben zur Arbeit fuhr, saß ich auf der Couch und dachte an Carina. Ich hatte das Gefühl, dass Ilka es mir zu leicht machte, ich nicht wirklich kämpfen musste. Hat nicht irgendwer mal diesen Scheißspruch gesagt, dass Männer Jäger und Sammler sind?

In beiden Nächten schliefen wir mehrfach miteinander, und ich wusste jetzt mehr als jemals zuvor, dass ich die Frau liebte, die von mir nichts mehr wissen wollte: Carina.

Hinterher fragte ich mich, ob ich Ilka benutzt habe? Ich hatte immer offen gesagt, dass ich keine Beziehung wollte, und sie verbrachte trotzdem Zeit mit mir. Weil sie dachte, sie würde meine

Meinung ändern? Was war mit dem Mann, mit dem sie eine Beziehung hatte? Nun, von dem trennte sie sich. Wenigstens war sie im Gegensatz zu mir konsequent. Aber was war mit mir?

Versuchte ich nur, Carina zu verdrängen? Wollte ich testen, ob ich es vom Kopf her schaffte, nach acht Jahren überhaupt mit einer anderen Frau zu schlafen? Wollte ich meine Frau eifersüchtig machen?

Ich habe in diesem Buch auch geschrieben, dass ich so etwas nicht kann: Verheiratet sein, alles ausblenden und mit einer anderen Frau schlafen. Habe ich Carina nicht genau für so ein Verhalten zwischen den Zeilen kritisiert, gar verurteilt? Ich habe an diesem Sonntag, nachdem ich allein war, auf der Couch gesessen und geweint, weil es nicht Carina war, mit der ich geschlafen hatte. Eifersüchtig machen wollte ich sie ganz sicher nicht, dafür hätte sie sich für mich interessieren müssen, und das tat sie nicht.

Was würde Ilka jetzt denken? Dass es mir nur um das Eine ging? Ich habe nach diesem Wochenende den Kontakt mit ihr reduziert, weil ich spürte, dass sie immer mehr Gefühle in mich investierte und ich ihr einfach nichts davon zurückgeben konnte. Ja, natürlich hatte ich ihr gegenüber auch ein schlechtes Gewissen.

Ich habe mit Carina im Juni offen über Ilka gesprochen, worauf sie nur meinte: „Wenn du, wie du zumindest immer sagst, mich wirklich lieben würdest, könntest du nicht mit einer anderen Frau schlafen!" Was hätte ich denn tun sollen?

Man wartet, bis man jemanden findet, den man aufrichtig liebt, oder man wartet so lange, bis der, den man liebt, einen vielleicht eines Tages wieder zurückliebt. Man wartet. Jetzt, wo Sie mich schon ganz gut kennen, wissen Sie, dass dieses Verb ein großes Problem ist. Ist das jetzt meine Rechtfertigung, warum ich mit Ilka geschlafen habe? Weil ich schlecht im Warten bin?

Es war wohl von allem ein bisschen. Aber ich möchte mich nicht rechtfertigen oder verteidigen. Obwohl ich schon manchmal glaube, dass ich, nachdem ich etwas Unüberlegtes tue, immer auf der Anklagebank sitze. Ich bin dann der Angeklagte, der Verteidiger und der Staatsanwalt. Das Gericht ist in meinem Kopf!

Jetzt, nachdem der Sommer vorbei ist, reden Ilka und ich wieder ab und an, wenn ich sie beim Schwimmen sehe. Es ist nichts Negatives zurückgeblieben, und ich weiß nicht genau, warum, aber ich bin froh, dass es so ist.

***

Der richtige Vorname
oder
Die falsche Frau

Karina mit K ist eine ehemalige Schulkameradin meiner Carina mit C. Die beiden waren über Facebook miteinander befreundet, und im Sommer 2010 kam uns Karina mit K mal in Bootshain besuchen. Sie hatte, wie viele kroatische Frauen, dunkle Haare und blaue Augen, was ich gleich mochte.

Wir saßen zu dritt im Wohnzimmer, im Fernsehen lief die Weltmeisterschaft in Südafrika. Die deutsche Mannschaft spielte gerade gegen Argentinien. Mit einem Ohr hörte ich den Damen zu, mit dem anderen dem Fußballreporter. Karina mit K schien in einer Endlosschleife mit Pleiten, Pech und Pannen unterwegs zu sein. Ständig schrottete sie irgendwelche Autos oder hatte sonst ein Problem an der Hacke. Im Moment lief gerade die Scheidung von ihrem Ex. Der war ebenfalls Kroate, hatte die Hochzeit wohl aber eher dazu genutzt, ein unbefristetes Visum zu bekommen und die Kohle seiner gutgläubigen Ehefrau unter die Leute zu bringen. Sie war in der häuslichen Altenpflege tätig, und was sie da so aus ihrem Beruf erzählte, nötigte mir allen Respekt ab.

Ein paar Tage später dachte ich auf dem Weg von der Arbeit nach Hause an sie. Ich hatte nicht das Gefühl, dass sie jemanden zum Quatschen hatte, und wollte einfach nur wissen, wie es ihr so ging. Ich rief an, wir redeten so lange, wie man von Waldfleck nach Bootshain braucht (für alle Nicht-Quinninger: knappe 10 Minuten) und verabredeten uns zum Spazierengehen.

Kommen wir jetzt gleich zu Fehler Nummer eins (Ich muss sie in diesem Kapitel echt nummerieren, da kommen noch ein paar.): Ich erzählte Carina nichts davon. Warum, kann ich gar nicht sagen, ich dachte mir einfach nichts dabei. So, wie das manchmal bei mir eben ist.

Wir verstanden uns gut. Ich sprach mit ihr über kroatische Musik, die mich seit meiner Kindheit interessiert, und Karina war da gut informiert. Sie hatte zu Hause in Quinningen sogar kroatisches Fernsehen. Meine Internetbemühungen steckten damals noch ziemlich in den Kinderschuhen, und ich war über jede Information froh, die ich über Miso Kovac oder Goran Karan bekam.

Zu anderen kroatischen Menschen, die hier lebten, hatte ich überhaupt keinen Kontakt.

Im Juni und Juli gingen wir dann mit Karina, ihrer Schwester und einer weiteren Schulfreundin ein paarmal schwimmen. Dabei fiel mir auf, dass sie ständig Blickkontakt suchte. Jetzt kommt leider auch schon Fehler Nummer zwei: Sinn hätte es gemacht, wenn ich sie ganz direkt gefragt hätte, ob bei ihr eventuell etwas entstehe, das über eine normale Freundschaft hinausgehe. Bei mir war das nicht so, und Carina und ich würden in nicht mal vier Monaten heiraten, was Karina mit K auch wusste.

In gleicher Besetzung fuhren wir wiederum ein paar Tage später ins *Phantasialand*. Wie beim Schwimmen war es so, dass Karina Blickkontakt suchte und, wenn es irgendwie ging, neben mir saß. Das war alles so offensichtlich, dass mich Carina zu Hause ansprach, was da los sei. Aber da war ja nichts. Ich wollte mit Karina reden, weil ich jetzt schon die Notwendigkeit dazu sah. Ich hatte auch nicht wirklich Lust, ein Problem mit meiner Carina zu bekommen.

Karina bewohnte im Haus ihrer Eltern die komplette obere Etage, und ich saß keine fünf Minuten auf der Couch, als sie versuchte, mich zu küssen. Man könnte jetzt natürlich sagen: „Was erwartest du Idiot auch, nachdem es ja schon im *Phantasialand* für alle sichtbar gewesen war, dass sie mehr wollte, als sich mit mir über kroatische Musik zu unterhalten." Sicher kann man das sagen, aber ich dachte mir da echt nichts bei, zu ihr zu fahren. Ich hatte ihr nie das Gefühl gegeben, dass ich was von ihr wollte.

Wir brachen das Gespräch ab, weil ich eine Ausrede erfand, um sofort fahren zu müssen. Ich wollte ihr auch mit der Tatsache, dass ich gar nichts von ihr wollte, nicht vor den Kopf stoßen. Das war übrigens Fehler Nummer drei, dass ich Carina nicht gesagt hatte, dass ich zu Karina fuhr. Aber das haben Sie wahrscheinlich auch schon bemerkt.

Ich wusste, dass ich wieder eine Gelegenheit brauchte, mit Karina allein zu reden, weil die Situation anfing zu nerven. Ich wollte allerdings nicht mehr zu ihr nach Hause. Diese Gelegenheit kam noch in derselben Woche. Am Sonntagnachmittag ging Carina mit ihrem Vater ins Kino, und ich fragte Karina per SMS, ob sie auf einen Kaffee kommen wolle. Sie wollte und kam nach ihrem

Frühdienst. Wir tranken Espresso, ich saß auf der linken Couch und sie auf der rechten.

Ich entschuldigte mich bei Karina, weil ich zu Beginn gar nicht verstanden hatte, dass sie offensichtlich etwas von mir wollte, und ich dann, als ich es bemerkte, vielleicht konsequenter hätte sein müssen. Aber ich liebte Carina und wäre nie auf die Idee gekommen, mich mit einer anderen Frau einzulassen. Sie meinte, dass sie nach der Trennung von ihrem Mann offensichtlich in ein Gefühlschaos geraten sei, aber sicher akzeptieren werde, dass ich nichts von ihr wolle. Ich war erleichtert, dass das jetzt endlich raus war und es keinen Stress gab. Dachte ich zu dem Zeitpunkt noch! Wir gingen auf den Balkon, wo Karina eine rauchte. Ich selbst hatte schon vor zwei Jahren mal wieder aufgehört. Danach redeten wir noch einen Moment und sie fuhr nach Hause.

Zwanzig Minuten später rief sie an, weil ihre Mutter eine kroatische Musik-CD für mich hatte und wissen wollte, ob ich die eben holen käme. Machte ich, und eine gute Dreiviertelstunde später war ich auch schon wieder zu Hause. Carina war schon da, und ich konnte ihr sofort ansehen, dass etwas nicht stimmte. Ob ich Besuch gehabt hätte, wollte sie wissen. Ich beantwortete die Frage mit Lüge Nummer vier: „Nein." - „Wer hat dann draußen die Zigarette geraucht?"

„Fick die Henne, ich hab' den Aschenbecher draußen stehenlassen!", schoss es mir durch den Kopf. Meine Antwort impliziert Lüge Nummer fünf: „Ich." Carina wusste sofort, dass ich log, das konnte ich in ihrem Gesicht sehr genau lesen. Ich gab auf: „Okay, die Karina war hier, sie hat sich in mich verliebt. Ich habe ihr gesagt, dass ich dich liebe und für sie nichts empfinde, sie hat das akzeptiert und auf dem Balkon eine geraucht. Dann ist sie gefahren! Anschließend habe ich mir bei ihrer Mutter eine CD abgeholt", sagte ich und schwenkte mit dem Silberling durch die Luft.

Carina war so sauer, wie ich sie bis zu dem Zeitpunkt unserer Beziehung noch nie erlebt hatte, später natürlich schon! Warum sie von dieser ganzen Scheiße nichts von mir erfahren hätte? Schon krass, dass Frauen, auch wenn sie sich aufregen, immer noch in der Lage sind, kluge Fragen zu stellen. „Carina, was sollte ich denn sagen: ‚Hey, deine Freundin hat sich in mich verliebt, aber mach dir bitte keine Gedanken, denn da ist nichts?' Mir war das auch unangenehm dir gegenüber."

Wir stritten, damals noch in der harmlosen Variante, und beließen es schließlich dabei. Natürlich war mir klar, dass da noch etwas nachkommen würde. Es kam – zwei Tage später!

Wir kamen wieder auf das Thema, hatten ein Vertrauensproblem, das wusste ich. Carina war gekränkt. Sie hatte Recht, aber ich konnte nicht den unteren Weg gehen. Stattdessen nahm ich den Weg durch die Tür und fuhr mit dem Auto ziellos in der Gegend rum. Ich hatte auf dieses Thema keine Lust mehr, wie lange sollte mich das noch verfolgen? Ich hatte Adrenalin ohne Ende. Ich rief Carina an und sagte, dass ich keine Lust mehr auf den Stress hätte und jetzt gegen einen Baum fahren würde. Dann legte ich, ohne eine Antwort abzuwarten, einfach auf.

Ich hatte nicht wirklich vor, mir oder dem Wagen einen Schaden zuzufügen. Ich glaube, ich wollte nur Aufmerksamkeit. Die bekam ich schneller, als mir lieb war: Keine fünf Minuten später stoppte mich ein Polizeiwagen. Ich hätte meiner Frau gerade via Handy meinen Suizid angekündigt; was denn da los sei, wollte der Schutzmann wissen. Ich erklärte mich, was mir vor dem fremden Uniformierten peinlich war. Aber ich war mit der Situation überfordert gewesen. Warum musste ich mit Carina streiten? Weil: Im Grunde gab es da nichts zu streiten. Er gab mir ein paar warme Worte mit auf den Weg und ließ mich dann fahren.

Carina war nicht zu Hause. Sie hatte sich von ihren Eltern abholen lassen und wollte die Nacht in Wagenbach verbringen. Ich hatte ein schlechtes Gewissen und machte das, was mir später blöderweise auch meistens zuerst einfiel. Ich exte eine Flasche Sekt. Die einzige Form von Alkohol, die ich damals schon mochte. Am nächsten Tag kam Carina wieder nach Hause und ich glaube, dass sie mir verziehen hatte. Aber vergessen hat sie es nie, auch wenn wir beide den Kontakt zu Karina auf ein Minimum einschränkten.

Zeitsprung: Januar 2015. In den letzten viereinhalb Jahren hatte ich Karina überhaupt nicht gesehen. Lediglich über Facebook schrieben wir ein- oder zweimal im Jahr. Zu unseren Geburtstagen schickten wir uns ein *Happy Birthday*, das war es.

Carina war schon zwei Monate weg, und ich saß zu Hause und wusste nichts mit mir anzufangen. Ich schrieb Karina an und wollte wissen, ob sie Lust hatte, auf einen Kaffee vorbeizukommen. Sie kam am 14. Januar (dem Tag, an dem Elvis 1973 *Aloha from Hawaii* gemacht hatte), und wir tranken Kaffee, redeten fast zwei Stunden. Über damals und was sich alles so bei uns verändert hatte. Karina hatte seit 2011 eine feste Beziehung und lebte mit ihrem Freund zusammen. Mich freute, dass sie offensichtlich ihr Glück gefunden und beruflich auch keine Probleme hatte. Unser Gespräch tat mir gut, wirklich jemand zum Reden hatte ich sonst nicht. Meine sozialen Kontakte beschränkten sich auf meine Buchungen als Koch.

Im März kam sie ein zweites Mal, wir hatten losen Kontakt über Facebook gehalten, und ich freute mich darauf, sie wiederzusehen. Wir redeten, und ich ging in die Küche, um einen Espresso zu machen. Als ich mit den beiden vollen Espressotassen im Wohnzimmertürrahmen stand, fielen mir die fast aus der Hand. Karina war es in der Zwischenzeit offensichtlich warm geworden, denn sie hatte nur noch einen Slip an. Wie so oft in diesem Kapitel machte mich die Situation einigermaßen ratlos. Ich hatte auch jetzt nie die Möglichkeit in Betracht gezogen, mit ihr zu schlafen; ich freute mich einfach nur, sie nach all den Jahren wiederzusehen. So, wie sie beim letzten Besuch von ihrem Freund erzählt hatte, wunderte mich das jetzt sehr, wie einfach sie hier wohl gerade bereit war, ihn zu betrügen. „Karina", sagte ich, „nur, weil meine Frau im Augenblick nicht mit mir lebt, liebe ich sie deswegen nicht weniger. Zieh bitte deine Sachen wieder an."

Ihr war unverständlich, warum man nicht einfach ein bisschen gemeinsam Spaß haben konnte. Sie zog sich an, wir tranken den mittlerweile lauwarmen Espresso, und sie fuhr wieder nach Hause. Ich saß noch ein bisschen auf der Couch und fragte mich, mit wem ich über das gerade Erlebte sprechen konnte. Mir fiel niemand ein. Bis Mitte Juni hatten wir keinen Kontakt.

In der Zwischenzeit erlebte ich die „Freundschaft" mit Ilka, wobei ich feststellte, dass ich für eine Beziehung überhaupt noch nicht frei genug im Kopf war. Ich suchte Carina in Ilka, so kann man das wohl sagen. Wie würde es sein, einfach mit jemandem zu schlafen? Ohne Gefühle zu investieren, die nicht da waren? Würde es so sein wie mit Ilka? Wenn ich einen One-Night-Stand hätte, würde ich dann über Carina hinwegkommen oder feststellen, dass ich sie auch nach sieben Monaten immernoch zurückwollte? War ich dann ganz sicher, wenn ich mit zwei unterschiedlichen Frauen schlief und am Ende nur meine wollte? Musste ich so eine Erfahrung wirklich machen und wenn ja, welche Frau kam dafür in Frage? Im Grunde gab es nur eine Frau, die ernsthaft in Frage kam, nämlich die, die offensichtlich seit fünf Jahren mit mir schlafen wollte: Karina mit K!

Ich schrieb sie wieder über Facebook an, und wir verabredeten uns für den 9. Juni zum Kaffee. Eigentlich zum Espresso, dabei suchte sie wieder Blickkontakt, und dieses Mal sah ich nicht irgendwo anders hin. Ich erwiderte ihren Blick. Nachdem ich die Espressotassen in die Küche gebracht hatte, stand sie hinter mir. Ich drehte mich um, wir sahen uns in die Augen und küssten uns. Ich schob sie vor mir ins Schlafzimmer, dann legten wir uns spärlich bekleidet aufs Bett. Wir küssten uns vielleicht fünf Minuten, bis ich an meine Carina mit C denken musste. Ich fragte mich, was zur Hölle ich schon wieder machte. Wieder suchte ich all das, was mir Carina nicht geben wollte, bei einer anderen Frau. Das musste endlich aufhören.

Ich löste mich aus der Umarmung. „Sei mir nicht böse", sagte ich knapp, „aber es ist besser, wenn wir uns wieder anziehen." - „Warum", fragte Karina, „liegt es an mir?" - „Nein, aber wenn wir miteinander schlafen würden, wäre das nicht ehrlich, und das hatte ich im Mai schon mal."

Wir gingen ins Wohnzimmer, und ich erzählte ihr von Ilka und dass ich es mit ihr nicht so weit kommen lassen wollte. Dass ich wohl nur etwas über mich selbst erfahren wollte. Ich weiß nicht, ob sie mich verstand, aber irgendwie war sie selbst auf einer Art Flucht vor dem Alltag. Sie erzählte mir von ihrer Hypothek, die jeden Monat 1000 Euro verschlang, und von ihrem Freund, der nur alle sechs Wochen mit ihr schlief. Sie erzählte von ihren Bedürfnissen und dass sie wohl versucht hatte, diese anders zu befriedigen. Denn im Grunde liebte sie ihn, er war verlässlich und behandelte sie gut.

Sie erzählte mir von ihrem ersten Freund, mit dem sie drei Jahre zusammen gewesen war und der dann eine andere schwängerte. Ein halbes Jahr später trafen sich die beiden auf einem Schützenfest und verbrachten die Nacht miteinander. Am

Morgen teilte ihr Ex ihr dann trocken mit, dass er mit seinen Kumpels gewettet hatte, sie wieder ins Bett zu kriegen. Sie tat mir leid und ich fühlte mich scheiße, weil ich etwas über mich herausgefunden hatte, ohne dabei an sie zu denken. An der Wohnungstür umarmten wir uns, und Karina versuchte, mich zu küssen. Ich ging einen Schritt zurück. „Du bist so ein Arschloch", meinte sie im Hinausgehen.

Ich schloss die Tür hinter ihr. Ich weiß, sagte ich dann halblaut zu mir selbst. Eine Viertelstunde stand ich anschließend unter der Dusche, so, als wenn ich das Geschehene einfach abwaschen könnte. In diesem Moment wusste ich, dass ich sie nie wiedersehen würde.

***

Nachts in der Tierklinik
oder
Wiedersehen nach drei Monaten

Samstag, 2. Mai 2015. Ich hatte das Wochenende frei und war in aller Frühe schwimmen gegangen, so wie meistens, wenn ich nicht arbeite und am Vormittag keine Termine habe. Anschließend machte ich ein paar kleinere Besorgungen, um dann den Rest des Wochenendes mit den Katzen und der Arbeit an dem Buch, das Sie gerade lesen, zu Hause zu verbringen. Wenn ich zu Hause bin, halten sich die Katzen meistens in dem Raum auf, in dem ich gerade auch bin, vorausgesetzt natürlich, dass sie wach sind!

An diesem Samstag war das mein Büro. Leo und Lucy lagen nebeneinander auf dem Schreibtisch und schliefen. Harvey, Lisa-Marie und Emma hatten die Schränke beziehungsweise den Fußboden, auf den die Sonne durch das Fenster schien, unter sich aufgeteilt. Wenn ich eine Schreibpause machte, sah ich den Katzen einen Moment lang beim Schlafen zu.

So gegen acht zogen wir mehr oder weniger geschlossen ins Wohnzimmer um. Ich wollte mich nach der Schreiberei, die ich an diesem Tag als anstrengend empfunden hatte, ein bisschen vom Fernseher berieseln lassen. Leo verzog sich in Richtung Küche, worauf ich den Fernseher leiser stellte. Durch seine Penisamputation bin ich sehr vorsichtig mit ihm geworden. Durch das Scharren kann ich meistens hören, ob er Groß oder Klein macht und ob alles in Ordnung ist.

Ich hörte das Scharren, dann eine Pause. Dann wieder Scharren, dieses Mal aus dem kleinen Badezimmer. Ich wurde stutzig und ging sofort gucken. Da war der Kater allerdings schon auf dem Weg in das Katzenklo im Büro, mich im Schlepptau. Er versuchte, Pipi zu machen, aber nichts passierte. „Scheiße!", dachte ich, wir haben eine Blasenentzündung und das am Samstagabend, wo der Tierarzt schon zu hat.

Es war fast neun. Und jetzt? Ich konnte ja nicht bis Montag nichts machen. Die nächste Viertelstunde versuchte ich, im Internet eine Lösung zu finden, und fand eine Tierklinik in der Landeshauptstadt. Die hatte rund um die Uhr geöffnet. Währenddessen versuchte Leo, sich im Wohnzimmer zu erleichtern. Da kam aber wieder nichts, wenigstens aber auch kein Blut.

Ich dachte an Carina. Sollte ich sie anrufen? Sie hatte mal gesagt, wenn irgendetwas mit den Katzen sei, wolle sie das wissen. Also dann! Ich rief sie an und schilderte ihr, was in der letzten Stunde passiert war. „Fahr mit ihm in die Tierklinik, das ist das Beste." Dann machte sie eine Pause. „Soll ich mitfahren?" Ich hatte erstens auf diese Frage gewartet und zweitens auch darauf gehofft.

Aber wie würde es sein, sie nach drei Monaten wiederzusehen? Egal, was das auslösen würde oder wie es sein könnte: Jetzt ging es nur um den kranken Kater, dem geholfen werde musste. Alles andere war in diesem Moment zweitrangig. „Vielen Dank", sagte ich, „Wo treffen wir uns?" - „Komm um zehn mit Leo zu der Tankstelle bei mir in Bachgrund. Ich muss eben noch Haare waschen und duschen." Das Gespräch war zu Ende und ich sah den Hörer an. Warum musste sie jetzt noch duschen und Haare waschen? Weil wir uns sehen würden, oder einfach so?

Das Öffnen der Kammertür, wo sich der Katzenkorb befand, war für Leo das Signal, unter das Bett im Schlafzimmer zu flüchten. Es dauerte noch fast eine Viertelstunde, bis wir beide gemeinsam auf der Autobahn Richtung Bachgrund fuhren.

Wir sind pünktlich an der Tankstelle, und nach fünf Minuten kommt Carina. Wir geben uns die Hand, was mir so unwirklich und komisch vorkommt. So fremd, so anders. Sie hat ein Parfüm, das ich nicht kenne, und ich sage ihr das. Ich mache sie verlegen.

Auf der Fahrt in die Klinik sprachen wir über ihren Geburtstag. Sie hatte sich mit dem Essen eine ziemliche Mühe gegeben, was aber von ihren Gästen wohl niemand zu schätzen gewusst hatte. Wie bei uns früher, dachte ich, da war für mich auch vieles selbstverständlich.

Ich musterte sie aus den Augenwinkeln. Sie hatte sich hübsch angezogen, und sie roch gut. Alles nur wegen der Tierklinik? Sollte ich wissen, was ich verloren hatte? - Ich wusste es!

Wir machten Smalltalk, ich wollte Fettnäpfchen nach Möglichkeit auslassen.

Die Klinik lag mitten in der Landeshauptstadt. Zum Glück war es recht mild. Kein Wind oder Regen. Im Wartezimmer nur ein Dackel vor uns. Wir setzten uns hin, sie nahm Leo auf den Schoß und sprach beruhigend auf ihn ein. Ich kam mir so nutzlos vor und sah zur Seite, um nicht zu weinen. Ich hatte Carina die Katzen genommen, obwohl sie ja eigentlich gegangen ist. Gerade Leo, der besonders für sie ist. Ich weiß das und schlucke wieder meine Tränen runter.

Wir kamen dran – zum Glück! Carina schilderte der Ärztin, was los war; ich stand wieder nutzlos daneben. Leo bekam zwei Spritzen und Tabletten für die nächsten zwei Wochen. Nach fünf Minuten war die Behandlung vorbei. Carina bezahlte die Rechnung, was mir unangenehm war. Ich wollte das nicht, und sie machte es trotzdem. „Denkt sie, dass es mir finanziell schlecht geht, oder fühlt sie sich gar für Leo verantwortlich?" Ich traute mich nicht zu fragen.

Auf der Rückfahrt machte ich die einzige CD an, die im Auto war. Udo Jürgens sang, dass er so gerne ein Bote aus besseren Welten wäre. „Ich auch", dachte ich und fing sofort an zu weinen. So leise, wie ich konnte, damit Carina es nicht mitbekam.

Dann waren wir da, dieselbe Tankstelle, nur zwei Stunden später. Keine Verabschiedung, ich bedankte mich noch einmal. Ich schaffe es bis zur Autobahnauffahrt; dann wieder Tränen.

Noch in der Nacht schrieb ich ihr über Facebook, dass mir klar sei, dass Leo ohne sie schon lange nicht mehr leben würde. Den Sonntag fühlte ich mich traurig und allein. Zum Glück ging es dem Kater besser. Johnny hatte keine Zeit. Wie konnte ich die Gedanken aus meinem Kopf kriegen? Ich trank zwei Glas Sekt und schlief auf der Couch ein.

Abends wurde ich spät wach, in meinem Arm lag Leo, der noch schlief.

Was für ein beschissenes Wochenende!

***

Lucy, ich und der Laptop
oder
Willst du die Wohnung sehen?

Am 29. Mai 2015 schrotteten Lucy und ich meinen Laptop. Mit einem Glas Milch, vier Pfoten und zwei Händen schafften wir es, an einem 1200 Euro teuren Gerät einen 1400 Euro teuren Schaden zu verursachen. Obwohl mir selbst klar war, dass der Kleine in den Laptophimmel gehörte, fuhr ich trotzdem in einen *Elektronikladen* in der Landeshauptstadt - mit dem oben genannten Ergebnis. Also musste ein neuer her, und da ich von Technik genau so wenig Ahnung habe wie von zweitausend anderen Sachen, bat ich Carina, mir bei der Anschaffung zu helfen.

Wir trafen uns am 9. Juni an der Bachgrunder Tankstelle, an der wir uns meistens trafen, denn ich sollte immernoch nicht wissen, wo sie wohnte.

Gleich im ersten Laden hatten wir Glück! Ein meinem sehr ähnliches Gerät desselben Herstellers war im Angebot, und obwohl ich eigentlich nicht so viel Geld ausgeben wollte, entschied ich mich dafür. Die zwei Jahre, die ich gebraucht hätte, um das Gerät eines anderen Herstellers zu verstehen, wollte ich mir sparen, also scheiß aufs Geld.

Da das mit dem Einkaufen so schnell erledigt war und wir auch noch gar nicht gestritten hatten, beschlossen wir, in der Bachgrunder Mensa zu essen. Wir entschieden uns beide für einen Karibischen Burger mit Salat und philosophierten darüber, was denn das Karibische an diesem Hacksteak sein sollte. Wir fanden es nicht, sprachen über Belangloses. „Nur nicht wieder streiten", dachte ich.

Nach dem Essen fuhren wir zu einem DHL-Shop, ein Paket für Carina abholen. Ich bot an, den leeren Karton zu entsorgen, was für sie okay war, nachdem sie den Aufkleber mit der Adresse darauf entfernt hatte. Ich fand das irgendwie albern, sagte aber nichts weiter dazu.

Auf der Fahrt zurück zur Tankstelle kam dann das, was wir beide wohl nicht wollten: Wir stritten! Ich hatte die komplette Woche frei und wollte Zeit mit ihr verbringen, sie wollte aber nicht. Ihre Eltern verstanden zudem nicht, warum wir immer noch Kontakt zueinander hatten. Mir fiel es schwer, die Meinung ihrer Eltern zu verstehen, geschweige denn, zu akzeptieren. In den sieben Monaten der Trennung hatten sie nicht ein einziges Mal versucht, mit mir Kontakt aufzunehmen.

Hatte ich darauf gewartet, oder sogar gehofft? Dass von den beiden mal einer gefragt hätte: „Niko, was ist da los gewesen? Warum ist das so gelaufen?" Ja, ich hatte darauf gehofft.

Carina schlug irgendwann die Autotür zu und ging; ich fuhr los. Normalerweise dauerte es bei Streits dieser Art keine zwei Minuten, bis ich anrief und weiterdiskutieren wollte. Das machte ich jetzt nicht.

Eine halbe Stunde später kam eine SMS von Carina, in der sie schrieb, dass sie es schade fand, wie der Vormittag, der ganz okay gewesen war, dann geendet hatte. Sie schrieb weiter, dass sie wohl erwarten würde, dass ich jetzt derjenige sei, der Geduld haben müsse, und dass das nicht funktioniere.

Ich rief an und entschuldigte mich dafür, überhaupt mit ihr über ihre Eltern gesprochen zu haben. Wenn ich was von ihnen gewollt hätte, dann hätte ich sie auch anrufen können. Ich hatte das nicht getan, genau wie sie. So war eine Art Stille-Post-Modus entstanden, auf den Carina keine Lust hatte.

Carina hatte meinen neuen Laptop mit zu sich nach Hause genommen, um ihn da in Ruhe zu installieren. Donnerstag vor ihrer Arbeit brachte sie ihn mir vorbei, sie legte ihn in die Garage und schrieb eine SMS, dass ich ihn da abholen könne. Ich bekam ihn nicht zum Laufen und wusste nicht, warum. Also kam sie nach ihrer Arbeit wieder zu mir nach Bootshain. Sie hatte in dieser Woche das Auto ihrer Eltern, die gemeinsam, ähnlich wie wir im letzten Jahr, in Berlin waren.

Der Router war kaputt, mit meinem neuen Laptop kam ich gar nicht ins Internet. Mit ihrem konnte ich das schon, allerdings nur an einer bestimmten Stelle im Flur. Da ich schon seit zwei Wochen kein Internet hatte, bot sie an, die Geräte zu tauschen, bis der Internetanbieter einen neuen Router mit der Post geschickt hätte. Ich nahm das gern an und bedankte mich.

Den Freitagnachmittag verbrachte ich nur damit, Nachrichten auf Facebook zu beantworten, da sich in zwei Wochen eine

Menge angesammelt hatte. Die Leute denken immer, wenn sie in sozialen Netzwerken mit einem Koch befreundet sind, können sie einfach den fragen und sich die Kohle für ein Kochbuch sparen. Da kamen dann so Fragen auf wie: „Wie macht man denn eine schnelle Schokoladenmousse?" oder „Was kommt alles in ein *Szegediner Gulasch* rein?"

Nach wie vor beantworte ich jede Frage. Das ist für mich Ehrensache. Bei der vorletzten Nachricht, die ich zu beantworten hatte, kam ich allerdings statt auf den Button *Nachricht verschicken* auf den Button *Datei öffnen*. Es war die Datei mit der Überschrift „Einladung Geburtstagsparty", und dann las ich das, was ich ein halbes Jahr nicht hatte wissen dürfen: Carinas vollständige Adresse! Ich war davon ausgegangen, dass es sich bei der Datei um die Einladung für das Barbecue handelte, das wir drei Jahre zuvor bei Johnny und Bine veranstaltet hatten.

Ich musste an Sibylla denken. War das jetzt wieder ein Zeichen für irgendetwas?

Ich dachte an die Menschen, die wohl Carina gesagt hatten: „Gib dem bloß nicht deine Adresse, der wird dann bei dir auf der Matte stehen und Stress machen." Jetzt hatte ich ihre Adresse und es war mir - ganz ehrlich – vollkommen egal! Das Kontrollbedürfnis war weg. Sicher auch durch die Gespräche mit Herrn Venus, der mir klargemacht hat, dass ich nicht das Recht habe, in das Leben anderer Menschen einzudringen und unangemeldet bei ihnen auf der Matte zu stehen.

Ich bin um Veränderungen für mein Leben bemüht, und ich weiß, dass es für die Menschen, die glauben, mich zu kennen, schwer realisierbar ist zu verstehen, dass ich das schaffe. Aber vielleicht auch gerade deswegen, weil sie diese Veränderungen für ihr Leben nicht hinkriegen.

Eine Woche später, am 22. Juni, kam endlich der neue Router. Ich holte Carina vom Quinninger Hauptbahnhof ab, sie installierte das Teil, während ich Pizza bestellte. An diesem Abend war die Stimmung entspannt: kein Streit, kein böses Wort über die Vergangenheit - nichts. Ich fuhr sie anschließend nach Bachgrund.

In einer Straße vor einem Blumenladen sollte ich sie absetzen. Ich hatte mir die ganze Fahrt überlegt, ob ich ihr sagen sollte, dass ich ihre Adresse hatte. Ich wollte ehrlich sein, also sagte ich nur: „Ich weiß, wo du wohnst." - „Woher?" fragte sie erstaunt. Ich erklärte es ihr. Sie war kein bisschen wütend, sie musste fast ein bisschen lächeln. Trotzdem sagte sie: „Das ist ja doof", lächelte und ging.

Wir schrieben in dieser Woche regelmäßig miteinander und ich fragte sie, ob wir Sonntag was gemeinsam unternehmen wollten. Sie konnte oder wollte nicht; ich ließ nicht locker. Sie meinte, dass sie mit ihrem neuen Mitbewohner (einem Perserkater) zum Tierarzt müsse und dass ich sie ja fahren könne, wenn ich wolle. Ich sagte sofort, dass ich das gern machen würde, auch weil ich den Kater nur von Fotos kannte. Carina wiederum entgegnete dann, dass sie das eigentlich nicht wolle, da sie sonst das Gefühl hätte, sie würde mich ausnutzen. „Was heißt ausnutzen", antwortete ich, „ich kann ja auch ‚Nein' sagen, wenn ich da keine Lust zu habe."

Nach einigem Hin und Her durfte ich dann mit ihr zum Tierarzt und wollte wissen, ob ich wieder an der Tankstelle warten sollte. „Nein, du weißt doch jetzt, wo ich wohne. Wenn du um halb fünf da bist, komme ich runter." Sie kam runter, ich lernte ihren Kater kennen, und wir fuhren zum Tierarzt.

Im Wartezimmer saßen zwei Mädchen mit ihrer Mutter und zwei zahmen Ratten. Ich sollte sie streicheln und fand das irgendwie ganz okay.

Snooky, so heißt Carinas Kater, bekam nur eine Impfung. Wir waren schnell wieder vor ihrem Haus, wo ich ihr ein Päckchen in Geschenkpapier gab. „Was ist das?" - „Für Snooky, quasi zur Begrüßung."

Ich hatte ein bisschen Futter und ein paar Spielsachen gekauft. Carina musste lachen und bedankte sich. Wir beschlossen, noch in den *Subway* zu fahren, um was zu essen. Wieder saßen wir uns gegenüber, und wieder redeten wir über Belangloses - bis sie auf einmal sagte, sie sei gestern schwimmen gewesen und habe Ilka gesehen. „Ja und?" fragte ich. „Schade, dass das mit euch nicht geklappt hat, ihr hättet gut zusammengepasst."

„Was soll das jetzt", dachte ich, „will sie provozieren und sehen wie ich reagiere? Sieht sie nicht, dass ich unseren Ehering trage?" Ich antwortete nur, dass ich mit dem Kopf nicht bei Ilka gewesen sei, als ich sie traf, sondern woanders. Ich wurde ruhiger, versuchte freundlich zu bleiben, obwohl es nach dem Ilka-Satz schwerfiel. Wie so oft schaffte ich es gerade bis zur Autobahnauffahrt, bis die ersten Tränen kamen.

Den Dienstag danach fahre ich in den Tempstadter Technomarkt, ein paar CDs kaufen. Dabei finde ich, ohne danach zu suchen, zwei DVDs, die Carina gefallen könnten. Ich kaufe sie und frage zu Hause per SMS nach ihrer Adresse, ich hatte sie vergessen. So viel zu meiner Kontrollsucht. „Warum brauchst du die", will sie wissen, „sitzt du gerade beim Scheidungsanwalt?" - „Nein sitze ich nicht, ich bin im Wohnzimmer und esse Aldi-Sushi!"

Ich bekomme die Adresse und schicke ihr die beiden DVDs. Zwei Tage später bedankt sie sich dafür, schreibt mir aber sofort, dass sie keine weiteren Geschenke haben möchte. Sie bekommt von niemandem außer ihren Eltern etwas geschenkt, und sie weiß nicht, wie sie darauf reagieren soll. Aha. Ich antworte nur, dass das keine große Sache gewesen sei, ich hätte nur gerade an sie gedacht.

Donnerstag telefonierten wir dann mal wieder, und ich wollte wissen, ob wir Sonntag ins Kino gehen oder woken sollten. Im Kino lief nichts und woken ging nicht, weil sie dazu in meine Wohnung hätte kommen müssen und die Katzen dann sehen würde. Ihr falle das zu schwer.

Carina fragt, warum ich nicht mal frage, auf was sie Lust hat. „Gute Frage, auf was hast du Lust?" - „Wir könnten Sonntag in Bachgrund frühstücken gehen!" - „Gern", antworte ich schnell, bevor wieder eine Diskussion aufkommt. „Triffst du dich eigentlich noch mit dem Typen aus dem Internet?" möchte ich wissen. „Nein!" - „Warum nicht?" - „Weil ich glaube, dass er eine Beziehung möchte; ich möchte aber keine. - Hast du Dates?" - „Nein, das habe ich dir aber schon öfter gesagt."

Carina erzählt, dass ihr Vater einen Kreuzbandriss hat und daher nicht auf ihren Kater aufpassen kann, wenn sie sich mit ihren Au-Pair-Mädels in Brandenburg trifft. Ich biete mich an, aber die Antwort ist eindeutig: „Du wirst meine Wohnung niemals sehen." Dann fragt sie sich, warum wir überhaupt noch Kontakt haben, und ihr fällt keine Antwort ein. Mir würde eine einfallen.

Sonntag, 28. Juni 2015. Auf der Autobahn sind beide Tunnel gesperrt, genau wie Carinas Ausfahrt in Bachgrund. Trotzdem schaffe ich es, um halb zehn pünktlich vor ihrem Haus zu stehen. Wir laufen runter in die Innenstadt und frühstücken in einer Bäckerei. Wieder sitzen wir uns gegenüber. Wir reden über ihre Familie und darüber, dass ihre Schwester mich wohl immer für einen arroganten Mistkerl gehalten hat. Ihre Mutter war wohl mit der Wahl des Ehemannes auch nicht so richtig zufrieden, weil ich keinen Familiensinn habe. Beide haben irgendwie Recht, und doch verstehe ich nicht, warum sie es in sieben Jahren nicht geschafft haben, mir das mal selbst zu sagen.

Ich frage sie, warum sie mich nicht zu ihrem Geburtstag eingeladen hat, und bekomme eine unerwartete Antwort: „Weil du dann vielleicht meine Eltern gesehen hättest." - „Ist das der einzige Grund?" frage ich nach. „Ja!"

Mir fällt auf, dass Carina unseren Verlobungsring trägt und ich frage, warum. „Weil es ein schöner Ring ist; für mich hat er aber nicht mehr die Bedeutung, die er für dich vielleicht noch hat. - Warum hast du denn das Sakko an, in dem wir geheiratet haben?" fragt sie jetzt. Ich hab' da wirklich heute Morgen nicht drauf geachtet, aber ich finde, das sind zwei interessante Zufälle.

Sie interessiert sich für das Buch und will wissen, wie weit ich schon bin. „Es ist viel Arbeit, macht mir aber großen Spaß und ich komme gut voran." Ich nippe an meinem mittlerweile nur noch lauwarmen Milchkaffee.

„Du könntest meinen Eltern ein Buch schenken, wenn es fertig ist." Ich überlege, wo darin der Sinn liegen könnte. Möchte Carina, dass ihre Eltern durch mein Buch auch beginnen, mein Leben zu verstehen? Wenn ja, warum ist das noch wichtig? „Irgendwie alles ein bisschen komisch heute", denke ich. Der Ring, das Sakko, die Fragen nach meinem Buch.

Wir beenden das Frühstück und fahren mit dem Bus in die Nähe ihrer Wohnung, den Rest laufen wir. Vor ihrem Haus fängt es an zu regnen, sie zeigt mir den Vorgarten, weil sie das Meiste selbst eingepflanzt hat. Zucchini, Rosmarin und Zitronenmelisse erkenne ich. Beim Rest muss ich passen. Sie lacht. „Mal sehen, wie sich das alles entwickelt", sagt sie dann schnell. „Was meinst du?" - „Mit uns!" - „Was soll sich da entwickeln", gebe ich zur Antwort. „Ich frage dich jede Woche zehnmal, ob wir was zusammen machen, und du sagst neunmal nein." - „Wenn sich das nicht entwickelt, macht das für mich keinen Sinn. Möchtest du die Wohnung sehen?"

Ich hätte mit jeder Frage gerechnet, aber nicht mit dieser. „Gern", antworte ich nur. „Dann gib mir noch fünf Minuten zum Aufräumen." Immer noch verdutzt nicke ich nur. Ich warte im Regen, schelle, gehe durch das Treppenhaus. Sie öffnet und steht in der Tür, lässt mich rein.

Die Wohnung ist hell, freundlich, mit hohen Decken und großen Fenstern. Carina hat die Wohnung liebevoll gestaltet, was ich ihr nicht sage, weil ich nicht weiß, ob sie das gerade von mir hören will.

Sie führt mich in die Küche und macht Kaffee, ich sitze auf dem Boden und locke den Kater an, mit mir zu spielen. Carina gibt mir seine Leckerchen, dann dauert es keine Minute, bis er sich füttern und streicheln lässt. „Was würde deine Mutter wohl dazu sagen, wenn sie uns jetzt hier sehen könnte?" – „Das ist mir doch egal!" Ich sehe sie an und weiß in dem Moment wieder, dass ich nicht aufgehört habe, sie zu lieben. Ich habe mittlerweile aber auch Angst davor, auch weil ich denke, dass es für sie ein zu großer Schritt wäre. Ihre Familie würde das wohl eher weniger begeistern.

Ich merke, dass ich unsicher werde, und trinke den Kaffee schneller zu Ende, als ich wollte. Zur Verabschiedung gebe ich ihr die Hand, wieder schaffe ich es nur bis zur Autobahnauffahrt.

***

Eine SMS am frühen Morgen
oder
Alles nur Mitleid

Normalerweise lief der Tag nach einem gemeinsamen Treffen so ab, dass wir über Facebook schrieben oder auch mal telefonierten. Meistens war es dann aber auch so, dass Carina sich bei den Treffen nicht unbeschwert geben konnte oder meinte, ihr würde das alles nichts bringen. An diesem Montag, dem Tag, nachdem ich ihre Wohnung hatte sehen dürfen, lief das allerdings ein klein wenig anders ab.

Sie schrieb mir eine SMS, um zehn vor acht. Ich war gerade aufgestanden. Carina wollte wissen, ob ich am 1. August mit ihr zu einem Fußballspiel nach Bachgrund gehen würde. Kein Wort von Unbehagen in meiner Nähe, kein Wort davon, dass ihr all das nichts bringen würde. Ich habe mich über diese SMS unheimlich gefreut und sie gefragt, ob ich sie denn einladen dürfe. Darauf antwortete sie dann so ein bisschen salomonisch, dass ihre anderen Freunde sie ja auch nicht ständig einladen würden. Sie müsse sich das erst noch überlegen, würde sich aber auch erstmal um die Eintrittskarten kümmern. Das war an diesem Montag unser einziger Kontakt.

Dienstag schrieben wir uns nur gegenseitig eine SMS, in der wir uns einen schönen Tag wünschten. Mittwoch hatte ich eine Frage zu einem USB-Stick, den ich mir kaufen wollte, und rief sie gegen zehn am Morgen an. Aus dieser einen Frage wurde ein zweieinhalb Stunden dauerndes Gespräch.

Wir kamen auf das Fußballspiel zu sprechen. „Du, ich möchte einfach nur Zeit mit dir verbringen", sagte ich ihr. Ich hatte mir inzwischen auch ab und an mal überlegt, dass es ja durchaus sein konnte, dass die Trennung uns so weit entfremdet hatte, dass es irgendwie okay so war. Denn manchmal machte mir das Leben allein mit fünf Katzen sogar Spaß. Genauso sagte ich ihr das auch. „Mir geht's im Moment gut, ich habe überhaupt keine Existenzangst mehr. Dieser ganze Kopfstress, den ich in der Selbständigkeit hatte oder davor bei diesen vielen kurzzeitigen Jobs, ist komplett weg. Ich weiß, dass ich die Wohnung allein halten kann und mit meiner Kohle klarkomme. Der Kontrollzwang, den mir Petra quasi hinterlassen hat, ist auch weg." - „Bist du da sicher?" wollte Carina jetzt wissen. „Carina, ganz ehrlich", begann ich, „ich weiß seit vier Wochen, wo du wohnst. Ich hatte noch nicht einmal das Bedürfnis, unangemeldet bei dir auf der Matte zu stehen. Den Sinn würde ich gar nicht sehen."

„Was macht dein Buch?", wechselte sie das Thema. „Ich weiß nicht so genau, ich habe gerade das Kapitel über unsere Hochzeit geschrieben und dabei festgestellt, dass der Tag nicht so schön war." - „Das war der einzige Tag, wo du meine Nähe gesucht hast", bekam ich zur Antwort. An ihrem Tonfall konnte ich hören, dass die Stimmung kippte. „Wenn ich in unserer Ehe das bekommen hätte, was ich gewollt hatte, dann hätte ich mich niemals von dir getrennt." - „Hab ich denn das bekommen, was ich wollte, und das auch zu schätzen gewusst?" dachte ich laut nach. „Ich weiß nicht, ob man das immer so sagen kann." Carina wurde wütend. „Irgendwie bringen unsere Telefonate und die Treffen mir nichts. Ich kann mit dir nicht unbeschwert sein, fröhlich bin ich dann auch nicht." - „Warum machen wir das dann?" - „Weil du mir leidtust, denn du hast ja sonst niemanden!"

„Was redest du denn wieder, Carina? Du weißt doch, dass ich mich vier, fünf Wochen mit Ilka getroffen habe, und von Karina mit K weißt du doch auch." - „Das ist mir alles egal, ich habe am Montag im Bus jemanden kennengelernt." - „Ja und?" Mir kam das suspekt vor. „Ich hab' den mit zu mir genommen und nach zwei Stunden hat er mich gefragt, warum ich traurig bin."

Ich wusste nicht, was ich sagen sollte, fragte mich aber, warum jemand erst nach zwei Stunden merkt, dass sein Gegenüber traurig ist. Warum war sie das überhaupt? Ich suchte nach möglichen Antworten. Weil sie doch wieder etwas für mich empfand, aber mit der Situation überfordert war? Weil sie an ihre Eltern und deren Reaktion dachte? Oder wollte sie sich zwingen, nichts mehr zu empfinden und schaffte es nicht?

„Was war noch so?", fragte ich unverfänglich. „Ich habe mit ihm geschlafen und es war ganz anders als mit dir." Ihre Worte kamen wie aus der Pistole geschossen. Wie auswendig gelernt, wie schon lange vorher passend zurechtgelegt. Lange, bevor man sie ausspricht.

„Gestern Abend ist er vorbeigekommen, um mir ‚Gute Nacht' zu sagen. Einfach so, ich kann mir eine Beziehung mit ihm vorstellen." Stille. – „Warum sagst du nichts, Niko?" - „Was soll ich sagen, du bist ein erwachsener Mensch, und mir ist eigentlich auch egal, mit wem du schläfst oder nicht." - „Vielleicht will ich aber nicht, dass es dir egal ist", antwortete sie scharf.

„Weißt du", sagte ich, „wenn ich darüber nachdenke, finde ich das sehr ekelig. Du verbringst Zeit mit mir, weil du selbst sagst, dass du wissen möchtest, wo das hinführt. Keine zwei Tage später schläfst du mit jemandem, den du keine drei Stunden kennst. Ich bin mir sicher, dass ich dich nie wieder anfassen könnte." - „Vielleicht wollte ich genau diese Reaktion bekommen", kam es wieder relativ zügig von ihr. „Das hättest du einfacher haben können. Ich habe dich nicht gezwungen, mit mir zu reden oder dich mit mir zu treffen."

„Dein Verhalten zeigt mir, dass du dich nicht wirklich geändert hast", stellte Carina trocken fest. - „Soll ich Luftsprünge machen? Weißt du was", sagte ich und versuchte dabei ruhig zu bleiben, „ich denke, es ist das Beste, wenn du unseren gemeinsamen verheirateten Status bei Facebook sofort änderst, unser Hochzeitsbild entfernst und deinen Mädchennamen wieder verwendest. Danach kannst du mich auch gern löschen." Ich beendete das Gespräch.

Beim Schreiben frage ich mich gerade, wie viele Stationen ich mit einem öffentlichen Bus fahren müsste, um jemanden nicht nur kennenzulernen, sondern den auch noch gleich mit nach Hause zu nehmen. Das meine ich jetzt wirklich nicht gehässig, und zum Glück ist nicht jeder Mensch so wie der andere.

Ich glaube, es gibt drei Möglichkeiten: Die erste ist, dass Carina mir die Wahrheit sagte, und dann bleibt mir nichts Anderes, als ihr alles Gute zu wünschen. Die zweite ist, dass sich Carina unsicher war, ob sie etwas für mich empfand. Ich nahm ihr dann durch mein Verhalten eine Entscheidung ab, die sie selbst nicht treffen wollte oder konnte. Möglichkeit drei ist, dass sich Carina vielleicht wirklich wieder in mich verliebt hatte, aber die Angst nicht loswurde, dass alles so kommen würde, wie wir es in der Beziehung schon hatten. Dass wir beide irgendwann wieder vor einem Scherbenhaufen stehen würden. Keine Ahnung, ob ich jemals eine ehrliche Antwort auf meine drei Möglichkeiten bekommen werde.

Ich wartete das Wochenende ab und schrieb ihr am Montag, dem 2. Juli, einen Brief. Ich schrieb ihr, dass ich mich über unsere Annäherung in den letzten Wochen gefreut hätte. Dass ich die junge Frau, die ich kennengelernt hatte, immer lieben werde, aber die erwachsene Frau einfach nicht mehr verstehe. Ich schrieb ihr von den drei Möglichkeiten und dass ich ihr irgendwann mal eine SMS schicken würde. Da werde dann drinstehen, dass ich gerade vor ihrem Haus sei, und wenn sie das Bedürfnis und den ehrlichen Wunsch habe, mit mir zu reden, einfach rauskommen könne.

***

Ein guter alter Bekannter
oder
Meine Angst

Manchmal kommt sie mitten in der Nacht zu mir. Sie umarmt mich wie ein guter alter Freund, und wir trinken zwei, manchmal drei Glas Sekt auf Eis zusammen. Wir rauchen hastig eine *Lucky Strike*.

Manchmal kommt sie allerdings auch wie ein Fremder, den ich gar nicht kenne, aber trotzdem erwartet habe. Sie klopft sachte, behutsam, fast schon zärtlich an meine Tür. Obwohl sie fremd ist, bittet sie um Einlass, will Teil meiner Nacht – meines Lebens sein.

Leise flüstert sie in mein Ohr, so leise, dass nur ich ihre Stimme hören kann: „Du weißt, dass ich immer in dir sein werde, in deinem Kopf, deinem Körper, deiner Seele. Sag meinen Namen." Es ist nur ein Hauch und doch kann ich die Aufforderung hören. „Sag jetzt meinen Namen", wiederholt sie fast schon ein bisschen ungeduldig. „Du bist die Antwort", antworte ich mit fester Stimme. „Du bist meine Angst!"

So, wie die Angst zu mir kommt, so kommt sie bestimmt zu jedem Menschen, überall auf dieser Welt. Egal ob jung oder alt, schwarz oder weiß.

Angst kann dich wärmen wie ein Feuer in einem Kamin, bei dessen Knistern man die Augen schließt und sich entspannt in einen Sessel lehnt, aber man kann auch in den Flammen umkommen. Wovor haben Menschen Angst? Vor dem Verlust eines geliebten Menschen, eines Haustiers, des Arbeitsplatzes, vor Krankheit, Einsamkeit oder dem Tod? Wann beginnt Angst, Teil des eigenen Lebens zu werden? Wenn man mit sechs im Kinderbett liegt und darauf wartet, dass der eigene Vater gleich betrunken nach Hause kommt und die Mutter durch die Wohnung prügelt? Ja, genauso begann meine Angst.

Wenn man mit zwölf im Deutschunterricht sitzt und darauf wartet, dass man etwas laut vorlesen muss und weiß, dass man das nicht kann, weil nur ein unverständliches Stottern aus dem Mund kommt? Ja, auch das war meine Angst.

Bei mir hat die Angst nie aufgehört. Sie wurde ein ständiger Begleiter, mit dem ich mal besser und mal schlechter zurechtkam.

Angst kann einen Menschen vorsichtig, empfindsam oder auch aufmerksam machen. Mich hat sie, als ich erwachsen wurde, jähzornig und verletzend gemacht, weil ich meine Angst auf andere Menschen übertrug. Ich machte meine Angst zu ihrer Angst.

Ich habe mal von einem Mann gelesen, der sich nachts in einem Wald verlief und der aus Angst abwechselnd ein Lied pfiff und laut betete. Das mit dem Pfeifen hat bei mir nie sonderlich geklappt, aber eine Form von Glauben habe ich inzwischen für mich wirklich gefunden. Ich denke, dass Glauben eine Form von „sich an etwas festhalten" sein kann, wobei das allein mir als Lösung (Kann man überhaupt von einer Lösung sprechen?) zu wenig ist. Um was geht es? Mit der Angst zu leben oder sie zu überwinden? Oder beides?

Ich weiß, dass Mike Tyson vor seinen Kämpfen aus Angst geweint hat. Elvis Presleys Beine haben gezittert, bevor er mit *Aloha from Hawaii* zum Gast in 1,8 Milliarden Wohnzimmern wurde. Also doch überwinden, stärker sein als die eigene Angst?

Ich glaube, dass Angst zu vielschichtig ist, um sie ganz zu überwinden. Es gibt Existenzangst, Verlustangst, Angst vor so Vielem … Angst vor sich selbst, wie es bei mir manchmal ist. Ich weiß, dass es bestimmte Situationen gab und immer noch gibt, in denen ich das Falsche sage oder unüberlegt reagiere. Weil das öfter passiert, habe ich schon, bevor es passiert, davor Angst.

Ich weiß, dass es etwas gibt, das ich besser kann als vieles andere. Schreiben! Manchmal habe ich mir die Angst einfach weggeschrieben. Meine Seele geöffnet, nach Worten gesucht und sie meistens auch gefunden. Allerdings habe ich durch meine Angst auch Menschen verletzt und verloren.

Angst hatte bei mir sicher auch immer etwas mit Kontrolle zu tun. Ich kann mich an eine Situation mit Petra erinnern, die ich in einem anderen Kapitel schon beschrieben habe. Ihre Vergewaltigung, wo ich anschließend lange die Angst hatte, so etwas könne sich wiederholen. Was ist, wenn ich dann wieder nicht helfen kann? Wieder dieses Gefühl von Ohnmacht, nicht dagewesen zu sein.

In der Beziehung mit Carina habe ich genau diese Angst auf sie übertragen und den Fehler gemacht, ihr lange nichts von Petras Vergewaltigung erzählt zu haben. Ich veranstaltete ein ziemliches Theater, wenn Carina einfach nur eine Stunde am Fluss Fahrrad fahren wollte, während ich arbeiten war. Sie empfand das als Kontrolle und die Wahrheit, warum ich kontrollierte, habe ich lange nicht sagen können. Für die Beziehung sicher zu lange.

Das zog sich auch durch Alltagssituationen, beispielsweise, wenn sie mal telefonisch eine Stunde nicht erreichbar war. Von meiner Angst, wieder eine Katze zu verlieren, habe ich auch schon geschrieben. Dass ich alle Türen und die Fenster mehrfach kontrollierte, bevor ich die Wohnung endgültig verlassen konnte, ebenfalls. Ich entwickelte ein richtiges Ritual dabei und kontrollierte alles mehrfach in immer der gleichen Reihenfolge. Das war ein richtiger Teufelskreis, aus dem ich lange den Notausgang nicht fand.

Mittlerweile habe ich verstanden, dass es nur mit einem gewissen Vertrauen geht, dem Vertrauen zu sich selbst. Wenn man das nicht hat, wird es echt sehr schwierig.

Mir hat mein Psychologe dabei wirklich sehr geholfen, so simpel wie das jetzt klingen mag: mit Lesen. „Der Survival-Guide fürs Leben" von Bear Grylls ist ein Superbuch, genauso wie die Bibel. Zudem kann ich meine Angst mittlerweile verbalisieren, mich Menschen öffnen und meine Angst mitteilen. Denn Angst ist ein Gefühl, das jeder Mensch in und mit sich trägt. Denken Sie einfach nur an die Steinzeit. Die Situation Höhlenmensch und Raubtier zum Beispiel.

Angst ist, so glaube ich, das Gefühl, das gemeinsam mit dem der Liebe beim Menschen am stärksten ausgeprägt ist, und vielleicht ist das auf irgendeine Art und Weise auch ganz gut so.

***

Meine Angst, Teil zwei
oder
Die Angst vor den eigenen Gefühlen

Stellen Sie sich folgende Situation vor: Sie liegen mit ihrem Partner im Bett. Eng umschlungen, Sie küssen und liebkosen sich – das geht eine ganze Zeit so. Sie fühlen sich geliebt, sicher und geborgen.

Nun wollen Sie den nächsten Schritt gehen, Sie möchten mit ihrem Partner schlafen. Die natürlichste Sache der Welt. Jetzt sind Sie ICH – und die Probleme fangen an.

Ich habe Sexualität nie eine besonders wichtige Bedeutung in meinem Leben gegeben. Ich hatte also wahrscheinlich weniger Erfahrung als die meisten Männer in meinem Alter und weniger als Carina, die fast dreizehn Jahre jünger ist als ich. In meinem Kopf nistete sich dann immer folgender Gedanke ein, wenn ich mit Carina im Bett war: „Ich bin der Mann, ich bin älter, ich muss - so blöd, wie sich das jetzt bestimmt auch anhört - das Heft des Handelns in die Hand nehmen." – (Okay, das hört sich richtig blöd an!) Ich musste, zumindest in meinem Kopf, meiner Frau gegenüber eine Erwartungshaltung erfüllen, die sie, wie ich mittlerweile glaube, nie gehabt hat.

Vorbei war es mit der romantischen Stimmung. Ich wurde unsicher, gehemmt, bekam Angst und manchmal sogar Asthma-Attacken. Aus dem, was ich gerade beschrieben habe, ging ich in eine Abwehrhaltung und wurde sogar abweisend.

Wie sollte der Partner, dem ich mich nicht öffnen konnte und der von meinen Problemen nichts wusste, jetzt reagieren? Carina weinte im Bett, das hat mich dann komplett überfordert.

Der normale Weg wäre jetzt gewesen, sie in den Arm zu nehmen und zu sagen: „Ich liebe dich mehr als alles andere auf der Welt, aber ich weiß nicht, was ich machen soll. Ich habe Angst, etwas falsch zu machen. Dir wehzutun oder dich zu verletzen. Ich weiß auch nicht, was du schön findest, was du möchtest und auf was du Lust hast."

Richtig, das wäre der normale Weg gewesen. Ich tat nichts von alledem. Ich stand auf und ging ins Wohnzimmer, und diese Situation passierte nicht nur einmal, sondern wieder und immer wieder.

Wie soll sich ein Partner fühlen, wenn er in der intimsten Situation, die zwei Menschen miteinander haben können, das Gefühl bekommt: „Der will vielleicht gar nicht auf mich und meine Gefühle eingehen, vielleicht liebt er mich gar nicht. Vielleicht ist ihm das alles gar nicht wichtig."

Wir hatten genug Momente, in denen Carina dann die Initiative übernehmen wollte, aber ich habe es nie geschafft, mich dem hinzugeben, mich einfach nur fallenzulassen, zu lieben, geliebt zu werden, sich zu vertrauen. Ich konnte mit Carina nie darüber reden, weil mein Schamgefühl einfach zu groß war. Wenn man im Jahr zehnmal mit seiner Frau schläft, immer auf die gleiche Art und Weise, dann muss der Partner irgendwann zwangsläufig das Gefühl bekommen, dass man nicht aus Liebe miteinander schläft, sondern weil es der Partner einfach mal wieder erwartet.

Dass das so nicht funktionieren kann, habe dann sogar ich verstanden. Irgendwann ist nur noch Frust, Enttäuschung und Unverständnis da.

Was war mit Carina, hat sie das so empfunden? Ich habe mich das oft gefragt, aber ich konnte nie offen mit ihr darüber sprechen. Obwohl ich ihr vertraute - und das tat ich wirklich - ging es einfach nicht. Ich schaffte das einfach nicht. Sicher war mir klar, dass unser nicht gelebtes Sexualleben ein weiterer Grund war, der unsere Beziehung auf eine harte Probe stellte.

Heute glaube ich, dass man, wenn eine Beziehung harmonisch ist und - so einfach, wie das jetzt klingt – funktioniert, dann alle anderen Probleme lösen kann.

Wir aber, so muss ich das heute ganz ehrlich sagen, waren Einzelkämpfer geworden. Carina sicher unfreiwillig, so ehrlich muss ich dann auch schon sein.

***

225

Allein unter Menschen
oder
Besser ganz allein?

Mittlerweile bin ich ganz gern allein. Manchmal! Meistens?

Wenn ich weiß, dass ich den ganzen Tag keine Menschen-seele sehe, rasiere ich mich nicht und knalle mir auch keine Un-mengen Haarlack auf den Kopf.

Aber alles der Reihe nach: Wie sieht so ein komplett freier Tag aus, wenn ich nicht koche oder schreibe? Ich stehe meist gegen sieben auf und frühstücke nicht, aber die Katzen. Dabei sehe ich ihnen zu und trinke ein oder zwei Espresso. Dann gehe ich schwimmen und in die Sauna, immer 75 Minuten. Immer die glei-che Anzahl an geschwommenen Bahnen. Wissen Sie, wie ich das Schwimmen am Anfang gehasst habe? Aber ich habe sofort gemerkt, dass es mich ausgeglichener sein lässt, wenn ich es regelmäßig mache. Mittlerweile freue ich mich meistens darauf.

Wieder zu Hause, frühstücke ich Kiwis oder Bananen, dann höre ich stundenlang Musik. Es gibt wenig, das ich nicht höre – bei Hardrock oder Heavy Metal muss ich passen - den Katzen zuliebe! Sonst von Klassik (bevorzugt Brahms, Bruckner, Johann Strauss) über Carpendale, BAP zu Elvis, Johnny Cash und Falco. Nur Radio höre ich so gut wie nie; keine Ahnung, warum das so ist.

Am frühen Nachmittag koche ich meist so ein Mittelding aus Mittag- und Abendessen. Meistens kurz gebratenes Rindfleisch mit Gemüse und Nudeln. Schweinefleisch esse ich so gut wie gar nicht mehr; wenn ich so einen Sandwichtag habe, dann schon mal in Form von Aufschnitt mit reichlich Remoulade drauf.

Ich lese sehr viel, von den wöchentlich erscheinenden *John Sinclair*-Romanen bis hin zu Biographien und Werken von Max Frisch.

Ich liebe Hollywood-Filme der Vierziger- bis Sechzigerjahre, von Humphrey Bogart zu Cary Grant und Rock Hudson, von den Hitchcock-Filmen zu den deutschen Nachkriegsfilmen mit O.W. Fischer. Da kann ich schon mal zwei oder drei am Stück schaffen.

Klingt alles ganz schön entspannt, finden Sie nicht? Aber sicher ist das nur die halbe Wahrheit, denn die ganze ist, dass ich mich auch ab und an mal frage, ob ich vielleicht beziehungsunfähig bin. Dass das Scheitern einer Beziehung immer an der Frau liegt, glaube ich schon lange nicht mehr. Dafür waren meine Frauen zu unterschiedlich. Bin ich vielleicht zu ichbezogen für eine dauerhafte Partnerschaft? Nicht bereit, alles von mir preiszugeben?

Wenn ich allein lebe, muss ich mich nur mit mir selbst verstehen, auseinandersetzen und beschäftigen. Aber ist das wirklich das Alleinsein wert? Diese langsame Form der Vereinsamung, die mir nicht als solche vorkommt, aber die es ja dennoch ist, oder zumindest sein kann. Schwer zu sagen. Habe ich irgendwann aufgegeben, nach dem Deckel zu suchen, den es für mich und meinen Topf irgendwo sicher geben könnte? Oder bin ich nur den einfacheren Weg gegangen und habe mich für Katzen statt Menschen entschieden? Ich rede mit ihnen wie mit Menschen und bin mir sicher, dass sie mich verstehen.

Kennen Sie das Lied „Samstagnacht" von Howard Carpendale? Die meisten, die es kennen, halten es für eine Partynummer, aber eigentlich geht es um ein sehr ernstes Thema. Das Alleinsein unter Menschen. Nicht akzeptiert oder verstanden zu werden. Allein mit sich, seinem Leben, seinen Problemen. Inmitten von Menschen zu sein und sich ganz allein zu fühlen. Ich kann das sehr gut, empfinde daran allerdings nichts Schlechtes oder gar Trauriges. Es ist, wie es ist. Ich habe ein Problem mit Oberflächlichkeit, die vertrage ich überhaupt nicht.

In allen Beziehungen, die ich hatte, habe ich mich auch ein bisschen einsam gefühlt, was bei mir aber daran lag, dass ich mich nicht öffnen konnte. War ich dann auch so oberflächlich wie die, die ich dafür verachte? Nein, oberflächlich war ich nie, dazu bin ich viel zu extrem gewesen. Trauriger und lustiger, nie nur ein bisschen. Immer das volle Programm.

Vielleicht ist es den Frauen gegenüber nicht ehrlich gewesen, nicht alles von mir preiszugeben. Ganz sicher war es das nicht. Aber ich konnte nicht aus meiner Haut heraus, weil ich immer dachte, ich mache mich angreifbar, wenn ich Gefühle zeige. Verrückt, oder? So kann es sein, dass manche ein falsches Bild von mir bekamen und dachten, sie hätten einfach nur ihre Zeit mit mir vertrödelt.

Ich bin gegen meine Selbstzweifel nie so wirklich angekommen, hab mich selbst lange nicht besonders gemocht. Erst im letzten halben, dreiviertel Jahr habe ich mich anders, bewusster gesehen. Habe begonnen, an mir als Mensch zu arbeiten. Heißt das jetzt etwa, dass mir keine Fehler mehr mit anderen Menschen passieren werden? - Ganz sicher nicht! Aber es heißt zumindest, dass bei allem, was in Zukunft sein wird, Ehrlichkeit im Vordergrund steht. Ich werde keine Rolle mehr wie in einem billigen B-Movie spielen, bei dem man den Schluss schon am Anfang kennt. Ich werde einfach nur ich selbst sein.

Das Alleinsein unterscheidet sich nachts deutlich von dem bei Tage, das ist mir gerade noch eingefallen. Ich glaube, es gibt etwas Wesentliches in der Dunkelheit in meinem Leben, das ich tagsüber verdränge: die Sentimentalität; die Verletztheit. Ich stehe manchmal stundenlang am Fenster und schaue in den Himmel, suche nach Sternen und ärgere mich, wenn ich sie finde, darüber, dass ich ihren Namen nicht weiß.

Ich habe irgendwann angefangen, mir das Leben mit den Katzen schön zu machen, aber ich weiß auch, dass man sagt, der Mensch sei ein Rudeltier. Aber man sagt so viel.

Wir werden sehen, was passiert. Ich habe die Erfahrung gemacht, dass das Leben bei mir oft mehr Haken schlug als ein wildes Kaninchen. Wenn ich ehrlich bin, freue ich mich mittlerweile sogar ein bisschen auf das Leben. Zumindest bin ich neugierig darauf geworden. Das ist ja schon mal ein Anfang!

***

Carinas Eltern
oder
Niko, das unbekannte Wesen

Carinas Eltern lernte ich im Juli 2007 kennen. Wir waren gerade mal vier Wochen zusammen. Vielleicht waren sie durch Carinas Erzählungen ein bisschen misstrauisch, denn ich bin fast dreizehn Jahre älter als ihre Tochter und fuhr einen Mercedes. Dazu kam noch, dass ich verheiratet war und von Petra seit nicht mal drei Monaten getrennt lebte. Carina hatte noch keinen festen Freund gehabt, und wenn da die Eltern denken, der ältere Freund möchte vielleicht nur ein bisschen Spaß haben, kann man es ihnen nicht verdenken. Wenn sie meine Tochter gewesen wäre und einen Freund mit diesem Hintergrund zum Essen mitgebracht hätte - das sage ich jetzt ganz ehrlich –, hätte ich das nicht so sportlich gesehen. Ok, ich sage es deutlich: Ich hätte es scheiße gefunden!

Ist Ihnen das eigentlich auch aufgefallen? In den letzten zwei Sätzen hat der Nachwuchsschriftsteller dreimal das Wort „hätte" benutzt! Krass, oder?

Ich wäre sogar noch einen Schritt weitergegangen und hätte (viermal!) gesagt: „Mädchen, du bist jung und hübsch, und die Welt ist groß. Such dir bitte was in deinem Alter, wenn es geht, auch sehr gern mit einem anderen Auto." Aber das machten die beiden nicht und luden mich für einen Sonntagmittag zum Essen ein.

Ich stellte mich mit meinem Vornamen vor, weil ich dachte, ich könne mich doch unmöglich von Carinas Eltern siezen lassen. Als sie jedoch das Gleiche taten, war ich komplett verunsichert. Ich wusste nicht, wie ich die beiden ansprechen sollte. Beim Vornamen, aber mit Sie? Ich konnte sie doch unmöglich duzen, immerhin waren das Carinas Eltern! Also vermied ich lange eine direkte Ansprache, was nicht wirklich höflich war.

Zum Essen gab es Gulasch mit Nudeln und Ketchup. Ich muss gestehen, dass ich das so vorher noch nie gegessen hatte und dass es wirklich lecker war. Manchmal, wenn ich mir später allein Gulasch gemacht habe, weil man das auch am nächsten Tag noch gut essen kann, habe ich mir Ketchup draufgetan und an die beiden gedacht.

Ich war an diesem Tag unheimlich aufgeregt, weil ich dachte, ich träfe auf eine ganze Menge Vorurteile. Dem war aber überhaupt nicht so. Zumindest ließen sie mich das nicht spüren. Carinas Eltern sind einfache, rechtschaffene Menschen mit klaren Wertvorstellungen, denen im Leben nichts geschenkt wurde. Vielleicht ein bisschen konservativ im Vergleich zu mir, aber dafür deutlich ruhiger, besonnener und ausgeglichener. Der Vater im Besonderen und die Mutter wie eine Familien-Managerin, immer das große Ganze im Auge.

Ich hatte bei Carinas Mutter immer das Gefühl, dass sie Carina, genau wie ich später, nie als erwachsene Frau sah, sondern immer als ihr Mädchen. Den Druck, den ich Carina beispielsweise mit der Selbständigkeit machte, hatte sie wohl im Gegensatz zu ihrer Schwester manchmal auch früher zu Hause bekommen - in der Schule, beim Abi oder später in den Anfängen des Studiums. Wobei mein Druck natürlich auf meine Doofheit zurückzuführen ist, denn ich hätte mich ja selbst mehr um die Dinge kümmern können. Stattdessen hieß es immer: „Carina mach mal hier, mach mal da". Dass Eltern immer das Beste für ihre Kinder möchten, ist logisch, gerade wenn sie selbst kein Abitur oder Studium haben. Ihr Vater hat das, glaube ich, immer eine Spur lockerer gesehen, und Carina liebt es heute noch, mit ihm ins Kino zu gehen.

Das Problem, das ich mit beiden hatte, war meines und nicht ihres, denn auch hier zieht es sich wie ein roter Faden durch mein Leben: Ich habe es einfach nicht geschafft, mich ihnen gegenüber zu öffnen, und kann noch nicht mal sagen, warum das so war.

Ich habe in sieben Jahren kein einziges Mal einen von beiden angerufen, um einfach nur mal „Hallo" zu sagen. Wir sind in sieben Jahren nie wirklich über das Stadium von Smalltalk hinausgekommen. Nach unserer Trennung habe ich mich oft gefragt, woran das gelegen haben könnte, und die Antwort lag schnell auf der Hand: An mir! Wir sind so oft zum Grillen, Kaffee oder zum Essen eingeladen worden, wo ich dann meistens eine Ausrede fand, nicht mitzufahren.

Die Harmonie und Liebe, die Carinas Eltern auch heute noch füreinander empfinden, machte mir Angst, weil ich so etwas von zu Hause nicht mal im Ansatz kannte – geschweige denn, dass ich eine Form von Zuneigung bei meinen Eltern gesehen hätte.

Bei den beiden ist es selbstverständlich, dass sie sich beim Gehen an den Händen halten. Für sie ist es das Normalste der Welt. Nach unserer Trennung hat mir Carina mal erzählt, dass ihr Vater jeden Morgen eine Stunde früher aufsteht, als er müsste, nur um mit ihrer Mutter gemeinsam zu frühstücken und sie zu sehen. Mich hat das unheimlich berührt, und ich habe mich gefragt, wie oft ich für Carina in all der Zeit Frühstück gemacht habe. Wenn Sie das Buch aufmerksam bis hierher gelesen haben, kommen sie relativ schnell auf die richtige Antwort: Kein einziges Mal!

Wissen Sie, was das Schlimmste dabei ist? Ich bin noch nicht mal auf die Idee gekommen! Dabei ist das doch wirklich so ein schönes Beispiel, wie man mit wenig Aufwand seinem Partner einen schönen Start in den Tag schenkt.

Am schlimmsten waren für mich immer die jährlichen Besuche an Heiligabend. Von zu Hause war ich es gewohnt, dass sich meine Eltern stritten oder mein Vater betrunken war. Bei ihren Eltern saß man gemütlich im Wohnzimmer, lachte und erzählte sich etwas.

Ich habe mich all die Jahre unwohl gefühlt, wie ein Fremdkörper, obwohl Carinas Eltern wirklich versucht haben, es mir leicht zu machen. Wobei ich natürlich auch gestehen muss, dass ich es in sieben Jahren nicht schaffte, mich auf diese Harmonie einzulassen. Nicht, weil ich nicht wollte - ich konnte nicht. Ich konnte es einfach nicht.

Von unseren Streitereien haben ihre Eltern, glaube ich, nie wirklich viel mitbekommen. Zumindest haben sie sich nie eingemischt, nie gesagt: „Was erlaubst du dir hier eigentlich mit unserer Tochter?" Heute weiß ich, dass es für mich Sinn gemacht hätte, ihnen zu vertrauen, mich zu öffnen. Zu sagen: „Können wir bitte mal reden?" Was hätten sie schon sagen sollen? „Ja" oder „Nein".

Das habe ich nach der Trennung oft gedacht, dass ich die beiden nie als Bereicherung für mein eigenes Leben gesehen habe. Vielleicht ist das, wenn Sie das gerade lesen, schwer verständlich, aber ich muss ganz ehrlich sagen, dass ich die beiden sehr gern hatte und dass sie mir manchmal sogar wirklich fehlen. Sie haben mich nicht belogen, mir meine Kindheit genommen oder den Kopf zerstört. Die beiden ganz sicher nicht. Sie haben mir

Türen geöffnet, durch die ich nicht gegangen bin, vor denen ich stehenblieb. Heute sind diese Türen für immer verschlossen. Wie singt Harald Juhnke dann immer: *That's life*!

Eine Woche nach unserer Trennung habe ich in einem Brief versucht, Worte zu finden, keine Entschuldigungen. Denn es gibt Dinge im Leben, für die man sich nicht entschuldigen kann.

„Niko, das unbekannte Wesen" habe ich dieses Kapitel genannt. Wie würden Sie das nennen? Wenn sich Menschen ehrlich und ohne Vorurteile für einen interessieren und man selbst kann nicht aus seiner Haut heraus? Lapidar könnte man sagen: Selbst schuld! Ich weiß, aus dem Wohnzimmer höre ich wieder den ollen Harald Juhnke, der mir zu verstehen gibt: „Auch das ist Teil deines Lebens!" *That's life*!

***

Der Soundtrack meines Lebens
oder
Another Lonely Night (Adam Lambert)

Für mich gibt es drei Arten von Liedern. Zunächst mal die, die ich einfach nur scheiße finde. Dann die, die einfach nur gut sind, an die man sich aber zehn Minuten nach dem Hören nicht mehr so ganz genau erinnern kann. Dann kommt die dritte Art von Liedern. Das sind die, bei denen man denkt: „Fick die Henne, der singt ja gerade über mich. Woher kennt der mein Leben? Warum weiß der, dass ich das genauso fühle und dass jede Zeile eine aus meinem Leben sein könnte? Wenn der darüber singen kann, hat er das vielleicht auch schon mal so gefühlt, dann bin ich nicht der einzige, dem es so geht!"

(Haben Sie auch bemerkt, dass ich immer „er" schreibe? Das deutet darauf hin, dass meine Lieblingssänger eher männlich sind.)

Aber wie gehen all die anderen mit ihrer Wut, ihrer Traurigkeit und ihrer Einsamkeit um? Suchen auch sie Trost in der Musik?

Jetzt mag man sagen: Moment mal, es gibt ja auch eine Form von Gute-Laune-Musik, andere nennen sie auch „Partymusik" und „Ballermann-Mucke". Stimmt, die gibt es auch, fällt aber in meiner Aufteilung der drei Arten von Liedern meistens in die erste Kategorie.

Natürlich höre ich auch Musik, wenn es mir gut geht, ich ausgeglichen bin und das Leben im Großen und Ganzen recht schön ist. Aber ich glaube, wenn es einem schlecht geht, kann Musik eine Form von Trostspender sein. Wenn ich *Impossible Dream* von Elvis Presley höre, dann habe ich das Gefühl, als wenn er jede einzelne Zeile aus seinem Herzen holt, als wolle er sagen: „Seht her, auch ich habe die Täler des Lebens durchschritten und ich stehe hier: kerzengerade und ungebrochen." Aber „ungebrochen" kann er ja eigentlich nicht gesagt haben, denn so heißt ja mein Buch!

Oder Udo Jürgens mit seinem *Boten aus besseren Welten* oder dem *Sänger in Ketten*. Unglaubliche Lieder. Carina und ich haben ihn auf seiner vorletzten Tour live gesehen, und es tat mir in der Seele weh, dass ich so lange gewartet habe. Ich hätte ihn gern fünfzehn oder zwanzig Jahre früher gesehen, mit all seiner Kraft und Dynamik.

Wenn Hans Hölzel, man nannte ihn auch Falco, mit *Out of the Dark* bei mir aus den Boxen dröhnt, bin ich mir sicher, dass dieses eine kleine Leben hier auf unserem blauen Planeten nicht alles gewesen sein kann. Dass da irgendwo, irgendwann noch etwas Neues beginnen muss.

Manchmal, wenn die Nacht am dunkelsten ist, begleitet mich Johannes Brahms in den neuen Morgen. Seine *Symphonien 2* und *4* sowie das *Deutsche Requiem* sind meine Leuchtfackeln gegen die Dunkelheit, meine Lanze und mein Schild.

Bei Rainhard Fendrichs *Herz* kommen mir fast jedes Mal die Tränen, weil ich sofort an Carina denken muss. Wir haben ihn zweimal zusammen live gesehen, und er war absolut großartig.

Roy Black und Elvis habe ich leider nie live sehen können, aber ich habe ja hier schon ausführlich über die beiden Wächter meiner Kindheit geschrieben.

Wenn Sie Roy Black verstehen wollen, dann hören Sie sich *Geträumt* an. Dann werden Sie ihn verstehen. Kurz nachdem Carina gegangen war, habe ich auf einem Carpendale-Album das Lied *Wann* gefunden. Gefunden passt da wirklich ganz gut, ich habe alle Lieder auf CD, die der gute *Howie* – ich weiß, dass er den Spitznamen hasst – jemals in einem Tonstudio aufgenommen hat. In diesem Lied stellt er die gleichen Fragen, die ich mir auch immer wieder gestellt habe: Wann fing es an, anders zu sein? Wann hab' ich den ersten Fehler gemacht? Wann hast du an ein Leben ohne mich gedacht? - Hat er beim Singen dieses Liedes die Antworten bekommen, die ich immer noch ein bisschen suche?

Jetzt denken Sie möglicherweise, dass es sein könnte, dass der Koch zu viel in die einzelnen Texte hineininterpretiert. Sagen wir mal so: Die Lieder, von denen ich gerade geschrieben habe, hat der Künstler entweder selbst getextet oder sie bewusst ausgesucht.

Ich mag Dieter Bohlen und seine Musik unheimlich gern, aber was soll ich von einem Album halten, das in der Regel in einer einzigen Nacht entstanden ist? Das Einzige, das ich in einer Nacht schaffe, sind sechs Tassen Espresso.

Meine Liebe zur Musik fing an, als ich so zehn war. Da hab' ich die Musikkassetten von Roland Kaiser und Andy Borg auf der Stereoanlage meiner Eltern im Wohnzimmer gehört.

Warum gerade Deutscher Schlager? Weil ich glaube, dass auch das wieder so ein Suchen nach einem Stückchen heile Welt war. Mein Vater hatte mir ein Mikrophon gekauft, das man an die Stereoanlage anschließen konnte, sodass ich über die Musikkassetten drübersingen konnte.

Mein Lieblingsalbum zu dieser Zeit war *Ich fühl mich wohl in deinem Leben* von Roland Kaiser. Eines Tages wollte ich jedes Lied aus diesem Album mit meiner Stimme über Mikrophon singen und das Ganze auf eine leere Musikkassette aufnehmen. Beim Abendessen fragte ich meinen Vater, ob er eine leere Kassette für mich hätte, worauf er antwortete: „Dafür ist die doch viel zu schade!" Blöd gelaufen, oder? Sie sehen, dass ich das bis heute nicht vergessen habe. Interpretieren Sie das einfach, wie Sie möchten. - Egal, lassen wir das.

Musik ist so etwas Wunderbares, etwas so Faszinierendes. Es kann sein, dass ich, wenn ich irgendwo ein Lied von einem Künstler höre, das mir gut gefällt, bei nächster Gelegenheit in den Tempstadter Technomarkt fahre. Da kaufe ich mir nicht nur das Album, auf dem besagtes Lied drauf ist, sondern alle Alben, die gerade vorrätig sind. Bei Ricky Nelson war das beispielsweise so. Später habe ich erfahren, dass er genau an meinem Geburtstag bei einem Flugzeugabsturz ums Leben kam.

Bei Adam Lambert war es ebenfalls so, dass ich ein Lied suchte und drei Alben kaufte. Sein *Another Lonely Night* macht mir eine unglaubliche Angst, weil jede einzelne verfickte Zeile von mir sein könnte - das ist so unglaublich!

Natürlich wäre ich nicht ich, wenn ich mir nicht schon längst ein Lied für meine eigene Beerdigung ausgesucht hätte. *Somebody Bigger Than You and I* von Elvis Presley. Bei diesem Lied habe ich immer das Gefühl, dass man bereit sein könne für alles, was da kommen würde, und dass Sterben einfach nur der Weg von einem Raum in einen anderen ist.

Julio Iglesias finde ich gut; jetzt denken sie bestimmt: „Bääh, geh weg!" Ich habe mal ein Konzert von ihm im Fußballstadion von Barcelona gesehen. 100.000 Zuschauer, und er saß auf einem Barhocker, die Augen geschlossen, und sang *La Paloma*. Das ist Ausstrahlung. Ob er jetzt 10.000 Frauen hatte oder 15.000, ist mir egal, weil: Dadurch wird seine Stimme weder besser noch schlechter.

Dann gibt es noch die „Künstler für die Arbeiterklasse", wie ich sie nenne. Die, die nicht die schönsten sind und deren Stimme auch nicht der einer Nachtigall gleicht. Aber da zählen Inhalte. Ich rede von Bruce Springsteen und BAP.

Ich hab' mal eine Reportage über Springsteen gesehen, wo er irgendwo draußen im strömenden Regen steht und Autogramme schreibt. Sein Manager sagt dann so was wie: „Mensch, Bruce, geh rein, nicht, dass du noch krank wirst." Worauf der ihn völlig verdutzt ansieht und antwortet: „Aber die Leute stehen doch auch alle hier!"

Musik ist etwas Wunderbares, und ein Tag ohne Musik irgendwie ein verlorener Tag.

***

Häusliche Gewalt
oder
Wenn man keine Worte findet

Wie viele ernsthafte Beziehungen hatte ich und wie war das? Warum sind sie gescheitert?

Ich war mit Helga über zwei Jahre zusammen, mit Petra und Carina verheiratet. Machen Vergleiche einen Sinn auf der Suche nach Antworten? Wie waren die Frauen?

Bei Helga war ich komplett unerfahren, obwohl ich da schon Anfang zwanzig war. Nicht nur sexuell, auch vom Leben hatte ich keine Ahnung, keine genaue Vorstellung. Wie würde ich Helga heute charakterisieren? Ich glaube, dass Helga keine Perspektiven oder Ziele in ihrem Leben sah, sie wollte nach dem plötzlichen Tod ihres Vaters einfach nur gerettet werden. Eine tiefe Beziehung zu ihr wollte ich nicht; dass sie nicht die Frau fürs Leben war, wusste ich von Beginn an.

Sie ist die einzige Frau, die älter ist als ich und zu der ich eine Beziehung hatte, bis heute. Helga ist sieben Jahre älter als ich, so aufbrausend wie ich, damals schon. Ich fand immer, dass sie keinen Ehrgeiz hatte. Geschlafen haben wir so richtig kein einziges Mal miteinander, weil es mich nicht interessiert hat.

Warum blieben wir dann zusammen, warum reichte ihr diese platonische Beziehung ebenfalls? Warum hatte ich damals nicht die Konsequenz, die ich heute habe? Hatten wir beide vielleicht einfach nur den Wunsch, nicht allein zu sein? Ich glaube, das trifft es schon ein bisschen. Ich hatte in der Zeit mit Helga schon erhebliche Probleme mit meinen Eltern und sah sie dann wohl als Familienersatz.

Und bei Petra, wie war es da? Wie sie da so auf Johnnys Couch saß und ich sie das erste Mal sah, hatte ich immer noch keine sexuelle Erfahrung, im Leben aber schon die ersten Tief- und Nackenschläge kassiert. Sie prägte Johnnys Satz vom sicheren Auftreten bei völliger Ahnungslosigkeit in Vollendung! Dieser eine Satz reicht für ein Persönlichkeitsprofil auf jeden Fall aus, und das meine ich noch nicht mal schlecht oder mit Häme, überhaupt nicht.

Und wie war sie sonst so? Drei Kinder, keine Beziehung, die funktionierte, kein Job, der funktionierte, keine Schulter zum Anlehnen. Den Arsch voll Schulden und keine Ahnung, wie es am folgenden Tag weitergehen würde und ob überhaupt. Wären wir jemals zusammengekommen, wenn sie an diesem einen Freitag nicht mit einem Messer an sich rumgeritzt hätte? Kann ich diese Frage überhaupt ehrlich beantworten?

Ich bin im Grunde kein großer Freund von diesen „Was wäre"-Nummern, das ist mir immer alles zu theoretisch. Petra gab für mich alles auf, ihr komplett altes Leben: Kinder, Eltern und Wohnung! Für mich? Wirklich nur für mich? Oder war es vielleicht so, dass sie mit ihrem Leben überfordert und dieser andere Weg mit mir der leichtere war, der, bei dem sie keine Verantwortung übernehmen musste? Ich werde das nie erfahren, aber ganz ehrlich – vielleicht ist das auch ganz gut so!

Wie war das bei Carina? Sie war die jüngste Frau, mit der ich zusammen war, die, bei der der Altersunterschied am größten war. Obwohl es mir gegen Ende der Beziehung manchmal so vorkam, als wenn ich dreizehn Jahre jünger wäre und nicht sie.

Carina war die einzige Frau, die eine klare Vorstellung von dem hatte, was sie wollte und was nicht. Aber sie sah in mir etwas, das ich nicht war: einen Mann mit Lebenserfahrung, mit sexueller Erfahrung, jemanden, der klare Vorstellungen von sich und seinem Leben hat.

Sie suchte, glaube ich, auch einen Mann, der sie so ein bisschen führte. Das alles hat sie bei mir nicht gefunden, aber habe ich ihr vermittelt, so zu sein – so, wie ihre Wunschvorstellung war? Habe ich ein falsches Spiel mit ihr getrieben? Mich besser, interessanter, aufregender gemacht als ich war? Mehrere Fragen, eine Antwort: Ja, habe ich! Warum? Weil ich glaube, dass Carina die erste Frau war, in die ich wirklich verliebt war. Vielleicht dachte ich, wenn ich mich so gebe, wie ich bin, bin ich zu uninteressant für sie.

Das ist im Grunde auch so ein unglaublicher Bullshit, aber ich habe gesagt, ich schreibe ehrlich, also mache ich das auch. Versuchen wir nicht alle, uns in der ersten Kennenlern-Phase hübsch interessant zu machen? Ja, ich weiß schon, deswegen sollte man trotzdem authentisch sein.

Aber die eigentliche Frage ist, wie ich finde, eine ganz andere! Warum habe ich mich bei allen Frauen nie mit Worten ausdrücken können? Warum habe ich alle Frauen getreten, geschlagen, beleidigt? Habe ich mir meinen Vater unbewusst zum Vorbild genommen, sind seine Gene in mir so stark? Das wäre zu einfach und würde ihm mehr Bedeutung in meinem Leben zugestehen, als er hat.

Helga hat mich so provoziert wie noch nie ein Mensch zuvor in meinem Leben; in jedem Streit ging sie unter die Gürtellinie. Das Wort „Wichskopf" war noch eines der harmloseren. Petra hat mich belogen und vorgeführt. Carina hat mir die für mich unbequeme Wahrheit ins Gesicht gesagt.

Und trotz allem darf es niemals dazu kommen, dass ein Mann eine Frau schlägt! Doch dieses Gefühl dabei ist so wild, so unberechenbar, wenn der Puls und das Herz fast aus dem Körper springen - diese vollkommene Ohnmacht. Die Unfähigkeit, genau diese Ohnmacht nicht in Worte fassen zu können, nicht in der Lage zu sein, sich dieses aufkommende Gefühl wegzujoggen.

Und dann hinterher diese Selbstscham, diese maßlose Enttäuschung über mich selbst. Es wieder nicht geschafft zu haben, Worte zu finden. Wieder ein Stück Vertrauen zerstört zu haben, vielleicht doch so zu sein wie der eigene Vater.

Wenn man diese Hemmschwelle der häuslichen Gewalt einmal übersprungen hat, tut man es immer wieder. Wenn man über diese Linie gegangen ist, ist das irgendwann nichts Besonderes mehr: seinen Partner zu demütigen. Dann begibt man sich auf die niedrigste Stufe, auf der ein halbwegs zivilisierter Mensch stehen kann. Gewalt verändert im Übrigen nie etwas zum Positiven, im Gegenteil.

Aber warum kam ich mit unterschiedlichen Frauen in dieselben Situationen? Dafür kann es nur eine Antwort geben: meinetwegen! Ich empfand dabei keine Freude, ich bin, weiß Gott, kein Sadist. Meistens, wenn es dann Nacht wurde, habe ich geweint, weil ich da keinem meine Schwäche zu zeigen brauchte.

Heute hoffe ich und glaube zu wissen, dass häusliche Gewalt nichts mit Stärke oder Schwäche zu tun hat, sondern mit der eigenen Unfähigkeit, Probleme verbal lösen zu können.

Ich habe gesagt, dass ich offen über mein Leben schreibe. Auf dieses Kapitel hätte ich gern verzichtet, und wenn Sie wissen möchten, ob ich so ein Verhalten für mich in der Zukunft ausschließen kann, dann muss ich ehrlich sagen: „Ich weiß nicht, wie ich reagiere, wenn das Herz wieder fast im Hals schlägt, aber ich möchte endlich ein besserer Mensch sein. Das möchte ich wirklich."

***

Wie ich bin
oder
Wie ich glaube zu sein

„Wer ich wirklich war, dafür hat sich doch nie jemand ernsthaft interessiert." Wissen Sie, wer das gesagt hat? - Roy Black! Es ist nur ein einziger Satz, ein paar Wörter, nicht mehr – und doch kann er ein ganzes Leben beschreiben.

Wie war das eigentlich bei mir? Hat sich für mich jemand interessiert, oder habe ich den Menschen mit meiner Art so vor den Kopf gestoßen, dass das Interesse immer relativ schnell verflog?

Meine Eltern haben es sicher manchmal versucht, aber es hat nie tiefer gehende Gespräche gegeben. Ich glaube aber heute, dass ich mir dabei auch komisch vorgekommen wäre, mich nicht hätte so öffnen können, wie das eigentlich nötig gewesen wäre. Ohne Nähe und Vertrauen sehr, sehr schwierig. Mich wundert gerade, dass ich in einem Kapitel, in dem es ja ausschließlich um mich geht, mit meinen Eltern anfange. Warum mache ich das wohl, frage ich mich, während ich an meinem Espresso nippe – wie ich das oft mache, wenn ich schreibe.

Weil diese nicht wirklich einfache Beziehung zu ihnen auch heute noch irgendwo in meinem Hinterkopf darauf wartet, verarbeitet zu werden? Nöö, das geht schon – aber auch das ist ein Teil meines Lebens, ob ich das gerade will oder nicht.

Sollten nicht die Eltern die ersten Menschen sein, die ein Kind prägen oder ihm Werte vermitteln? Bin ich deswegen so, wie ich bin? Dazu habe ich ja schon geschrieben, dass es zu einfach ist, das mit einem Satz abzutun.

Aber dass ich den Sommer nicht mag, weil ich dann an die Ferien meiner Kindheit in Kroatien denken muss, ist so. Dass ich so gut wie keinen Alkohol trinke, hat sicher auch etwas damit zu tun, dass ich gesehen habe, was er aus meinem Vater machte, wenn er trank; wie ein Mensch sich verändert, jegliche Hemmschwelle verliert.

Wer könnte sich noch so für mich interessiert haben? Johnny – mein Gott, der hat so viel mit sich selbst zu tun, dass sein Tag 32 Stunden haben müsste. Aber wenn ich ihn nachts um drei anrufen würde, wäre er dann da, wenn ich ihn bräuchte? Ich denke schon, wahrscheinlich würde er mich in seinem Elvis-Outfit in den Arm nehmen und sagen: „Mensch, das ist doch alles nicht so schlimm!"

Wie war es bei Helga und Petra? Ich schätze, die hatten genug mit sich selbst zu tun.

Carina? Ganz sicher! Bei ihr war es genau anders herum, ihr habe ich vertraut, konnte mich aber trotzdem nie wirklich komplett öffnen. Dennoch ist sie der Mensch, der mich von allen am besten kennt.

Manchmal, wenn ich hier mit meinem Espresso sitze – das wissen Sie ja schon – und schreibe, kommen mir Lieder in den Sinn, die irgendwie immer auch zum jeweiligen Kapitel passen und sich in meinem Kopf regelrecht einnisten. *Stay the same* von Joe Cocker ist gerade recht akut in meinem Kopf. In diesem Lied geht es darum, dass Herr Cocker die These aufstellt, dass, je mehr man den Wunsch hat, ein anderer zu werden und sich zu verändern, die Wahrscheinlichkeit viel größer ist, derselbe zu bleiben. Hat der Mann mit der Reibeisenstimme da Recht?

Ich saß mal mit Carina in Johnnys und Bines Garten, als Johnny auf einmal sagte: „Der Niko ist doch schon viel ruhiger geworden." Carina mag in dem Augenblick gedacht haben: „Mein Gott, wie war der denn früher?!"

Ja, wie war er denn früher eigentlich so? Ich war unbeherrscht, aufbrausend, hatte arrogante Züge, hatte ein großes Problem mit Jähzorn und diversen anderen Charaktereigenschaften, die Sie jetzt bestimmt alle gar nicht wissen wollen. Dafür erzähle ich mal ein Beispiel, das mich recht gut beschreibt.

Ich hatte mir die *Playstation 1* gekauft, als sie noch ziemlich teuer war, hatte aber nur Sportspiele: Fußball, Boxen, Formel 1, Tennis und so weiter. Bei dem Spiel *Fußball WM-Qualifikation 1998* lag ich im alles entscheidenden Spiel ein paar Sekunden vor Schluss in Führung, als ich den Ausgleich bekam. Ich war so sauer (und mein Herz schlug wieder bis zum Hals), dass ich das ganze Ding aus dem Fenster warf. Dann bin ich runter und hab die Teile eingesammelt, mich ins Auto gesetzt und im Technomarkt eine neue gekauft.

So was habe ich gemacht. – Und heute, hat der Koch was dazugelernt? Ich bin immer noch misstrauisch und scheu, wenn ich neue Menschen kennenlerne. Wohl noch eine Nachwehe aus den Erlebnissen mit dem Sänger und dieser ganzen Musikszene, in der sich alle gegenseitig toll finden, aber keiner dem anderen die Butter auf dem Brot gönnt. Ewig her. Was sagt mir das? Richtig: dass ich ein Gedächtnis wie ein Elefant habe. Wenn ich an einem Abend fünfzig Essen koche, die super sind, und eine nicht so tolle Suppe dabei ist, denke ich den ganzen Abend daran.

Was gibt es sonst noch? Ich hasse Sonntage immernoch! Früher, weil mein Vater da meistens durchgestartet ist und es dann zu Hause unruhig wurde. Heute? Snoopy ist an einem Sonntag gestorben und Carina an einem ausgezogen, also alles so wie früher. Ich bin immernoch ungeduldig, aber nicht mehr so aufbrausend, mache morgens nach dem Aufstehen immernoch keine Luftsprünge, weil ich da meistens aussehe wie ein aufgeplatztes Sofakissen. Ich diskutiere und telefoniere immer noch gern, nicht mehr so verbissen allerdings.

Ich glaube, ich bin loyal, zumindest meinen Arbeitgebern und meinen Fußballvereinen gegenüber. Wenn ich Freunde hätte, schätze ich mal, dass ich ein guter wäre. Denn schlechte Freunde gibt es einfach zu viele.

Dann gibt es immer die Selbstwahrnehmung und die Wahrnehmung, die man bei anderen Menschen hervorruft. Durch eigenes Handeln zum Beispiel. Wie sehen mich andere Menschen, und interessiert mich das überhaupt? Nein, weil ich kein Schauspieler oder Blender mehr bin wie in der Anfangszeit mit Carina. Ich muss niemandem mehr gefallen. Ich bin immer ich.

Vielleicht denken Sie gerade, dass das ein Grund sein könnte, warum ich keine Freunde habe, weil ich immer ich bin? Wenn das so ist, dann ist das so und auch Teil meines Lebens. Mittlerweile finde ich es wichtiger, mit mir selbst im Reinen zu sein, als meine Zeit mit Leuten zu vertrödeln, bei denen ich gleich zu Beginn schon das Ende spüren kann.

Trotzdem muss ich schon sagen, dass ich manchmal ein echter Idiot war. Bei Johnnys und Bines Hochzeit z.B. war es ausgemacht, dass ich das Catering für die beiden machte. Ein paar Tage vorher hatte ich wieder einen akuten Arschloch-Anfall und ging nicht mal zur Hochzeit, geschweige denn, dass ich für sie gekocht hätte.

Heute? Mein Gott, ich trinke erstmal einen Espresso und versuche den Tag, der da gerade im Anmarsch ist, so gut zu leben, wie es geht, und den, der morgen kommt, vielleicht auch!

***

Katzen
oder
Die einzige Liebe, die bleibt?

Jetzt denken Sie bestimmt: „Sicher bleiben die, die können ja auch gar nicht weg." Stimmt nicht so ganz: Ein Kater war mal acht Tage verschwunden. Carina und ich haben den in so ziemlich ganz Bootshain gesucht. Das volle Programm mit Zetteln an Laternen, im Supermarkt, beim Tierarzt und keine Ahnung, wo noch überall. Acht Tage haben wir Snoopy gesucht, mal morgens um acht und mal nachts um zwei. Gefunden haben wir ihn im Keller der Nachbarn!

Ich hatte an einem Samstagmittag, als ich aus dem Waschkeller kam, die Wohnungstür nicht richtig verschlossen. Da ist er dann durch. Snoopy war allerdings auch der Einzige, der immer sofort zur Tür rannte, wenn die sich bewegte. In meiner zweiten Wohnung mit Petra ließ ich ihn manchmal abends durch das Treppenhaus laufen, was er liebte. Obwohl das schon Jahre her war, erinnerte er sich vielleicht daran. Keine Ahnung.

Das war im Sommer 2010. Bis zum Frühjahr 2015 hatte ich beim Verlassen der Wohnung eine richtige Zeremonie entwickelt, die fast zehn Minuten dauerte. Ich verschloss jedes Fenster und kontrollierte dreimal, ob es auch wirklich verschlossen war. Oft ließ ich dann als Absicherung sogar noch am helllichten Tag die Jalousien runter.

Die Wohnungstür wurde immer doppelt verschlossen, und oft kehrte ich im Treppenhaus auf halber Höhe um und kontrollierte abermals, ob die Tür wirklich richtig verschlossen war. Wenn ich mit Carina unterwegs war, vermied ich es, die Wohnung als Letzter zu verlassen und abzuschließen. Ich schob die Verantwortung quasi an sie ab. Verrückt, oder? Eigentlich trifft es ein anderes Wort besser: krank!

Wie gesagt: Fast fünf Jahre ging das so. Mittlerweile schließe ich nur die Fenster und drehe den Schlüssel im Schloss einmal um. Im Treppenhaus kehre ich nicht mehr um. Ich hatte auch mit Herrn Venus offen über dieses Problem gesprochen und konnte das gemeinsam Erarbeitete rasch umsetzen.

So, wie ging das los mit meiner Liebe zu den oft launischen Stubentigern? Meine Großeltern in der DDR hatten eigentlich immer Katzen, aber nicht wirkliche Stubentiger, sondern eher recht robuste Freigänger. Wenn die im Regen von draußen nach drinnen kamen, um sich vor den Kachelofen zu legen, schnappte ich mir als Kind immer ein Handtuch, um die Katzen trocken zu rubbeln, damit sie sich nicht erkälteten. Ich beobachtete die Katzen stundenlang dabei, wie sie im Hof versuchten, Vögel oder Mäuse zu fangen und wie sie dann von einer Sekunde auf die andere davon abließen, um miteinander zu spielen. Diese Mischung aus Raubkatze und Familienmitglied, Einzelgänger und Rudeltier faszinierte mich damals als Kind genauso wie heute als Erwachsener.

Als ich 1996 in meine erste Wohnung zog, war es nur eine Frage der Zeit, bis ich eine Katze bekam. Helga, mit der ich damals zusammen war, spürte wohl, dass ich trotzdem unsicher war, und bot an, die Katze zu sich zu nehmen, falls ich mich überfordert fühlte oder wir uns nicht mochten. 1997 zog dann Norma Jean in mein Appartement ein. Ein sechs Monate altes, getigertes Mädchen. Sie sah nicht nur aus wie eine Raubkatze, sie verhielt sich auch so. Ich hatte eine ungefähr einen Meter hohe Bodenpflanze, in der sie ausgiebige Klettertouren veranstaltete. Am liebsten mitten in der Nacht, denn die Kleine war nachtaktiv. Davon hatte ich schon gehört; dass es aber tatsächlich Wohnungskatzen gibt, die jede Nacht zum Tag machen, war mir neu.

Sie mochte zwei Dinge überhaupt nicht: Nassfutter und mich! Irgendwie bekamen wir keinen Bezug zueinander. Ich glaube, Norma Jean wollte das auch nicht wirklich. Ich hatte wohl auch gehofft, eine richtige Schmusekatze zu bekommen, aber anfassen durfte ich sie gar nicht. Ich hatte Bedenken, dass sie sich vielleicht auch einfach nur nicht wohlfühlte, und bat Helga dann, sie zu sich zu nehmen. Das gefiel ihr deutlich besser, denn da hatte sie einen Kater als Bezugspunkt und wurde Freigängerin. Dann war erstmal Ruhe mit Haustieren - bis zum Sommer 1999.

Bei meinen Besuchen bei Helga war mir ein schwarzer Kater aufgefallen, der ziemlich verwahrlost aussah und immer um ihr Haus stromerte. Ich begann, ihn zu füttern. Normalerweise besuchte ich Helga einmal unter der Woche, doch wegen des Katers fuhr ich nun jeden Tag hin. Nur, um ihn selbst zu füttern, denn

246

er wartete schon immer auf mich. Ich besprach mich mit Helga, weil ich ihn gern in meine Wohnung nehmen wollte, da der Herbst nicht mehr allzu weit war. Zu ihr konnte er nicht, weil ihre beiden den herrenlosen Kater nicht wirklich mochten.

Ich versuchte es. Weil ich keinen Katzenkorb hatte, brachte Helga ihn eines Nachmittages nach der Arbeit bei mir vorbei. (Also den Kater jetzt!) Ein Katzenklo und Futter hatte ich da schon besorgt. Ich hoffte, dass er die Wohnung akzeptieren würde, denn raus konnte er bei mir nicht mehr. Das war aber das kleinste Problem! Er fühlte sich sicher und fand schnell diverse Lieblingsstellen, wo man super liegen und schlafen konnte. Nur einen Namen hatte ich noch nicht für ihn.

Als wir an unserem ersten gemeinsamen Wochenende auf der Couch lagen, lief im Fernsehen gerade die hundertste Wiederholung von Casablanca. Da bekam er seinen Namen: Bogy! Wir waren unzertrennlich. Wenn ich zu Hause war, wich er nicht von meiner Seite. Morgens, wenn ich mich für die Arbeit fertigmachte, saß er auf dem Toilettendeckel und beobachtete mich ganz genau. Besonders der Fön hatte es ihm angetan, denn er wurde sehr gern geföhnt. Ich glaube, bis zu seinem Tod sechs Jahre später gab es nicht eine einzige Nacht, in der er nicht über mir auf meinem Kopfkissen schlief. Ich werde nie vergessen, wie Petra mal vom Einkaufen kam und Bogy sich durch die Plastiktüte biss. Bis er das fand, was er wohl gewittert hatte: frische Bratwurst! Er zog sich eine raus und kam damit ins Wohnzimmer, setzte sich vor mich und meine Sportzeitung, die ich gerade las, und wollte mit mir teilen.

Als Petra im Winter 1999 bei mir einzog, brachte sie Jimmy mit, einen ausgewachsenen, vier Jahre alten Kater. Wir hatten ein bisschen Panik, dass das mit den beiden nicht gutgehen würde. Aber nachdem Jimmy meinem Kater relativ schnell sehr deutlich klargemacht hatte, dass er jetzt der Sheriff war, liebten sich die beiden. Auch ich verliebte mich sofort in Jimmy, und bei Petras zahlreichen Auszügen blieb Jimmy immer bei mir.

Während wir im Jahr 2000 innerhalb des Hauses in eine größere Wohnung zogen, passten meine Eltern auf die Kater auf. Meine Eltern hatten jedoch zwei Wellensittiche. Als wir die beiden nach zwei Tagen wieder abholten, schlief Jimmy im Zimmer der

Vögel auf dem Käfig. Die Wellensittiche saßen auf der untersten Stange und beäugten den schnarchenden Kater misstrauisch.

Jimmy hatte immer ein bisschen Übergewicht, das wir nicht in den Griff bekamen. Vielleicht auch ein Grund für seine spätere Diabetes-Erkrankung. Das war relativ heftig, denn es konnte schon mal passieren, dass er nachts um zwei schwankend vor uns stand und wir dann sofort zum Tierarzt mussten. Zum Glück haben wir in Quinningen-Südstadt eine wirklich klasse Tierärztin, zu der ich heute noch gehe. Trotz seiner Krankheit wurde Jimmy sechzehn Jahre alt.

Als Petra 2001 für ein paar Monate in einer eigenen Wohnung in Südstadt lebte, schaffte sie sich Lisa-Marie an. Ein zwei Jahre altes Mädchen, so schwarz wie die Nacht mit einem weißen Fleckchen auf der Brust. Als sie mich und die Jungs das erste Mal mit Lisa-Marie besuchte, leckte ihr Bogy quer über das ganze Gesicht. Er mochte sie, genau wie Jimmy sie mochte. Immer, wenn Petra mit ihr kam und es dann wieder ans Fahren ging, versteckte sich Lisa-Marie im Schlafzimmer unter dem Bett. Sie wollte offensichtlich lieber bei uns bleiben, was sie dann auch tat. Lisa-Marie ist quasi bis heute die ungekrönte Königin und weiß das selbst auch ganz genau. Sie schläft jede Nacht neben mir und ist manchmal auch der Meinung, dass ich nicht mit anderen Katzen zu spielen oder zu schmusen brauche, denn das quittiert sie schon mal mit einem verständnislosen Miauen.

Im Januar 2002 hatten wir ziemlich viel Futter angesammelt, das unsere Herrschaften nicht mochten. Also fuhren wir zwecks einer Futterspende in das Tierheim nach Rodenkirchen. - Klingt bis hierher eigentlich ganz vernünftig, oder? Im Prinzip schon. Der Fehler war, dass ich mir das Katzenhaus ansah. Dabei fiel mir ein Brüderpaar auf, drei und vier Jahre alt. Der eine getigert und der andere weiß mit schwarzen Kuhflecken. Sie saßen in einem kleinen Käfig zusammen, hinter sich ein Katzenklo und vor sich zwei Näpfe mit Wasser und Nassfutter. Der Weiße miaute mich an und warf dabei so komisch den Kopf in den Nacken, als wenn er sagen wollte: „Mach was!"

Ich bin dann raus und habe zu Petra gesagt: „Wenn ich da jetzt wieder reingehe und der Weiße mich wieder anmiaut, dann werden wir sie mitnehmen. Alle beide." Worauf sie nur verständnislos meinte: „Aber dann haben wir ja fünf Katzen." Ich antwortete nur, dass ich gern bereit sei, auf materielle Dinge oder Urlaub am Strand zu verzichten, wenn ich dafür zwei Seelen retten könne.

Also … Tür auf, ich gehe rein. Der Weiße sieht mich, miaut mich wieder an und wirft dabei den Kopf in den Nacken. Von diesem Moment an hatten wir fünf Katzen. Das Tierheim hatte ihnen die Namen *Dicker* und *Tommy* gegeben. Im Auto auf der Fahrt nach Hause wurde daraus Harvey (Tiger) und Snoopy (weiß). Wir hatten uns im Tierheim einen Katzenkorb geliehen, und als wir den zu Hause ins Wohnzimmer stellten, versammelten sich die drei anderen recht neugierig darum. Snoopy kletterte als Erster raus und machte das, was er mit mir auch gemacht hatte: Erst mal miauen! Alle begutachteten und beschnüffelten ihn, und als dann Harvey noch aus dem Holzkörbchen kletterte, war das Erstaunen recht groß.

In der ersten Nacht mit fünf Katzen zog Harvey einer Spielmaus quasi das Fell über die Ohren. So lange, bis das Fell auf der einen Seite der Couch war und der blaue Plastikkörper auf der anderen. Er saß mittendrin und betrachtete zufrieden sein Werk.

So unterschiedlich, wie die beiden aus dem Korb in ihr neues Zuhause geklettert waren, war auch ihr Charakter. Snoopy immer neugierig, fordernd und sich ständig mitteilend. Harvey eher ruhig, schüchtern, am Anfang ein bisschen ängstlich. Snoopy lebte bis August 2014 und Harvey ist mittlerweile 18 und immernoch sehr mobil. Zudem ein echter Frühaufsteher, denn jeden Morgen zwischen halb sechs und halb sieben steht Harvey in der Küche und miaut lautstark nach seinem Frühstück.

Die fünf mochten sich sehr gern und bildeten ein richtiges Rudel. Sie schliefen alle zusammen in der Sonne oder im Bett, spielten miteinander und interessierten sich füreinander. Wenn mir Leute, denen ich erzähle, dass ich mit fünf Katzen lebe, sagen: „Aber Katzen sind doch Einzelgänger", antworte ich immer: „Meine nicht."

Als Bogy im April 2005 in derselben Woche wie Harald Juhnke und der Papst starb, waren wir einen knappen Monat zu viert.

Im Heltenauer Tierheim fand im Mai ein Tag der Offenen Tür mit einem Stargast statt. Dabei fiel Petra und mir Paul auf. Ein einjähriger Kater, der aussah wie ein Streifenhörnchen in Groß und der nicht mehr von meinem Schoß runterwollte. Musste er auch nicht, denn wir nahmen ihn gleich mit.

Aus Paul wurde Leo, und Leo ist irgendwie bis heute ein Katzenbaby geblieben, das sehr viel Liebe und Zuwendung braucht. Er hatte schon als junger Kater eine Penisamputation und bekommt ein spezielles Trockenfutter, denn Nassfutter mag er nicht. Er muss aufgrund seiner Krankheit, zu der öfter auch mal eine Blasenentzündung kommt, viel trinken. Blöderweise mag er jedoch Wasser nicht so gern. Zum Glück kam Carina mal auf die Idee, ihm eine Thunfischwasser-Mischung zu machen, die er sofort toll fand und bis heute jeden Tag bekommt.

Ohne Carina würde Leo schon lange nicht mehr leben. Unzählige Male gab sie ihm in der Küche Medizin oder Infusionen, wobei sie die Infusionsflasche an einem Wok auf dem Kühlschrank befestigte.

Ich werde nie vergessen, was Carina für die Katzen tat, als ich mal wieder hoffnungslos überfordert war. Wenn es zum Tierarzt ging und ich mich drückte, war es Carina, die fuhr. Auch auf Snoopys und Jimmys letzten Wegen war sie im Gegensatz zu mir für unsere Katzen da. Ich konnte das einfach nicht, und es klingt jetzt so billig, wenn ich das schreibe. Gerade zu Leo hatte Carina eine sehr intensive Bindung. Die beiden verstanden sich mit einem einzigen Blick. Oft, wenn ich Leo ansehe, muss ich dabei auch immernoch an Carina denken. Bei der Trennung hätte sie gerade Leo gern mitgenommen, aber das war unmöglich für mich. Dass ich die zwei voneinander getrennt habe, werde ich mir so lange vorwerfen, wie Leo lebt.

Die Katzen bedeuten mir alles. Irgendwann stellte mein Allergologe eine Katzenhaarallergie bei mir fest und meinte, ich müsse alle Katzen weggeben, da ich sterben könne, wenn ich ein Haar irgendwie falsch in den Hals bekäme. Ich habe ihn nur angesehen und gesagt: „Dann sterbe ich eben!"

Manchmal sitze ich nur so da und sehe den Katzen beim Schlafen zu. Sie sind für mich da; ihnen ist es egal, wie ich aussehe, was ich getan habe oder wie ich bin. Sie sind da.

Im August 2012 rief Bine an und meinte, Johnny habe eine vier Monate alte, norwegische Waldkatze gerettet, die eine Frau abgegeben hatte, weil die Kleine einen Terrakotta-Engel geschrottet hatte. Die zwei Hunde von Johnny und Bine mochten die Katze aber nicht, und daher sahen wir sie uns an. Ich wette, Sie wissen was jetzt kommt. Richtig, einen Monat nach Jimmys Tod zog Leonie bei uns ein, die wir allerdings Emma nannten. Nur, wenn sie mal was angestellt hat, wird aus Emma dann der Doppelname Emma-Leonie.

Emma ist eine echte Rassekatze, und das weiß sie, glaube ich, auch. Dass sie hübsch ist, weiß sie auch! Was sie nicht wusste, war, dass es eigentlich bei uns so abläuft, dass die Katzen auf ihre Namen hören. Zwei Jahre brauchte Emma dafür, ohne Witz! Jede andere Katze sah Emma an, wenn wir sie riefen, nur sie peilte nichts.

Nachdem Snoopy gestorben war, wollten wir eigentlich bei vier Katzen bleiben. Allerdings war der Altersunterschied zwischen Emma und den anderen recht groß. Wir wollten nicht, dass Emma später mal allein wäre und wollten deshalb jemand Gleichaltrigen für sie haben. Nur eine Woche später fanden wir in einem Quinninger Tierheim eine zwei Jahre alte, schwarz-weiße Katze. Ich sah sie und hatte sofort einen Namen für sie: Lucy.

Wir dachten eigentlich, wir würden einen Jungen bekommen, aber manchmal entscheiden die Katzen, glaube ich, selbst, ob sie mit jemandem leben wollen oder nicht. Lucy wollte!

Trotzdem überlegten wir fast eine Woche, ob die Konstellation mit zwei Katern und drei Katzen gutgehen würde. Dann versuchten wir es einfach. Auch jetzt hatten wir wieder großes Glück, denn Lucy integrierte sich sehr schnell in die Gruppe. Emma machte ihr relativ schnell klar, dass sie beispielsweise nicht auf die Schränke in Wohn- und Schlafzimmer springen durfte. Die gehörten Emma. Nach ein paar Wochen lagen die beiden genau auf diesen Schränken ständig nebeneinander. Später stellte sich bei Lucy eine Futtermittelallergie heraus, die wir mit spezlellem Futter aber mittlerweile gut im Griff haben.

Ich denke gerade, dass ich, wenn es wirklich so etwas wie Wiedergeburt gibt, gern als Katze wiedergeboren würde. Vielleicht bei dem verrückten und nicht immer einfachen Koch, aber das geht ja gar nicht.

***

Ungebrochen

oder

Nach jeder Nacht kommt ein neuer Morgen

Jetzt denken Sie bestimmt: Muss er jetzt auch noch poetisch werden? - Nein, muss er nicht, aber ich hätte ja auch schreiben können: „Es wird nichts so heiß gegessen, wie es gekocht wird." Ich bitte Sie, wie dämlich ist das denn, wenn man Koch ist?

Aber wie meine ich das, wenn ich schreibe: „Ungebrochen"? Dass am Ende alles wieder gut ist? Nein, so ganz bestimmt nicht, weil niemand von uns weiß, wann das Ende da ist. (Außer natürlich, Sie haben andere Pläne, aber da Sie ja bei mir gelesen haben, wie das ausgegangen ist, lassen Sie es besser auch!) Ist das Ende nicht vielleicht – wenn wir ganz viel Glück haben und daran glauben – sogar ein neuer Anfang? Offen gesagt, habe ich auch keine Ahnung, aber wir werden es herausfinden, jeder ganz für sich allein.

Wissen Sie, was ich dachte, als ich im Februar 2015 mit all dem Schluss machen wollte? - Dass es doch nur ein verlorenes Leben sei. Heute weiß ich, dass es das nicht ist; es ist das, was ich daraus mache, und es ist auch nicht irgendein Leben. Es ist meins!

Ich möchte jetzt eigentlich nicht mit dem nächsten platten Spruch um die Ecke kommen, mache es aber trotzdem: „Wenn eine Tür sich schließt, wird sich eine andere öffnen." Da ist jetzt schon etwas Wahres dran, wenn man glaubt und Geduld hat. Auch wenn man spürt, dass der Wunsch zu sterben grösser ist als der zu leben.

Aber das müssen Sie mir jetzt glauben (Ich weiß, dass Sie nicht müssen, aber machen Sie es einfach trotzdem.): Wenn man über diesen Punkt irgendwie hinübergekommen ist, wenn man das geschafft hat, dem Gefühl des Sterbenwollens nicht nachgegeben hat, dann findet man jemanden, der einen für den Rest des Lebens begleiten wird: Sich selbst!

Ich weiß jetzt, dass ich mich immer auf mich verlassen kann, weil ich mich gesucht und gefunden habe. Ich werde keine Filme in Hollywood drehen und auch keine neuen Planeten entdecken. Ich werde niemals durch den Amazonas schwimmen oder auf dem Gipfel des Mount Everest stehen. Aber das, was ich mir vornehme, werde ich schaffen, weil ich nun daran glaube. Das, was hinter mir liegt, ist vorbei, schon gelebt, so, wie es war. Das, was heute passiert und morgen und den Tag nach morgen, das ist das Leben, das ich gestalten, mit Leben ausfüllen kann.

Kennen Sie das Lied *Ihr von morgen* von Udo Jürgens? Das passt gerade ganz gut zu den Gedanken, die mir beim Schreiben so zufliegen.

Ich denke gerade an eine Nacht in diesem Jahr, ich glaube, wir hatten schon Frühling. Ich war weinend eingeschlafen, und als ich wach wurde, schien die Sonne schon in das Zimmer. Drei Katzen lagen neben bzw. auf mir im Bett und die anderen beiden auf der Fensterbank. Ich war der einzige, der schon wach war, und sah den Katzen beim Schlafen zu. In dem Moment war ich wirklich glücklich. Manchmal geht es vielleicht auch um die ganz kleinen Dinge. Schlafende Katzen, eine heiße Tasse Tee oder die SMS von einem lieben Menschen.

Egal, was Sie wollen, suchen Sie und hören Sie nicht auf, neugierig zu sein. Sie werden finden, ganz bestimmt!

***

Lieben Sie Carina noch?
oder
Eine Muschel ist keine Wünschelrute

27. Juli 2015. Ich sitze bei meinem Psychologen und warte noch einen Moment auf ihn. Es regnet leicht, gedankenverloren sehe ich aus dem Fenster und versuche, die Tropfen zu zählen oder in ihnen ein Muster zu erkennen. Beides misslingt. Dann gebe ich es auf und lasse meine Augen durch den Behandlungsraum wandern.

„Behandlungsraum" - das ist irgendwie ein komisches Wort für diesen Ort. Ich nehme mir, vor Herrn Venus gleich zu fragen, wie er diesen Raum nennt. - Muss es eigentlich für alles einen Namen oder zumindest eine Nummer geben? Ja, beantworte ich mir die Frage selbst, schließlich leben wir in Deutschland und da ist das so.

Im Winter und zu Anfang dieses Jahres war dieser Ort, dieser Raum der einzige, an dem ich mich sicher fühlte. Meine Insel im Ozean, weil ich wusste, dass hier keine Scheiße passiert, die mich wieder unkontrolliert werden lässt.

Herr Venus kommt, und wieder fängt er das Gespräch mit derselben Frage an: „Wie geht es Ihnen?" Mittlerweile habe ich keine Angst mehr vor dieser Frage, denn es geht mir eigentlich ganz gut.

Ich lese Herrn Venus das letzte Kapitel vor, das ich geschrieben habe; es ist das, das Sie auch eben zuletzt gelesen haben. Zwischendurch schiele ich von meinen Blättern zu seinem Gesicht, um darin eine Reaktion zu deuten. Er merkt es und lacht. Wir lachen beide.

Ich lese das Kapitel zu Ende, dann einen Moment Stille. Er fragt nach, ich antworte – wieder Stille. Dann, wie aus dem Nichts, durchbricht er wie ein Fußballstürmer meine Abwehrreihe und schießt den Ball am chancenlosen Keeper vorbei in mein Tor und stellt dabei die alles entscheidende Frage: „Lieben sie Carina noch?"

Vier Wörter, mit denen ich nicht gerechnet habe. Gott, wie ich das hasse, wenn ich auf etwas nicht vorbereitet bin! Ich suche mit

Zeige- und Mittelfinger nach meiner Muschel in der rechten Hosentasche. Wie ein Wünschelrutengänger erhoffe ich mir eine Bewegung. – Links ja, rechts nein. Nichts passiert, die Muschel wird mir diese Antwort nicht abnehmen. Ich muss sie selbst finden.

Jetzt denken Sie bestimmt: „Was soll das denn jetzt, der hat doch im letzten Kapitel erst geschrieben, dass er Carina noch liebt." Da ich keine Lust habe, Unmengen von mittelgroßen Geldscheinen für einen Ghostwriter rauszuhauen und hier wirklich jedes Wort selbst schreibe, weiß ich natürlich sehr genau, was ich geschrieben habe. Aber ich habe auch Angst davor, sie zu lieben.

Wann wird es nervig, peinlich, störend? Wann ist der beste Zeitpunkt aufzugeben, loszulassen, ein niveauvoller Verlierer zu sein? Niveauvoller Verlierer? Was für eine Scheiß-Umschreibung! Ich schreibe so, als wenn ich mich selbst mit diesem Kapitel für einen Literaturpreis vorschlagen würde. Na ja, auf dem einen Regal im Büro wäre für so etwas schon noch ein Plätzchen frei. Aber lassen wir das, ich will der Frage nicht ausweichen.

Wir reden noch ein bisschen über Belangloses, aber eine eindeutige Ja- oder Nein-Antwort gebe ich ihm nicht. Ich nehme die Frage mit nach Hause. Sie begleitet mich den ganzen Abend - beim Joggen, beim Duschen, beim Kochen und später auch beim Essen.

Ich nehme die Frage sogar mit ins Bett, wo Lucy auf mir liegt und eine Putzattacke bekommt. Nach einer guten halben Stunde bin ich offensichtlich so sauber geputzt, dass es für die Kleine ok ist, die Nacht mit mir zu verbringen. Dann habe ich die Antwort: Ich liebe Carina noch! Auch, wenn sie das vielleicht gar nicht mehr will. Im Lauf der Zeit wird es sich verschieben, anders werden. Aber ein bisschen wird es immer da sein.

Beim Schreiben an diesem Buch habe ich immer stärker das Gefühl bekommen, dass Carina eine Suchende geworden ist. Eine junge Frau auf der Suche nach Liebe, Geborgenheit und Anerkennung. Jetzt, wo ich mir sicher bin, dass sie all das nicht mehr bei mir suchen will, hoffe und wünsche ich ihr trotzdem, dass sie es findet!

***

August 2015
oder
Irrungen und Wirrungen

Am Donnerstag, dem 6. August, traf ich mich mit Carina in einer Sparkassenfiliale in der Quinninger Innenstadt. Es war das erste Mal, dass wir uns seit ihrem Auszug sahen und es mir egal war. Ich freute mich nicht, sie zu sehen, ich hatte keinen schnelleren Herzschlag, nichts. Ich wollte einfach nur diesen formellen Kram erledigen und dann wieder nach Hause fahren. Wir gaben uns wieder die Hand, wie flüchtige Bekannte oder Menschen, die sich zum ersten Mal begegnen. Daran hatte ich mich immernoch nicht gewöhnt. Wir ließen unser gemeinsames Konto, das früher meines gewesen war, wieder auf mich umschreiben. Wir lebten schon fast neun Monate nicht mehr zusammen, und erst jetzt schrieben wir das Konto um, weil sie es so wollte. In der ganzen Zeit der Trennung hatte sie zu beiden Konten (es gab noch ein Geschäftskonto) jegliche Vollmachten behalten. Jetzt erst änderten wir das, und es kam mir so unwirklich vor.

Danach liefen wir die paar Meter zum Straßenverkehrsamt, um das Auto auf mich umzumelden. Auch das wollte Carina so. Wir sprachen belangloses Zeug und mir fiel auf, dass sie das erste Mal nicht nach den Katzen fragte. Wir zogen eine Nummer und warteten. Mir fiel ein Knutschfleck an ihrem Hals auf. Ich sprach sie nicht darauf an. Ich wartete, dass sich in mir etwas regte, ein Gefühl von Bestürzung oder Verletztsein, aber da kam nichts. Ich fand es lustig; das ärgerte mich – sonst nichts. Zu Hause dachte ich lange darüber nach, warum mir der Knutschfleck egal war.

Ich dachte an die innere Stimme, die, glaube ich, jedes Lebewesen in sich trägt. Die sich vielleicht nur selten meldet, aber die immer da ist. Meine hat mir am 15. Juli gesagt, dass es vorbei ist - an dem Tag, an dem Carina mir von ihrer Busbekanntschaft erzählte.

Am 23. August, einem Sonntag, rief Carina an, weil sie ihre restlichen Sachen gern holen wollte. Es war elf, ich war nicht allein, und der Besuch war gerade dabei zu gehen. Ich sagte ihr, dass ich mich gleich melden würde. Eine knappe Stunde später erwischte ich sie auf dem Handy.

Wir sprachen darüber, wann sie ihre restlichen Sachen holen könnte, und ich bot ihr drei Termine an. Allerdings wollte ich nicht, dass sie in die Wohnung kam. Sie hatte noch immer einen Schlüssel, aber in der Wohnung wollte ich sie einfach nicht mehr sehen. Ich bot an, ihre Sachen in Boxen zu verpacken und sie in der Garage zu platzieren. Sie brauchte dann nur mit dem Auto die fertigen Boxen einzuladen. Carina ging darauf ein, meinte aber dreimal, dass sie gern noch einmal durch die Wohnung gehen würde.

Ich verstand nicht, warum. Wollte sie endgültig Abschied nehmen? Von mir, den Katzen, der Wohnung? Wollte sie sehen, ob ich in den letzten Wochen etwas verändert hatte? Oder glaubte sie, ich würde etwas von ihren persönlichen Dingen behalten? Warum noch, was sollte ich noch damit? Früher hatte ich Angst vor dem Tag gehabt, an dem nichts Persönliches mehr von ihr in der Wohnung sein würde; jetzt wusste ich, dass dieser Tag mich erleichtern würde.

Jetzt konnte ich nicht anders und sprach sie auf den Knutschfleck an. „Ich hätte ihm dafür bald eine geknallt", antwortete sie sofort, und ich dachte mir nur: „Schön, dass du jemanden gefunden hast, mit dem du das machen kannst."

„Aber von dir hört man ja auch so einiges", meinte sie dann, und ich bemerkte sofort den scharfen Unterton in ihrer Stimme. „Was meinst du?"

„Ich habe eine SMS bekommen!" - „Ja, und was weiter, Carina?"

„Da stand drin, dass ich mich von dir nicht verarschen lassen soll. Dir geht es besser, als du immer sagst, und du hast genau so und so viel auf deinem Konto!" Ich wunderte mich einen Moment.

„Carina", begann ich dann, „jeder muss im Leben auf seine Art und Weise darum kämpfen, durchzukommen, und dass es mir schlecht geht, habe ich dir gegenüber auch nie gesagt."

„Ja, aber ich muss das ganze BAföG zurückzahlen."

„Ich habe eine Nebenkostenabrechnung für einen Zeitraum, in dem du auch noch in dieser Wohnung gelebt hast, und eine Steuererklärung für ein Jahr, in dem wir nicht getrennt waren. - Von wem kam die SMS?" fragte ich, denn der Betrag, den sie mir genannt hatte, stimmte exakt mit dem überein, was tatsächlich an Geld auf dem Konto war. Der Absender war nur eine Adresse aus dem Internet.

„Warum hast du mir die SMS nicht geschickt oder mich angerufen? Ich dachte wir vertrauen uns?" - „Ich vertraue dir nicht mehr!" - „Carina, warum nicht?" - „Weil ich nicht glaube, dass du ein Buch schreibst. Dass du heute Morgen Besuch hattest, glaube ich dir auch nicht. Ich glaube dir nichts mehr! Außerdem habe ich die gelöscht."

„Carina", begann ich wieder und bemühte mich, dabei ruhig zu bleiben, „du hast also eine SMS bekommen, wo dir jemand geschrieben hat, dass ich dich finanziell bescheißen würde, ja?" - „Genau!" - „Du bist am 16. November ausgezogen, und bis zum 6. August hättest du jeden Tag von beiden Konten Geld abbuchen oder den Kontostand überprüfen können. Du hättest jede Kontobewegung sofort gesehen. Im Übrigen wolltest du keinen Zugang mehr zu den Konten, und jetzt, zwei Wochen später, erzählt dir irgendwer, dass ich dich bescheiße? – Carina, ganz ehrlich, ich habe dich noch nie um einen einzigen Cent beschissen. Aber wenn du wieder mal glaubst, dass du anderen Menschen mehr als mir vertrauen musst, mach das doch einfach!"

„Das mit Ilka glaube ich dir übrigens auch nicht. Bei mir konntest du dich ja auch nicht richtig öffnen!" - „Ich weiß, Carina, genau deswegen habe ich eine recht eindeutige SMS von Ilka aufgehoben; die werde ich dir gleich schicken. Das gehört sich eigentlich nicht, aber ich bin kein Lügner."

Wir beendeten das Gespräch, und sie bekam Ilkas SMS. Danach antwortete Carina mir, warum ich das machen würde, ich müsse ihr nichts beweisen. Ihr nicht, das stimmt schon. Aber vielleicht mir, und wenn es nur die Tatsache ist, dass ich nicht lüge.

Carina kam an allen drei Terminen und holte ihre persönlichen Dinge aus der Garage. Ich hatte nicht mal den Wunsch, am Fenster zu stehen und sie zu sehen. Ich war einfach nur erleichtert, dass wir auch das ohne große Emotionen über die Bühne brachten.

Eigentlich wollte ich das alles einfach nur so stehenlassen. Ohne blöde Kommentare oder unlustige Sprüche vom Koch, aber es geht nicht. Warum? Weil mich die Tatsache verletzt, dass Carina mir wohl mittlerweile so einiges zutraut, was ich mir nicht mal selbst zutraue. Wo ich nicht mal im Traum dran denke.

Warum ist das so? Zeit ist, glaube ich, die Antwort. Je mehr Zeit vergeht, desto weniger wichtig wird das Vergangene, desto mehr Schlechtes traut man dem ehemaligen Partner wohl zu.

Engelbert Humperdinck hat mal *The Way It Used To Be* gesungen, und ich mag ihn und gerade auch diese Nummer sehr gern. Aber deswegen fände ich es trotzdem besser, wenn er hier in diesem ganz speziellen Fall Unrecht hätte.

***

One Year Ago …
oder
Ein Jahr wie eine Ewigkeit

Manchmal sehe ich Carina immernoch abends im Türrahmen stehen und mir „Gute Nacht" sagen. Sie sieht mich an, unsicher, ein bisschen verloren. Dann sehe ich mich - so, als wenn ich neben mir stehen würde und mich selbst beobachten könnte. Ich sage nur kurz: „Gute Nacht", sehe sie dabei noch nicht mal richtig an. Nehme den Augenblick nicht ernst und sie auch nicht.

Dieser Moment kommt immer wieder, immernoch! Aber mittlerweile kann ich ihn akzeptieren, weil ich ihn schon gelebt habe. Weil ich Gelebtes nicht mehr rückgängig machen kann. Auch ich nicht, gerade ich nicht.

Ein Jahr ist das jetzt her. Gott, was war das für ein langes Jahr! Ein Jahr lebe ich jetzt schon das Leben, das ich nicht haben wollte, das ich im Begriff war wegzuschmeißen wie eine leere Milchtüte, die ihren Zweck erfüllt hat. Die keinen Nutzen mehr hat.

Ein Jahr: ein verfickt beschissener Winter, ein trauriger Frühling, ein entspannter Sommer und ein zufriedener Herbst. Ein Jahr lebe ich das Leben jetzt schon anders, aber erst seit ein paar Wochen so, wie ich will.

Ich habe mir das Leben mit meinen Katzen so zurechtgeschoben, dass es wieder okay ist, und das will bei einem Berufspessimisten wie mir schon was heißen. Ich bin ein bisschen entspannter geworden, habe wieder Ziele.

Das Wichtigste ist, dass ich mich in der Wohnung, in der ich erst allein, dann mit Carina und jetzt wieder allein lebe, wohl fühle. Dass ich sie als meine Wohnung sehe, denn das ist sie mittlerweile. Ich habe Dinge verändert, nichts Wesentliches. Aber doch so viel, dass es für mich wesentlich war. Das, was mir nichts bedeutet, ist rausgeflogen, langsam, nach und nach. Porzellan, von dem ich nicht mehr essen wollte, ist in die Mülltonne gewandert, genauso wie Gläser, Handtücher oder andere alltägliche Kleinigkeiten.

Das hätte ich viel eher machen sollen, aber ich wollte nichts verändern, weil ich die Situation nach der Trennung nicht richtig eingeschätzt habe. Ich habe mir eine ganze Zeit versucht einzureden, dass das ja nur eine Trennung auf absehbare Zeit ist und irgendwann wieder alles wird wie früher. Ich habe versucht, mich selbst in Watte zu packen, wollte die Realität nicht sehen und schon gar nicht leben. Die totale Überforderung.

Jetzt weiß ich, dass es Spaß machen kann, seine eigenen Entscheidungen zu treffen, denn Entscheidungen treffen heißt leben, sich weiterentwickeln und keine Angst haben.

Sicher bin ich immernoch manchmal so, dass ich schon zu Beginn von etwas Neuem wissen möchte, wie es ausgeht. Teils aus Neugier, aber sicher auch, weil der Spruch, dass man das Feuer meidet, wenn man sich verbrannt hat, bei mir stimmt. Obwohl ich Koch bin, obwohl ich mit bloßen Händen in kochendes Nudelwasser lange, um zu testen, ob die Nudeln weich sind. Im Leben, ohne Nudelwasser, bin ich vorsichtiger. Aber ich bin auch wieder neugierig auf das Leben, und das war ich viel zu lange nicht. Ich freue mich ab und an sogar mal auf einen neuen Tag, auf neue Menschen, neue Eindrücke.

Was hat sich sonst so verändert, fragen Sie? Nun, ich bin nicht mehr selbständig, und dadurch ist eine Menge Druck verlorengegangen. Lebensqualität habe ich gewonnen – sechs Wochen bezahlten Urlaub im Jahr. Für die meisten Menschen selbstverständlich. Ich habe das wieder richtig schätzen gelernt.

Ich gehe ab und an mal ins Kino oder zum Fußball. Na gut, ich gehe natürlich öfter zum Fußball. Wenn ich am Wochenende frei habe, fahre ich in die *Grotenburg* oder in das *Stadion am Zoo*. Das kommt mir dann immer so ein bisschen wie nach Hause fahren vor, und das ist gut so. Manche Dinge ändern sich eben doch nicht.

In diesem Jahr habe ich das erste Mal nach ewig langer Zeit einen Check-Up bei meinem Doc machen lassen. So richtig mit Urin und Blutproben und Ultraschall, das ganz große Kino quasi. Es ist ein gutes Gefühl, wenn der Doc dann hinterher sagt: „Sie sind gesund"!

Viele Menschen wären das auch gern und sind es nicht, ich bin es und weiß es im Grunde jetzt auch zu schätzen. Mal mehr, mal weniger, aber mehr als früher. Diese Angewohnheit mit den *Lucky Strikes* bin ich auch los.

One Year Ago, ein Jahr wie eine Ewigkeit. Das ist eine Zeile aus *Coming Home*, einem Lied von Falco, und dieser Satz stimmt bei mir. Manchmal sagt man ja so: „Mein Gott, wie die Zeit vergeht!" Dieses Jahr ist gekrochen, war lang und intensiv. Ich habe eine ganze Menge gelernt - über mich und das Leben. Über kaputte Antennenkabel und ein verstopftes Flusensieb; was eine BIC und eine IBAN ist.

Aber ich habe auch gelernt, dass es mehr braucht, meinen Willen zu brechen, als zwölf schwierige Monate; ich habe gelernt, dass ich ungebrochen bin - immernoch - und dass ich mich auf das neue Jahr freue.

***

Sonnige Cindy
oder
10 Jahre danach

Natürlich ist *Sonnige Cindy* nur ein Spitzname; allerdings habe ich selten einen gehört, der so gut passt hat wie dieser hier. Wenn es nicht um eine Frau ginge, könnte man direkt sagen: Wie die Faust aufs Auge! Aber das hätte dann eher etwas von den boxenden ukrainischen Brüdern und das würde hier ganz und gar nicht passen.

Cindy ist ein echter Sonnenschein, ein unheimlich fröhlicher, offener, dem Leben zugewandter Mensch. Jemand, dessen Glas, wenn es halbleer ist, noch fast ein bisschen überläuft. Sie merken schon: Cindy ist so ganz anders als ich, und wahrscheinlich ist das auch ein Grund dafür, warum aus uns beiden nie etwas geworden ist.

Aber beginnen wir mal der Reihe nach und gehen zurück ins Jahr 2004. Genauer gesagt: in den Herbst. Ich war in Zollstadt im *Schlüssel* und fühlte mich unendlich wohl; ich war mehr in Zollstadt in der Küche als zu Hause. Petra und ich waren erst ein paar Monate verheiratet, aber im Grunde war die Luft raus. Ich merkte nicht erst da, dass die Hochzeit so ziemlich das Doofste gewesen war, das ich hatte machen können (Der Satzbau klingt irgendwie scheiße, aber es war wirklich doof.).

Wir waren in einem Rechtsstreit mit unserem Vermieter, der auf einmal nach vier Jahren auf die Idee gekommen war, dass er ein Problem mit Katzen in seinem Haus hätte. Wir gewannen den Rechtsstreit, aber er schlug bei der Miete kräftig was drauf. Es war klar, dass wir gehen würden, und für mich war auch klar, dass Petra ihren eigenen Weg gehen wollte und würde.

Ich war also aus mehreren Gründen lieber auf der Arbeit als zu Hause, und das lag auch ein bisschen an Cindy, die seit diesem Herbst im Service arbeitete. Sie hatte das noch nie gemacht, aber die Schichten mit ihr waren entspannte Schichten, weil sie mitdachte, sich einbrachte und eine deutliche Spur heller im Kopf war als ihre Kollegen, die das angeblich alle gelernt hatten. Das klingt jetzt so ein bisschen wie ein paar Jahre später mit Carina im *Ratshof*. Aber letztendlich gibt es, glaube ich, wenige Berufe, in denen man so viele Stunden macht wie in der Gastronomie.

Da verbringt man automatisch mehr Zeit mit Kollegen, und dann fällt einem relativ schnell auf, mit wem man sich gern unterhält und mit wem man das vor allen Dingen auch kann.

Bei Cindy war das so, und nachdem ich dann am 10. Dezember 2004 ohne Petra nach Bootshain gezogen war, fragte ich sie, ob wir uns nicht mal außerhalb des Ladens sehen könnten. Wir konnten, und so trafen wir uns eines Vormittags in der Altstadt zu einem Kaffee.

Ich mochte Cindys Schlagfertigkeit und ihren Witz, die Art und die Sichtweise, mit der sie durch das Leben ging. Sie hatte früh gelernt, auf eigenen Beinen zu stehen, was mich faszinierte, weil ich, glaube ich, zu dem Zeitpunkt nicht mal den Wasserkocher zu Hause bedienen konnte. Sie war acht Jahre jünger, was man aber nicht merkte, wenn man sich mit ihr unterhielt.

Wir mochten uns einfach, und so ging das dann weiter. Wir telefonierten, und an einem Sonntagabend war ich dann das erste Mal bei ihr zu Hause. Ihr Nachbar war ein Sushi-Laden, von dem wir uns etwas mitgenommen hatten. Ich blieb über Nacht, und ich glaube, man kann sagen, dass wir ab diesem Tag zusammenwaren.

Wir verbrachten Weihnachten zusammen, und ich weiß noch, dass ich Tiefkühlpizza gemacht hatte, weil ich ungeplant in Zollstadt hatte arbeiten müssen und die Läden dann zu hatten und ich nix anderes zum Kochen kaufen konnte. Blöderweise ließ ich die Pizza sogar ein bisschen anbrennen, das weiß ich wohl auch noch. Diese ersten Wochen waren unbeschwert und schön.

Allerdings merkte ich dann, dass Cindy mehr Zeit mit mir verbringen wollte, als ich konnte. Wenn wir beide beispielsweise zusammen Spätdienst hatten, arbeitete ich bis zehn. Dann fuhr ich 35 Kilometer nach Hause, um zu duschen und die Katzen zu versorgen. Nach einer Dreiviertelstunde fuhr ich die gleiche Strecke zurück, um Cindy, die bis zwölf arbeitete, von der Arbeit abzuholen. An meinen freien Tagen warteten dann fünf Katzen und eine unaufgeräumte Wohnung auf mich.

Ich glaube allerdings, dass ich einfach Zeit brauchte, um die Beziehung mit Petra für mich aufzuarbeiten. Die nahm ich mir aber nicht, oder nicht genug. Ich stürzte mich quasi aus der Beziehung zu Petra in das Kennenlernen mit Cindy, und das ging einfach nicht.

Cindy hatte eine Konsequenz, mit der sie die Dinge anging, die mir fast ein bisschen Angst machte. Das war vollkommen neu für mich, dass eine Frau mir Ansagen machte, wenn ich ruppig, schlecht gelaunt oder nicht aufmerksam war. Die mich dann auch schon mal einfach so stehenließ. Ich war das halt so gewohnt, dass ich den Arsch nachgetragen bekam, was ich nicht unbedingt total super fand, aber ich konnte mich einfach nicht so schnell umstellen. Aber kann man das überhaupt?

Wir stritten dann recht regelmäßig, wobei „streiten" nicht stimmt. Wir waren einfach nicht einer Meinung. Wobei mir Cindy da auch ab und an mal einen Spruch an den Kopf knallte, den ich wahrscheinlich zu hundert Prozent gebraucht und verdient hatte. Trotzdem wollte ich ihn einfach nicht hören.

So war es dann wohl nur eine Frage der Zeit, bis das mit uns wieder auseinanderging, und das tat es dann auch nach gerade mal drei Monaten. Ich weiß noch, dass es Anfang der Woche war, früh am Morgen bei mir. Wir waren mal wieder nicht einer Meinung, und ich wollte zum Bürgeramt, weil ich in meinem Ausweis die Adresse ändern lassen musste. „Wenn du jetzt gehst, bin ich nicht mehr da, wenn du wiederkommst", sagte sie nur. Ich ging und sie war dann nicht mehr da. Keiner von uns rief den anderen an, wir arbeiteten noch eine Zeitlang zusammen, bis Cindy im *Schlüssel* aufhörte und wir uns dann aus den Augen verloren.

Zeitsprung: Mai 2015. Eine Wellness-Anlage. Ich arbeitete in der Küche und konnte das komplette Restaurant einsehen. Mir fiel ein Pärchen an einem Tisch auf, das einen Flammkuchen aß. Die Frau war vor ein paar Wochen schon mal dagewesen, mit einem anderen Sauna-Partner. Ich sah sie mir jetzt genauer an: Beim letzten Mal hatte sie ganz hinten in der äußersten Ecke des Restaurants gesessen. Jetzt ganz nah. Ich sah sie an, sie erwiderte den Blick. Ich dachte: „Fick die Henne! Das könnte Cindy aus Zollstadt sein."

Jetzt wäre es einfach gewesen, hinzugehen und zu sagen: „Hey, bist du die Cindy? Mensch, wie geht's dir denn so?" - Richtig, das wäre einfach gewesen. Ich machte einfach gar nichts, weil ich dachte: „Ok, wenn sie es doch nicht ist, wird es peinlich. Oder wenn sie es ist, könnte sie auch sagen: ‚Warum hast du blöder Arsch dich nicht mal irgendwann in den letzten zehn Jahren gemeldet?‘“ Hatte ich ja. Ich glaube, 2012 hatten wir ein-, zweimal geschrieben, und sie hatte dann nicht mehr geantwortet.

Also passierte nichts, und sie verschwand mit ihrem Begleiter. Eine halbe Stunde später stand eine Servicekraft in der Küche: „Du, Niko, da will dich ein Gast sprechen.“ Ich also mit der Kellnerin nach vorn, weil ich dachte, da ist wieder eine Suppe nur lauwarm oder ein Rumpsteak englisch statt medium. Auf einmal steht dann Cindy vor mir und ich, blöd wie ich öfter bin, als mir lieb ist, sage – und jetzt schnallen Sie sich fest! -: „Was kann ich für Sie tun?“ (!) Krasse Scheiße, oder? - Richtig!

Sie sagt dann: „Äh, hallo? Ich bin die Cindy vom *Schlüssel* in Zollstadt!“ Ich dann so: „Äh … Hallo!“

Meine Kollegen bekamen das natürlich sofort mit. Ich ging mit Cindy dann in den Außenbereich, und wir haben kurz geredet. Ich hatte bei ihr sofort das Gefühl, dass sie sich freute, mich wiederzusehen, und bei mir war das ganz genauso. Ich sagte ihr, dass ich ihr die Tage mal über Facebook schreiben würde. Dann musste ich wieder in die Küche.

Ich schrieb ihr nicht „die Tage“, sondern am selben Abend. Sie antwortete und machte den Vorschlag, dass man sich ja mal auf einen Kaffee treffen könne. Wir verabredeten uns für einen Samstag im Juni. Bei dem Sushi-Laden, in dem wir schon vor zehn Jahren gemeinsam essen waren.

Wir wollten uns um fünf treffen, um halb zwölf rief mein Laden an. Ich musste einspringen. Ich ärgerte mich, aber auf der anderen Seite war ich fast ein bisschen erleichtert, Cindy nicht treffen zu müssen. Ich war mir da schon sicher, dass es vielleicht nicht beim Reden bleiben würde. Was mich angeht! Dann war wieder ein Monat Funkstille. Ich schrieb sie dann am selben Tag an, als Carina mir von ihrer Bekanntschaft aus dem Bus erzählt hatte. Sie war noch wach und antwortete auf meine Frage, ob sie Lust hätte zu telefonieren, mit „Ja, gern“.

Wir telefonierten dann bis morgens um halb zwei, so, wie ich mich noch mit niemandem in diesem Jahr hatte unterhalten können. Da war sofort ein Gefühl von Nähe, von Vertrautheit. Wir verabredeten uns für dieselbe Woche: Samstagabend zum Spazierengehen.

Sie schickte mir ihre Adresse. Cindy wohnte unweit des Schlosses. Wir gingen durch den Schlosspark zum Fluss, saßen drei Stunden am Wasser und erzählten. Da war wieder diese Vertrautheit, dieses Gefühl, verstanden zu werden. Danach noch ein Kakao bei ihr; ich saute ihr den Teppich mit Kakaoflecken ein. Peinlich!

Um eins fuhr ich nach Hause und dachte den ganzen Sonntag an den Abend am Fluss. Ich schrieb ihr, dass ich mich nicht getraut hätte zu fragen, ob wir nicht zu mir fahren könnten, zum nebeneinander Einschlafen. Wirklich nur schlafen. Sie antwortete, dass sie es wohl gemacht hätte.

Dienstagabend machten wir es dann so. Ich holte sie um acht ab, wir saßen eine Stunde mit den Katzen im Wohnzimmer und gingen dann ins Bett. Sie auf der einen Seite mit meinem Bettzeug und ich auf der anderen Seite mit einer Sofadecke. Wir redeten bis drei Uhr morgens, ab und an betrachteten wir den Mond, der fast voll durch das Fenster schien. Ich machte dann ein paar Andeutungen, worauf sie so direkt wie früher fragte: „Was möchtest du jetzt eigentlich von mir?" - „Unter einer Decke einschlafen!" Das machten wir auch, allerdings erst zwei Stunden später. Denn unter einer Decke war die Müdigkeit dann gar nicht mehr so ausgeprägt.

Seit dieser Nacht telefonierten wir jeden Abend zwei Stunden, und uns gingen nie die Themen aus. Wir hatten jetzt eine Tiefe, die wir damals nicht hatten. Wir hatten jeder für sich Erfahrungen gemacht, auf die wir vielleicht gern verzichtet hätten, aber die uns zu dem gemacht haben, was wir heute sind. Ich hatte Cindy immer so ein bisschen kühl In Erinnerung, aber das war jetzt gar nicht mehr so. Sie verstand mich, war für mich da. Wir sahen uns ein-, zwei-, selten dreimal pro Woche. Sie kam nach meiner Arbeit zu mir und blieb immer über Nacht; ich schlief zweimal bei ihr in der Landeshauptstadt. Das letzte Mal, das ich davor bei einer Frau über Nacht geblieben war, war zehn Jahre her. Bei Cindy, damals noch in einem anderen Stadtteil.

Mit der Zeit kamen wir dann immer öfter auf das Thema „Beziehung" zu sprechen - erst spielerisch, dann ernst. Cindy wollte eine Beziehung, ich wollte einfach nur die wenige Zeit, die ich zwischen Kochen, Buch schreiben und Katzenpapa sein hatte, mit ihr verbringen. Mehr eigentlich nicht. Ich hatte ein Dreivierteljahr mit den Katzen allein gelebt, hatte mir das Leben so ein bisschen zurechtgeschoben, wie ich es brauchte. Für mich war es ungewohnt, wenn sie dann morgens da war.

Ehrlicherweise muss ich auch sagen, dass ich sicher die Beziehung zu Carina noch nicht so aufgearbeitet hatte, dass ich sagen konnte, ich bin bei null im Kopf angelangt.

Cindy ist zu clever für halbe Sachen. Sie spürt, wenn jemand nicht zu hundert Prozent mit dem Herzen dabei ist. Sie ist die einzige Frau, die ich, so gesehen, zweimal kennenlernte. Leider immer in Phasen, wo ich noch so viel mit mir selbst zu tun hatte, dass ich sie oft gar nicht wahrnahm. So hatten wir dann einen schönen August und September zusammen, aber mehr auch nicht.

Ich würde ihr wirklich wünschen, dass sie jemanden findet, bei dem sie sich auch einfach mal nur anlehnen und schwach sein kann, aber ich werde das nicht sein.

***

Alles hat ein Ende
oder
Danke, dass Sie Zeit für mich hatten

Das war es also! Ungebrochen – das Buch meines (bisherigen) Lebens. Ich habe nicht chronologisch geschrieben, sondern so, wie es mir einfiel, wie es mir in den Sinn kam. Die wenigen Menschen, die mich kennen, mögen nach der Lektüre vielleicht denken: „Er hätte ja auch mal über dieses oder jenes schreiben können" oder „Warum fehlt das denn jetzt?"

Ich habe nichts bewusst ausgelassen, um heikle oder unangenehme Themen keinen Bogen gemacht. Sollte etwas fehlen, habe ich es wohl schlichtweg vergessen. Aber war es mir dann auch wirklich wichtig?

Der Stapel mit weißen Blättern ist immernoch recht beachtlich, aber ich werde Verwendung dafür finden, da können Sie sicher sein.

Kann man mit etwas aufhören, das man über einen so langen Zeitraum gemacht hat? Einfach so? Oder wird mir das Schreiben und das Eintauchen ins tägliche Leben am Ende sogar fehlen? Was werde ich jetzt mit den Abenden, an denen ich geschrieben habe, machen – und mit den Vormittagen, bevor ich zur Arbeit fahre?

Hat mir das Schreiben geholfen, dauerhaft zu mir zu finden, oder war es nur eine Momentaufnahme? Was ist in vier Jahren, was in fünf? Ich habe mir abgewöhnt, so lange im Voraus zu planen. Das Hier und Heute – darum geht es.

Keine Ahnung, wie viele Bücher pro Kalenderjahr veröffentlicht werden, aber dass Sie sich für meines entschieden haben, erfüllt mich mit Freude und Dankbarkeit.

Und sonst? Was könnte ich jetzt hier noch schreiben? Einen letzten Satz zu meiner Zeit mit Carina?

Wir werden uns scheiden lassen, und ich werde da sein - an diesem Tag in irgendeinem Gerichtssaal mit Menschen, die uns gar nicht kennen. Für die es einfach nur ein Termin ist wie vielleicht zehn andere an diesem Tag. Ich werde an diesem Tag die Verantwortung für einen zerplatzten Traum übernehmen, weil ich es nicht geschafft habe, diesen Traum mit Leben zu füllen. - Merken Sie auch gerade etwas? Das war mehr als ein Satz!

Aber was ich Ihnen noch gern sagen würde, ist folgendes: Bei einem Fußballspiel gibt es die Nachspielzeit, bei einem Konzert die Zugaben. Aber bei einem Buch? Man klappt es nach dem Lesen zu und stellt es in ein Bücherregal, zusammen mit anderen Büchern. Wenn es gefällt, liest man es vielleicht irgendwann noch einmal.

Danke, dass Sie Zeit für mich hatten!

***

Epilog
oder
Wann hört eine Reise auf?

Ein früher Morgen am Quinninger Sporthafen. Ich laufe an den Booten entlang, die, so kommt es mir vor, schon, solange ich denken kann, an immer derselben Stelle vor Anker liegen. Hier scheint die Zeit stehengeblieben. Von ein paar Booten blättert die Farbe, und trotzdem sehen sie für mich schön aus. Sie sehen aus, als hätten sie viel erlebt, eine Menge zu erzählen, wenn sie denn könnten.

Ich konnte, ich habe Ihnen viel erzählt. Von Erlebnissen, über die zu schreiben manchmal nicht einfach war.

Ganz am Anfang habe ich geschrieben, dass es nur Sinn macht, wenn ich ehrlich und aufrichtig bin - zu Ihnen und zu mir. Ich glaube, dass mir das gelungen ist. Nein, ich weiß es!

Im übertragenen Sinne blättert bei mir auch schon ein bisschen die Farbe, so, wie bei den Booten: Ein paar Narben auf der Seele, und die Haare werden grau. Mit beidem kann ich leben.

Ich gehe durch das vom Tau noch nasse, knöchelhohe Gras zum Wasser und vergrabe die Hände tief in den Hosentaschen. Ein alter Kahn macht Wellen und einige Vögel fliegen umher.

Ich glaube, ich habe es gelernt: Loslassen. Ein Stück neben sich treten und sich selbst und anderen Menschen zusehen. Beobachten, ohne immer gleich zu kommentieren oder zu kritisieren. Abwarten, dem Leben und sich selbst eine Chance geben.

„Die Reise" habe ich meine Einleitung genannt. Wann hört eine Reise auf? Die in den Urlaub nach zwei oder drei Wochen, die durch das und zum eigenen Leben niemals. Jeder neue Tag steckt voller neuer Erfahrungen, die man machen kann, wenn man denn will.

Ich habe gerade das Bild von Oliver Kahn im Kopf, dem Torwart-Titanen des FC Bayern München, wie er mit verzerrtem Gesicht und verschwitzten Haaren nach einer grandiosen Aufholjagd in die Kamera brüllt: „Weiter, immer weiter – niemals aufgeben!!"

Genau das, aber nicht mehr so verbissen wie früher. Ein bisschen ruhiger, ein bisschen entspannter und nicht mehr ganz so verbissen. Auf das Wesentliche konzentriert!

Sie fragen sich gerade, was ich glaube, was das Wesentliche ist? Finden Sie es heraus, nur für sich; so, wie ich es auch getan habe.

Das Gedicht von Robert Frost (Sie wissen schon, das mit den beiden Waldwegen) passt sehr gut zu meinem jetzigen Leben. Wenn dann mal wirklich etwas Dämliches passiert, habe ich ja immer noch meine Muscheln. Ich schleppe sie mit mir rum wie andere Menschen die Bilder ihrer Kinder. Eine Muschel mit Bibelspruch als Kinderersatz?

Ich glaube, jetzt ist es wirklich so langsam an der Zeit, mit dem Schreiben an diesem Buch aufzuhören! Aber nur für den Moment, denn ich habe da schon wieder eine neue Idee.

***

Danke

Danke ist so ein winziges Wort, das oft so schnell dahingesagt wird. Mein „Danke" ist kein „Danke", das ich dem Kassierer an der Tankstelle sage, wenn er mir meine *Luckys* verkauft; keine Floskel, denn ich hasse Oberflächlichkeit so sehr wie Katzenkrankheiten. Mein „Danke" ist ganz leise, aber es kommt von Herzen, wenn ich einen Moment innehalte und „Danke" sage:

An Gudrun Schrank: Du hast lektoriert, mein Buch in Seiten gepackt. Du hast stundenlang mit mir geredet, selten ging es dabei nur um das Buch. Allein die Gespräche mit dir waren es wert, dieses Buch geschrieben zu haben. Vielen herzlichen Dank. Das ist jetzt keine Drohung - aber ich würde unsere Gespräche gern fortführen.

An Andreas Venus: Ich habe Sie in einer Phase getroffen, in der ich dachte, es gibt nur Hopp oder Topp. Also eigentlich nur Hopp. Ich habe Ihnen vom ersten Moment an vertraut und ich bin froh darüber. Sie sind ein besonderer Mensch.

An den Schmetterling: Danke für die Momente, die Augenblicke, die Seifenblasen - und die Liebe.

An meine Jungs vom KFC Uerdingen: Danke für die grauen Haare, die alle zwei Wochen mehr werden, wenn ich bei euch auf der Tribüne sitze. Ihr schafft mich.

***

Zeltfracht Medien GmbH
Ferdinand-Jühlke-Straße 7
99095 Erfurt, Deutschland
produktsicherheit@kolibri360.de